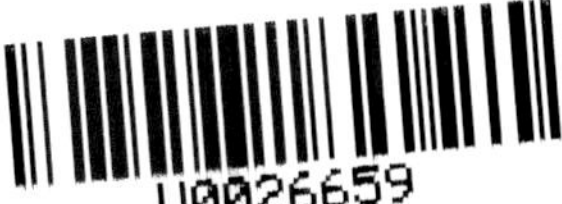

歐陽文忠全集

四部備要

集部

中華書局據祠堂本校刊

桐鄉　陸費逵總勘
杭縣　高時顯
杭縣　吳汝霖輯校
杭縣　丁輔之監造

乾隆二十四年欽奉

御製歐陽修小像詩并序

侍郎裘曰修典試江南道滁州見醉翁亭故蹟彼有藏歐陽修小像者攜以來舉沈德潛爲乞文徵明題辭故事允其請書以還之

是誰三鬣儼圖諸太守風流憶治滁題詠名高宋人物幅間有李端叔晁悅之所題贊操絃韻軼古樵漁謂蘇軾醉翁操翁之樂者山林也像亦何妨水月如使節新從釀泉過依然鄉井下風餘

珍倣宋版印

詹事府臣金甡恭和

聖韻

曠世遭逢信有諸當年遷謫始來滁溪山託興傳遺像

雲漢流光照夜漁八代起衰良可繼千秋定論更誰如輶軒到處憑

搜訪風雅都沾

睿藻餘

歐陽修嗣孫臣安世恭和

聖韻

我祖遭逢洵美諸爭傳使節道於滁廬陵今日昭

雲漢穎水當年想佃漁

天語燭人光燦燦神容遺世靄如如豈惟舊守承

恩寵奕葉孫枝拜慶餘

居士集序

門人翰林學士承旨左朝奉郎知制誥兼侍讀蘇軾撰

夫言有大而非夸達者信之衆人疑焉孔子曰天之將喪斯文也後死者不得與於斯文也孟子曰禹抑洪水孔子作春秋而予距楊墨蓋以是配禹也文章之得喪何與於天而禹之功與天地並孔子孟子以空言配之不已夸乎自春秋作而亂臣賊子懼孟子之言行而楊墨之道廢天下以爲是二字一作是爲固然而不知其功孟子旣沒有申商韓非之學違道而趣利殘民以厚主其說至陋也而士以是罔其上上之人僥倖一切之功靡然從之而世無大人先生如孔子孟子者推其本末權其禍福之輕重以救其惑故其學遂行秦以是喪天下陵夷至於勝廣劉項之禍死者十八九天下蕭然洪水之患蓋不至此也方秦之未得志也使復有一孟子則申韓爲空言作於其心害於其事作於其事害於其政者必不至若是烈也使楊墨

得志於天下其禍豈減於申韓哉由此言之雖以孟子配禹可也太史公曰蓋公言黄老賈誼晁錯明申韓錯不足道也而誼亦爲之子以是知邪說之移人雖豪傑之士有不免者况衆人乎自漢以來道術不出於孔氏而亂天下者多矣晉以老莊亡梁以佛亡莫或正之五百餘年而後得韓愈學者以愈配孟子蓋庶幾焉愈之後三百有餘年而後得歐陽子其學推韓愈孟子以達於孔子著禮樂仁義之實以合於大道其言簡而明信而通引物連類折之於至理以服人心故天下翕然師尊之自歐陽子之存世之不說者譁而攻之能折困其身而不能屈其言士無賢不肖不謀而同曰歐陽子今之韓愈也宋興七十餘年民不知兵富而教之至天聖景祐極矣而斯文終有愧於古士亦因陋守舊論卑而氣弱自歐陽子出天下爭自濯磨以通經學古爲高以救時行道爲賢以犯顔納說爲忠長育成就至嘉祐末號稱多士歐陽子之功爲多嗚呼此豈人力也哉非天其孰

能使之歐陽子沒十有餘年士始爲新學以佛老之似亂周孔之實識者憂之賴天子明聖詔修取士法風厲學者專治孔氏黜異端然後風俗一變考論師友淵源所自復知誦習歐陽子之書予得其詩文七百六十六篇於其子棐乃次而論之曰歐陽子論大道似韓愈論事似陸贄記事似司馬遷詩賦似李白此非予言也天下之言也歐陽子諱修字永叔既老自謂六一居士云元祐六年六月十五日

敘綿本作三年十二月是時任翰林學士

珍倣宋版印

四朝國史本傳淳熙間進

歐陽修字永叔吉州廬陵人四歲而孤母鄭氏親誨之學及冠嶷然有聲宋興且百年而文章體裁猶仍五季餘習鎪刻駢偶淟涊弗振士因陋守舊論卑氣弱蘇舜元舜欽柳開穆修輩咸有意作而張之而力不足韓愈遺藁閟於世學者不復道修游隨得於廢書簏中讀而心慕焉晝停飡夜忘寐苦志探賾必欲并轡絶馳而追與之並舉進士試南宮第一擢甲科調西京推官留守錢惟演器其材不攖以吏事修以故欲得盡力於學入朝爲館閣校勘范仲淹以言時事貶在廷多論救司諫高若訥獨以爲當黜修詒書責之謂不知世間有羞恥事若訥上其書坐貶夷陵令稍徙乾德令武成節度判官仲淹使陝西辟掌書記修笑而辭曰昔者之舉豈以爲利哉同其退不同其進可也久之復校勘進集賢校理慶曆三年知諫院時仁宗更用大臣杜衍富弼韓琦仲淹皆在位增諫官員修首在選中每進見勸

帝延問執政咨所宜行既多所張弛小人翕翕不便修慮善人必不勝數爲帝分別言之又上朋黨論其略以謂小人無朋惟君子則有之小人所好者利祿所貪者財貨當同利之時暫相黨引及見利而爭先則反相賊害雖兄弟親戚不能相保故曰小人無朋君子則不然所守者道義所行者忠信所惜者名節以之修身則同道而相益以之事國則同心而共濟終始如一故曰君子有朋紂有臣億萬惟億萬心可謂無朋矣而紂用以亡武王有臣三千惟一心可謂大朋矣而周用以興蓋君子之朋雖多而不厭故也修天性疾惡論事無所回隱人視之如仇而愈奮厲不顧帝獨奬其敢言面賜五品服顧侍臣曰如歐陽修者何處得來同修起居注遂知制誥故事必試而後命詔特除之奉使河東自西方用兵議者欲廢麟州以省餽餉修曰麟州天險不可廢廢之則河內郡縣民皆不安居矣不若分其兵駐並河諸堡緩急得以應援而平時可省轉輸於策爲便由是州得

存又言忻代岢嵐多禁地廢田願令民得耕之不然將爲虜有朝廷下其議久乃行歲得粟數百萬斛使還會保州兵亂以爲龍圖閣直學士河北都轉運使陛辭帝曰勿爲久留計有所欲言言之對曰臣在諫職得論事今越職而言罪也帝曰但言之毋以中外爲間賊平大將李昭亮通判馮博文私納婦女修捕博文繫獄昭亮懼立出之兵之始亂也招以不死既而皆殺之脅從二千人分隸諸郡富弼爲宣撫使恐後生變將使同日誅之與修遇於內黃夜半屏人告之故修曰禍莫大於殺已降況脅從乎既非朝命脫一郡不從爲變不細弼悟而止杜衍等相繼罷去修上疏曰此四人者天下皆知其有可用之賢而不聞其有可罷之罪小人欲廣陷良善必指爲朋黨欲動搖大臣必誣以顓權蓋善人少過唯指以爲黨則可一時盡逐今四人一旦罷去臣爲朝廷惜之於是邪黨益忌修因其孤甥張氏獄傅致以罪左遷知制誥知滁州居二年徙揚州潁州復學士召判流內

銓時在外十一年矣帝見其髮白問勞甚至又有詐爲修奏乞汰內侍爲姦利者其羣皆怨怒譖之出知同州帝納吳充言而止遷翰林學士於是富弼韓琦復用慶曆故臣稍集士大夫知天子有致治之意相賀於朝修乞蔡州去帝復納劉敞趙抃之言而止奉使契丹其主命貴臣四人押燕曰此非常制以卿名重故爾知嘉祐二年貢舉時士子尙爲險怪奇澀之文號太學體修痛排抑之凡如是者輒黜畢事向之囂薄者伺修出聚譟於馬首街邏不能制然場屋之習從是遂變加龍圖閣學士知開封府承包拯威嚴之後簡易循理不求赫赫名京師亦治旬月改羣牧使在翰林八年知無不言河決商胡北京留守賈昌朝欲開橫壠故道回河使東有李仲昌者欲導入六塔河議者莫知所從修以爲河水重濁理無不淤下流既淤上流必決以近事驗之決河非不能力塞故道非不能力復但勢不能久耳橫壠功大難成雖成將復決六塔狹小而以全河注之濱棣德博必

被其害不若因水所趨增隄峻防疏其下流縱使入海此數十年之利也宰相陳執中主昌朝文彥博主仲昌竟爲河北患狄青爲樞密使有威名帝不豫訛言籍籍修請出之於外以保其終嘉祐元年水災修上疏曰陛下臨御三紀而儲宮未建昔漢文帝初卽位以羣臣之言卽立太子而享國長久爲漢大宗唐明宗惡人言儲嗣事不肯早定致秦王之亂宗社遂覆陛下何疑而久不定乎其後建立英宗蓋原於此五年拜樞密副使六年參知政事英宗未親政皇太后御簾大臣奏事間有未可修必力抗是非臺諫官至政事堂所論或矯異他執政未及言已面折其短朝士建白利害及凡所求請必明告之曰某事可行某事不可行以是怨誹益衆帝將追崇濮王命有司訂議皆謂當稱皇伯改封大國修引喪服記以爲爲人後者爲其父母服降三年爲期而不沒其父母之名以見服可降而名不可沒也若本生之親改稱皇伯歷考前世皆無典據進封大國則又禮無加

爵之道故中書之議不與衆同太后出手書許帝稱親尊王爲皇王夫人爲后帝不敢當於是御史呂誨等六人爭論不已指修爲主議皆被逐惟蔣之奇之說合修意修薦爲御史衆目爲姦邪之奇患之則思所以自解修婦弟薛宗孺有憾於修造帷薄不根之謗摧辱之展轉達於中丞彭思永思永以告之奇之奇卽上章劾修神宗初卽位欲深譴修訪於故宮臣孫思恭思恭爲辨釋修杜門請推治帝使詰思永之奇問所從來辭窮皆坐黜修亦罷爲觀文殿學士知亳州明年移青州改宣徽南院使判太原府辭不拜徙蔡州修本以風節自持既數困汙衊年六十卽連乞謝事帝輒優詔弗許及守青又以擅止散青苗錢爲王安石所詆故求歸愈切熙寧四年以太子少師致仕五年薨年六十六贈太子太師謚曰文忠修始在滁州號醉翁晚更號六一居士天資剛勁見義勇爲雖機穽在前觸發之不顧放逐流離至于再三志氣自若不悔也爲文天材自然豐約中度其

學推韓愈孟軻以達於孔氏著禮樂仁義之實以合於大道其言簡而明信而通引物連類折之於至理以服人心超然獨騖衆莫能及故天下翕然師尊之獎引後進如恐不及賞識之下率爲聞人曾鞏王安石蘇洵洵子軾轍布衣屏處未爲人知修卽游其聲譽謂必顯於世篤於朋友生則振掖之死則調護其家好古嗜學凡周漢以降金石遺文斷篇殘簡一切掇拾研稽異同立說於左的的可表證謂之集古錄奉詔修唐書紀志表自撰五代史記法嚴詞約多取春秋遺旨殆與史漢相上下蘇軾敘其文曰論大道似韓愈論事似陸贄記事似司馬遷詩賦似李白識者以爲名言中子棐棐字叔弼廣覽彊記能文詞年十三時見修著鳴蟬賦侍於側不去修撫之曰兒異時必能爲此因書以遺之用廕爲祕書省正字登進士乙科念父老不肯仕強之乃調陳州判官終不行修所爲文須人代者多出其手修薨代草遺表神宗讀而愛之意修自作也免喪始爲審官主簿官

制局檢詳官太常博士主客考功員外郎議者患選人員多請令二十五歲而試於銓又守選三年而後仕進士特奏名者予之官而不使調選棐曰是非朝廷所以立議本意也且所爲議冗官者欲利士人耳今加年而使守選是反害之也所謂特奏名者非他儒人老於場屋者也閔其無成而老故予之微官使霑祿而後歸今乃授之虛名是終窮之也遂得不變元祐初以集賢校理爲著作郎判登聞鼓院復徙職方禮部員外郎知襄州會布執政其婦兄魏泰恃聲勢來居襄規占公私田園強市買與民爭利郡縣莫敢誰何至是指州門東偏官邸廢址爲天荒而請之吏具成牘至棐曰孰謂州門之東偏而有天荒乎郤之衆共白曰泰橫於漢南久今求地而緩與之且不可而又可郤邪棐竟持不與泰怒譖於布徙之潞州旋又罷去奪校理元符末還朝歷吏部右司二郎中以直祕閣知蔡州蔡地薄賦重轉運使又爲覆折之令多取於民民不堪命會有詔禁止而佐吏憚

使者不敢以詔旨從事棐曰州郡之於民詔令苟有未便猶將建請今天子德意深厚知覆折之病民手詔止之若有憚而不行何以爲長吏命即日行之未幾坐黨籍廢十餘年卒年六十七　史臣曰由三代以降薄乎秦漢文章雖與時盛衰而藹如其言曄如其光皦如其音蓋均有先王之遺烈涉晉魏而弊至唐韓愈氏乃復起唐之文涉五季而弊至修復起闕百川之頹波導之東注斯文正傳追步前古匹夫而爲百世師一言而爲天下法此兩人足以當之愈不極於用修用矣而不極其至然國朝文風彬彬至今修之功學士大夫相與尸而祝之可也

歐陽文忠公集自汴京江浙閩蜀皆有之前輩嘗言公作文揭之壁閒朝夕改定今觀手寫秋聲賦凡數本劉原父手帖亦至再三而用字往往不同故別本尤多後世傳錄既廣又或以意輕改殆至訛謬不可讀廬陵所刊抑又甚焉卷帙叢脞略無統紀私竊病之久欲訂正而患寡陋未能也會郡人孫謙益老於儒學刻意斯文承直郎丁朝佐博覽羣書尤長考證於是徧搜舊本傍采先賢文集與鄉貢進士曾三異等互加編校起紹熙辛亥春迄慶元丙辰夏成一百五十三卷別爲附錄五卷可繕寫模印惟居士集經公決擇篇目素定而參校衆本有增損其辭至百字者有移易後章爲前章者皆已附注其下如正統論吉州學記瀧岡阡表又迥然不同則收寘外集自餘去取因革粗有據依或不必存而存之各爲之說列於卷末以釋後人之惑第首尾浩博隨往隨刻歲月差互標注抵牾所不能免其視舊本則有閒矣既以補鄉邦之闕亦使學者據舊鑒新思公所以增

損移易則雖與公生不同時殆將如升堂避席親承指授或因是稍
悟爲文之法此區區本意也六月己巳前進士周必大謹書

廬陵歐陽文忠公年譜

真宗景德四年丁未

是歲皇考崇國公觀爲綿州軍事推官六月二十一日寅時公生

大中祥符元年戊申

大中祥符二年己酉

大中祥符三年庚戌

是歲崇公終於泰州軍事判官公叔父曄時任隨州推官因卜居焉公母夫人鄭氏年方二十九攜公往依之遂家于隨貧無資以荻畫地教公書字稍長多誦古人篇章使學爲詩叔父後歷閬州推官江陵府掌書記仕至二千石終都官員外郎

大中祥符四年辛亥

是歲葬崇公于吉州吉水縣瀧岡其後至和元年析吉水縣之報恩鎭置永豐縣遂隸永豐

大中祥符五年壬子
大中祥符六年癸丑
大中祥符七年甲寅
大中祥符八年乙卯
大中祥符九年丙辰
公年十歲在隨家益貧借書抄誦州南大姓李氏子好學公多遊其家於故書中得唐韓昌黎文六卷乞以歸讀而愛之爲詩賦下筆如成人都官曰奇童也宅日必有重名
天禧元年丁巳
天禧二年戊午
天禧三年己未
天禧四年庚申
天禧五年辛酉

乾興元年壬戌

二月仁宗卽位

仁宗天聖元年癸亥

是歲公應舉隨州試左氏失之誣論其略云石言于晉神降于莘

內蛇鬭而外蛇傷新鬼大而故鬼小人已傳誦坐賦逸官韻黜

天聖二年甲子

天聖三年乙丑

天聖四年丙寅

公年二十自隨州薦名禮部

天聖五年丁卯

是春試禮部不中

天聖六年戊辰公年二十二

是歲公攜文謁胥學士偃於漢陽胥公大奇之留置門下冬攜公

泛江如京師

天聖七年己巳公年二十三

是春公從胥在京師試國子監爲第一補廣文舘生秋赴國學解試又第一

天聖八年庚午公年二十四

正月試禮部翰林學士晏公殊知貢舉公復爲第一三月御試崇政殿公甲科第十四名五月授將仕郎試秘書省校書郎充西京留守推官

天聖九年辛未公年二十五

三月公至西京錢文僖公惟演爲留守幕府多名士與尹洙師魯梅堯臣聖俞尤善日爲古文歌詩遂以文章名冠天下初胥公許以女妻公是歲親迎于東武

明道元年壬申公年二十六

是春及秋兩遊嵩嶽秋盡從通判謝絳奉御香告廟也禮畢同遊
五人皆見峭壁大書神清之洞詳見附錄後謝希深與梅聖俞書
公又嘗行縣視旱蝗

明道二年癸酉公年二十七
正月以吏事如京師因省叔父于漢東三月還洛夫人胥氏卒時
生子未踰月九月莊獻劉后莊懿李后祔葬定陵公至鞏縣陪祭
十二月進階承奉郎

景祐元年甲戌公年二十八
三月西京秩滿歸襄城五月如京師會前留守王文康公曙入樞
府薦召試學士院閏六月乙酉授宣德郎試大理評事兼監察御
史充鎮南軍節度掌書記館閣校勘三館秘閣所藏書多脫謬七
月甲辰詔委官編定倣開元四部著爲總目公預焉是歲再娶諫
議大夫楊公大雅女

景祐二年乙亥公年二十九
是歲七月公同產妹之夫張龜正死於襄城謁告視之九月夫人
楊氏卒
景祐三年丙子公年三十
是歲天章閣待制權知開封府范仲淹言事忤宰相落職知饒州
公切責司諫高若訥若訥以其書聞五月戊戌降爲峽州夷陵縣
令公自京師沿汴絶淮泝江奉母夫人赴貶所十月至夷陵
景祐四年丁丑公年三十一
三月謁告至許昌娶薛簡肅公奎女是夏叔父都官卒九月還夷
陵十二月壬辰移光化軍乾德縣令
寶元元年戊寅十一月改元
三月赴乾德是歲胥夫人所生子夭
寶元二年己卯公年三十三

二月知制誥謝希深絳出守鄧州梅聖俞將宰襄城與希深偕行

五月公謁告往會留旬日而還六月甲申復舊官權武成軍節度

判官廳公事公自乾德奉母夫人特次於南陽冬暫如襄城

康定元年庚辰二月改元公年三十四

是春赴滑州時范文正公起爲陝西經略招討安撫使辟公掌書

記辭不就六月辛亥召還復充館閣校勘仍修崇文總目十月轉

太子中允癸巳同修禮書是歲子發生

慶曆元年辛巳公年三十五

五月庚戌權同知太常禮院以見修崇文總目辭許之八月乙酉

許州對公事回依舊供職十一月丙寅祀南郊攝太常博士引終

獻十二月加騎都尉己丑崇文總目成改集賢校理

慶曆二年壬午公年三十六

正月丁巳考試別頭舉人三月丙辰御試進士應天以實不以文

賦公擬進一首賜勅書獎諭四月丙子復差同知禮院契丹遣汎
使求關南地宰相呂夷簡薦富弼報聘人皆危之公上書引顏真
卿使李希烈事乞留弼不報五月復應詔上書極陳弊事八月請
外九月通判滑州十月至

慶曆三年癸未公年三十七

是歲仁宗廣言路修政事人多薦公宜爲臺諫三月召還癸巳轉
太常丞知諫院四月至京九月戊辰賜緋衣銀魚己巳同詳定國
朝勳臣名次丙戌同修三朝典故十月戊申擢同修起居注十二
月己亥召試知制誥公辭辛丑有旨不試直以右正言知制誥仍
供諫職丁未同詳定編勅是月立春祭西太一宮爲獻官尋例賜
紫章服

慶曆四年甲申公年三十八

三月庚午兼判登聞檢院四月乙未押伴契丹賀生辰人使御筵

於都亭驛己亥命公使河東計度廢麟州及盜鑄鐵錢并礬課虧
額利害七月還京師八月甲午保州軍叛契丹聲言討西夏癸卯
除公龍圖閣直學士河北都轉運按察使九月三朝典故成書以
公嘗預編纂賜詔獎諭十一月南郊恩進階朝散大夫封信都縣
開國子食邑五百戶
慶曆五年乙酉公年三十九
是春真定帥田況移秦州公權府事者三月時二府杜正獻范文
正韓忠獻富文忠公以黨論相繼去公上書辨之小人素已憾公
會公孤甥張氏犯法諫官錢明逸因以財產事及公下開封鞫治
府尹楊日嚴觀望傳會上命戶部判官蘇安世入內供奉官王昭
明監勘得無他八月甲戌猶落龍圖閣直學士罷都轉運按察使
降知制誥知滁州十月甲戌至郡是歲子奕生
慶曆六年丙戌公年四十

公在滁自號醉翁

慶曆七年丁亥公年四十一

十二月以南郊恩加上騎都尉進封開國伯加食邑三百戶是歲

子棐生

慶曆八年戊子公年四十二

閏正月乙卯轉起居舍人依舊知制誥徙知揚州二月庚寅至郡

皇祐元年己丑公年四十三

正月丙午移知潁州二月丙子至郡樂西湖之勝將卜居焉四月

丙戌轉禮部郎中八月辛未復龍圖閣直學士是歲子辯生

皇祐二年庚寅公年四十四

七月丙戌改知應天府兼南京留守司事己酉至府十月己未明

堂覃恩轉吏部郎中加輕車都尉是歲約梅聖俞買田於潁

皇祐三年辛卯公年四十五

皇祐四年壬辰公年四十六

三月壬戌丁母夫人憂歸潁州四月起復舊官公固辭八月許之

皇祐五年癸巳公年四十七

八月自潁州護母喪歸葬吉州之瀧岡胥楊二夫人祔焉是冬復至潁

至和元年甲午三月改元公年四十八

五月服闋除舊官職赴闕六月癸巳朝京師乞郡不許七月甲戌權判流內銓會小人詐爲公奏請汰內侍其徒怨怒以胡宗堯不當改官事中公戊子出知同州判吏部南曹吳充爲公辨明不報知諫院范鎭一再極言而參知政事劉沆方提舉修唐書亦乞留公修書八月丙午沆拜相戊申詔公修唐書九月辛酉遷翰林學士壬戌兼史館修撰又差勾當三班院十月乙巳朝饗景靈宮天興殿攝侍中捧盤取水十二月庚戌臘饗孝惠孝章淑德章懷皇

后廟攝太尉行事
至和二年乙未公年四十九
三月同孫抃考試諸司寺監人吏六月己丑上書論宰相陳執中
已而乞外改翰林侍讀學士集賢殿修撰出知蔡州侍御史趙抃
知制誥劉敞上疏留公七月戊午復領舊職八月辛丑假右諫議
大夫充賀契丹國母生辰使將持送仁宗御容會虜主殂癸丑改
充賀登位國信使十二月庚戌宿虜界松山
嘉祐元年丙申九月改元公年五十
二月甲辰使還進北使語錄閏三月丁亥判太常寺兼禮儀事孟
夏薦饗攝太尉行事五月癸未知通進銀臺司兼門下封駁事乙
未免勾當三班院六月甲子奉勅祈晴醴泉觀八月壬戌知益州
張方平除三司使甲子詔公權發遣三司公事以俟其至而命李
淑代知銀臺司乙亥車駕詣景靈宮朝拜天興殿充贊導禮儀使

又朝謁真宗及章懿太后神御殿攝太常卿九月辛卯大慶殿行
恭謝禮爲贊引太常卿禮成加上輕車都尉進封樂安郡開國侯
加食邑五百戶十二月被差押伴契丹賀正旦人使御筵於都亭
驛

嘉祐二年丁酉公年五十一

正月癸未權知禮部貢舉賜御書文儒二字乙巳磨勘轉右諫議
大夫三月癸卯爲狄青發哀苑中攝太常卿六月丙寅福康公主
進封兗國公主七月壬午命公攝禮部侍郎以印授冊使乙未兼
判尚書禮部九月己卯兼判秘閣秘書省十一月辛巳權判史館
丙申權知審刑院候胡宿回依舊辛丑免十二月辛亥權判三班
院癸亥權奉安明德元德章穆三后御容於啓聖院車駕行酌獻
禮充禮儀使是月被差押伴契丹賀正旦人使御筵于都亭驛

嘉祐三年戊戌公年五十二

正月壬午上幸興國寺及啓聖院朝謁太祖太宗神御殿攝太常

卿二月癸卯契丹遣使告其國母哀差公館伴三月辛未兼侍讀

學士以員多固辭不拜癸未充宗正寺同修玉牒官甲午同陳旭

考試在京百司等人六月庚戌加龍圖閣學士權知開封府

嘉祐四年己亥公年五十三

二月戊辰免開封轉給事中同提舉在京諸司庫務是月充御試

進士詳定官賜御書善經二字四月丁卯奏告今冬太廟親行祫

饗之禮癸酉孟夏薦饗並攝太尉行事丙子兼充羣牧使六月甲

申刪定景祐廣樂記九月丁酉奉勅祈晴相國寺十月壬申車駕

朝饗景靈宮癸酉祫饗太廟並攝侍中行事丁丑加護軍食實封

三百戶

嘉祐五年庚子公年五十四

四月丁卯孟夏薦饗太廟攝太尉行事七月戊戌上新修唐書二

百五十卷庚子推賞轉禮部侍郎九月丁亥兼翰林侍讀學士十月庚午下元節車駕朝拜景靈宮天興殿朝謁真宗及章懿太后神御殿攝侍中十一月辛丑拜樞密副使加食邑五百戶食實封二百戶甲寅同修樞密院時政記十二月被差押伴契丹賀正旦人使御筵於都亭驛

嘉祐六年辛丑公年五十五

三月戊申侍上幸後苑賞花華景亭釣魚涵曦亭遂宴太清樓閏八月辛丑轉戶部侍郎參知政事進封開國公加食邑五百戶食實封二百戶公辭轉官許之九月庚申同修中書時政記十二月丙戌臘享太廟攝太尉行事

嘉祐七年壬寅公年五十六

正月己酉朔太慶殿朝賀攝侍中承旨宣制三月乙卯祈雨南郊攝太尉行事辛酉提舉三館秘閣寫校書籍同譯經潤文四月壬

午上嘉祐編勅七月庚戌差充明堂鹵簿使九月壬申文德殿奏
請致齋攝侍中奏中嚴外辦己酉朝饗景靈宮庚戌朝饗太廟並
攝司徒辛亥大饗明堂己未進階正奉大夫加柱國仍賜推忠佐
理功臣十二月丙申上幸龍圖天章閣召輔臣至待制三司副使
以上臺諫官皇子宗室駙馬都尉管軍觀三聖御書又幸寶文閣
親飛白書分賜羣臣公得雙幅大書歲字下有御押加以御寶王
珪夾題八字云嘉祐御札賜歐陽修仍於絹尾書翰林學士臣王
珪奉聖旨題賜名又出御製觀書詩一首令羣臣屬和遂宴羣玉
殿庚子再召近臣及三館臣僚赴天章閣觀三朝瑞物太宗真宗
御集次赴寶文閣觀御飛白書賜公金花牋字復燕羣玉殿後數
日公以狀進詩謝
按兩宴皆有賜書而實錄及范蜀公東齋記事止載丙申有賜
當時王政公親奉詔爲序亦不及庚子再賜而實錄及序又不

及館職預召惟東齋記事言之公記陸子履家藏飛白字明言
羣玉殿所賜時子履任集賢校理與東齋記事合但不知是日
公得何字其爲金花牋則無疑然陳無已六一堂圖書詩乃云
黃絹兩大字又何也韓忠獻公謝詩云鸞拂宮絹舞胡文恭公
亦有謝御飛白扇子詩得非預坐者衆所賜或不同耶實錄二
十三日丙申二十七日庚子而政公序乃作戊申壬子不應差
誤如此殆傳寫訛耳
是月差押伴契丹賀正旦人使御筵於都亭驛
嘉祐八年癸卯公年五十七
二月乙亥奉勅充沈貴妃冊禮使不及行禮四月壬申英宗卽位
甲戌奉勅書大行皇帝哀冊謚寶甲申覃恩轉戸部侍郎進階金
紫光祿大夫加食邑五百戸食實封二百戸仍賜推忠協謀佐理
功臣乙酉奉勅篆受命寶其文曰皇帝恭膺天命之寶五月戊辰

爲皇帝祈福於南郊攝太尉行事七月戊申押伴契丹祭弔人使
御筵於都亭驛八月癸巳奉勅篆大行皇帝謚寶其文曰神文聖
武明孝皇帝之寶十月乙酉增修太廟成命告七室十二月庚午
伴押契丹賀正旦人使御筵於都亭驛

英宗治平元年甲辰公年五十八

四月甲午奉勅祈雨社稷閏五月戊辰特轉吏部侍郎八月辛丑
奉勅祈晴太社十二月壬子差押伴契丹賀正旦人使御筵於都
亭驛

治平二年乙巳公年五十九

是春上表乞外不允四月辛丑景靈宮奉安仁宗御容車駕行酌
獻之禮攝侍中八月以大雨水再乞避位不允九月辛酉提舉編
纂太常禮書百卷成詔名太常因革禮賜銀絹十一月庚午車駕
朝饗景靈宮辛未饗太廟壬申祀南郊攝司空行事進階光祿大

夫加上柱國食邑五百戶

治平三年丙午公年六十

三月三日賜上巳宴時初頒明天曆適值丁巳是月以言者指濮議爲邪說力求去不允七月癸酉薦饗太廟攝太尉行事十二月癸未奉勅篆皇帝尊號寶其文曰體乾膺曆文武廣孝皇帝之寶乙巳押伴契丹賀正旦人使御筵於都亭驛

治平四年丁未公年六十一

正月丁巳神宗卽位戊辰覃恩轉尙書左丞進階特進加食邑五百戶食實封二百戶仍賜推忠協謀同德佐理功臣二月第三子棐登進士第是月御史彭思永蔣之奇以飛語汙公上察其誣斥之公力求去三月壬申除觀文殿學士轉刑部尙書知亳州改賜推誠保德崇仁翊戴功臣閏三月辛巳宣簽書駐泊公事陛辭乞便道過潁少留許之五月甲辰至亳六月戊申視事

神宗熙寧元年戊申公年六十二
是歲連上表乞致仕不允八月乙巳轉兵部尚書改知青州充京
東東路安撫使九月丙申至青十一月丁亥郊祀恩加食邑五百
戶食實封二百戶是歲築第於潁
熙寧二年己酉公年六十三
三月內侍王延慶便道傳宣撫問仍賜香藥一銀合又遞賜新校
定前漢書以公嘗預刊定也冬乞壽州便私記不允
熙寧三年庚戌公年六十四
四月壬申除檢校太保宣徽南院使判太原府河東路經略安撫
監牧使兼幷代澤路麟府嵐石路兵馬都總管公堅辭不受七月
辛卯改知蔡州九月甲寅至蔡是歲更號六一居士
熙寧四年辛亥公年六十五
公在蔡累章告老六月甲子以觀文殿學士太子少師致仕七月

歸穎八月將祀明堂詔赴闕陪位公上章乞免從之禮成賜衣帶器幣牲餼

熙寧五年壬子公年六十六

閏七月庚午公薨八月丁亥贈太子太師

熙寧七年八月諡文忠諡議見附錄

熙寧八年九月乙酉葬開封府新鄭縣旌賢鄉

元豐三年十二月以子升朝遇太禮贈太尉

元豐八年十一月贈太師追封康國公

紹聖三年五月追封兗國公

崇寧三年追封秦國公政和三年追封楚國公皆以子棐遇郊恩

宋文忠公小影

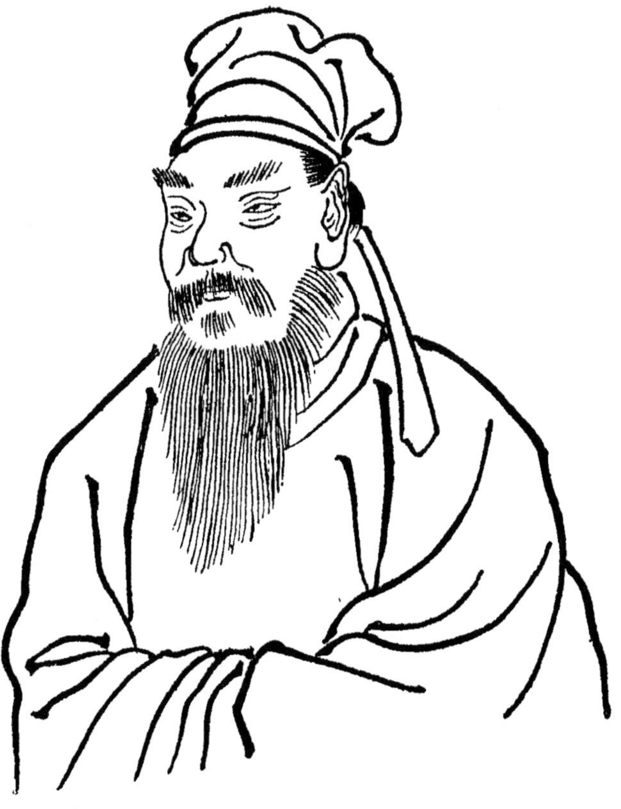

像讚

賢哉文忠直道大節知進知退既明且哲陸贄議論韓愈文章李杜歌詩公無不長當世大儒邦家之光

門人蘇軾題

又

霜空無雲秋天澄霽昭然政通何勞鍾簴儼然望之希世一遇萬邦方春逢坡益注

宋李端叔題

又

惟我昭陵公乃得升天下無朋國有魏公公乃得容不朋以忠風波既散高山獨見小人是嘆昔賢在是寧論厥似聞其百世

宋晁悅之題

又

文在兩間與世推移道之將興文必先知八代萎靡韓歐繼作讀者瞻之寔啓濂洛五季鉅筆素王微權本論拳拳慶曆七篇人心既正士習斯淳黃河泰華我公其人

清瀏從孫玄百拜謹撰圭齋

累代校刊姓名

宋元祐六年男發　奕　棐　辯　同集

門人蘇　軾　偕弟蘇　轍　編次

紹興五年郡人孫謙益　桂陽軍教授丁朝佐　鄉進士曾三異

登仕郎　胡　柯

慶元二年州縣學職葛　澋　王伯芻　朱　岑　胡　柄

清江主簿曾　渙　鄉進士胡　渙　鄉進士劉　贙

郡　人羅　泌

明天順辛巳郡太守程諱宗　教　授鄭　鋼

弘治辛亥郡　太　守　顧諱福　江南姑蘇人

正德壬申郡　太　守　劉諱喬　直隸慈谿人

嘉靖丙申郡　司　馬　季諱本　浙江會稽人

嘉靖乙卯行人司行人　陳諱珊　逸士羅　艮

左右布政汪諱宗元　潘諱恩　馬諱森

左參政　傅諱頤　湖北沔陽人

左右參議　王諱喬齡　張諱思誠

江西撫都院陳上虞人　巡按御史吳海寧人

南昌郡守陸諱九成　司馬黃諱持衡

別駕汪諱佐　司理王諱元春

臨江司馬　顧諱言　浙江仁和人

南新二縣宰　張諱于逵　杜諱完

嘉靖庚申江西撫都院　何諱遷　湖北安陸人

萬曆元年郡太守　雷諱以仁　湖北夷陵人

萬曆己卯首定八大家古文　茅諱坤　浙江歸安人

國朝康熙壬子合刊歐文二集　曾諱弘　本郡吉水人

又彙刊八大家文　孫諱琮　呂諱葆中　汪諱份

乾隆丙寅　廬陵嗣孫鈞溪副貢生教諭　安世

太學生肇相　浚　坦　分居水陂岸

邑庠生煌　錡　謙益　分居富溪鍈

東澤明　白沂庠生淮　寧溪國學章

安福湛塘庠生夔　字江庠生枚

桂里孝廉知縣質　蜀江孝廉知縣彥

龍南孝廉知縣龍　泰山任廣豐諭徽柔

貴州脩文縣璐　龍泉後巷恩貢教諭恭

太學生法詢　宜黃陽坊孝廉知縣易

邑庠生逢韶　桂　瀏陽國學啓遠

集古錄目序

物常聚於所好而常得於有力之彊有力而不好好之而無力雖近且易有不能致之象犀虎豹蠻夷山海殺人之獸然其齒角皮革可聚而有也玉出崑崙流沙萬里之外經十餘譯乃至乎中國珠出南海常生深淵採者腰絙而入水形色非人往往不出則下飽蛟魚金礦于山鑿深而穴遠篝火餱糧而後進其崖崩窟塞則遂葬於其中者率常數十百人其遠且難而又多死禍常如此然而金玉珠璣世常兼聚而有也凡物好之而有力則無不至也湯盤孔鼎岐陽之鼓岱山鄒嶧會稽之刻石與夫漢魏已來聖君賢士桓碑彝器銘詩序記下至古文籀篆分隸諸家之字書皆三代以來至寶怪奇偉麗工妙可喜之物其去人不遠其取之無禍然而風霜兵火湮淪磨滅散棄於山崖墟莽之閒未嘗收拾者由世之好者少也幸而有好之者又其力或不足故僅得其一二而不能使其聚也夫力莫如好好莫

如一予性顓而嗜古凡世人之所貪者皆無欲於其間故得一其所好於斯好之已篤則力雖未足猶能致之故上自周穆王以來下更秦漢隋唐五代外至四海九州名山大澤窮崖絶谷荒林破塚神仙鬼物詭怪所傳莫不皆有以爲集古錄以謂轉（一作傳）寫失真故因其石本軸而藏之有卷帙次第而無時世之先後蓋其取多而未已故隨其所得而錄之又以謂聚多而終必散乃撮其大要別爲錄目因幷載夫可與史傳正其闕繆者以傳後學庶益於多聞或譏予曰物多則其勢難聚聚久而無不散何必區區於是哉予對曰足吾所好玩而老焉可也象犀金玉之聚其能果不散乎予固未能以此而易彼也

廬陵歐陽脩序

昔在洛陽與余遊者皆一時豪儁之士也而陳郡謝希深善評文章河南尹師魯辨論精博余每有所作二人者必伸紙疾讀便得余深意以示他人亦或時有所稱皆非余所自得者也宛陵梅聖

俞善人君子也與余共處窮約每見余小有可喜事懽然若在諸己自三君之亡余亦老且病矣此敘之作既無謝尹之知音而集錄成書恨聖俞之不見也悲夫嘉祐八年歲在癸卯七月二十四日書

錄目記

集古錄既成之八年家君命棐曰吾集錄前世埋沒缺落之文獨取世人無用之物而藏之者豈徒出於嗜好之僻而以爲耳目之玩哉其爲所得亦已多矣故嘗序其說而刻之又跋於諸卷之尾者二百九十六篇序所謂可與史傳正其闕繆者已粗備矣若撮其大要別爲目錄則吾未暇然不可以闕而不備也棐退而悉發千卷之藏而考之曰嗚呼可謂詳矣蓋自文武以來迄于五代盛衰得失賢臣義士姦雄賊亂之事可以動人耳目者至於釋氏道家之言莫不皆有然分散零落數千百年而後聚於此則亦可謂

難矣其聚之旣難則其久也又將遂散而無傳宜公之惜乎此也於是各取其書撰之人事迹之始終所立之時世而著之爲一十卷以附於跋尾之後夫事必簡而不煩然後能傳於久遠今此千卷之書者刻之金石託之山崖未嘗不爲無窮之計也然必待集錄而後著者豈非以其繁一作多而難於盡傳哉故著其大略而不道其詳者公之志也熙寧二年二月記

右集古錄序成於嘉祐末年其云有卷帙次第無時世先後蓋取多而未已故隨其所得而錄之此公述千卷不以世代爲序之意也又云撮其大要別爲錄目因載夫可與史傳正其闕謬者以傳後學此公述錄目跋尾之意也至熙寧二年公之子叔弼記其後云公命棐曰吾跋諸卷之尾者二百九十六篇若撮其大要別爲錄目則吾未暇棐乃盡發千卷著其大略自今觀之公序明言別

爲錄目而棐乃記公未暇之語世傳集古跋十卷四百餘篇而棐乃謂二百九十六篇雖是時公尙無恙後三年方薨然續跋纔十餘耳不應多踰百篇得非寫本誤以三百爲二百或棐記在熙寧之前耶棐又云爲十卷附跋尾之後今錄目自爲一書乃二十卷不過列碑石所在及其名氏歲月初無難者何未暇之有是皆可疑姑以棐所記附公本序

濮議序

觀文殿學士行刑部尚書知亳州軍州事臣歐陽脩撰進

臣某頓首死罪言臣聞事固有難明於一時而有待於後世者伯夷叔齊是已夫君臣之義父子之道至矣臣不得伐其君子不得絕其父此甚易知之事也方武王之作也人皆以爲君可伐濮議之興也人皆以爲父可絕是大可怪駭者也盟津之會諸侯不召而至者蓋八百國是舉世之人皆以爲君可伐矣彼夷齊者眇然孤竹之二節臣也以其至寡之力欲抗舉世之人而力不能勝言不見察二子以謂吾言廢則君臣之義廢而後世之亂無時而止也乃相與務爲高絕之行以警世於是不食周粟而餓死首陽之下然世亦未之知也後五百餘年得孔子而稱其仁然後二子之道顯使孱王弱主得立於後世而臣不敢伐其君者二子之力也夫以甚易知之事二子爲之至艱如此猶須五百年得聖人而後明然則濮園之議其可與庸

人以口舌一日爭耶此臣不得不述其事以示後世也方濮議之興也儒學奮筆而論臺諫廷立而爭閭巷族談而議是舉國之人皆以爲父可絶矣世又無夷齊以抗之雖然賴天子聖明仁孝不惑羣議據經酌禮置園立廟不絶父子之恩以爲萬世法是先帝之明也今士大夫達於禮義者渙然釋其疑蓋十八九一本作三四矣固不待夷齊餓死孔子復生而後明也然有不可不記者小人之誣罔也蓋自漢以來議事者何嘗不立同異而濮園之議皆當世儒臣學士之賢者特以爲人後之禮世俗廢久卒然不暇深究其精微而一議之失出於無情未足害其賢惟三數任言職之臣挾以他事發於憤恨厚誣朝廷而歸惡人主借爲奇貨以買一作賣名而世之人不原其心迹不辨其誣罔翕然稱以爲忠使先帝之志鬱鬱不明於後世此臣子之罪也臣得與其事而知其詳者故不得已而述焉臣某謹序

內制集序

昔錢思公嘗以謂朝廷之官雖宰相之重皆可雜以它才處之惟翰林學士非文章不可思公自言爲此語頗取怒於達官然亦自負以爲至論今學士所作文書多矣至於青詞齋文必用老子浮圖之說祈禳祕祝往往近於家人里巷之事而制詔取便於宣讀常拘以世俗所謂四六之文其類多如此然則果可謂之文章者歟余在翰林六年中間進拜二三大臣皆適不當直而天下無事四夷和好兵革不用凡朝廷之文所以指麾號令訓戒約束自非因事無以發明矧余中年早衰意思零落以非工之作又無所遇以發焉其屑屑應用拘牽常格卑弱不振宜可羞也然今文士尤以翰林爲榮選余既罷職院吏取余直草以日次之得四百餘篇因不忍弃況其上自朝廷內及宮禁下暨蠻夷海外事無不載而時政記日曆與起居郎舍人有所略而不記未必不有取於斯焉嗚呼余且老矣方買田淮潁之

閒若夫涼竹簟之暑風曝茅簷之冬日睡餘支枕念昔平生仕宦出
處顧瞻玉堂如在天上因覽遺藁見其所載職官名氏以較其人盛
衰先後孰在孰亡足以知榮寵爲虛名而資談笑之一噱也亦因以
誇於田夫野老而已嘉祐六年秋八月二日廬陵歐陽修序

歐陽文忠公全集總目

居士集五十卷

卷第五　文集八十六

卷第六　文集八十七

卷第七　文集八十八

表奏書啓四六集七卷

集古錄跋尾一十卷

唐　五代

書簡一十卷

卷第一　文集一百四十四

五十一首

卷第二　文集一百四十五

五十六首

卷第三　文集一百四十六

四十八首

卷第四　文集一百四十七

四十一首

卷第五　文集一百四十八

六十二首

卷第六　文集一百四十九

附錄

居士集卷第一　集一

古詩三十八首

顏跖

顏回飲瓢水陋巷卧曲肱盜跖厭人肝九州恣橫行回仁而短命跖壽死免兵愚夫仰天呼禍福豈足憑跖身一腐鼠死朽化無形萬世尙遭戮筆誅甚刀刑思其生所得豺犬飽臭腥顏子聖人徒生知自誠明惟其生之樂豈減跖所榮死也至今在光輝一作輝光如日星譬如埋金玉不耗精與英生死得失間較量誰重輕善惡理如此毋尤天不平

猛虎

猛虎白日行心閑貌揚揚當路擇人肉羆一作熊豬不形相頭垂尾不掉百獸自然降暗禍發所忽有機埋路傍徐行自踏之機翻矢穿腸怒吼震林邱瓦落兒墮床已死不敢近目睛射餘光虎勇一作猛

恃其外爪牙利鉤鋸人形雖羸弱智巧一作巧智乃中藏恃外可摧

折藏中難測量英心多决烈自信不猜防老狐足姦計安居一作身

安穴垣墻窮冬聽冰渡思慮豈不長引身入扱中將死猶跳踉狐姦

固堪笑虎猛誠可傷

仙草

世說有仙草得之能隱身仙書已怪妄此事况無文嗟爾得從誰不

辨僞與真持行入都市自謂術通神白日攫黄金磊落揀奇珍旁人

掩口笑縱汝暫懽忻汝方矜所得謂世盡盲昏非人不見汝乃汝不

見人

遊龍門分題十五首

上山

躡蹻上高山探險慕幽賞初驚澗芳早忽望巖扉敞林窮路已迷但

逐樵歌響

下山

行歌翠微裏共下山前路千峯返照外一鳥投巖去渡口晚無人繫舸芳洲樹

石樓

高灘復下灘風急刺舟難不及樓中客徘徊川上山一作山上看一作山上山夕陽洲渚遠唯見白鷗翻

上方閣

聞鍾渡一作動寒水共步尋雲嶂還隨孤鳥下却望層林上清梵遠猶聞日暮空一作千山響

伊川泛舟

春谿漸生溜漠漾迴舟小沙禽獨避人飛去青林杪

宿廣化寺

橫槎渡深澗披露採香薇樵歌雜梵響共向松林歸日落寒山慘浮

雲隨客衣

自菩提步月歸廣化寺

春巖瀑泉響夜久山已寂明月淨松林千峯同一色

八節灘

亂石瀉溪流跳波濺如雪往來川上人一作寒川上朝暮愁灘闊更待浮雲散孤舟弄明月

白傅墳

芳荃奠蘭酌共弔松林裏溪口望山椒但見浮雲起

晚登菩提上方

野色混晴嵐蒼茫辨烟樹行人下山道猶向都門去

山槎

古木臥山腰危根老盤石山中苦霜霰歲久無春色不如嵓下桂開花獨留客

石筝

巨石何亭亭孤生此巖側白雲與翠霧誰見琅玕色惟應山鳥飛百轉時來息

鷺鷥

畫舷一作船鳴兩槳日暮芳洲路泛泛風波鳥雙雙弄紋羽愛之欲移舟漸近還飛去

魚一作漁罾

春水弄春沙蕩漾流不極笭箵苦難滿終日沙頭客向暮卷空罾棹歌菱浦北

魚鷹

日色弄晴一作清川時時錦鱗躍輕飛若下韝豈畏風灘惡人歸晚渚靜獨傍漁舟落

伊川獨遊

東郊漸微綠驅馬忻獨往梅繁野渡晴泉落春山響身閑愛物外趣
遠諧心賞歸路逐樵歌落日寒川上

三遊洞 一本作夷陵九詠 一三遊洞二下牢溪三蝦蟇碚四勞亭驛五五龍溪六黃溪夜泊七黃牛峽祠八松門九下牢津居士集本古律各從其類今從之

漾檝泝清川捨舟緣翠嶺探奇冐層巘因以窮人境弄舟一作川終日愛雲山徒見青蒼杳靄閒誰知一室烟霞裏乳竇雲腴凝石髓蒼崖一徑橫查渡翠壁千尋當戶起昔人心賞爲誰留人去山阿跡更幽青蘿綠桂何岑寂山鳥嘐嘐不驚客松鳴澗底自生風月出林閒來照席仙境難尋復易迷山回路轉幾人知惟應洞口春花落流出巖前百丈谿 即下牢溪也

下牢溪

隔谷聞溪聲尋溪度橫嶺清流涵白石靜見千峯影巖花無時歇翠

柏鬱何整安能戀潺湲俯仰弄雲景

蝦蟇碚 今土人寫作背字音佩

石溜吐陰崖泉聲滿空谷能邀弄泉客繫舸留巖腹陰精分月窟水味標茶錄共約試春芽槍旗幾時綠

黃牛峽 一本無峽字 祠

大川雖有神 一作固神靈 淫祀亦其 一作本 風俗石馬繫祠門山鷄噪叢木潭潭村鼓隔溪聞楚巫歌舞送迎神畫船百丈山前路上灘下峽長來去江水東流不暫停黃牛千古長如故峽山侵天起青嶂崖崩路絕無由上黃牛不下江頭飲行人未向舟中望朝朝暮暮 一作行行終日見黃牛 徒使行 一作誰使 人人過此愁山高更遠望猶見不是黃牛 一作灘中 滯客舟語曰朝見黃牛暮見黃牛 一朝一暮 黃牛如故言江惡難行久不能過也

千葉紅梨花峽州署中舊有此花前無賞者知郡朱郎中始

加欄檻命坐客賦之

紅梨千葉愛者誰白髮郎官心好奇徘徊繞樹不忍折一日千匝看無時夷陵寂寞千山裏地遠氣偏時節異愁煙若霧少芳菲野卉蠻花鬬紅紫可憐此樹生此處高枝絶一作紅豔無人顧春風吹落復吹開山鳥飛來自飛去根盤樹老幾經春真賞今纔遇使君風輕絳雪罇前舞日暖繁香露下聞從來奇物產天涯安得移根植帝家猶勝張騫爲漢使辛勤西域徙榴花

金雞五言十四韻

蠻荊鮮人秀厥美爲物怪禽鳥得之多山雞稟其粹衆綵爛成文真色不可繪仙衣霓紛披女錦花綷縩輝華日光亂眩轉目睛憊高田啄秋粟下澗飲寒瀨清㖃或相呼舞影還自愛豈知文章累遂使網羅掛及禍誠有媒求友反遭賣有身乃吾患斷尾亦前戒不羣世所驚甚美衆之害稻粱雖云厚樊縶豈爲泰山林歸無期羽翮日已鎩

用晦有前言書之可爲誡

和丁寶臣遊甘泉寺寺在臨江一山上與縣廨相對

江上孤峯蔽綠蘿縣樓終日對嵯峨叢林已廢姜祠在事迹難尋楚語訛寺有清泉一泓俗傳爲姜詩泉亦有姜詩祠按詩廣漢人疑泉不在此空餘一派寒巖側澄碧泓渟涵玉色野僧豈解惜清泉蠻俗那知爲勝迹西陵老一作縣令好尋幽時共登臨向此遊欹危一逕穿林樾盤石蒼苔留客歇山深雲日變陰晴澗柏巖松度歲青谷裏花開知地暖林間鳥語作春聲依依渡口夕陽時却望層巒在翠微城頭暮鼓休催客更待橫江一作孤舟弄月歸

送京西提點刑獄張駕部

太華之松千歲青嘗聞其下多茯苓地靈山秀草木異往往變化爲人形神仙不欲世人採覆以雲氣常冥冥臺郎何年一作處得真訣服餌既久毛骨清汝陽昔見今十載丹顏益少方瞳明郡齋政成罇

俎樂高談日接無俗情詔書忽下褒美績使車朝出行屬城職清事簡稱雅一作高意蠹書古篋一作靈九滿笥晨裝輕洛陽花色笑春日錦衣晝歸閭里驚自云就欲一作欲就謝官去烏紗白髮西臺卿他年我一作終亦老嵩少願乞仙粒分餘馨

贈杜默一本注云默師太學先生石守道介

南山有鳴鳳其音和且清鳴於有道國出則天下平杜默東土秀能吟鳳凰聲作詩幾百篇長歌仍短行攜之入京邑欲使衆耳驚來時上師堂再拜辭先生先生頷首遺教以勿驕矜贈之三豪篇而我濫一名杜子來訪我欲求相和鳴顧我文字卑未足當豪英豈如子之辭鏗鍠閒鏞笙淫哇俗所樂百鳥徒一作方嚶嚶杜子卷舌去歸衫翮以輕京東聚羣盜河北點新兵飢荒與愁苦道路日以盈子盍引其吭發聲通下情上聞天子聰次使宰相聽何必九包禽始能瑞一作鳴堯庭子詩何時作我耳久已傾願以白玉琴寫之朱絲繩

送呂夏卿夏卿父造字公初有名進士也一本云送呂先輩

赴端州高要尉

使吾尚幼學弄筆羣兒爭誦公初文嗟我今年已白髮公初相見猶埃塵傳家尚喜有二子始知靈珠出淮濱一作海蠙一作淮蠙去年束書來上國欲以文字驚衆人駑駘羣馬斂足避天衢讓路一作騰踏先騏驎尚書禮部奏高第斂衣襆硯趨嚴宸曈曈春日轉黃傘藹藹賦筆摛青雲我時寓直殿廬外衆中迎子笑以忻明朝一作晨失意落人後我爲沮氣羞出門得官高要幾千里猶幸海遠一作遠海無惡氛英英帝囿多鸞凰一作鳳上下羽翼何繽紛期子當呼丹山鳳爲瑞相與來及羣

憶山示聖俞

吾思夷陵山山亂不可究東城一堠餘高下漸岡阜羣峯迤邐接四顧無前後憶嘗祇吏役鉅細悉經覯是時秋冉紅嶺谷堆纈繡林枯

松鱗皴山老石脊瘦斷徑履顛崖孤泉聽淸溜深行得平川古俗見耕耨澗荒驚麏奔日出飛雉雊盤石屢欹眠綠巖堪解綬幽尋嘆獨往淸興思誰侑其西乃三峽嶮怪愈奇富江如自天傾一作瀉岸立兩崖鬭黔巫望西屬越嶺通南奏時時縣樓對雲霧昏白晝荒烟下牢戍百仞寒溪漱蝦蟇噴水簾甘液勝飲酎亦嘗到黃牛泊舟聽猿狖巉巉起絕壁蒼翠非刻鏤陰崖下攢叢岫穴忽空透遙岑聳孤出可愛欣欲就惟思得君詩古健寫奇秀今來會京師車馬逐塵瞀顛冠各白髮舉酒無蒨袖繁華不可慕幽賞亦難遘徒爲憶山吟耳熱助嘲詬

送唐生一本作送唐秀才歸永州

京師英豪域車馬日紛紛唐生萬里客一影隨一身出無車與馬但踏車馬塵日食不自飽讀書依主人夜夜客枕夢一作冷北風吹孤雲翩然動歸思旦夕來叩一作叩我門終年少人識逆旅一作旅意

惟我親來學媿道瞶一作昧贈歸慚一作嗟囊貧勉之期不止多穫由力耘指家大嶺北重湖浩無垠飛鴈不可到書來安得一作能頻

送任處士歸太原時天兵方討趙元昊

一虜動邊陲用兵三十萬天威豈不嚴賊首猶未獻自古王者師有征而不一作無戰勝敗繫人謀得失由廟筭是以天子明咨詢務周徧直欲採奇謀不爲人品限公車百千輩下不遺僕賤況於儒學者延納宜無閒如何任生來三月不得見方茲急士時論擇豈宜慢任生居太原白首勤著撰閉戶不求聞忽來誰所薦人賢固當用舉繆不加譴一作賢固當用舉繆亦不加譴賞罰兩無文是非奚以辨遂令拂衣歸安使來者勸一本作其餘苟盡然所責胡由辨兩句嗟吾筆與舌非職不敢諫

聖俞會飲時聖俞赴湖州一本作送梅堯臣赴湖州

傾壺豈徒彊君飲解帶且欲留君談洛陽舊友一時散十年會合無

二三京師旱久塵土熱忽值晚雨涼纖纖一作霰霰滑公井泉釀最美赤泥印酒新開緘更吟君句勝啖啗杏花妍媚春酣酣君詩有春風酣酣杏正妍之句吾交豪俊天下選誰一作難得衆美如君兼一本有鏗鏘文律金玉寫森羅武庫戈戟銛兩句詩工鑱刻露天骨將論縱橫輕玉鈐遺編最愛孫武說往往曹杜遭夷芟關西幕府一作下不能辟隴山一作西敗一作大將死可慚嗟余身賤不敢薦四十白髮猶青衫吳興太守詩亦好往一作助奏玉琯和英咸盃行到手莫辭醉明日一作發舉棹天東南

送胡學士知湖州一本云送胡宿武平學士

武平天下才四十滯鉛槧忽乘使君舟歸榜一作艕不可纜都門春漸動柳色綠將暗掛帆千里風水闊江灩灩吳興水精宮樓閣在寒鑑橘柚秋苞繁烏程春甕釀清談越客醉屢舞吳娘豔寄詩毋憚頻一作煩以慰離居念

哭一作弔石曼卿

嗟我識君晚君時猶壯夫信哉天下奇落落不可拘軒昂懼驚俗自一作以隱酒之徒一飲不計斗傾河竭崐墟作詩幾百篇錦組聯瓊琚時時出險語意外研精麤窮奇變雲烟搜怪蟠蛟魚詩成多自寫筆法顏與虞旋弃不復惜所存今幾餘往往落人間藏之比明珠又好一作愛題屋壁虹霓隨卷舒遺蹤處處在餘墨潤不枯朐山頃歲出我亦斥江湖乖離一作睽四五載人事忽焉一作有殊歸來見京師心老貌已癯但驚何其衰豈意今也無才高不少下闊若與世踈驊騮當少時其志萬里塗一旦老伏櫪猶思玉山芻天兵宿西北狂兒尚稽誅而今壯士死痛惜無賢愚歸魂渦上田露草荒春蕪

送曇穎歸廬山

吾聞廬山久欲往世俗拘昔歲貶夷陵扁舟下江湖八月到湓口停帆望香爐香爐雲霧間杳靄疑有無忽值秋日明彩翠浮空虛信哉

奇目秀不與灊霍俱偶病不得往中流但踟躕今思尚髣髴恨不傳畫圖疊雲顛十年舊風塵客京都一旦不辭訣飄然卷衣（一作長裾）山林往不返古亦有吾儒西北苦兵戰江南仍旱枯新秦又攻寇京陝募兵夫聖君念蒼生賢相思良謨嗟我無一説朝紳拖舒舒未能膏鼎鑊又不老菰蒲羨子識所止雙林歸結廬

送孔秀才遊河北

吾始未識子但聞楊公賢及子來叩門手持贈子篇賢愚視所與不待交子（一作得交）一言子文諧律呂子行潔琅玕行矣慎所遊惡草能敗蘭

送黎生下第還蜀

黍離不復雅孔子修春秋扶王貶吳楚大法加諸侯妄儒泥於魯甚者云黜周大旨既已矣安能討（一作計）源流遂令學者迷異説相交鉤黎生西南秀挾策來東遊（一作州）有司不見採春霜滑歸輈自云

喜三傳力一作方欲探微幽凡學患不彊苟至將焉廋聖言簡且直
慎勿迂其求經通道自明下筆如戈矛一敗不足卹後功掩前羞

居士集卷第一

古詩二十首

送楊闢秀才

吾奇曾生者始得之太學初謂獨軒然百鳥而一鶚既又得楊生羣獸出麟角乃知天下才所識慚未博楊生初誰師仁義而禮樂天姿樸且茂美不待追琢始來讀其文如渴飲醴 一作湩 酪既坐即之談稍稍吐鋒鍔非唯富春秋固已厚天爵有司選羣材繩墨困量度胡爲謹毫分而使遺磊落至寶異常珍夜光驚把握駭者弃諸塗竊拾充吾橐其於獲二生厥價玉一轂嗟吾雖得之氣力獨何弱帝閽啓巖巖 一作嚴嚴 欲獻前復却遽令扁舟下飄若吹霜籜世好競辛鹹古味殊淡泊 一作薄 否泰理有時惟窮見其確

送孔生 一本生作監簿 再遊河北

志士惜白日高車無停輪孔生東魯儒年少勇且仁大軸獻理勛長

裾弊街塵門無黃金聘家有白髮親寒風八九月北渡大河津玉塞積精甲金戈耀秋雲孔生力數斗其智兼千人祗褐不自暖高談吐陽春北州多賢侯待 一作得 士誰最勤一見贈雙璧再見延上賓丈夫患不遇豈患長賤貧

送慧勤歸餘杭

越俗僭宮室傾貲事雕牆佛屋尤其侈耽耽擬侯王文彩瑩丹漆四壁金焜煌上懸百寶蓋宴坐以方牀胡爲弃不居棲身客京坊辛勤營一室有 一作乃 類鸞巢梁南方精飲食菌 一作箘 笋鄙羔羊飯以玉粒粳調之甘露漿一饌費千金百品羅成行晨興未飯僧日昃不敢嘗乃茲隨北客枯粟充飢腸東南地秀絕山水澄清 一作鮮 光餘杭幾萬家日夕焚清香烟霏四面起雲霧雜芬芳豈如車馬塵鬢髮染成霜三者孰苦樂子奚 一作兮 勤四方乃云慕仁義奔走不自遑始知仁義力可以治膏肓有志誠可樂 一作嘉 及時宜自彊人情重

懷土飛鳥思故鄉夜枕聞北鴈歸心逐南檣歸兮能來否送子以短章

讀張李二生文贈一本作謝張續李常寄石先生先生石介也

先生二十年東魯能使魯人皆好學其間張續與李常剖琢珉石一作如剖珉石一作如剖衆石得天璞大圭雖不假雕琢一作鐫但未磨礱出圭角二生固是天下寶豈與先生私褚囊先生示我何矜誇手攜文編謂新作得之數日未暇讀意欲百事先一作前屏却夜歸獨坐南窗下寒燈青熒如熠爚病眸昏澁乍開緘爛若月一作日星明錯落辭嚴意正質非俚一作高且簡古味雖淡醇不薄千年佛老一作若佛賊中國禍福依憑羣黨惡拔根掘窟期必盡有勇無前力何辠乃知二子果可用非獨詞一作特言堅由志確朝廷清明天子聖陽德彙進羣陰剝大烹養賢有列一作味別鼎豈久師門共藜藿

一作有先生在魯魯皆化苟用於朝其利博兩句又一本在作居朝作時予一作我慚職諫未能薦有酒且慰先生酌

絳守居園池

嘗聞紹述絳守居偶來覽登一作登覽周四隅巽哉樊子怪可吁心欲獨出無古初窮荒搜幽入有無一作無有一語詰曲百盤紆孰云己出不剽襲句斷欲學盤庚書一本有方言爾雅不訓詁幾欲舌譯從象胥兩句荒煙古木蔚遺墟我來嗟秖一作止得其餘柏槐端莊偉丈夫蒼顏鬱鬱老不枯靚容新麗一何姝清池翠蓋擁紅蕖胡髯虎搏豈足道記錄細碎何區區虞氏八卦畫河圖禹湯皐陶一作陶暨唐虞豈不古奧萬世模嫉世姣巧一作好習皐汙以奇矯薄駭聾愚用此猶得追韓徒我思其人爲躊躇作詩聊謔爲坐娛

晉祠一本作過并州晉祠泉

古一作故城南出十里間鳴渠夾路一作石渠夾道何潺潺行人望

祠下馬謁退卽祠下窺水源地靈草木得餘潤鬱鬱古一作松柏含蒼烟幷兒自古事一作重豪俠戰爭五代幾百年天開地闢眞主出猶須再駕方凱旋頑民盡遷高壘削秋草自綠埋空垣一作自綠空壍垣幷人昔遊晉水上清鏡照耀涵朱顏晉水今入幷州裏稻花漠漠澆平田廢興髣髴無舊一作故老氣象寂寞餘山川惟存祖宗聖功業干戈象舞被管絃我來覽登一作登覽為歎息暫照白髮臨清泉鳥啼人去廟門闔還有山月來娟娟

登絳州富公嵩巫亭示同行者

羣峯擁軒檻竹樹陰漠漠公胡苦思山規構自心作惟予一作予亦愛山者初仕卽京洛嵩峯三十六終日對高閣陰晴無朝暮紫氣常浮泊雄然九州中氣象壓寥廓亦嘗步其巔培塿視一作觀四岳其後竄荆蠻始識峽山惡長江瀉天來巨石忽開拓始疑茫昧初渾沌死鑴鑿神功夜催就萬仞成一作或一削尤奇十二峯隱見入冥邈

人蹤斷攀緣異物宜所託顧瞻但徘徊想像逢綽約嵩山近可愛泉石吾已諾終朝友幽人白首老雲壑荆巫惜遐荒詭恠杳難邈至今清夜思魂夢輒飛愕偶來玩茲亭塵眼刮昏膜況逢秋雨霽濃翠新染濯峯端上明月且可留幽酌

水谷夜行寄子美聖俞 一本題上有補成字

寒一作晨雞號荒林山壁月倒掛披衣起視夜攬轡念行一作遐邁我來夏云初素節今已屆高河瀉長空勢落九州外微風動涼襟曉氣清餘睡一作色清餘曖緬懷京師友文一作有酒邈一作邀高會其間蘇與梅二子可畏愛篇章富縱橫聲價相磨一作摩蓋子美氣尤雄萬竅號一噫有時肆顛狂醉墨洒霧霈譬一作勢如千里馬一作足已發不可殺盈前盡珠璣一一難柬汰梅翁事清切石齒漱寒瀨作詩三十年視我猶後一作後猶無輩文詞愈清新心意雖一作難老大譬如妖韶女老自有餘態近詩尤古硬一作淡咀嚼苦難嘬

初如食橄欖真味久愈在蘇豪以氣轢一作礫舉世徒一作盡驚駭梅窮獨我知一作我獨奇古貨今難賣一作物今誰買二子雙鳳凰百鳥之嘉瑞雲烟一翺翔羽翮一摧鎩安得相從遊終日鳴噦噦問胡一作相問苦思之對酒把一作把酒對新蟹

病中代書奉寄聖俞二十五兄一本無奉及下四字

憶君去年來自越值我傳車催去闕是時新秋蟹正肥恨不一醉與君別今年得疾一作別病因酒作一春不飲氣彌劣飢腸未慣飽甘脆一作平生乍得飽甘肥九蟲寸白一作腹蟲不慣爭為孽一飽猶能致身患寵祿豈無神所罰乃知賦予分有涯適分自然無夭閼昔在洛陽年少時春思每先花亂發萌芽不待楊柳動探春馬蹄常踏雪到今年纔三十九怕見新花羞白髮顏侵塞下風霜色病過鎮陽桃李月兵閑事簡居可樂心意自衰非屑屑日長天暖惟欲睡一作眠睡美尤厭春鳩聒北潭去城無百步淥水冰銷魚撥剌經時曾未

著脚到好景但聽遊人説官榮雖厚世味薄始信衣纓乃羈紲故人有幾獨思君安得見君憂暫豁公廚酒美遠莫致念君貫 一作慣 飲衣屨脫郭生書來猶未到想見新詩甚飢渴少年事事今已去惟有愛詩心未歇君閑可能爲我作莫辭自書藤紙滑少低筆力容 一作 留我和無使難追韻高絶

鎮陽殘杏 一本有寄聖俞字

鎮陽二月春苦寒東風力弱冰雪頑北潭跬步病不到 即常山宮後池也州之勝游惟此 何暇騎馬尋郊原鷴 一作雕 邱新晴暖已動砌下流水來潺潺 鷴邱水在州西十五里以長渠引走城中 但聞簷間鳥語變不覺桃杏開已闌人生一世浪自苦盛衰桃杏開落間西亭昨日偶獨到 一作往 猶有一樹當南軒殘芳爛漫看更好皓若春雪團枝繁無風已恐自零落長條可愛不可攀猶堪攜酒醉其下誰肯伴我頹巾冠

班班林間鳩寄內

班班林間鳩穀穀命其匹迨天之未雨與汝勿相失春原洗新霽綠葉暗朝日鳴聲相呼和（一作呼相諧）應答如吹（一作若呂應嘉律）深棲柔桑暖下啄高田實人皆笑汝拙無巢以家室易安由寡求吾羨拙之佚吾雖有室家出處曾不一（一本有豈如鳴鳩樂天性免乖咈兩句）荊蠻昔竄逐奔走若鞭扶山川瘴霧深江海波濤颶跬步子所同淪弃甘共沒投身去人眼已廢誰復嫉山花與野草我醉子鳴瑟但知貧賤安不覺歲月忽還朝今幾年官祿霑兒姪身榮責愈重器小憂常溢今年來鎮陽留滯見春物北潭新漲淥魚鳥相聱耴（魚乙切一作懽聲逸）我意不在春所憂空自咄一官誠易了報國何時畢高堂母老矣衰髮不滿櫛昨日寄書言新陽發舊疾藥食（一作石）子雖勤豈若我在膝又云子亦病蓬首不加髴書來本慰我使我煩憂鬱思家春夢亂妄意占凶吉却思夷陵囚其樂何可述前年辭諫署

朝議不容乞孤思一許國家事豈復一作暇卹橫身當衆怒見者旁可慄近日讀除書朝廷更輔弼君恩優大臣進退禮有秩小人妄希旨論議爭操筆又聞說朋黨次第推甲乙而我豈敢逃不若先自劾上賴天子聖必未一作未必加斧鑕一身但得貶羣口息啾喞公朝賢彥衆避路一本作讓當揣質苟能因謫去引分思藏竄還爾禽鳥性樊籠免驚怵子意其謂何吾謀今已必一本有誠思憂與樂便可齊升黜兩句子能一作如甘藜藿我易解簪紱嵩峯三十六蒼翠爭聳出安得攜子去耕桑老蓬蓽

暮春有感

幽憂無以銷春日靜愈長薰風入花骨花枝午低昂往來採花蜂清蜜未滿房春事已爛熳落英漸飄揚蛺蝶無所為飛飛助其忙啼鳥亦屢變新音巧調篁遊絲最無事百尺拖晴光天工施造化萬物感春陽我獨不知春久病臥空堂時節去莫挽浩歌自成傷

洛陽牡丹圖

洛陽地脈花最宜牡丹尤爲天下奇我昔所記數十種於今十年半忘之開圖若見故人面其間數種昔未窺客言一作云近歲花特異往往變出呈新枝洛人驚誇立名字買種不復論家貲比新較舊難一作莫優劣爭先擅價各一時當時絕品可數者魏紅窈窕姚黃妃壽安細葉開尚少一作早朱砂玉版人一作猶未知傳聞千葉昔未有只從左紫名初馳四十年間花百變最後最好潛溪緋今花雖新我未識未信與舊誰妍媸當時一作年所見已云絕豈有更好一作妍此可疑古稱天下無正色但恐世好隨時移鞓紅鶴翎豈不美斂色如避新來姬何況遠說蘇與賀有類異世誇嬙施造化無情宜一概偏此著意何其私又疑人心愈巧僞天一作各欲鬬巧窮精微不然元化朴散久豈特近歲尤澆漓爭新一作先鬬麗若不已更後百載知何爲但應新花日愈好惟有我老年年衰

鎮陽讀書

春深夜苦短燈冷焰不長塵蠹文字細病眸澁無光坐久百骸倦中遭羣慮戕尋前顧後失得一念一作而十忘乃知學在少老大不可彊廢書誰與語歎息自悲傷因憶石夫子徂徠有茅堂前年來京師講學居上庠青衫綴朝士而有一作乃弃數畝桑不耐羣兒嗤束書歸故鄉卻尋茅堂在高臥泰山傍聖經日陳前弟子羅兩廂大論叱佛老高聲一作言誦虞唐賓朋足棗栗兒女飽糟糠雖云待官闕便欲解朝裳有似蠶作繭縮身思自藏嗟我一何愚貪得不自量平生事筆硯自可娛文章開口攬時事論議爭煌煌退之嘗有云名聲暫羶香誤蒙天子知侍從列班行官榮日已寵事業闇不彰器小以一作而任大躋顛理之常聖君雖不誅在汝一作爾豈自遑不能雖欲止悅一作恍若失其方卻欲尋舊學舊學已榛荒有類邯鄲步兩失皆茫茫便欲乞身去君恩厚須償又欲求一州俸錢買歸裝譬如歸

巢鳥將棲少徊翔自覺誠未晩收愚老縑緗

留題鎮陽潭園

官雖鎮陽居身是鎮陽客北園潭上花安問誰所植春風無先後爛漫爭紅白一花聊一醉盡醉猶須百而我病不飲對花空歎息朝來不能歸暮看不忍摘謂言花縱落滿地猶可席不來纔幾時人事已非昔芳枝結青杏翠葉新奕奕落絮風卷盡春歸不留迹空餘綠潭水尚帶餘春色疑一作思春竟何之意謂追可得東西遶潭行蜂鳥已寂寂惘然無所依歸駕不停轅寓興誠可樂留情豈非惑至今清夜夢猶遶北潭北

讀一本有聖俞字蟠桃詩寄子美

韓孟於文詞兩雄力相當一本有偶以惟自戲作詩驚有唐兩句篇章綴談笑雷電擊幽荒衆鳥誰一作不敢和鳴鳳呼其皇孟窮苦纍纍韓富浩穰穰窮者啄其精富者爛文章發生一爲宮揫斂一爲商

二律雖不同合奏乃鏘鏘天之產奇怪希世不可常寂寥二百年至
寶埋無光郊死不爲島聖俞發其藏患世愈不出孤吟夜號一作夜
號清霜霜寒入毛骨清響哀一作乃愈長玉山禾難熟終歲苦飢腸
我不能飽之更欲不自量引吭和其音力盡猶勉彊一本有嗟我於
韓徒足未及其墻而子得孟骨英靈空北邙四句誠知非所敵但欲
繼前芳近者蟠桃詩有傳來北方發我衰病思藹如得春陽忻然便
欲和洗硯坐中堂墨筆不能下悅悅一作恍恍若有亡老雞觜爪硬
未易犯其場不戰先一作輒自知雖奔一作然未甘降更一作便欲
呼子美子美隔濤江其人雖憔悴其志獨軒一作昂昂氣力誠當對
勝敗可交相安得二子接揮鋒兩交鋌我亦願助勇鼓旗譟其旁快
哉天下樂一釂宜百觴乖離難會合此志何由償

初伏日招王幾道小飲

北園數畝宮墻下嗟我官居如傳舍滹沲北渡馬踏一作蹄冰西山

病歸花已謝落英不見空繞樹細草初長猶可藉空園一鎖不復窺不覺芳蹊繁早夏隔墻時時聞好鳥如得嘉 一作佳 客聽清話今朝試去繞園尋綠李橫枝礙行馬蒲萄憶見初引蔓翠葉陰 一作成陰 還滿架紅榴 一作榴花 最晚子已繁猶有殘花藏葉罅 一本有雖無桃李競繁華固有竹相資瀟洒兩句 人生有酒復何求官事無了須偷暇古云伏日當早歸況今著令許休假能來解帶相就飲爲子掃月開風榭

白髮喪女師作 一本無下四字

吾年未四十三斷哭子腸一割痛莫忍屢痛誰能當割腸痛連心心碎骨亦傷出我心骨肉灑爲清淚行淚多血已竭毛膚冷無光自然鬚與鬢 一作鬢與鬚 未老先蒼蒼

永陽大雪

清流關前一尺雪鳥飛不渡人行絶冰連 一作迺 谿谷麋鹿死風勁

野田桑柘折江淮卑濕殊北地歲不苦寒常疫癘老農自言身七十
曾見此雪纔三四新陽漸動愛日輝微和習習東風吹一尺雪幾尺
泥泥深麥苗春始肥老農爾豈知帝力聽我歌此豐年詩

送章生東歸

窮山一作廬荒僻人罕顧子以一身千里來問子之勤何所欲自慚
報子無瓊瑰非徒多難學久廢世事漸懶由心哀吳興先生富道德
侁侁弟子皆賢材鄉閭禮讓已成俗餘風漸被來江淮子年方少力
可勉往與夫子爲顏回

居士集卷第二

古詩三十一首

啼鳥

窮山候至陽氣生百物如與時節爭官居荒涼草樹密撩亂紅一作亂紅殷紫開繁英花深葉暗輝朝日日一作一暖衆鳥皆嚶鳴鳥言我豈解爾意綿蠻但愛聲可聽南窗睡多春正美百舌未曉催天明黃鸝顏色已可愛舌端啞咤如嬌嬰竹林靜啼一作啼盡青竹笋深處不見惟聞聲陂田遶郭白水滿戴勝穀穀催春耕誰謂鳴鳩拙無用雄雌各自知陰晴雨聲蕭蕭泥滑滑草深苔綠無人行獨有花上提葫蘆勸我沽酒花前傾其餘百種各嘲哳異鄉殊俗難知名我遭讒口身落此每聞巧舌宜可憎春到山城苦寂寞把盞常恨無娉婷花開鳥語輒自醉醉與花鳥爲交一作友朋花能嫣然顧我笑鳥勸我飲非無情身閑酒美惜光景惟恐鳥散花飄零可笑靈均楚澤畔

離騷憔悴愁獨醒

遊瑯琊山

南山一尺雪雪盡山蒼然澗谷深自暖梅花應已繁使君厭騎從車馬留山前行歌招野叟共步青林間長松得高蔭盤石堪醉眠止樂聽山鳥攜琴寫幽泉愛之欲忘返但苦世俗牽歸時始覺遠明月高峯巔

讀徂徠集

徂徠魯東山石子居山阿魯人之所瞻子與山嵯峨今子其死矣東山復誰過精魄已埋沒文章豈能磨壽命雖不長所得固已多舊稾偶自錄滄溟之一蠡其餘誰付與散失存幾何存之警後世古鑑照妖魔子生誠多難憂患靡不罹音羅宦學三十年六經老研摩問胡所專心仁義邱與軻揚雄韓愈氏此外豈知他尤勇攻佛老奮筆如揮戈不量敵衆寡膽大身么麽往年遭母喪泣血走岷峨垢面跣雙

足鋤犂事田坡至今鄉里化孝悌勤蠶禾昨者來太學青衫踏朝靴陳詩頌聖德厥聲續猗那羔鴈聘黄睎睎驚走鄰家施爲可怪駭世俗安委蛇謗口由此起中之若飛梭上賴天子聖不挂網者羅憶在太學年大雪如翻波生徒日盈門飢坐列鴈鶩絃誦聒鄰里唐虞賡詠歌常續最高第騫游各名科豈止學者師謂宜國之皤天壽反仁鄙誰尸此偏頗不知譏誚者又忍加詆訶聖賢要久遠毀譽暫諠譁生爲舉世疾死也一作者魯人嗟作詩遺魯社祠子以爲歌

大熱二首

四時成萬物寒暑迭鈞陶壯陽當用事大夏蒸炎歊造化本無情怨咨徒爾勞身微天地闊四顧無由逃九門閶闔開萬仞崑崙高積雪寒凜凜清風吹寥寥嗟我雖欲往而身無羽毛

陽暉爍四野萬里纖雲收羲和困路遠正午當空留枝條不動影草木皆含愁深林虎不嘯臥喘如吳牛蜩蟬一何微嗟爾徒啾啾

幽谷泉

踏石弄泉流尋源入幽谷泉傍野人家四面深篁竹溉稻滿春疇鳴渠遶茅屋生長飲泉甘蔭泉栽美木潺湲無春冬日夜響山曲自言今白首未慣逢朱轂顧我應可怪每來聽不足

百一作柏子坑賽龍

嗟龍之智誰可拘出入變化何須臾壇平樹古潭水黑沉沉影響疑有無四山雲霧忽晝合瞥起直上拏空虛龜魚帶去半空落雷輷電走先後驅傾崖倒澗聊一戲頃刻萬物皆涵濡青天却掃萬里靜但見綠野如雲敷明朝老農拜潭側鼓聲坎坎鳴山隅野巫醉飽廟門闔狼藉烏烏爭殘餘

憎蚊

擾擾萬類殊可憎非一族甚哉蚊之微豈足汙簡牘乾坤量廣大善惡皆含育荒茫一作荒三五前民物交相黷禹鼎象神姦蛟龍遠潛

伏周公驅猛獸人始居川陸爾來千百年天地得清肅大患已云除
細微遺不錄蠅蚤虱蠛蜂蝎蚖蛇蝮惟爾於其間有形纔一粟雖
微無奈衆雖小難防毒嘗聞高郵間猛虎死凌辱哀哉露筋女萬古
讎不復水鄉自宜爾可怪窮邊俗晨飧下帷幬盛暑泥駒犢我來守
窮山地氣尤卑溽官閑懶所便惟睡宜偏足難堪爾類多枕席厭緣
撲燻簷一作之苦烟埃燎壁疲照燭荒城繁草樹旱氣飛炎熇羲和
驅日車當午不轉轂清風得夕涼如赦脫囚梏掃庭露青天坐月蔭
嘉木汝寧無他時一作日忍此見一作見此迫促翾翾伺昏黑稍稍
出壁屋塡空來若翳聚隙多可掬叢身疑陷圍聒耳如遭哭猛攘欲
張拳暗中甚一作疑飛鏃手足不自救其能營背腹盤飧勞扇拂立
寐僵僮僕端然窮百計還坐瞑雙目於吾固不較在爾誠爲酷誰能
推物理無乃乖人欲騶虞鳳皇麟千載不一矚思之不可見惡者無
由逐

重讀徂徠集

我欲哭石子夜開徂徠編開編未及讀涕泗已漣漣勉盡三四章收淚輒忻懽切切一作昭昭一作昭晰善惡戒丁寧仁義言如聞子談論疑子立我前乃知長在世誰謂已一作子沉泉昔也人事乖相從常苦艱今而每思子開卷子在顏我欲貴子文刻以金玉聯金可爍而銷玉可碎非堅不若書一作傳以紙六經皆紙傳但當書百本一作傳十以爲百傳百以爲千或落於四夷或藏在一作於深山待彼謗熖一作豔熄放此光芒懸人生一世中長短無百年無窮在其後萬世在其先得長多幾何得短未足憐惟彼不可朽名聲文行然讒誣不須辨亦止百年間百年後來者憎愛不相緣公議然後出自然見媸姸孔孟困一生毀逐遭百端後世苟不公至今無聖賢所以忠義士恃此死一作輕死此不難當子病方革謗辭正騰喧衆人皆欲殺聖主獨保全已埋猶不信僅免斲其棺此事古未有每思輒長歎

我欲犯衆怒爲子記此冤下紓冥冥忿仰叫昭昭天書於蒼翠石立彼崔嵬巔詢求子世家恨子兒女頑經歲不見報有辭未能銓一作詮忽開子遺文使我心已寬子道自能久吾言豈須鐫

汝癭答仲儀一作答王素汝癭

君嗟汝癭多誰謂汝土惡汝癭雖云苦汝民居自樂鄉閭同飲食男女相媒妁習俗不爲嫌譏嘲豈知怍汝山西南險平地猶磽确一作确犖一作磽礐一作确礐汝樹生擁一作癰腫根株浸溪壑山川固已然風氣宜其濁接境化襄鄧餘風被伊雒思予昔曾遊所見可驚愕喔喔聞語笑纍纍滿城郭傴婦懸甕盎嬌嬰包卵㲉無由辨肩頸有類龜縮殼噫人稟最靈反不如鳧鶴駢枝雖形累小小固一作故可略癰瘍暫畜聚決潰終當涸贅疣附支體幸或不爲虐未若此巍然所生非所託咽喉繫性命鍼石難砭一作破削農皇古神聖爲世名百藥豈不有方書頑然莫銷爍一作鑠溫湯汝靈泉亦不能滌瀹

君官雖謫居政可瘳一作療民瘼奈何不哀憐而反恣訶一作嘲詎文辭騁新工醜怪極名貌汝士雖多奇汝女少纖弱翻思太守宴誰與唱清角乖離南北殊魂夢山陂邈握手未知期寄詩一作書聊一噱

滄浪亭一本上云寄題子美

子美寄我滄浪吟邀我共作一作賦滄浪篇滄浪有景不可到使我東望心悠然荒灣野水氣象古高林翠阜相囘環新篁抽筍添夏影一作景老枿亂發爭春妍水禽閑暇事高格山鳥日夕相啾喧不知此地幾興廢仰視喬木皆蒼煙堪嗟人迹到不遠雖有來路曾無緣窮奇極怪誰似子搜索幽隱探神仙初尋一逕入蒙密豁目異境無窮邊風高月白最宜夜一片瑩淨鋪瓊田清光不辨水與月但見空碧涵漪漣一有姑蘇臺邊人響絕夜靜往往聞鳴船兩句清風明月本無價可惜秖賣四萬錢又疑此境一作景天乞與壯士憔悴天應

憐鴟夷古亦有獨往江湖波濤渺翻天崎嶇世路欲脫去反以身試蛟龍淵豈如一作知扁舟任飄瓦紅渠綠浪搖醉眠丈夫身在豈長弃新詩美酒一作詩新酒美聊窮年雖然不許俗客到莫惜佳句人間傳

寶劍

寶劍匣中藏暗室夜常一作尚明欲知天將雨錚爾劍有聲神龍本一物氣類感則鳴常恐躍匣去有時暫開鍋疑止當作扃煌煌七星文照曜三尺冰此劍在人間百妖夜收形姦兇與佞媚膽破骨亦驚試以向星月飛光射攙搶藏之武庫中可息天下兵奈何狂胡兒尙敢邀金繒

秋晚凝翠亭探韻作

黃葉落一作落葉滿空城青山遶官廨風雲淒已高歲月驚何邁陂田寒未收野水淺生派晴林紫榴坼霜日紅梨曬蕭疏喜竹勁寂寞

傷蘭敗叢菊如有情幽芳慰孤介嘉客日可攜寒醅美新醡音債登臨無厭頻冰雪行卽居

菱溪大一本無大字石

新霜夜落秋水淺有石露出寒溪垠苔昏土蝕禽鳥啄出沒溪水秋復春溪邊老翁生長見疑我來視何殷勤愛之遠徙向幽谷曳以三犢載兩輪行穿城中罷市看但驚可怪誰復珍荒烟野草埋沒久洗以石寶清冷泉朱欄綠竹相掩映選一作邀致佳處當南軒南軒旁列千萬峯曾未有此奇嶙峋乃知異物世所少萬金爭買傳幾人山河百戰變陵谷何爲落彼荒溪濆山經地誌不可究遂令異說爭紛紜皆云女媧初鍛鍊融結一氣凝精純仰視蒼蒼補其缺染此紺碧瑩且溫或疑古者燧人氏鑽以出火爲炮燔苟非神聖親手迹不爾孔竅一作穴誰雕剜又云漢使把漢節西北萬里窮崑崙行經于闐得寶玉流入中國隨河源沙磨水激自穿穴所以鐫鑿無瑕痕嗟予

有口莫能辨嘆息但以兩手捫盧仝韓愈不在世彈壓百怪無雄文
爭奇鬬異各取勝遂至荒誕無根原天高地厚靡不有一作有定醜
好萬狀奚足論惟當掃雪席其側日與嘉客陳清罇

送姜秀才遊蘇州

憶從太學諸生列我尚弱齡君秀發同時並薦幾存亡一夢十年如
倏忽壯心君未減青春多難我今先白髮山花撩亂鳥綿蠻更盡一
罇明日別

送孫秀才

高門煌煌爀如赭勢利聲名爭借假一作假借嗟哉子獨不顧之訪
我千山一羸馬明珠渡水覆舟失贈我璣貝猶滿把生攜文數十篇
見訪渡江而失遲遲顧我不欲去問我無窮慚報寡時之所弃子獨
嚮無乃與世異取捨

新霜二首

天雲慘慘秋陰薄臥聽北風鳴屋角平明驚鳥四散飛一夜新霜羣木落南山鬱鬱舊可愛千仞巉巖如刻削林枯山瘦失顏色我意豈能無寂寞衰顏得酒猶彊發可醉豈須嫌酒濁泉傍菊花芳爛熳短日寒輝相照灼無情木石尚須老有酒人生何不樂

荒城草樹多陰暗日夕霜雲意濃淡長淮漸落見洲渚野潦初清一作晴收瀲灩蘭枯蕙死誰復弔殘菊籬根爭豔豔青松守節見臨危正色凜凜不可犯芭蕉芰荷不足數狼藉徒能汙池檻時行收斂歲將窮冰雪嚴凝從此漸咿呦兒女感時節愛惜朱顏屢窺鑑惟有壯士獨悲歌拂拭塵埃磨古劍

豐樂亭小飲

造化無情不擇物春色亦到深山中山桃溪杏少意思一作有誰顧自趁時節開春風看花遊女不知醜古粧野態爭花紅人生行樂在一作當勉強有酒莫負瑠琉鍾主人忽笑花與人嗟爾自是花前翁

四月九日幽谷見緋桃盛開

經年種花滿幽谷花開不暇把一巵一作枝人生此事尚難必況欲功名書鼎彝深紅淺紫看雖好一作笑顏色不奈東風吹緋桃一樹獨後發意若待我留芳菲清香嫩蘂含不吐日日怪我來何遲無情草木不解語向我有意偏依依羣芳落盡始爛熳榮枯不與衆豔隨念花意厚何以報唯有醉倒花東西盛開比落猶數日清一作芳罇尚可三四攜

秋懷二首寄聖俞一本擬孟郊體秋懷

孤管叫秋月清砧韻霜風天涯遠夢歸一作歸遠夢驚斷山千重羣物動已息百憂感從中日月矢雙流四時環無窮隆陰夷老物摧折壯士胸壯士亦何爲素絲悲青銅

羣木落空原南山高巃嵸巉巖想詩老瘦骨寒愈聳詩老類秋蟲吟秋聲百種披霜一作芳掇孤英泣古弔荒冢瑣玕叩金石清響聽生

悚何由幸見之使我滌煩冗飛鳥下東南音書無日捧

希真堂東一本無東字手種菊花十月始開

當春種花唯恐遲我獨種菊君勿誚春枝滿園爛張錦風雨須臾落顛倒看多易厭情不專鬬紫誇紅隨俗好豁然高秋天地肅百一作萬物衰零誰暇弔君看金蘂正芬敷曉日浮霜相照耀一本有後時寧與作柘榮媚世不爭桃李笑兩句煌煌正色秀可餐藹藹清香寒愈峭高人避喧守幽獨淑女靜一作靚容修一作羞窈窕方當搖落看轉佳慰我寂寥何以報時攜一罇相就飲如得貧交論久要我從多難壯心衰迹與世人殊靜躁種花勿一作不種兒女花老大安能逐年少

拒霜花

芳菲能幾時顏色如自愛鮮鮮弄霜曉裊裊含風態蕙蘭殞秋香桃李媚一作嬌春醉時節雖不同盛衰終一致莫笑黃菊花離根守憔

悴

懷嵩樓晚飲示徐無黨無逸 一本作奉和徐生見示懷嵩樓晚飲 一本無見示字

滁山不通車滁水不載舟舟車路所窮嗟誰肯來遊念非吾在此二子來何求不見忽三年見之忘百憂問其別後學初若繭緒抽縱橫漸組織文章爛然浮引伸無窮極卒斂以軻邱少進日如此老退誠可羞僻邑亦何有青山遶城樓泠泠谷中泉吐溜彼 一作被 山幽石醜駭溪怪天奇瞰龍湫子初如可樂久乃歎以愀云此譬圖畫暫看已宜收荒涼 一作村 草樹間暮館南城陬破屋仰見星窗風冷如鏤歸心中夜起輾轉臥不周我爲辦酒肴羅列蛤與蚌酒酣微探之仰笑不領頭曰予非此儂又不負譴尤自非世不容安事此爲囚幸以主人故崎嶇幾摧輈一來勤已多而況欲久留我語頓遭屈顏慚汗交流川塗冰已壯霰 一作霜 雪行將稠羨子兄弟秀雙鴻翔高秋嗈

嗟飛且鳴歲暮憶南州歛子今日歡重我明日愁來貺辱已厚贈言媿非酬

瑯琊山六題一本作山中六題注云瑯琊山中

歸雲洞

洞門常自一作似起烟霞洞穴傍穿透谿谷朝看石上片雲陰夜半山前春雨足

瑯琊谿

空山雪消谿水漲遊客渡谿橫古槎不知谿源來遠近但見流出山中花

石屏路

石屏自倚浮雲外石路久無人跡行我來攜酒醉其下臥看千峯秋月明

班春亭

信馬尋春踏雪泥醉中山水弄清輝野僧不用相迎送乘興閑來興盡歸

庶子泉

庶子遺蹤留此地寒嵓徙倚弄飛泉古人不見心可見一片清光長皎然

惠覺方丈

青松行盡到山一作松門亂峯深處開方丈已能宴坐老山中何用聲名傳海上

居士集卷第三

古詩二十四首

贈無爲軍李道士二首名景山

無爲道士三尺琴中有萬古無窮音音如石上瀉流水瀉之不竭由源深彈雖在指聲在意聽不以耳而以心心意既得形骸忘不覺天地白日愁雲陰

李師琴紋一作形如臥蛇一彈使我三咨嗟五音商羽主肅殺颯颯坐上風吹沙忽然黃鍾回暖律當冬草木皆萌芽郡齋日午公事退荒涼樹石相交加李師一彈鳳凰聲空山百鳥停嘔啞我怪李師年七十面目明秀光如霞問胡以然一作試問胡以一作試問胡然笑語我慎勿辛苦求丹砂惟當養其根自然燁其華一本無上二句又云理身如理琴正聲不可干以邪我聽其言未云足野鶴何事還思家抱琴揖我出門去獵獵歸袖風中斜

拜赦一作勑

拜赦一作勑古州南山火明烈烈州人共喧喧兩州扶白髮丁寧天
語深曠蕩皇恩闊乃知天地施幽遠無間別欣欣草木意喜氣消殘
雪

彈琴效賈島體

古人不可見古人琴可彈彈爲一作琴間古曲聲如與一作聞古人
言琴聲雖可聽琴意誰能論橫琴置牀頭當午曝背眠夢見一丈夫
嚴嚴古衣冠登牀取之坐一作我琴調作南風絃一奏風雨一作南
來再鼓變雲烟鳥獸盡嚶鳴草木亦滋蕃乃知太古時未遠可追還
方彼夢中樂心知口難一作難口傳旣覺失其人起坐涕汍瀾

酬學詩僧惟晤

詩三百五篇作者非一人羇臣與弃一作賤妾桑濮乃淫奔其言苟
一作或可取痝雜不全純子雖一作之爲佛徒未易廢其言其言在

合理但懼學不臻子佛一作之與吾儒異轍難同輪一作共論子何獨吾慕自忘夷其身茍能知所歸固有路自新誘進或可至拒之誠不仁維詩於文章太山一浮塵又如古衣裳組織一作繡爛成文拾其裁剪餘未識衮服尊嗟子學雖一作已勞徒自苦骸筋一作自遠涉江津勤勤袖卷軸一歲三及門惟一作何求一言榮歸以耀一作輝其倫與夫榮其膚不若啓一作豈若習其源韓子亦嘗謂收斂加一作以冠巾

別後奉寄聖俞二十五兄一本作敘別寄聖俞兼酬進道堂

夜話見寄之作

長河秋雨多夜插寒潮一作湖入歲暮孤舟遲客心飛鳥急君老忘卑窮文字或綴緝余生苦難阨一作拙世險蹈已習離合二十年乖暌多聚集常時飲酒別今別輒飲泣君曰吾老矣不覺兩袖濕我年雖少君白髮已揖揖卽入反憶初京北門送我馬暫立自茲遭檻穽

一落誰引汲顛危偶脫死藏竄甘自縶一作蟄但令身尚在果得手重執聞來喜迎前貌改驚作揖別離纔幾時舊學廢百十殘章一作編與斷藁草草各收拾空窗一作堂語青燈夜雨聽戢戢一作濈濈明朝解舟南路翼縱莫戢還期明月飲幸此中秋及酒酣弄篇章四坐困供給歡言正喧譁別意忽於邑日暮北亭上濁醪聊一作猶共挹輕一作歸橈動翩翩晚水明熠熠行心一作貪前去雖迫訣語出猶澀歸來錄君詩卷軸多皺皺誰一作雖云已老矣意氣何業岌惜哉方壯時千里足常蹵知之莫予深力不足呼吸歎吁偶成篇聊用綴君什

紫石屏歌一本作月石硯屏歌寄蘇子美

月從海底來行上天東南正當天中時下照千丈潭潭心無風月不動倒影射入紫石巖月光水潔石瑩淨一作徹感此陰魄來中潛自從月入此石中天有兩曜分爲三清光萬古不磨滅天地至寶難藏

緘天公呼雷公夜持巨斧隳斬巖隳此一片落千仞皎然寒鏡在玉匳蝦蟇白兔走天上空留桂影猶杉杉一作毿毿景山得之一作號州刺史惜不得贈我意與一作比千金兼自云每到月滿時石在暗室光出簷大哉天地間萬怪難悉談嗟予不度量每事思窮探欲將兩耳目所及而與造化爭毫纖煌煌三辰行日月尤尊嚴若令下與物爲比去聲擾擾萬類將誰瞻不然此石竟何物有口欲說嗟如鉗吾奇一作如蘇子胸羅列萬象中包含不惟胸寬膽亦大屢出言語驚愚凡自吾得此石未見蘇子心懷慚不經老匠先指決有手誰敢施鑴鑱呼工畫石持寄似一作此幸子留意其無謙

聚星堂前紫薇花

亭亭紫薇花向我如有意高烟晚溟濛清露晨點綴豈無陽春月所得時節異靜女不爭寵幽姿如自喜音戲將期誰顧眄獨伴我憔悴而我不強飲繁英行亦墜相看兩寂寞孤詠聊自慰

獲麟贈姚闢先輩

世已無孔子獲麟意誰知我嘗爲之說聞者未免非而子獨曰然有如塤應篪惟麟不爲瑞其意乃可推春秋二百年文一作辭約義甚夷一從聖人沒學者自爲師崢嶸衆家說平地生嶮巇相沿益迂怪各鬬出新奇爾來千餘歲一作千載餘一作千歲餘舉世不知述焯哉聖人經照耀萬世疑自從蒙衆說日月遭蔽虧常患無氣力掃除浮雲披還其自然光萬物皆見之子昔已好古此經手常持超然出衆見不爲俗牽卑近又脫賦一作賤格飛黃擺銜轡聖門開大道夷路肆騰嬉便可勸衆說旁通一作異端塞多岐正途趨一作常簡易慎勿事嶇崎著述須待老積勤宜少時苟思垂後世大禹尚胼胝顧我今老矣兩瞳一作目一作眼蝕昏眵大書難久視心在力已衰因思少自弃今縱悔何追戒我以勉子臨文但吁嘻

喜雨

大雨雖霶霈隔轍分晴陰小雨散浸淫爲潤廣且深浸淫苟不止利澤何窮已無言雨大小 一作言雨大小異 小雨農尤喜宿麥已登實新禾未抽秧 一作穗 及時一日雨終歲飽豐穰夜響流霡霂晨暉霽蒼涼川原淨如洗草木自生光童稚喜瓜芋耕夫望陂塘誰云田家苦此樂殊未央

飛蓋橋翫月 一本題上有六月十四夜

天形積輕清水德本虛靜雲收風波止始見天水性澄光與粹容上下相涵映乃於其兩間皎皎掛寒鏡餘暉所照曜萬物皆鮮瑩矧夫人之靈豈不醒視聽而我於此時翛 一作儵 然發孤詠紛昏忻洗滌俯仰恣涵泳 一本無上二句 人心曠而閑月色高愈 一作逾 迥惟恐清夜闌時時瞻斗柄

竹間亭

啾啾竹間鳥日夕相嚶鳴悠悠水中魚出入藻與萍水竹魚鳥家伊

誰作斯亭翁來無車馬非與彈弋弁潛者入深淵飛者散縱横奈何翁屢來溷使飛走驚忘爾榮與利脫爾冠與纓還來尋魚鳥傍此水竹行烏語弄蒼翠魚遊翫清澄而翁乃何爲獨醉還自醒三者各自適要歸亦同情翁乎知此樂無厭日來登

答呂公著見贈 一本作奉答通判太傅爲予不飲見贈之作

晉人歌蟋蟀孔子錄於詩因知聖賢心豈不惜良時行樂不及早朱顏忽焉衰馳光如騕褭一去不可追今也不彊飲後雖悔奚爲三年謫永陽陷穽不知危種樹滿幽谷疏泉瀉清池新陽染山木撩亂發枯枝無人歌青春自釂白玉巵今者荷寬宥 一作恩 乞 一作得 州從爾宜西湖舊已聞既見又過之菡萏間紅綠鴛鴦浮渺瀰四時花與竹罇俎 一作酒 動可隨況與賢者同薰然襲 一作偉 蘭芷醺醅寒且醲清唱婉而遲 一作奇 四坐各已醉臨觴獨何疑昔人逢麴車流涎尚垂頤況此盃中趣久得樂無涯多憂衰病早心在良可噫 一作嘻

譬若臥櫪馬聞鼙一作皷尙嗚悲春膏已動脈一作忽已動百卉漸葳蕤丹砂得新方舊疾庶可治尙可執鞭弭周旋以忘疲

送滎陽魏主簿廣一本作送魏廣

卓犖東一作魏都子姓名聞十年窮冬雪塞空千里至我門子足未及閾我衣驚倒顛僕童一作童僕相視疑寮吏或不然俛首鵠鶴啄進趨鳧鴈聯青衫靴兩一作兩靴脚言色倩一作情以温於公門豈少乃獨得公懽愛知固不易知士誠尤難我思屈童吏欲辯難以言觴豆及嘉節高堂列羣賢文章看落筆論議馳後先破石出至寶决高瀉長川光暉相磨晻浩渺肆波瀾寮吏媿我嘆僕童一作童僕恪生顏我顧寮吏嘻士豈以此觀此聊爲戲耳以驚僕童一作童僕昏士欲見其守視其居賤貧欲知其所趨試以義利干我始識其面已窺其肺肝禮有來必往木瓜報琅玕十年思見之一日捨我還何用慰離居贈子以短篇

青松贈林子國華 一本作贈林國華祕校

青松生而直繩墨易爲功一作夾良玉有天質少加一作假磨與礱子誠懷美材一作君實有美才但未遭良工養育旣堅好英華充厥中於誰以成之孟韓荀暨雄

人日聚星堂燕集探韻得豐字

汙池以其下衆流之所鍾尺水無長瀾蛟龍豈其容顧予誠鄙薄羣俊枉高蹤得一不爲少雖多肯辭豐譬如登圜壇羅列璧與琮又若饗鈞天左右閒笙鏞文章爛照耀應和相撞舂而予處其閒眩晃不知從退之亦嘗云青蒿倚長松新陽發羣枯生意漸丰茸暮雪浩一作皓方積醁醅寒更濃毋言輕此樂此樂難屢逢

橄欖

五行居四時維火盛南訛炎焦陵木氣橄欖得之多酸苦不相入初爭久方和霜苞入中州萬里來江波幸登君子席得與衆果羅中州

衆果佳珠圓玉光瑳媿玆微陋質以遠不見訶錫飴兒女甜遺味久則那肎樂不甘口厥功見沉痾忠言初厭之事至悔若何世已無採詩詩成爲君哦

鸚鵡螺

大哉滄海何茫茫天地百寶皆中藏牙鬚一作鬣甲角爭光鋩腥風怪雨灑幽荒珊瑚玲瓏巧綴裝珠宮貝闕爛煌煌泥居殼屋細莫詳紅螺行沙夜生光一本作珠宮貝闕爛煌煌泥居殼室細莫詳珊瑚玲瓏巧綴粧腥風怪雨麗幽荒紅螺行砂夜生光負材自累遭刳腸匹夫懷璧古所傷濃沙剝蝕隱文章一本注胡人謂礪沙爲濃砂出本草磨以玉粉緣一作鉛金黃清罇旨酒列華堂隴鳥回頭思故鄉美人清歌蛾眉揚一釂凜冽回一作爲春陽物雖微遠用則彰一螺千金價誰量豈若泥下追含漿

食糟民

田家種糯官釀酒榷利秋毫升與斗酒沽得錢糟弃物一作不弃大屋經年堆欲朽酒醅瀺灂如沸湯東風來吹酒瓮香纍纍罌與瓶惟恐不得嘗官沽味醲村酒薄日飲官酒誠可樂不見田中種糯人釜無糜粥度冬春還來就官買糟食官吏散糟以為德嗟彼官吏者其職稱長民衣食不蠶耕所學義與仁仁當養人義適一作識宜言可闡達力可施上不能寬國之利下不能飽爾一作民之飢我飲酒爾食糟爾雖不我責我責何由逃

送焦千之秀才

焦生獨立士勢利不可恐誰言一身窮自待九鼎重有能揭之行可謂仁者勇呂侯一作倅相家子德義勝華寵焦生得其隨道合若膠鞏始生及吾門徐子喜驚踊曰此難致寶一失何由踵自吾得二生一作子粲粲獲雙珙奈何奪其一使我意紛氄吾嘗愛生材抽擢方蓊翁音委勇反一作蓊猶須老霜雪然後見森聳況從主人賢高行

可傾竦讀書趨簡要言說去雜冗新文時我寄庶可蠲煩壅

伏日贈徐焦二生 一本作徐焦二子伏日遊西湖余以病不能往因以贈之

徐生純明白玉璞焦子皎潔寒泉冰清光瑩爾互輝映當暑自可消炎蒸平湖綠波漲渺渺高樹 一作樹古木陰層層嗟哉我豈不樂此心雖欲往身未能俸優食飽力不用官閑日永 一作心樂睡莫興不思高飛慕鴻鵠反此愁臥償蚊蠅三年永陽子所見山林自放樂可勝清泉白石對斟酌巖花野鳥 一作草為交朋崎嶇硐谷窮上下追逐猿狖爭超騰 一作陞酒美賓佳足自負飲酣氣橫猶驕矜奈何乖離纔幾日蒼顏非舊白髮增彊歡徒勞歌且舞勉飲寧及合與升行揩眼眵 一作睫旋看物坐見樓閣先愁登頭輕目明脚力健羨子志氣將飄凌只今心意已如此終竟事業知 一作將何稱少壯及時宜努力老大無堪還可憎

寄生槐 一本題上有荅張推官庭檜

檜惟淩雲材槐實凡木賤奈何柔脆質累此孤高榦龍鱗老蒼蒼鼠耳光粲粲因緣初莫原感咤徒自歎偷生由附託得勢爭葱蒨方其榮盛時曾莫見眞贗欲知窮悴節宜試以霜霰萌芽起微蘖辨別乖先見剪除初非難長養遂成患雖然根性殊常恐枝葉亂惟應植者深幸不習而變含容固有害勦絕須明斷惟當審斤斧去惡無傷善

韓公 一本公作定州閱古堂

兵閑四十年士不識金革水旱數千里民流誰墾闢公初來視之嘻此乃予責將法多益辦萬千由十百整齊 一作容 談笑閒進退有寸尺曰此易爲耳在吾繩與墨天成而地出古所重民食貯儲非一朝人命在旦夕惟茲將奈何敢不竭吾力木牛尚可運玉罄 一作磬 猶走羅因難乃見才不止將有得公言初未信終歲考成績驕愞識恩威謳吟起羸瘠饞猴著行伍倉廩飽堆積文章娛閑暇 一作弄閑散

傳記尋一作覯往昔英英文與武粲粲圖四壁酒令列諸將談鋒摧辯客周旋顧視間是不爲無益循吏一州守將軍萬夫敵於公豈止然事業本夔稷富壽及黎庶威名懾夷狄當歸廟堂上有位久一作虛虛席大匠不揮斧衆工隨指畫從容任羣材文武各以職

永州萬石亭寄知永州王顧一本上有寄題注云柳子厚亭

天於生子厚稟予獨艱哉超淩驟拔擢過盛輒傷摧苦其危慮一作厲心常使鳴聲哀投以空曠地縱橫放天才山窮與水險下上極沿洄故其於文章出語多崔嵬人迹所罕到遺蹤久荒頹王君好奇士後二百年來翦薙發幽薈搜尋得瓊瑰感物不自貴因人乃爲材惟知古可慕豈免今所咍我亦奇子厚開編每徘徊作詩示同好爲我銘山隈

居士集卷第四

古詩一十八首

答原父 一作答劉廷評

炎歊鬱然蒸午景熾方燄子來清風興蕭蕭吹几簟又如沃瓊漿遽飲不知厭嗟予學苦晚白首困鉛槧危疑奚一作何所質孔孟久已窆羣儒窒自私惟子通且贍幸時丏贏餘屢得飽飢歉嚴嚴一作落落春秋經大法誰敢覘一本有譬猶天之蒼乃欲學而染兩句三才失綱紀一作紀綱五代極昏墊盜竊恣胠一作發篋英雄爭奮劍興亡兩倉卒事迹多遺欠一作貶纔能紀成敗豈暇誅姦僭聞見患孤寡一作陋是非誰證驗嘗欣同好惡遂乞指瑕玷反蒙華衮褒如譽嫫母豔救非當在早已暴一作暴惡何由斂苟能哀瘵痼其可惜針砭風舲或許邀湖綠方灩灩

蟲鳴

葉落秋水冷衆鳥聲已停陰氣入牆壁百蟲皆夜鳴蟲鳴催歲寒唧唧機杼聲時節忽已換壯心空自驚平明起照鏡但畏白髮生

奉答子華學士一作答韓絳安撫江南見寄之作一本無下四字

百姓病已久一言難遽陳良醫將治之必究病所因天下久無事人情貴因循優游以爲高一作政寬縱以爲仁今日廢其小皆謂不足論明日壞其大又云力難振旁窺各陰拱當職自逡巡歲月侵隳頹紀綱遂紛紜坦坦萬里疆蚩蚩九州民昔而安且富今也迫以貧疾小不加理浸淫將徧身湯劑乃常藥未能去深根鍼艾有奇功暫痛勿吟呻痛定支體胖乃知鍼艾神猛寬相濟理古語六經存蠹弊革僥倖濫官絕貪昏牧羊而去狼未爲不仁人俊乂沉下位惡去善乃伸賢愚各得職不治未之聞此說乃其要易知行每艱遲疑與果決利害反掌間捨此欲有爲吾知力徒煩家至與戶到飽飢而衣寒三

王所不能豈特今所（一作獨今爲）難我昔忝諫列日常趨紫宸聖君堯舜心閔閔極憂勤子華當來時玉音耳嘗親上副明主意下寬斯人屯江南彼一方巨細到可詢（一作論）諭以上恩德當冬反陽春吾言乃其槩豈（一作非）止一方云

送張洞推官赴永興經略司（一本云送張推官掌機宜）

自古天下事及時難必成爲謀於未然聽者或莫聽患至而後圖智者有不能未遠前日悔可爲來者銘熙熙彼西人老死織與耕狂羝（一作氐）一朝叛烽火四面驚用兵五六年首惡竟逃刑仰賴天子聖乾坤量包幷苗頑不率德舜羽舞于庭謂此雖異類有生亦含情藩籬被觸突譬若豨與獳馴擾以芻豢可呼隨指令稱藩效臣職冠帶復人形四海得休息瘡痍肉新生敢問前孰失恃安而弛兵酒肴爲善將循默乃名卿慮患謂生事高談笑難行一方兵遽起愚智共營營上煩天子仁旰食憂吾氓謀議及臺皁幽棲訪巖扃小利不足爲

涓流助滄溟大功難速就倉卒始改更徒自益紛擾何由集功名乃知深遠畫施設在安平今也實其時鑑前豈非明嚴嚴經略府罇俎集豪英千營飽而嬉萬馬牧在坰相公黄閣老與國爲長城張子美而秀文章博羣經從軍古云樂知己士所榮感激報恩義當來請長纓

寄聖俞 一作因馬察院至云見聖俞於城東輒書長韻奉寄

凌晨有客至自西爲問詩老來何稽京師車馬曜朝日何用擾擾隨輪蹄面顔憔悴暗塵土文字光彩垂虹霓空腸時如秋蚓叫苦調或作寒蟬嘶語言雖巧身事拙捷徑恥蹈行非迷我今俸祿飽餘賸念子朝夕勤鹽虀舟行每欲載米送汴水六月乾無泥乃知此事尙難必何況仕路如天 一作丹梯朝廷樂善得賢衆臺閣俊彥聯簪犀朝陽鳴鳳爲時出一枝豈惜容其棲古來磊落材與知窮達有命理莫齊悠悠百年一瞬息俯仰天地身醯雞其間得失何足校況與鳧鶩

爭稗稊憶在洛陽年各一作各年少對花把酒傾玻瓈二十年間幾人在在者憂患多乖睽我今三載病不飲眼眵不辨騧與驪壯心銷盡憶閑處生計易足纔䟽畦優游琴酒逐漁釣上下林壑相攀躋及身彊一作壯健始爲樂莫待衰病須扶攜行當買田清潁上與子相伴把鋤犂

有馬示徐無黨

吾有千里馬毛骨何蕭森疾馳如奔風白日無留陰徐驅當大道步驟中五音馬雖有四足遲速在吾心六轡應吾手調和如瑟琴東西與南北高下山與林惟意所欲適九州可周尋至哉人與馬兩樂不相侵伯樂識其外徒知價千金王良得其性此術固已深良馬須善馭吾言可爲箴

天辰

天形如車輪晝夜常不息三辰隨出沒曾不差分刻一本有其行一

何勤乾健貴於易兩句北辰居其所帝座嚴尊極衆星拱而環大小一作小大各有職不動以臨之任德不任力天辰主下土萬物由生殖一動與一靜同功而異域惟王知法此所以治萬國

再和聖俞見答

兩繼相望東與西書來三日猶爲稽短篇投子譬瓦礫敢辱報之金褭蹄文章至寶被埋沒氣象往往干雲霓飛黃伯樂不世一作並出四顧驤首空長嘶嗟哉我豈敢一作能知子論詩一作經賴子初指迷子言古淡有真味大羹豈須調以虀憐我區區欲彊學跛鼈曾不離汙泥問子初何得臻此豈能直到無階梯如其所得自勤苦何憚入海求靈犀周旋二紀陪唱和凡翼每並鸞皇棲有時爭勝不量力何異弱魯攻彊齊念子京師苦憔悴經年陋巷聽朝音潮一作晨雞兒啼妻噤一作嘻午未飯得米寧擇秕與稊石上紫豪一作毫家故有剡藤瑩滑如玻瓈追惟平昔念少壯零落生死嗟分睽一揮累紙

恣奔放駿一作有若駕駱仍駿驪腹雖枵虛氣豪横猶勝諂笑病夏畦名聲不朽豈易得仕宦得路終當躋年來無物不可愛花發有酒誰同攜問我居留亦何事方春苦旱憂民犂

感春雜言一本題下有和呂公著

鳩鳴兮屋上雀噪兮簷間百鳥感春陽有如動機關雄雌相呼和日夕聒聒不得閑砌下兩株樹枯條有誰攀春風一夜來花葉何班班乃知天巧奪人力能使枯木生紅顏奈何人爲萬物靈不及草木與飛翾自從春來何所覺但惟睡美不覺白日高南山行逢百花不着眼豈念四氣如回環却思年少憶一作念前事雖有駔駿難追還奈何來日尚可樂會不勉彊相牽扳淥酒如春波黃金爲誰慳人生一世中一步一作笑百險艱俟河之清不可得聊自歌此譏愚頑

廬山高贈同年劉中允歸南康

廬山高哉幾千仞兮根盤幾百里截然屹立乎長江長江西來走其

下是爲揚瀾左里一作蠡兮洪濤巨浪日夕相舂撞雲消風止水鏡淨泊舟登岸而遠望兮上摩青蒼一作雲霄以晻靄下壓后土之鴻厖試往造乎其間兮攀緣石磴窺空谾千巖萬壑響松檜懸崖巨石飛流淙水聲聒聒亂人耳六月飛雪灑石矼仙翁釋子亦往往而逢兮吾嘗惡其學幻而言哤但見丹霞翠壁遠近映樓閣晨鐘暮鼓杳靄羅幡幢幽花野草不知其名兮風吹露濕香澗谷時有白鶴飛來雙幽尋遠去不可極便欲絶世遺紛痝羨君買田築室老其下插秧盈疇兮釀酒盈缸欲令浮嵐暖翠千萬狀坐臥常對乎軒窗君懷磊砢有至寶世俗不辨珉與玒策名爲吏二十載青衫白首困一邦寵榮聲利不可以苟屈兮自非青雲白石有深趣其氣兀硉何由降丈夫壯節似君少嗟我欲說安得巨筆如長杠

送徐生一作徐無黨之澠池

河南地望雄西京相公好賢天下稱吹噓死灰生氣燄談笑暖律回

嚴凝曾陪罇俎被顧盻羅列臺閣皆名卿一作才能徐生南國後來秀得官古縣依嶠陵腳靴手板實卑賤賢儁未可吏事繩擕文百篇赴知己西望未到氣已增我昔初官便伊洛當時意氣尤驕矜主人樂士喜文學幕府最盛多交朋園林相映花百種都邑四顧山千層朝行綠槐聽流水夜飲翠幙張紅燈爾來飄流二十載鬢髮蕭索垂霜冰同時並遊在者幾舊事欲說無人應一作文章無用等畫虎名譽過耳如飛蠅榮華萬事不入眼憂患百慮來填膺羨子年少一作少年正得路有如扶桑初日昇名高場屋已得儁世有龍門今復登出門相送親與友何異籬鷃瞻雲鵬嗟吾筆硯久已格感激短章一作章句因子興

葛氏鼎 一本有歌字

大河昔決東南流蕭條東郡今遺湫我從故老問其由云古五鼎藏高邱地靈川秀草木稠鬱鬱佳氣蒸常浮惟物伏見數有周祕藏奇

恠神所搜天昏地慘鬼哭幽至寶欲出風雲愁蕩搖山川失維阪九龍大戰驅蛟虬劃然岸裂轟雲驫滑人夜驚鳥啁啁婦走抱兒扶白頭蒼生仰叫黃屋憂聚徒百萬如蚍蜉千金一掃隨浮漚天旋海沸動九州此鼎始出人間留滑人得之不敢收奇模古質非今侔器大難用識者不以示世俗遭揶揄明堂會朝饗諸侯饔官百品供王羞調以五味烹全牛時有用捨吾無求二三子學雕琳球見之始驚中歎愀披荒斲古爭窮蒐苦語難出聲咿嚘馬圖出河龜（一作龍負疇）自古恠說何悠悠嗟吾老矣不能休勉彊作詩慙效尤

太白戲聖俞（一作讀李白集效其體）

開元無事（一作太平）二十年五兵不用太白閑太白之精下人間李白高歌蜀道難蜀道之難難於上青天李白落筆生雲烟千奇萬險不可攀却視蜀道猶平川宮娃扶來白已醉醉裏詩成醒不記忽然（一作來）乘興登名山龍咆虎嘯松風寒山頭婆娑弄明月九域塵土

一作下看塵世悲人寰吹笙飲酒紫陽家紫陽真人駕雲車空山流水空流花飄然已去淩青霞下看一作甚笑區區郊與鳥螢飛露濕吟秋草

邊戶

家世爲邊戶年年常備胡兒僮習鞍馬婦女能彎弧胡塵朝夕起虜騎蔑如無邂逅輒相射殺傷兩常俱自從澶州盟南北結歡娛雖云免戰鬭兩地供賦租將吏戒生事廟堂爲遠圖身居界河上不敢界河漁

梅聖俞寄銀杏一作和聖俞銀杏見寄代書之什

鵝毛贈千里所重以其人鴨脚雖百箇得之誠可珍問予得之誰詩老遠且貧霜野摘林實京師寄時新封包雖甚微採掇皆躬親物賤以人貴人賢棄而論開緘重嗟惜詩以報慇懃

與子華原父小飲坐中寄同州江十學士休復

歲晚忽不樂相過偶乘閑百年纔幾時一笑得亦艱有酒醉嘉客無錢買嬌鬟問予官何爲侍從聯朝班朝廷多賢材何用蒯與菅白髮垂兩鬢黃金腰九環奈何章綬榮飾此木石頑於國略無補有慙常在顏幸蒙二三友相與文字間江子獨捨我一作是高鴻去難攀秋風動沙苑郡閣當南山吟詠日多暇詔條寬可頒寒雲雪一作暮紛糅幽鳥春緜蠻勝事日向好思君何時還

述懷

歲律忽其周陰風慘遼敻孤懷念時節朽質驚衰病憶始來京師街槐綠方映清霜一以零衆木少堅勁物理固如此人生寧久盛當時不樹立後世猶譏評顧我實孤生飢寒談孔孟壯年猶勇爲刺口論時政中閒蒙選擢官實居諫諍豈知身愈危惟恐職不稱十年困風波九死出檻穽再生君父恩知報犬馬性歸來見親識握手相弔慶丹心皎雖存白髮生一作日已迸慙無羽毛彩來與鸞皇並鎩翮追

羣翔孤唳驚衆聽嚴嚴玉堂署清禁肅而靜職業愧論思文章慙誥命厚顏難久居歸計無荒逕偷閑就朋友笑語雜嘲詠歡情雖索寞得酒猶豪橫羣居固可樂寵祿尤難幸何日早收身江湖一漁艇

和劉原父澄心紙一作奉賦澄心堂紙

君不見曼卿子美真奇才久已零落埋黃埃子美生窮死愈貴殘章斷藁如瓊瑰曼卿醉題紅粉壁壁粉已剝昏烟煤河傾崑崙勢曲折雪壓太華高崔嵬自從二子相繼沒山川氣象皆低摧君家雖有澄心紙有敢下筆知誰哉宣州詩翁餓一作飢欲死黃鵠折翼鳴聲哀有時得飽好言語似聽高唱傾金罍二子雖死此翁在老手尚能工翦裁奈何不寄反示我如棄正論求俳詼嗟我今衰不復昔空能把卷闔且開百年干戈流戰血一國歌舞今荒臺當時百物盡精好往往遺弃淪蒿萊君從何處得此紙純堅瑩膩卷百枚官曹職事喜一作樂閑暇臺閣唱和相追陪文章自古世不乏間出安知無後來

居士集卷第五

古詩二十五首

奉使契丹道中答劉原父桑乾河見寄之作

憶昨初受命同下紫宸朝問君當何之笑指北斗杓共念到幾時春風約回鑣所持既異事前後忽相遼歲月坐易一作若失山川行知遙回頭三千里雙闕在紫霄我老倦鞍馬安能事吟嘲君才綽有餘新句益一作亦飄飄前日逢呂郭解鞍憩山腰僮僕相問喜馬鳴亦蕭蕭出君桑乾詩寄我慰寂寥又喜前見君相期駐征軺雖知不久留一笑樂亦聊歸路踐冰雪還家脫狐貂君行我卽至春酒待相邀

書素屏

我行三千里何物與我親念此尺素屏曾不離我身曠野多黃沙當午白日昏風力若牛弩飛砂還射人暮投山椒館休此車馬勤開屏置牀頭輾轉夜向晨臥聽穹廬外北風驅雪雲匆愁明日雪且擁狐

貂溫君命固有嚴羈旅誠苦辛但苟一夕安其餘非所云

馬齧雪

馬飢齧雪渴飲一作行路冰北風卷地來一作寒峥嶸馬悲躑躅人不行日暮塗遠千山橫我謂行人止歎聲馬當勉力無悲鳴白溝南望如掌平十里五里長一作長亭與短亭臘雪銷盡春風輕火燒原頭青草生遠客還家紅袖迎樂哉人馬歸有程男兒雖有四方志無事何須一作煩勤遠征

風吹沙一本題上有北字

北風吹沙千里黃馬行确犖悲摧藏當一作窮冬萬物慘顏一作無色冰雪射日生一作爭光芒一年百日風塵道安得朱顏長美好攬鞍鞭一作起鞭歸馬行勿遲酒熟花開二月時

重贈劉原父一作憶昨呈劉原父

憶昨君當使北時我往別君飲君家愛君小囊初買得如手未觸新

開花醉中上馬不知夜但見九陌燈火人諠譁歸來不記與君別酒醒起坐空咨嗟自言我亦隨往矣行即逢君何恨邪豈知前後不相及歲（一作日月）忽忽行無涯古北嶺口踏新雪馬盂山西看落霞風雲（一作雪）暮慘失道路磵谷夜靜聞鼜鼙行迷方嚮但看日度盡山險方逾（一作行）沙客心漸遠誠易感見君雖晚喜莫加我後君歸秖（一作纔）十日君先躍馬未足誇新年花發見回鴈歸路柳暗藏嬌鴉而今（一作今來）春物已爛漫念昔草木冰未芽人生每苦勞事役老去尚能憐物華從今有暇即相過安得載酒長盈車

贈沈遵（一作贈沈博士歌并序）

一本序云予昔於滁州作醉翁亭於瑯琊山有記刻石往往傳人間太常博士沈遵好奇之士也聞而往遊焉愛其山水歸而以琴寫之作醉翁吟一調惜不以傳人者五六年矣去年冬予奉使契丹沈君會予恩冀之間夜闌酒半出琴而作之予既嘉

君之好尚又愛其琴聲乃作歌以贈之

羣動夜息浮雲陰沈夫子彈醉翁吟醉翁吟以我名我初聞之喜且驚宮聲三疊何泠泠酒行暫止四坐傾一本有爲君屏百慮各以兩耳聽兩句有如風輕日暖好鳥語夜靜山響春泉鳴坐思千巖萬壑醉眠處寫君三尺膝上橫沈夫子恨君不爲醉翁客不見翁醉一作醉翁山間亭翁歡不待絲與竹把酒終日聽泉聲有時醉倒枕谿石青山白雲爲枕屏花間百鳥喚不覺日落山風吹自醒一本有沈夫子君過滁陽今幾時滁人皆喜醉翁醉至今人人能道之長記山間逢太守籃轝酩酊插花歸六句我時四十猶彊力自號醉翁聊戲客爾來憂患十年間一本客字下作爾來纔十年遇酒飲不得軒裳外飾誠可樂鬢髮未老嗟先白滁人思我雖未忘見我今應不能識沈夫子愛君一罇復一琴萬事不可干其心自非曾是醉翁客莫向俗耳求知音一本末兩句作高懷所得貴自適俗耳何用求知音可笑

人生不飲酒惟知白首戀黃金

答聖俞 一本題下有高車見過

人皆喜詩翁有酒誰肯一醉之嗟我獨無酒數往從一作就翁何所爲翁居南方我北走世路離合安可期汴渠千艘日上下來及水門猶未知五年不見勞夢寐三日始往何其遲城東賺河有名字萬家弃水爲汙池人居其上苟賢者我視此水猶漣漪入門下馬解衣帶共坐習習清風吹涇薪熒熒煮薄茗四顧壁立空無遺萬錢方丈飽則止一瓢飲水樂可一作何涯況出新詩數十首珠璣大小光陸離他人欲一不可有一作得君家筐篋滿莫持才大一作多名高乃富貴豈比金紫包愚癡貴賤同爲一邱土聖賢獨一作長如星日垂道德內樂不假物猶一作所須朋友并良時蟬聲漸已變秋意得酒安問醇與醨玉堂官閑無事業親舊幸可從其私與翁老矣會有幾當弃百事勤追隨

感興五首齋於醴泉宮作

奉祠嚴祕館攝事罄精誠歲晏悲木落天寒聞鶴鳴念昔邱壑趣豈知朝市情弱齡嬰仕宦壯節慕功名多病慙厚祿早衰歎餘生未知犬馬報安得遂歸耕懷祿不知慙人雖不吾責貧交重意氣握手猶感激煌煌腰間金兩鬢颯已白有生天地間壽考非金石古人報一飯君子不苟得憂來自悲歌涕淚下沾臆清夜雖云長白日亦易晚循環百刻中勢若丸走坂盈虧自相補得失何足算餐霞可延年飲酒誠自損未知辛苦長孰若適意短二者一何偷百年皆不免顏回不著述後世存愈遠聖賢非虛名惟善爲可勉仕宦希寸祿庶無飢寒迫讀書事一作爲文章本以代耕織學成頗自喜祿厚愈多責挾山以超海事有非其力君子貴量能無輕食人食

唧唧復唧唧夜歎曉未息蟲聲急愈尖病耳聞若刺壯士易爲老良時難再得日月相隨東天行自西北二者不相謀萬古無窮極安知

人間世歲月忽已易

吳學士石屏歌一作和張生鷓樹屏一無和字

晨光入林衆鳥驚腷膊羣飛鴉亂鳴穿林四散投空去黃口巢中飢待哺雌者下啄雄高盤雄雌相呼飛復還空林無人鳥聲樂古木參天枝屈蟠下有怪石橫樹一作其間烟埋草沒苔蘚斑借問此景誰圖寫乃是吳家石屏者虢工刳山取山骨朝鑱暮斵非一日萬象皆從石中出吾嗟人愚不見天地造化一作造物之初難乃云萬物生自然豈知鐫鑱刻畫醜與妍千狀萬態不可殫神愁鬼泣晝一作日夜不得閑不然安得巧工妙手憊精竭思不可到若無若有縹緲生雲烟鬼神功成天地惜藏在虢山深處石惟人有心無不獲一作乃知人爲天地賊天地雖神一作公有物藏不得又疑鬼神好勝憎吾儕欲極奇怪窮吾才乃一作故傳張生自西來吳家學士見且咍醉點紫毫淋墨煤君才自與鬼神鬭嗟我老矣安能陪

初食車螯 一本題上云京師

纍纍盤中蛤來自海之涯坐客初未識食之先歎嗟五代昔乖隔九州如剖瓜東南限淮海邈不通夷華於一作于時北州人飲食陋莫加雞豚爲異味貴賤無等差自從聖人出天下爲一家南產錯交廣西珍富邛巴水載每連舳陸輸動盈車谿潛細毛髮海怪雄鬚牙豈惟貴公侯閭巷飽魚鰕此蛤今始至其來何晚邪螯蛾聞二名車螯一名車蛾久見南人誇璀璨殼如玉斑爛點生花含漿不肯吐得火遽已呀共食惟恐後爭先屢成譁但喜美無厭豈思來甚遐多慙海上翁辛苦斲泥沙

送裴如晦之吳江 一本無下三字注云席上分得已字

雞鳴車馬馳夜半聲未已皇皇走聲利與日爭寸晷而我獨何爲閑宴奉君子京師十二門四方來萬里顧吾坐中人暫聚浮雲爾念子一扁舟片帆如鳥起文章富千箱吏祿求斗米白玉有時沽青衫豈

須恥人生足憂患合散乃常理惟應當歡時飲酒如飲水

盤車圖一本上題和聖俞下注呈楊直講

淺山嶙嶙亂石矗矗山石磽聱車碌碌山勢盤斜隨澗谷側轍傾轅如欲覆出乎兩崖之隘口忽見百里之平陸坡長坂峻牛力疲天寒日暮人心速楊生忍飢官大學得錢買此纔盈幅愛其樹老石硬山回路轉高下曲直橫斜隱見姸媸嚮背各有態遠近分毫皆可辨自言昔一作古有數家筆畫古一作久傳多名姓失後來見者知謂誰乞詩梅老聊稱述古畫畫意不畫形梅詩詠物無隱情忘形得意知者寡不若見詩如見畫乃知楊生真好奇此畫此詩兼有之樂能自足乃一作卽爲富豈必金玉名高貲朝看畫暮讀詩楊生得此可不飢

答梅一作和無梅字聖俞莫登樓在禮部貢院鎖試進士上元夜作

莫登樓樂哉都人方競遊樓闕夜氣春烟浮玉輪東來從海陬纖靄洗盡當空留燈光月色爛不收火龍啣山祝千秋緣竿躡索雜幻優鼓喧管咽耳欲咻清風娟娟夜悠悠瑩蹄文一作輪蹄麦角車如流娙姹扶欄車兩頭髮髻垂鬟嬌未羞念昔年少追朋儔輕衫駿馬今則不中年病多昏兩眸夜視曾不如鵂鶹足雖欲往意已休惟思睡眠擁衾裯人心利害兩不謀春陽稍愆天子憂安得四野陰雲油甘澤以時豐麥麰遊騎踏泥非我愁

答聖俞莫飲酒此已下皆貢院中作

子謂莫飲酒我謂莫作詩花開木落蟲鳥悲四時百物亂我思朝吟搖頭暮蹙眉雕肝琢腎聞退之此翁此語還自違豈如飲酒無所知自古不飲無不死惟有爲善不可遲一作遺功施當世聖賢事不然文章千載垂其餘酩酊一罇酒萬事崢嶸皆可齊腐腸糟肉兩家說計較屑屑何其卑死生壽夭無足道百年長短纔幾時但飲酒莫作

詩子其聽我言非癡

思白兔雜言戲答公儀憶鶴之作

君家白鶴白雪毛我家白兔白玉毫誰將贈兩翁謂此二物皎潔勝瓊瑤已憐野性易馴擾復愛仙格何孤高玉兔四蹄不解舞不如雙鶴能清唳低垂兩翅趁節拍一作拍節婆娑弄影誇嬌嬈兩翁念此二物者久不見之心甚勞京師少年殊好尚意氣橫出爭雄豪清罇美酒不輒飲千金爭買紅顏韶莫令少年聞我語笑我乖僻遭譏嘲或被偷開兩家籠縱此二物令逍遙兔奔滄海却入明月窟鶴飛玉山千仞直上青松巢索然兩衰翁何以慰無憀纖腰綠鬢既非老者事玉山滄海一去何由招

戲答聖俞

鶴行而啄青玉觜枯松脚兔蹲而聳尖兩耳攢四蹄往往於人家高堂淨屋一作室曾見之錦裝玉軸掛壁垂乍見拭目猶驚疑羽毛襂

縱眼睛活若動不動如風吹主人矜誇百金買云此絶筆人間奇畫師畫生不畫死所得百分三二爾豈如翫物翫其真凡物可愛惟精神況此二物物之珍月光臨靜夜雪色凌清晨二物於此時瑩無一點纎埃塵不惟可醒醉翁醉能使詩老詩思添清新醉翁謂詩老子勿誚我愚老弄兎兒憐鶴雛與子俱老其衰乎奈何反捨我欲向一作去東家看舞姝須防舞姝見客笑白髮蒼顏君自照

和梅龍圖公儀謝鷴

有詩鶴勿喜無詩鷴勿悲人禽固異性所趣各有宜朝戲青竹林暮棲高樹枝咿呦山鹿鳴格磔野鳥啼聲音不相通各以類自隨使鶴居籠中垂頭以一作似聽詩鶢鶋享鍾鼓魚鳥見西施鷴鶴不宜爭所爭良可知蚍蜉與蟻子爲物固已微當彼兩交鬭勇如聞鼓鼙有心皆好勝未免爭是非於我一何薄於彼一何私欄檻啄花卉叫號驚睡兒跳踉兩脚長落泊雙翅垂何足充翫好於何定姸媸鷴口不

能言夜夢以告之主人起謝鸚從我今幾時僮奴謹守護出入煩提攜逍遙遂棲息飲啄安雄雌花底弄日影風前理毛衣豈非主人恩報効爾宜思主人今白髮把酒無翠眉養鶴鸚又妬我言堪解頤

和聖俞感李花

昨日摘花初見桃今日摘花還見李晴風暖日苦相催春物所餘知有幾中年多病壯心衰對酒思歸未得歸不及牆根花與草春來隨處自芳非

折刑部海棠戲贈聖俞二首

搖搖牆頭花笑笑弄顏色荒涼衆草間露此紅的皪草木本無情及時如自得青春不可恃白日忽已昃繞之重吟哦歸坐成歎息人生淚自苦得酒且開釋不見宛陵翁作詩頭早白

搖搖牆頭花豔豔爭青娥朝見開尚少暮看繁已多不惜花開繁所惜時節過昨日枝上紅今日隨流波物理固如此去一作古來知柰

何達人但飲酒壯士徒悲歌

刑部看竹効孟郊體

花姸兒女姿零落一何速竹色君子德猗猗寒更綠京師多名園車馬紛馳逐春風紅紫時見此蒼翠玉凌亂迸青苔蕭疎拂華屋森森日影閑濯濯生意足幸此接清賞寧辭薦芳醁黃昏人去一作黃昏寂寂一作寂寂人去鎖空廊枝上月明春一作看鳥宿

居士集卷第六

古詩二十二首

贈沈博士歌遵 一作醉翁吟

沈夫子胡爲醉翁吟醉翁豈能知爾琴滁山高絶滁水深空巖悲風夜吹林山一作泉溜自玉懸青岑一瀉萬仞源莫尋醉翁每來喜登臨醉倒石上遺其簪雲荒石老歲月侵子有三尺徽一作暉黄金寫我幽思窮崎嶔自言愛此萬仞水謂是太古之遺音泉宗石亂到不平指下嗚咽悲人心時時弄餘聲言語軟滑如春禽嗟乎沈夫子爾琴誠工彈且止我昔被謫居滁山名雖一作雖名爲翁實少年坐中醉客誰最賢杜彬琵琶皮作絃自從彬死世莫傳玉練鎖東坡詩云新客從翻玉連鎖練疑當作連聲入黄泉死生聚散日零落耳冷心衰翁索莫國恩未報慚祿厚世事多虞嗟力薄顔摧鬢改真一翁心以一作已憂醉安知樂沈夫子謂我翁言何苦悲人生百年間飲酒

能幾時攬衣推琴起視夜仰見河漢西南移

和聖俞李侯家鴨腳子

鴨腳生江南名實未相浮絳囊因入貢銀杏貴中州致遠有餘力好奇自賢侯因令江上根結實夷門秋始摘纔三四金奩獻凝旒公卿不及識天子百金酬歲久子漸多纍纍枝上稠主人名好客贈我比珠投博望昔所徙蒲萄安石榴想其初來時厥價與此侔今也徧中國籬根及牆頭物性久雖在人情逐時流惟當記其始後世知來由是亦史官法豈徒續君謳京師無鴨腳樹駙馬都尉李和文自南方移植其地

送吳生南歸一作送吳孝京字子京

自我得曾子於茲二十年今又得吳生既得喜且歎古士不並出百年猶比肩區區彼江西其產多材賢吳生初自疑所擬豈其倫我始見曾子文章初亦然崐崘傾黃河渺漫盈百川決疏以道一作導之

漸斂收橫瀾東溟知所歸識路到不難吳生始見我袖藏新文篇一作編忽從布褐中百寶寫一作瀉我前明珠雜璣貝磊砢或不圓問生久懷此奈何初無聞吳生不自隱欲吐羞俛顏少也不自重不為鄉人憐中雖知自悔學問苦賤貧自謂久而信力行困彌堅今來決疑惑幸冀蒙洗滌我笑謂吳生爾其聽我言世所謂君子何異於衆人衆人為不善積微成滅身君子能自知改過不逡巡惟於斯二者愚智遂以分顏回不貳過後世稱其仁孔子過而更日月披浮雲子路初來時雞冠佩豭豚斬蛟射白額後卒為名臣子既悔其往人誰禦其新醜夫祀上帝孟子豈不云臨行贈此言庶可以書紳

樂哉襄陽人送劉太尉從廣一作景元赴襄陽一本無丁二字景元蓋字

嗟爾樂哉襄陽人萬屋連甍清漢濱語言輕清微帶秦南通交廣西峨岷羅縠纖麗藥物珍枇杷甘橘薦清罇磊落金盤爛璘璘槎頭縮

項昔所聞黃橙擣（一作橙擣新虀）香復辛春雷動地竹走根錦苞玉筍味爭新鳳林花發南山春掩映谷口藏山門樓臺金碧瓦鱗鱗峴首高亭倚浮雲漢水如天瀉沄沄斜陽返照白鳥羣兩岸桑柘雜耕耘文王遺化已寂寞千載誰復思其仁荊州漢魏以來重古今相望多名臣嗟爾樂哉襄陽人道扶白髮抱幼孫遠迎劉侯朱兩（一作望）朱輪劉侯年少氣甚淳詩書學問若寒士罇俎談笑多嘉賓往時邢洺（一作臺）有善政至今遺愛留其民誰能持我詩以往爲我先賀襄陽人

奉酬楊州劉舍人見寄之作（原父一作酬劉原父見寄）

別君今幾時歲月如揷羽悠悠寢與食忽忽朝復暮紛紛竟何爲凜凜還自懼朝廷無獻納倉廩徒耗蠹風霜苦見侵衰病日增故江湖豈不思懇悃布已屢矣哉廣陵公風政傳道路優游侍從臣左右天子顧君來一何遲我請亦有素何當兩還分尙冀一相遇把手或未

能尺書幸時寓

西齋手植菊花過節始開偶書奉呈聖俞

秋風吹浮雲寒雨灑清曉鮮鮮牆下菊顏色一何好好色豈能常得時仍不早文章損精神何用覷天巧四時悲代謝萬物惜凋槁豈知寒檻中兩鬢甚秋草東城彼詩翁學問同少一作年小風塵世事多日月良會少我有一罇酒念君思共倒上浮黃金蘂送以清歌裊爲君發朱顏可以卻君老

於劉功曹家見楊直講褒女奴彈琵琶戲作呈聖俞

大絃聲遲小絃促十歲嬌兒彈啄木啄木不啄新生枝惟啄槎牙一作牙槎枯樹腹花繁蔽日鎖空園樹老參天杳深谷不見啄木鳥但聞啄木聲春風和暖百鳥語山路磽确行人行啄木飛從何處來花間葉底時丁丁林空山靜啄愈響行人舉頭飛鳥驚嬌兒身小指撥硬功曹廳冷絃索鳴繁聲急節傾四坐爲爾飲盡黃金觥楊君好雅

心不俗太學官卑飯脫粟嬌兒兩幅青布裙三腳木牀坐調曲奇書古畫不論價緘以錦囊裝玉軸披圖掩卷有時倦臥聽琵琶仰看屋客來呼兒旋梳洗滿額花鈿貼黃菊雖然可愛眉目秀無奈長饑頭頸縮宛陵詩翁勿誚渠人生自足乃爲娛此兒此曲翁家無

長句送陸子履學士通判宿州一本作亳州非

古人相馬不相皮瘦馬雖瘦骨法奇世無伯樂良可嗤千金市馬惟市一作其肥騏驥伏櫪兩耳垂夜聞秋風仰秣嘶一朝絡以黃金羈旦刷一作發吳越暮燕陲丈夫可憐憔悴時世俗庸庸皆見遺子履自少聲名馳落筆文章天下知開懷吐胸不自疑世路迫窄多穽機鬢毛零落風霜摧十年江湖千首詩歸來京國舊遊非大笑相逢索酒巵酒酣猶能弄蛾眉山川搖落百草腓愛君不改青松枝念君明當整驂騑贈以瑤華期早歸豈惟朋友相追隨坐使臺閣生光輝

送公期得假歸絳

風吹積雪銷太行水暖河橋楊柳芳少年初仕卽京國故里幾歸成鬢霜山行馬瘦春泥滑野飯天寒餳粥香留連芳一作風物佳節過東帶還來朝未央

送宋次道學士赴一作知太平州 敏求

古堤老柳藏一作楊柳排春烟桃花水下清明前江南太守見之笑擊鼓插旗催解船一作打鼓插旗催發船侍中令德宜有後學士清才方少年文章秀粹得家法筆畫點綴多餘一作逾妍藏書萬卷復強記故事累朝能口傳來居侍從乃其職遠置州郡誰謂本多作爲然交游一時盡英一作豪俊車馬兩岸來聯翩船頭朝轉暮千里有酒胡不爲一作爲不留連

謝觀文王尙書惠西京牡丹 舉正

京師輕薄兒意氣多豪俠爭誇朱顏事年少肯慰白髮將花插尙書好事與俗殊憐我霜毛苦蕭颯贈以一作寄贈洛陽花滿盤鬬麗爭

奇紅紫雜兩京相去五百里幾日馳來足何捷紫檀金粉香未吐綠
萼紅苞露猶浥謂我嘗爲洛陽客頗向此花曾涉獵憶昔進士初登
科始事相公沿吏牒河南官屬盡賢俊洛城池（一作苑）籞相連接我
時年纔二十餘每到花開如蛺蝶姚黃魏紫腰帶鞓潑墨齊頭藏綠
葉鶴翎添色又其次此外雖妍猶婢妾爾來不覺三十年歲月纔如
熟羊胛無情草木不改色多難人生自摧拉見花了了雖舊識感物
依依幾抆睫念昔逢花必沽酒起坐驩呼屢傾榼而今得酒復何爲
愛花繞之空百匝心衰力懶難勉彊與昔一何殊勇怯感公意厚不
知報墨筆淋漓口徒囁

送朱職方提舉運鹽（一本表臣）

齊人謹（一作建）鹽筴伯者之事爾計口收其餘登耗以生齒民充國
亦富粲若有條理惟（一作雖）非三王法儒者猶爲恥後世益不然權
奪由漢始權量自持操屑屑已甚矣穴竈如蜂房熬波銷海水豈知

戴白民食淡有至死物艱利愈厚令出姦隨起良民陷盜賊峻法難禁止問官得幾何月課煩箠箠公私兩皆然巧拙可知已英英職方郎文行粹而美連年宿與泗有政皆可紀忽來從辟書感激赴知己閔然哀遠人吐策獻天子治國如治身四民猶四體奈何窒其一無異釱厥趾工作而商行一作與商賈本末相表裏臣請通其流爲國掃泥滓金錢歸府藏滋味飽閭里利害難先言歲月可較比鹽官皆謂然丞相曰可喜適時乃爲才高論徒譎詭夷吾苟今一作復出未以彼易此隋堤樹𣟍𣟍汴水流瀰瀰子行其勉旃吾黨方傾耳

嘗新茶呈聖俞

建安三千里京師三月嘗新茶人情好先務取勝百物貴早相矜誇年窮臘盡春欲動蟄雷未起驅龍一作龍未起驅蟲蛇夜聞擊鼓滿山谷千人助叫聲喊呀萬木寒癡睡不醒惟有此樹先萌芽乃知此爲最靈物宜一作疑其獨得天地之英華終朝采摘不盈掬通犀銙

小圓復窊鄙哉穀雨槍與旗多不足貴如刈麻建安太守急寄我香蒻包裹封題斜泉甘器潔天色好坐中揀擇客亦嘉（一作佳）新香嫩色如始造不似來遠從天涯停匙側盞試水路拭目向空看乳花可憐俗夫把金錠（一作挺　一作鋌茶錄多用挺字爲古按集韻錠字去聲訓鐙鋌字上聲訓銅鐵樸）猛火炙背如蝦蟇由來真物有真賞坐逢詩老頻咨嗟須與共起索酒飲何異奏雅終淫哇

次韻再作（一本云茶歌）

吾年向老世味薄所好未衰惟飲茶建谿苦遠雖不到自少嘗見閩人誇每嗤江浙凡茗草叢生狼藉惟藏蚍（今江浙茶園俗言多蚍）豈如含膏入香作金餅蜿蜒兩龍戲以呀其餘品第亦奇絕愈小愈精皆露芽泛之白花如粉乳乍見紫面生光華手持心愛不欲碾有類弄印幾成窊論功可以療百疾輕身久服勝（一作如）胡麻我謂斯言頗過矣其實最能祛睡邪茶官貢餘偶分寄地遠物新來意嘉親烹

屢酌不知厭自謂此樂真一作誠無涯未言久食成手鶴已覺疾飢一作病生眼花客遭水厄疲捧椀口吻無異蝕月蟇僮奴傍視疑復笑嗜好乖僻誠堪嗟更蒙酬句恠可駭兒曹助噪聲哇哇

樂郊詩爲劉原甫作一本注原父鄆州東園也

樂郊何所樂所樂從公遊三日公不出其民蹙然愁一聞車馬音從者如雲浮吾問鄆之人無乃失業不云惟安其業然後樂其休樂郊何所有胡不考公詩有山在其東有水出逶夷有臺以臨望有沼以游嬉俯仰迷上下朱欄映清池草木非一種青紅隨四時其餘雖瑣屑處置各有宜樂郊何以名吾爲本其意自古賢哲人所存非一世當時偶然迹來者因不廢鄆非公久留公去民孰賴此亭公所登此樹公所憩俾民百年思豈取一日醉

洗兒歌爲聖俞作一本云前日送酒遂助洗兒輒成短歌更資一笑呈聖俞

月暈五色如虹霓深山猛虎夜生兒虎兒可愛一作憐光陸離開眼已有百步威詩翁雖老神骨秀想見嬌嬰目與眉木星之精爲紫氣照山生玉水生犀兒一作此翁不比他兒翁三十年名天下知材高位下衆所惜天與此兒聊慰之翁家洗兒衆人喜不一作莫惜金錢散閭一作隣里宛陵他日見高門車馬煌煌梅氏子

鳴鳩崇政殿後考試所作

天將陰鳴鳩逐婦鳴中林鳩婦怒啼無好音天雨止鳩呼婦歸鳴且喜婦不亟歸一作急還呼不已逐之其去恨不早呼不肯來固其理吾老病骨知陰晴每愁天陰聞此聲日長思睡不可得遭爾聒聒何時停衆鳥笑鳴鳩爾拙固無匹不能娶巧婦以共營家室寄巢生子四散飛一身有婦長相失夫婦之恩重太山背恩棄義須臾間心非無情不得已物有至拙誠可憐君不見人心百態巧且艱臨危利害兩相關朝爲親戚暮仇敵自古常嗟交道難

代鳩婦言一本注聞士有欲弃妻者作

斑然錦翼花簇簇雄雌相隨樂不足抱雛出卵翅羽成豈料一朝還反目人言嫁雞逐雞飛安知嫁鳩被鳩逐古來有盛必有衰富貴莫忘貧賤時女棄父母嫁一作婦曰歸中道捨君何所之天生萬物各有類誰謂鳥獸爲無知雖無仁義有情愛苟聞此言寧不悲

看花呈一作有韓子華內翰崇政殿後考試作

老雖可憎還可嗟病眼眵昏愁看花不知花開桃與李但見紅白何交加春深雨露洗新濯日暖金碧相輝華浮香著物收不得含意欲吐情無涯可愛踈簾靜相對最宜落日初西斜時傾賜壺共斟酌及此蜂鳥方諠譁凡花易見不足數禁籞難到堪歸誇老病對此不知厭年少何用苦思家

啼鳥崇政殿後考試舉人卷子作

提葫蘆提葫蘆不用沽美酒宮一作官壺日賜新醱醅老病足以扶

衰朽百舌子百舌子莫道泥滑滑宮花正好愁雨來暖日方催花亂
發苑樹千重綠暗春珍禽綵羽自成羣花間䄠慣迎黃屋烏語初驚
見外人千聲百囀忽飛去一作來枝上自落紅紛紛畫簾陰陰隔宮
燭禁漏杳杳深千門可憐枕上五更聽不似滁州山裏聞

和聖俞一本二字作入唐書局後叢莽中得芸香一本之作

用其韻

有芸黃其華在彼衆草中清香濯曉露秀色搖春風幸依華堂陰一
顧曾不蒙大雅彼君子偶來從學宮文章高一世論議一作議論伏
羣公多識由博學新篇匪雕蟲唱酬爛衆作光輝發幽叢在物苟有
用得時寧久窮可嗟凡草木糞壤自青紅

答劉原父舍人見過後中夜酒定復追昨日所覽雜記幷簡

梅聖俞之作

君子忽我顧一作顧我貧家復何有虛堂來清風佳果薦濁酒簡編

記遺逸論議相可否欲知所書人其骨多已朽前者既已然後來寧得久所以昔人云杯行莫停手

居士集卷第七

古詩二十一首

有贈余以端谿綠石枕與蘄州竹簟皆佳物也余旣喜睡而得此二者不勝其樂奉呈原父舍人聖俞直講

端谿作出缺月樣蘄州織成雙水一作錦紋呼兒置枕展方簟赤日正午天無雲黃琉璃光綠玉潤瑩淨冷滑無埃一作纖塵憶昨開封暫陳力屢乞殘骸避煩劇聖君哀憐大臣閔察見衰病非虛飾猶蒙不使如一作加罪去特許遷官還舊職選材臨事不堪用見利無慙惟苟得一從僦舍一作屋居城南官不坐曹門一作閑少客自然唯與睡相宜以懶遭一作投閑何愜適從來羸薾苦疲困況此煩歊正炎赫少壯喘息人莫聽中年鼻鼾尤惡聲癡兒掩耳謂雷作竈婦驚窺疑釜鳴蒼蠅蠛蠓任緣撲蠹一作詩書懶架拋縱橫神昏氣濁一如此言語思慮何由清嘗聞李白好飲酒欲與鐺杓同生死一作死

生我今好睡又過之身與二物爲三爾江西得請在日暮收拾歸裝從此始終當卷簟攜枕去築室買田清潁尾

夜聞風聲有感奉呈原父舍人聖俞直講

夜半羣動息有風生樹端颯然飄我衣起坐爲長歎苦暑君勿厭初涼君勿歡暑在物猶感涼歸歲將寒清霜忽以飛零落亦溥溥霜露一作四時本無情豈肯私蕙蘭不獨草木爾君形安得完櫛髮變新白鑑容銷一作無故丹風埃共侵迫心志亦摧殘萬古一飛隼兩曜雙跳丸擾擾賢與愚流沙逐驚湍其來固如此獨久知誠難服食爲藥悞此言真不刊但當飲美酒何必被輕紈

答梅聖俞大雨見寄

夕雲若頹山夜雨如決渠俄然見青天飈飈升蟾蜍倏忽陰氣生四面如吹噓狂雷走昏黑驚電照夔魖搜尋起龍蟄下擊墓與墟雷聲每軒轟雨勢隨疾徐初若浩莫止俄收闃無餘但掛千丈虹紫翠橫

空虛頃刻百變態晦明誰卷舒豈知下土人水潦没襟裾擾擾泥淖中無異鴨與豬嗟我來京師庇身無弊廬閑坊僦古屋卑陋雜里閭鄰注湧溝竇街流溢庭除出門愁浩渺閉戶恐爲瀦牆壁豁四達幸家無貯儲蝦蟇鳴竈下老婦但欷歔九門絕來薪朝爨欲毀車壓溺委性命焉能顧圖書乃知生堯時未免憂爲魚梅子猶念我寄聲憂我居慰我以新篇琅琅比瓊琚官閑行能薄補益愧空疎歲月行晚矣江湖盍歸歟吾居傳郵爾此計豈躊躇

答聖俞白鸚鵡雜言

憶昨滁山之人贈我玉兔子粤明年春玉兔一有子字死日陽晝出月夜明世言兔子望月生謂此瑩然而白者譬夫水之爲雪而爲冰皆得一陰凝結之純精常恨處非大荒窮北極寒之曠野養違其性夭厥齡豈知火維地荒絕漲海連天沸天一作火一作炎熱黃冠黑距人語言有鳥玉衣尤皎潔乃知物生天地中萬殊難以一理通海

中洲一作州島窮人迹來市廣州纔八國其間注輦來最稀一作遠此鳥何年隨海舶誰能徧歷海上峯萬怪千奇安可極兔生明月月在天玉兔不能久人間況爾來從炎瘴地豈識中州霜雪寒渴雖有飲飢有啄羈紲終知非爾樂天高海闊路一作終茫茫嗟爾身微羽毛弱爾能識路知所歸吾欲開籠縱爾飛俾爾歸訖宛陵詩此老詩名聞四夷

清明前一日韓子華以靖節斜川詩見招遊李園既歸遂苦風雨三日不能出窮坐一室家人輩倒殘壺得酒數杯泥深道路無人行去市又遠索於筐筥一作篋得枯魚乾鰕數種彊飲疾醉昏然便寐既覺索然因書所見奉呈聖俞

少年喜追隨老大厭諠譁慙愧二三子邀我行看花花開豈不好時節亦云嘉因病既不飲衆歡獨成一作我嗟管絃暫過耳風雨愁還家三日不出門堆壓類寒鴉妻兒強我飲飣餖果與瓜濁酒傾殘壺

枯魚雜乾鰕小婢立我前赤腳兩髻丫軋軋鳴雙絃正如艫嘔啞坐令江湖心浩蕩思無涯寵祿不知報鬢毛今已華有田清穎間尙可事桑麻安得一黃犢幅巾駕柴車

奉答原甫見過寵示之作

不作流水聲行將二十年吾生少賤足憂患憶昔有罪初南遷飛帆洞庭入白浪墮淚三峽聽流泉援琴寫得入此曲聊以自慰窮山間中間永陽亦如此醉臥幽谷聽潺湲自從還朝戀榮一作寵祿不覺鬢髮俱凋殘耳衰聽重手漸顫自惜指法將誰傳偶欣日色曝書畫試拂塵埃張斷絃嬌兒癡女遶翁膝爭欲彊翁聊一彈紫微閣老適我過愛我指下聲泠然戲一作語君此是伯牙曲自古常歎知音難君雖不能琴能得琴一作其意斯爲賢自非樂道甘寂寞誰肯顧我相留連興闌束帶索馬去卻鎖塵匣包青氈

會飮聖俞家有作兼呈原父景仁聖從

憶昨九日訪君時正見堦前兩叢菊愛之欲繞行百匝庭下不能容我足折花卻坐時嗅之已醉還家手猶馥今朝我復到君家兩菊堦前猶對束枯莖槁葉苦風霜無復滿叢金間緣京師誰家不種花碧砌朱欄敞華屋奈何來對兩枯株共坐窮簷何局促詩翁文字發天葩豈比青紅凡草木凡草開花數日間天葩無根長在目遂令我每飲君家不覺長缾臥牆曲坐中年少皆賢豪莫怪我今雙鬢禿須知朱顏不可恃有酒當歡一作飲且相屬

依韻奉酬聖俞二十五兄見贈之作

與君結交遊我最先衆人我少既多難君家常苦貧今爲兩衰翁髮白面亦皺念君懷中玉不及市上珉珉賤易爲價玉棄久埋塵惟能吐文章白虹射星辰幸同居京城遠不隔重闉朝罷二三公隨我如魚鱗君聞我來喜置酒留逡巡不待主人請自脫頭上巾歡情雖漸鮮老意益相親窮達何足道古來茲理均

小飲坐中贈別祖擇之赴陝府無擇

明日君當千里行今朝始共一罇酒豈惟明日難重持試思此會何嘗有京師九衢十二門車馬煌煌事奔走花開誰得屢相過盞到莫辭頻舉手驩情落寞酒量減置我不須論老朽奈何公等氣方豪雲夢正當吞八九擇之名聲重當世少也多奇晚方偶西州政事藹風謠右掖文章煥星斗待君歸日我何爲手把鋤犂汝陰叟

奉答聖俞達頭魚之作

吾聞海之大物類無窮極蟲鰕淺水間贏蜆如山積毛魚與鹿角一龠一作拾數千百收藏各有時嗜好無南北其微一作小既若斯其大有一作其大固一作大者固莫測波濤浩渺中島嶼生頃刻俄而沒不見始悟一作久始出背脊有時隨潮來暴死疑遭謫海人相呼集刀鋸爭剖一作斫析骨節駭專車鬚芒一作牙侔劍戟腥聞數十里餘臭久乃息始知百川歸固有含容德潛奇與祕寶萬狀一作物

不一識嗟彼達頭微誰傳到一作偶傳到一作偶傳入京國乾枯少滋味治平聲洗費炮炙聊茲知異物豈足薦佳客一旦辱一作得君詩虛名從此得京師人不識此魚滄州向防禦槩見寄以分聖俞辱以詩答

送刁紡推官一本無二字歸潤州

翹翹名家子自少能慷慨嘗從幕府辟躍馬臨窮塞是時西邊兵屢戰輒一作無功屢奔潰歸來買良田俛首學秉耒家為白酒醇門掩青山對優游可以老世利何足愛奈何從所知又欲向并代主人忽南遷此計亦一作乃中悔彼在吾往一作乃從彼去吾亦退與人交若此可以言節槩

夜坐彈琴有感二首呈聖俞

吾愛陶靖節有琴常自隨無絃人莫聽此樂有誰知君子篤自信衆人喜隨時其中苟有得外物竟何為寄謝伯牙子何須鍾子期

鍾子忽已死伯牙其已乎絕絃謝世人知音從此無瓠巴魚自躍此事見於書師曠嘗一鼓羣鶴舞空虛吾恐二三說其言皆過歟不然古今人愚智邈已殊奈何人有耳不及鳥與魚

二月雪

寧傷桃李花無損杞與菊杞菊吾所嗜惟恐食不足花開少年事不入老夫目老夫無遠慮所急在口腹風晴日曖雪初銷踏泥自採籬邊綠

歸田四時樂春夏二首秋冬二首命聖俞分作

春風二月三月時農夫在田居者稀新陽晴暖動膏脉野水泛灩生光輝鳴鳩聒聒屋上啄布穀翩翩桑下飛碧山遠映丹杏發青草暖眠黃犢肥田家此樂知者誰吾獨知之胡不歸吾已買田清頴上更欲臨流作釣磯

南風原頭吹百草草木叢深茅舍小麥穗初齊稚子嬌桑葉正肥蠶

食飽老翁但喜歲年熟餉婦安知時節好野棠黎密啼晚鶯海石榴紅囀山鳥田家此樂知者誰我獨知之歸不早乞身當及彊健時顧我蹉跎已衰老

明妃曲和王介甫作

胡人以鞍馬爲家射獵爲俗泉甘草美無常處鳥驚獸駭爭馳逐誰將漢女嫁胡兒風沙無情貌如玉身行不遇中國人馬上自作思歸曲推手爲琵卻手琶胡人共聽亦咨嗟玉顏流落死天涯琵琶一作此曲卻傳來漢家漢宮爭按新聲譜遺恨已深聲更苦纖纖女手生洞房學得琵琶不下堂不識黃雲出塞路豈知此聲能斷腸

盆池

西江之水何悠哉經歷灨石險且回餘波拗怒猶一作獨涵去澹奔濤擊浪常喧豗有時夜上滕王閣月照淨練一作緣無纖埃楊瀾左里在其北無風浪起傳古來老蛟深處厭窟穴蛇身微行見者猜呼

龍瀝酒未及祝五色粲（一作照）爛高崔嵬忽然遠引千丈去百里水面中分開收蹤滅跡莫知處但有雨雹隨風雷千奇萬變聊一戲豈（一作肯）顧溺死為可哀輕人之命若螻蟻不止山嶽將傾頹此外魚鰕何足道厭飫但覺腥盤杯壯哉豈不快耳目胡為守此空牆隈陶盆斗水仍下漏四岸久雨生莓苔遊魚撥撥不盈寸泥潛日炙愁暴鰓魚誠不幸此跼促我能決去反徘徊

再和明妃曲

漢宮有佳（一作美）人天子初未識一朝隨漢使遠嫁單于國絕色天下無一失難再得雖能殺畫工於事竟何益耳目所及尚如此萬里安能制夷狄漢計誠已拙女（一作美）色難自誇明妃去時淚灑向枝上花狂風日暮起飄泊落誰家紅顏勝人多薄命莫怨春風當自嗟

奉送原甫侍讀出守永興（一作奉送永興安撫劉侍讀）

酌君以荊州魚枕之蕉贈君以宣城鼠須之管酒如長虹飲滄海筆

若駿馬馳平坂愛君尚一作年少力方豪嗟我久衰歡漸鮮文章驚世知一作聞名早意氣論交相得晚魚枕蕉一舉十分當覆盞鼠須管爲物雖微情不淺新詩醉墨時一揮別後寄我無辭遠

哭聖俞

昔逢詩老伊水頭青衫白馬渡伊流灘聲八節響石樓坐中辭氣凌清一作高秋一飲百盞不言休酒酣思逸語更遒河南丞相稱賢侯後車日載枚與鄒我年最少力方優明珠白璧相報投詩成希深擁鼻謳師魯卷舌藏戈矛三十年間如轉眸屈指十九歸山邱凋零所餘身百憂晚登玉墀侍珠旒詩老齏鹽太學愁乖離會合謂無由此會天幸非人謀頷鬚已白齒根浮子年加我貌則不歡猶可彊閑屢偷不覺歲月成淹留文章落筆動九州釜甑過午無饋餾良時易失不早收篋櫝一作櫝瓦礫遺琳璆薦賢轉石古所尤此事有職非吾羞命也難知理莫求名聲赫赫掩諸幽翩然素旐歸一舟送子有淚

流如溝

居士集卷第八

古詩三十首

寄題劉著作羲叟家園效聖俞體

嘉子治新園乃在太行谷山高地苦寒當樹所宜木羣花媚春陽開落一何速凛凛心節奇惟應松與竹毋栽當暑槿寧種深秋菊菊死抱枯枝槿豔隨昏旭黃楊雖可愛南土氣常燠未知經雪霜果自保其綠顏色苟不衰始知根性足此外衆草花徒能悅凡目千金買姚黃愼勿同流俗

西齋小飲贈別陝州沖卿學士分得黃字爲韻

今日胡不樂衆賓會高堂坐中瀛洲客新佩太守章豈無芳罇酒笑語共一觴亦有嘉一作佳菊叢新苞弄微黃所嗟時易晚節物已淒涼羣鷺方威集離鴻獨高翔山川正搖落行李怯風霜君子樂爲政朝廷須儁良歸來紫微閣遺愛在甘棠

奉答原甫九月八日見過會飲之作

老大惜時節少年輕別離我歌君當和我酌君勿辭豔豔庭下菊與君吟繞之擷其黃金蘂泛此白玉巵君勿愛此花問君此何時秋風日益高霜露漸離披芳歲忽已晚朱顏從此衰念君將捨我車馬去有期君行一何樂我意獨不怡飛兔不戀羣奔風誰能追老驥但伏櫪壯心良可悲

予作歸鴈亭於滑州後十有五年梅公儀來守是邦因取余詩刻于石又以長韻見寄因以答之一作和滑州公儀龍圖歸鴈亭長句

風吹城頭秋草黃仰見鳴鴈初南翔秋草風吹春復綠南鴈北飛聲肅肅城下臺邊桃李蹊憶初披荒手植之雪消冰解草木動因記鴻一作欲記南鴈將歸時爾來十載空遺迹飛鴈年年自南北臺傾餘址草荒涼樹老無花春寂歷東州太守詩尤美組織文章爛如綺長

篇大句琢方石一日都城傳百紙我思古人無不然慷慨一作感槩功名垂百年沉碑身後念陵谷把酒泣下悲山川一時留賞雖邂逅後世傳之因不朽

寄題洛陽致政張少卿靜居堂

洛人皆種花花發有時闌君家獨種玉種玉產琅玕子弟守家法名聲聳朝端歲時歸拜慶閭里亦相歡西臺有道氣自少服靈丸春酒養眉壽童顏如渥丹清談不倦客妙思喜揮翰壯也已吏隱興餘方掛冠臨風想高誼懷祿愧盤桓

鬼車

嘉祐六年秋九月二十有八日天愁無光月不出浮雲蔽天衆星沒舉手嚮空如抹漆天昏地黑有一物不見其形但聞其聲其初切切凄凄或高或低乍似玉女調玉笙衆管參差而不齊既而咿咿呦呦若軋若抽又如百兩江州車回輪轉軸聲啞嘔鳴機夜織錦江上羣

鴈驚起蘆花洲吾謂此何聲初莫窮端由老婢撲燈呼兒曹云此怪鳥無足傳其名爲鬼車夜載百鬼凌空遊其聲雖小身甚大翅如車輪排十頭凡鳥有一口其鳴已啾啾此鳥十頭有十口口插一舌連一一作十喉一口出一聲千聲百響更相酬昔時周公居東周厭聞此鳥憎若讎夜呼庭氏率其屬彎弧俾逐出九州射之三發不能中天遣天狗從空投自從狗囓一頭落斷頸至今青血流爾來相距三千秋晝藏夜出如鵂鶹每逢陰黑天外過乍見火光驚輒墮有時餘血下點汙烏臥反所遭之家家必破我聞此語驚且疑反祝疾飛無我禍我思天地何茫茫百物巨細理莫詳吉凶在人不在物一蛇兩頭反爲祥卻呼老婢炷燈火捲簾開戶清華堂須臾雲散衆星出夜靜皎月流清光

感二子

黃河一千年一清岐山鳴鳳不再一作載鳴自從蘇梅二子死天地

寂默收雷聲百蟲坏戶不啓蟄萬木逢春不發萌豈無百鳥解言語喧啾終日無人聽二子精思極搜抉天地鬼神無遁情及其放筆騁豪俊筆下萬物生光榮古人謂此覷天巧命短疑爲天公憎昔時李杜爭橫行麒麟鳳凰世所驚二物非能致太平須時太平然後生開元天寶物盛極自此中原疲戰爭英雄白骨化黃土富貴何止浮雲輕唯有文章爛日星氣凌山岳常崢嶸賢愚自古皆共盡突兀空留後世名

讀書

吾生本寒儒老尚把書卷眼力雖已疲心意殊未倦正經首唐虞僞說起秦漢篇章異句讀解詁及箋傳是非自相攻去取在勇斷初如兩軍一作兵交乘勝方一作多酣戰當其旗鼓催不覺人馬汗至哉天下樂終日在几一作書案念昔始從師力學希仕宦豈敢取聲名惟期脫貧賤忘食日已晡燃薪夜侵旦謂言得志一作意後便可焚

筆硯少償辛苦時惟事寢與飯歲月不我留一生今過半中間嘗忝竊內外職文翰官榮日清近廩給亦豐羨人情慎所習酖毒比安宴漸追時俗流稍稍學營辦盃盤窮水陸賓客羅俊彥自從中年來人事攻百箭非惟職有憂亦自老可歎形骸苦衰病心志亦退懦前時可喜事閉眼不欲見惟尋舊讀書簡編一作編簡多朽斷古人重溫故官事幸有閒乃知讀書勤其樂固無限少而干祿利老用忘憂患又知物貴久至寶見百鍊紛華暫時好俯仰浮雲散淡泊味愈長始終殊不變何時乞殘骸萬一免罪譴買書載舟歸築室一作屋頹水岸平生頗論述銓次加點竄庶幾垂後世不默死芻豢信哉蠹書魚韓子語非訕

鵯鵊詞效王建作

龍樓鳳闕一作閣鬱崢嶸深宮不聞更漏聲紅紗蠟燭愁夜短綠窗鵯鵊催天明一聲兩聲人漸起金井轆轤聞汲水三聲四聲促嚴粧

紅靴玉帶奉君王萬年枝軟風露濕上下枝間聲轉急南衙促仗三衛列九門放鑰千官入重城禁籞鎖池臺此鳥飛從何處來君不見潁河東岸村一作春陂闊山禽野鳥常一作時嘲啁田家惟聽夏雞聲鵯鶋京西村人謂之夏雞夜夜壠頭耕曉月可憐此樂獨吾知眷戀君恩今白髮

初食雞頭有感一本無有感字

六月京師暑雨多夜夜南風吹芡觜凝祥池鎖會靈園僕射荒陂安可擬京師賣五岳宮及鄭州雞頭最爲佳爭先園客採新苞剖蚌得珠從海底都城百物貴新鮮厥價難酬與珠比金盤磊落何所薦滑臺撥醅如玉醴自慚竊食萬錢廚滿口飄浮嗟病齒卻思年少在江湖野艇高歌菱荇裏香新味全手自摘玉潔沙磨軟還美一瓢固不羨五鼎萬事適情爲可喜何時遂一作盆買潁東田歸去結茅臨野水

雙井茶

西江水清江石老石上生茶如鳳爪窮臘不寒春氣早雙井芽生先百草白毛囊以紅碧紗十斤茶養一兩芽長安富貴五侯家一啜猶須三日誇寶雲日注非不精爭新棄舊世人情豈知君子有常德至寶不隨時變易君不見建溪龍鳳團不改舊時香味色

贈李士寧

蜀狂士寧者不邪亦不正混世使人疑詭譎非一行平生不把筆對酒時高詠初如不著意語出多奇勁傾財解人難去不道名姓 一無上六句 金 一作千 錢買酒醉高樓明月空床 一作清風 眠不醒一身四海即爲家獨行萬里聊乘興既不採藥賣都市又不點石化黃金進不干公卿退不隱山林與之游者 一本四字作世之人 但愛其人而莫 一作不 見其術安知其心吾聞有道之士游心太虛逍遙出入 一本二句止作逍遙太虛 常 一作動 與道俱故能入火不熱 一作爇

入水不濡嘗聞其語一作吾雖聞其語矣而未見其人也豈斯人之徒與不然言不純師行不純德一作表而一本無而字滑稽玩一作傲世其東方朔之流乎

明妃小引

漢宮諸女嚴粧罷共送明妃溝水頭溝上水聲來不斷花隨水去不回流上馬卽知無返日不須出塞始堪愁

感事四首

老者覺時速閑人知日長日月本無情人心有閑忙努力取功名斷碑埋路傍逍遙林下士邱壠亦相望長生旣無藥濁酒且盈觴

空山一道士辛苦學延齡一旦隨物化反言仙已成開墳見空棺謂已超青冥尸一作或解如蛇蟬換骨蛻其形旣云須變化何不任死生

仙境不可到誰知仙有無或乘九班虬或駕五雲車朝倚扶桑枝暮

遊峴崙墟往來幾萬里誰復遇諸塗富貴不還鄉安事富貴歟神仙人不見魑魅與爲徒人生不免死魂魄入幽都仙者得長生又云超太虛等爲不在世與鬼亦何殊得仙猶若此何況不得乎寄謝山中人辛勤一何愚

莫笑學仙人山中苦岑寂試看青松鶴何似朱門客朱門炙手熱來者無時息何嘗問寒暑豈暇謀寢食彊顏悅憎怨擇語防仇敵衆欲苦無厭有求期必獲敢辭一身勞豈塞天下責風波卒然起禍患藏不測神仙雖杳茫富貴竟何得

新春有感寄常夷甫

余生本羇孤自少已非壯今而老且病何用苦惆悵誤蒙三聖知貪得過其量恩私未知報心志已凋喪軒裳德不稱徒自取譏謗豈若常夫子一瓢安陋巷身雖草莽間名在朝廷上惟余服德義久已慕恬曠矧亦有吾廬東西正相望不須駕柴車自可策藜杖坐驚顏鬢

日摧頹及取新春歸去來共載一舟浮野水焦陂四面百花開

昇天檜

青牛西出關老聃始著五千言白鹿去昇天爾來忽已三千年當時遺迹至今在隱起蒼檜猶依然惟能乘變化所以爲神仙驅鸞駕鶴須臾間飄忽不見如雲烟奈何此鹿起平地更假草木相攀緣乃知神仙事茫昧真僞莫究徒自傳雪霜不改終古色風雨有聲當夏寒境清物老自可愛何必詭怪窮根源

憶焦陂 一本無憶字注汝陰作

焦陂荷花照水光未到十里聞花香焦陂八月新酒熟秋水魚肥鱠如玉清河兩岸柳鳴蟬直到焦陂不下船笑向漁翁酒家保金龜可解不須錢明日君恩許歸去白頭酣詠太平年

贈許道人

洛城三月亂鶯飛潁陽山中花發時往來車馬遊山客貪看山花踏

山石紫雲仙洞鎖雲深洞中有人人不識飄飄許子旌陽後道骨仙風本仙胄多年洗耳避世喧獨臥寒巖聽山溜至人無心不算心無心自得無窮壽忽來顧我何慇懃笑我白髮老紅塵子歸爲築巖前室待我明年乞得身

送龍茶與許道人

頳陽道士青霞客來似浮雲去無蹟夜朝北斗太清（一作虛）壇不道姓名人不識我有龍團古蒼璧九龍泉深一百尺憑君汲井試烹之不是人間香味色

馴鹿

朝渴飲清池暮飽眠深柵慙媿主人恩自非殺身難報德主人施恩不待報哀爾胡爲網羅獲南山藹藹動春陽吾欲縱爾山之傍巖崖雪盡飛泉溜澗谷風吹百草香飲泉齧草當遠去山後山前射生戶

留題齊州舜泉

岸有時而爲谷海有時而爲田虞舜已歿三千年耕田浚井雖鄙事至今遺迹存依然歷山之下有寒泉向此號泣于旻天無情草木亦改色山川慘淡生雲烟一朝垂衣正南面皐夔稷契來聯翩功高德大被萬世今人過此猶留連齊州太守政之暇鑿渠開沼疏清漣遊車擊轂惟恐後衆卉亂發如爭先豈徒邦人知樂此行客亦爲留征軒

山齋戲書絶句二首

蜜脾未滿蜂採花麥壠已深鳩喚一作叫雨正是山齋睡足時不覺花間日亭午

經春老病不出門坐見羣芳爛如雪正當年少惜花時日日春風吹石裂

嘲少年惜花

紛紛紅蘂落泥沙少年何用苦咨嗟春風自是無情物肯爲汝惜無

情花今年花落明年好但見花開人自老人老不復少花開還更一作復新使花如解語應笑惜花人

出郊見田家蠶麥已成慨然有感

誰謂田家苦田家樂有時車昌遮切鳴繅白繭麥熟囀黃鸝田家此樂幾人知幸獨知之未許歸逢時得寵已逾分報國無能徒爾爲收取玉堂揮翰手卻尋南畝把鋤犁

射生戶予初至州獵戶有獻狼豹者

射生戶前日獻一豹今日獻一狼豹因傷我牛狼因食我羊狼豹誠爲害人物縣官賞之縑五疋射生戶持縑歸爲人除害固可賞貪功邀利爾勿爲弦弓毒矢無妄發恐爾不識麒麟兒

戲石唐山隱者

石唐仙室紫雲深潁陽真人此算心真人已去升寥廓歲歲巖花自開落我昔曾爲洛陽客偶向巖前坐盤石四字丹書萬仞崖神清之

洞鎖樓臺雲深路絕無人到鸞鶴今應待我來

居士集卷第九

律詩六十首

送王汲宰藍田

喧喧動車馬共出古都門落日催行客東風吹酒罇樹搖秦田綠花入輞川繁若遇西來旅時應問一作望故園

徽安門曉望

都門收宿霧佳氣鬱葱葱曉日寒川上青山白霧一作露中樓臺萬瓦合車馬九衢通悵乏登高賦徒知京邑雄

送孟都官知蜀州

名郎出粉闈佳郡古關西幾驛秦亭盡千山蜀鳥啼朱輪照耕野綠芋覆秋畦向闕應東望雲深隴樹迷

南征回京至界上驛先呈城中諸友

朝雲來少室日暮向箕山本以無心出寧隨倦客還春歸伊水綠花

晚洛橋閑誰有餘罇酒相期一解顔

逸老亭一本注彭城公白蓮庄

上相此忘榮怡然物外情池光開小幌山翠入重城野鳥窺華衮春壺勞耦耕枕前雙鴈沒雨外一川晴解組金龜重調琴赤鯉驚雖懷安石趣豈不爲一作念蒼生

廣愛寺

都人布金地紺宇巋然存山氣蒸經閣鍾聲出國門老杉春自緑古壁雨先昏應有幽人屐來留石蘚痕

弔黄學士三首名鑑

麗正讎書久蘭臺約史成迎親就江水厭直出承明世德無雙譽詩豪第一評風流今頓盡響像憶平生

沈約多清瘦文園仍病痟共疑天上召更欲水邊招金馬人相弔長沙物易妖秋風吹越樹歸旐自飄飄

自古蘭襄早因令蕙歎深書遺茂陵藁病作越鄉吟萬里無春色閩山薇夕陰空嗟埋玉樹齎志永沉沉

雨後獨行洛北

北闕望南山明嵐雜紫烟歸雲向嵩嶺殘雨過伊川樹繞芳隄外橋橫落照前依依半荒苑行處獨聞蟬

陪府中諸官遊城南一本注西京作

一雨郊圻迥新秋榆棗繁田荒溪溜入禾熟雀聲喧燒出空槎腹人耕廢廟垣閑追向城客落日隱高原

智蟾上人遊南岳

終日念雲壑南歸心浩然青山入楚路白水望湖田野渡惟浮鉢山家少施錢到時春尚早收茗綠巖前

送左殿丞一作直入蜀

傳聞蜀道難行客若登天紫竹深無路黃花忽見川聞鳥嗟異域問

俗訪耆年欲識京都遠惟應望日邊

秋郊曉行一作望

寒郊桑柘稀秋色曉依依野燒侵河斷山鴉向日飛行歌採樵去荷鍤刈一作治田歸秫一作村酒家家熟相邀白竹扉

被牒行縣因書所見呈寮友

周禮恤凶荒軺車出四方土龍朝祀雨田火夜驅蝗木落孤村迥原高百草黄亂鴉鳴古堞寒雀聚空倉桑野人行饁魚陂鳥下粱晚烟茅店月初日棗林霜墐戶催寒候叢祠禱歲穰不妨行覽物山水正蒼茫

緱氏縣作

亭候徹郊畿人家嶺坂西青山臨古縣綠竹繞寒溪道上行收穗桑間晚溉畦東皐有深趣便擬卜幽棲

又行次作

秋色滿郊原人行禾黍間雉飛橫斷澗燒響入空山野水蒼烟起平林夕鳥還嵩嵐久不見寒碧更孱顏

送梅秀才歸宣城

從學方年少還家罄橐金久爲江北客能作洛生吟罷亞霜前稻鉤輈竹上禽歸帆何處落應拂野梅林

鞏縣陪祭獻懿二后回孝義橋道中作

落日漢陵道初寒慘暮飆遙看山口火暗渡洛川橋不見新園樹空聞引葬簫林鵶棲已定猶一作獨此倦征鑣

送謝學士歸闕

供帳拂朝烟征鞍去莫攀人醒風外酒馬度雪中關舊府誰同在新年獨未還遙應行路者偏識綵衣斑

河南王尉西齋

寒齋日蕭索天外敞簷楹竹雪晴猶覆山窗夜自明禽歸窺野客雲

去入重城欲就陶潛飲應須載酒行

張主簿東齋

官舍掩寒扉聊同隱者棲溪流穿竹過一作迴山鳥入城啼賓主高談勝心冥外物齊惟應朝枕夢長厭隔隣一作林雞

留守相公禱雨九龍祠應時獲澍呈府中同寮

古木鬱沉沉祠亭相袞臨雷驅山外響雲結日邊陰霢霂來初合依微勢稍深土膏潛動脈野氣欲成霖隴上連雲色田家擊壤音明光應奏瑞黃屋正焦心帝邑三川美離宮萬瓦森廢溝鳴故苑紅藥發青林南畝猶須勸餘春尚可尋應容後車一作車後客時作洛生吟

春日獨遊上林院後亭見櫻桃花奉寄希深聖俞仍酬遞中見寄之什

昔日尋春地今來感歲華人行已荒徑花發半枯槎高榭林端出殘陽水外斜聊持一罇酒徙倚憶天涯

獨至香山憶謝學士一作希深

伊水弄春沙山臨水上斜曾爲謝公客徧一作偏入梵王家陰澗初生草春嵓自落花却尋題石處歲月已堪嗟

春晚同應之偶至普明寺小飲作

偶來林下徑共酌竹間亭積雨添方一作芳沼殘花點綠萍野陰侵席潤芳氣襲人醒禽鳥休驚顧都忘兀爾形

黃河八韻寄呈聖俞

河水激箭險誰言航葦遊堅冰馳馬渡伏浪卷沙流樹落新摧岸湍驚忽改洲鑿龍時退鯉漲潦不分牛萬里通槎漢千帆下漕舟怨歌今罷築故道失難求灘急風逾響川寒霧不收詎能窮禹跡空欲問張侯

和應之同年兄秋日雨中登廣愛寺閣寄梅聖俞

經年都洛與君交共許詩中思最豪舊社更誰能擁鼻新秋有客獨

登高徑蘭欲謝悲零露籬菊空開乏凍醪縱使河陽花滿縣亦應留
滯感潘毛

晚過水北

寒川消積雪凍浦漸通流日暮人歸盡沙禽上釣舟

罷官西京回寄河南張主簿

歸客下三川孤郵暫解鞍鳥聲催暮急山氣欲晴寒已作愁霖詠猶
懷祖帳歡更聞溪溜響疑是石樓灘

寄西京張法曹

幕府三年客羣居幾日親初分闕一作關口路猶見洛陽人壠麥晴
將秀田花晚自春向家行漸近豈復倦征輪

離彭婆值雨投臨汝驛回寄張九屯田司錄

投館野花邊羸驂晚不前山橋斷行路溪雨漲春田樹冷無棲鳥村
深起暮烟洛陽山已盡休更望伊川

朱家曲一本有并引字

朱家曲自許縣北門上赤坂岡分道西行入小路三十里有村市臨古河商賈之販京師者舟車皆會此居民繁雜宛然如江鄉予以事偶至此宿旅邸明日遂赴京師

行人傍衰柳路向古河窮桑柘田疇美漁商市井通薪歌晚入浦舟子夜乘風旅舍孤烟外天京王氣中山川許國近風俗楚鄉同宿客雞鳴起驅車猶更東

行至椹澗作

霜後葉初鳴驘驂遶澗行川原人遠近禾黍日晴明病質驚殘歲歸塗厭一作壓暮程空林聚寒雀疑已作春聲

送謝希深學士北使

漢使入幽燕風烟兩國閒山河持節遠亭障出疆閑征馬聞笳躍雕弓向月彎禦寒低便面贈客解刀環鼓角雲中壘牛羊雪外山穹廬

鳴朔吹凍酒發一作啟朱顏塞草生侵磧春榆綠滿關應須鴈北鄉

方值使南還

送賈推官赴絳州

白雲汾水上人北鴈南飛行李山川遠風霜草木腓郡齋賓榻掛幕

府羽書稀最有題輿客偏思玉塵揮

送張如京知安肅軍

相逢舊從事新命忽臨戎界上山河壯軍中鼓角雄朔風馳駿馬塞

雪射驚鴻試取封侯印何如筆硯功

送威勝軍張判官

北地不知春惟看榆葉新岑牟多武士玉麈重嘉賓野燐一作燒驚

行客烽烟入遠一作暮塵繫書沙上鴈時寄日邊人

送同年史褒之武功尉

久作遊邊客常悲入塞笳今茲一尉遠猶困折腰嗟白馬關中道青

天一作烟棧外家過秦應弔古惟有故山斜

送祝熙載之東陽主簿

吳江通海浦畫舸候潮歸疊鼓山間響高帆鳥外飛孤城秋枕水千室夜鳴機試問還家客遼東今是非

鄭十一先輩赴四明幕一本注初授洋川辭不行

粱漢褒斜險夫君畏遠遊家臨越山下帆入海潮頭岸柳行稍盡江蓴歸漸秋故鄉看衣錦寧羨李膺舟

送丁元珍峽州判官一作送朱處仁

爲客久南方西游更異鄉江通蜀國遠山閉楚祠荒油幕無軍事清猿斷客腸惟應陪主諾不費日飛觴

送楚建中穎州法曹

冠蓋盛西京當年相府榮曾陪鹿鳴宴徧一作偏識洛陽生共歎長沙謫空存許劭評堪嗟桃李樹何日見陰成

送王尚恭隰州幕

去國初游宦從軍苦寂寥愁雲帶一作傍城起畫角向山飄秋勁方馳馬春寒正襲貂遥知爲客恨應賴酒盃消

送王尚喆三原尉

初仕便西轅驪駒兩佩環山河識天府風雨度函關桑柘千疇富人烟萬井閑欲爲京洛詠應苦簿書閑

送餘姚陳寺丞最

銅墨佩腰間中流望若一作似仙鳴蟬汴河柳畫鷁越鄉船下瀨逢江鴈瞻氛落海鳶山川仍客思盡入隱侯篇

送廖八下第歸衡山

曾作關中客嘗窺百二疆自言秦隴一作嶺水能斷楚人腸失意倦京國覊愁成鬢霜何如伴征鴈日日向衡陽

夏侯彥濟武陟尉

風烟地接懷井邑富田垓河近聞冰坼山高見雨來官閑同小隱酒美足銜盃好去東籬菊迎霜正欲開

遠山

山色無遠近看山終日行峯巒隨處改行客不知名

宋宣獻公挽詞三首

望繫朝廷重文推天下工清名畏楊綰故事問胡公物議垂爲相風流頓已窮仁言博哉利獻替有遺忠

識度推明哲風猷藹縉紳何言止中壽遂不秉洪鈞翰墨時爭寶詞章晚愈新哭哀文伯母悲感路傍人

結髮一作綬逢明王馳聲著兩朝奠楹先有夢升屋豈能招贈服三公衮兼榮七葉貂春風笳鼓咽松柏助蕭蕭

初出真州泛大江作

孤舟日日去無窮行色蒼茫杳靄中山浦轉帆迷向背夜江看斗辨

西東滮田漸下雲間鴈霜日初丹水上楓蓴菜鱸魚方有味遠來猶喜及秋風

江行贈鴈

雲間征鴈水間棲矰繳方多羽翼微歲晚江湖同是客莫辭伴我更南飛

松門已下五首一本屬夷陵九詠

島嶼松門數里長懸崖對起碧峯雙可憐勝境一作景當窮塞使留一作流人戀此邦亂石驚灘喧醉枕淺沙明月入船窗因遊始覺南來遠行盡荊江見蜀江

下牢津

依依下牢口古戍鬱嵯峨入峽江漸曲轉灘山更多白沙飛白鳥青障一作嶂合青蘿還客初一作嘗一作多經此愁詞作楚歌

龍溪

潺潺出亂峯演漾綠蘿風淺瀨寒難涉危槎路不通朝雲起潭側飛雨徧江中更欲尋源去一作上山深不可窮

勞停驛

孤舟轉山曲豁爾見平川樹杪帆初落峯頭月正圓荒烟幾家聚瘦野一刀田行客愁明發驚灘鳥道前

黃溪夜泊

楚人自古登臨恨暫到愁腸已九回萬樹蒼烟三峽暗滿川明月一猿哀非鄉況復驚殘歲慰客偏宜把酒盃行見江山一作山河且吟詠不因還謫豈能來

望州坡

聞說夷陵人爲愁共言遷客不堪遊崎嶇幾日山行倦却喜坡頭見峽州

居士集卷第十

居士集卷第十一　　集十一

律詩五十七首

初至夷陵答蘇子美見寄

三峽倚岧蕘同(一作南)遷地最遙物華雖可愛鄉思獨無聊江水流清嶂猿聲在碧霄野篁抽夏筍叢橘長春條未臘梅先發經霜葉不凋江雲愁(一作懸)蔽日山霧晦連朝斫谷爭收漆梯林鬬摘椒巴賨船賈集(一作巴江船賈至)蠻市酒旗招時節同荊俗民風載楚謠俚歌成調笑摖(一作攃)鬼聚喧囂(夷陵之俗多淫奔又好祠祭每遇祠時里民數百共餕其餘里語謂之摖鬼因此多成鬬訟)得罪宜投裔包羞分折腰光陰催晏歲牢落慘驚飆白髮新年出朱顏異域銷縣樓朝見虎官舍夜聞鴞寄信無秋鴈思歸望斗杓須知千里夢長繞洛川橋

冬後三日陪丁元珍遊東山寺

幕府文書日已希清罇歲晏喜相攜寒山帶郭穿松路瘦馬尋春踏雪泥翠蘚蒼崖森古木綠蘿盤石暗深溪爲貪賞物來猶早迎臘梅花吐未齊

送前巫山宰吴殿丞字照鄰

俊域當年仰下風天涯今日一罇同高文落筆妙天下清論揮犀服坐中江上掛帆明月峽雲間謁帝紫微宫山城寂寞少嘉客喜見瓊枝一作林慰病翁

龍興寺小飲呈表臣元珍

平日相從樂會文博梟壺馬占朋分罰籌多似昆陽矢酒令嚴於細柳軍蔽日雪雲猶靉靆欲晴花氣漸氛氲一罇萬事皆毫末蜾蠃螟蛉豈足云

縣舍不種花惟栽楠木冬青茶竹之類因戲書七言四韻

結綬當年仕兩京自憐年少體猶輕伊川洛浦尋芳徧魏紫姚黄照

眼明客思病來生白髮山城春至少紅英芳叢密葉聊須種猶得蕭蕭聽雨聲

至喜一作虛白堂新開北軒手植楠木兩株走筆呈元珍表臣

爲憐碧砌宜佳樹自斸蒼苔選綠叢不向芳菲趁一作赴開落直須霜雪見青葱披條泫轉清晨露響葉蕭騷半夜風時掃濃陰北窗下一枰閑且伴衰翁

戲答元珍一本下云花時久雨之什

春風疑不到天涯二月山城未見花殘雪壓枝猶有橘凍雷驚筍欲抽芽夜聞歸鴈生鄉思病入新年一作鳥聲漸變知芳節人意無聊感物華曾是洛陽花下客野芳雖晚不須嗟

初晴獨遊東山寺五言六韻

日暖東山去松門數里斜山林隱者趣鍾鼓梵王家地僻遲春節風

晴變一作別物華雲光漸容與鳥哢已交加氷下泉初動烟中茗未
芽自憐多病客來探欲開花

夷陵歲暮書事呈元珍表臣 一本作元珍判官表臣推官

蕭條雞犬亂山中時節崢嶸忽一作歲已窮遊女髻鬟風俗古野巫
歌舞歲年豐 夷陵俗朴陋惟歲暮祭鬼則男女數百相從而樂飲婦女競為野服以相遊嬉 夷陵俗下一本有古字平時都邑今為陋
敵國江山昔最雄 三國時吳蜀戰爭於此 荆楚先賢多勝迹不辭攜
酒問鄰翁 處士何參居縣舍西好學多知荆楚故事

夷陵書事寄謝三舍人 一作代書寄舍人三丈

春秋楚國西偏境陸羽茶經第一州紫籜青林長蔽日綠叢紅橘最
宜秋道塗處險人多負邑屋臨江俗善泅臘市漁 一作魚 鹽朝暫合
淫祠簫鼓歲無休風鳴燒入空城響雨惡江崩斷岸流月出行歌聞
調笑花開啼鳥亂鉤輈 一本有訟庭晝地通人語邑政觀風問俚謳

土俗雖輕人自樂山川信美客偏愁四句黃牛峽口經新歲白玉京中夢舊遊曾是洛陽花下客欲誇風物向君羞

戲一作寄贈丁判官

西陵江口折寒梅爭勸行人把一一作酒盃須信春風無遠近維舟處處有花開

寄梅聖俞一本注夷陵作

青一作春山四顧亂無涯雞犬蕭條數百家楚俗歲時多雜鬼蠻鄉一作風言語不通華繞城江急舟難泊當縣山高日易斜擊鼓踏歌成夜市邀龜卜雨趁燒一作春畬叢林白晝飛妖鳥庭砌非時見異花惟有山川爲勝絕寄人堪作畫圖誇

離峽州後回寄元珍表臣一本作元珍判官表臣推官

經年遷謫厭荊蠻惟有江山興未闌醉裏人歸青草渡夢中船下武牙灘野花零落一作亂風前亂一作舞飛雨蕭條江上寒荻笋時魚

方有味恨無佳客共盃盤

再至西都一作寄謝希深

伊川不到十年間魚鳥今應怪我一作我字還淚得浮名銷壯節羞將一作看白髮見一作對青山野花向客開如一作異花向我情猶笑芳草留人意自閑卻到一作行至謝公題壁處向風清淚獨一作臨風清淚落潺潺

過錢文僖公白蓮莊

城南車馬地行客過徘徊野水寒猶入餘花晚自開命賓曾授簡開府最多才今日西州路何人更獨來

謝公挽詞三首

始見行春旆俄聞引葬簫笑言猶在耳冤魄遂難招天象奎星暗辭林玉樹凋朔風吹霰雪銘旐共飄飄

前日賓齋宴今晨奠柩觴死生公自達存沒世徒傷舊國難歸葬餘

貲不給喪平生公輔志所一作可得在文章

樂事與良辰平生愛洛濱泉臺一閉夜蒿里不知春翰墨猶新澤圖書已素塵堪憐寢門哭猶有舊時賓

愁牛嶺

邦人盡一作自說畏愁牛一作牛愁不獨牛愁我亦愁終日下一作遶山行百轉卻從山脚望山頭

寄子山待制二絕一本後篇作別鎮陽寄沈待制

留滯西山獨可嗟殘春過盡始還家落花縱有那堪醉一作看一作愛何況歸時無落花

聞君屢醉賞紅英落盡殘花酒未醒嗟我落花無分看莫嫌狼藉掃中庭

寄秦州田元均

由一作逝來邊將用儒臣坐以威名撫漢軍萬馬不嘶聽號令諸蕃

無事著一作樂耕耘夢回夜帳聞羌笛詩就高樓對隴一作暮雲莫忘一作望鎮陽遺愛在一作地北潭桃李正氛氳一作春深桃李正絪縕

送沈待制陝西都運

幾歲瘡痍近息兵經營方喜得時英從來漢粟勞飛輓當使秦人自戰耕道左旌旗諸將列馬前弓一作冠劍六蕃迎知君材力多閑暇剩聽陽關醉後聲

欒城遇風効韓孟聯句體

歲暮氛霾惡冬餘氣候爭吹噓回煖律號令發新正遠響來猶漸狂奔勢益橫頹城壘戰鼓掠野過陰兵掃蕩無餘靄顛摧鮮立莖五山搖岌嶪九嵎沸煎烹玉石焚岡裂波濤卷海傾遙聽午合市爭呼夜驚營慘極雲無色陰窮火自生雹鞭時砉劃雷軸助喧轟孔竅千聲出陰幽百怪呈狐妖憑莽蒼鬼焰走青熒奮怒神慵悚中休耳暫清

胡兵占月暈江客候鼉鳴飄葉千艘失飛空萬瓦輕獵豪添馬健船穩想帆征畏壓頻移席陰祈屢整纓凍消初醒蟄枯活欲抽萌病體愁山館春寒賴酒鐺雞號天地白登壠看晴明

過中渡二首

中渡橋邊十里堤寒蟬一作梅落盡柳條衰年年塞下春風晚誰見輕黃弄色時

得歸還自歎淹留中渡橋邊柳拂頭記得來時橋上過斷冰殘雪滿河流

自河北貶滁州初入汴河聞鴈

陽城淀裏新來鴈趁伴南飛逐一作何事來隨南越船野岸柳黃霜正白五更驚破客愁眠

自勉

引水澆花不厭勤便須已有鎮陽春官居處處如郵傳誰得三年作

主人

席上送劉都官

都城車馬日喧喧雖有離歌不慘顏豈似客亭臨野岸暫留罇酒對青山天街樹綠騰歸騎玉殿霜清綴曉班莫忘西亭曾醉處月明風溜響潺潺

寄劉都官

別後山光寒更綠秋深酒美色仍清繞亭黃菊同君種獨對殘芳醉不成

書王元之畫像側在瑯琊山

偶然來繼前賢迹信矣皆如昔日言諸縣豐登少公事一家飽暖荷君恩想公風采常如在顧我文章不足論名姓已光青史上壁間容貌任塵昏公貶滁州謝上表云諸縣豐登苦無公事一家飽暖共荷君恩

送京西提刑趙學士

題輿嘗屈佐留京攬轡今行一作來按屬城楚館尙看淮月色嵩雲應過虎關迎春寒酒力風中醒日暖梅香雪後淸野俗經年留惠愛莫辭臨別醉冠傾

寄題宜城縣射亭

作邑三年事事勤宜城風物自君新已能爲政留遺愛何必栽花遺後人藹若芝蘭芳可襲溫如金玉粹而純友朋欣慕自如此何況斯民父母親

豐樂亭遊春三首

綠樹交加山一作新陰野鳥啼晴風蕩漾落一作晚晴斜日雜花飛鳥歌花舞太守醉明日一作月酒醒春已一作色歸

春雲淡淡日輝輝草惹行襟絮拂衣行到亭西逢太守籃輿酩酊插花歸

紅樹青山日欲斜長郊草色綠無涯遊人不管春將老一作盡來往一作空遶亭前踏落花

謝判官幽谷種花

淺深紅白宜相間先後仍須次第栽我欲四時攜酒去莫教一日不花開

畫眉鳥一作郡齋聞百舌

百囀千聲隨一作任意移山花紅紫樹高低始知鎖向金籠聽不及林間自在啼

懷嵩樓新開南軒與郡僚小飲

繞郭雲烟一作閣烟雲匝幾重昔人曾此感懷嵩霜林落後山爭出野菊開時酒正濃解帶西風飄畫角倚欄斜日照青松會須乘醉攜嘉客踏雪來看羣玉峯

送張生

一別相逢十七春頹顏衰髮互相詢江湖我再爲遷客道路君猶困

旅人老驥骨奇心尚壯青松歲久色逾新山城寂寞難爲禮一作客

濁酒無辭舉爵頻

田家

綠桑高下映平川賽罷田神笑語諠林外鳴鳩春雨歇屋頭初日杏

花繁

別滁

花光濃爛柳輕明酌酒花前送我行我亦且一作秪如常日醉莫教

絃管作離聲

答謝判官獨遊幽谷見寄

聞道西亭偶獨登悵然懷我未忘情新花自向遊人笑啼鳥猶爲舊

日聲因拂醉題詩句在應憐手種樹陰成須知別後無由到莫厭頻

攜野客行

招許主客

欲將何物招嘉客惟有新秋一味涼更一作靜掃廣庭寬一作開百畝少容明月放一作吐清光樓頭破鑑看將滿甕面浮蛆撥已香仍一作更約多爲詩準備共防梅老敵難當

金鳳花

憶繞朱欄手一作喜自栽綠一作繁叢高下幾番開中庭雨過無人迹狼籍深紅點綠苔

鷺鷥

風格孤高塵外物性情閑暇水邊身盡日獨行溪淺處青苔白石見纖鱗

野鵲

鮮鮮毛羽耀朝輝紅粉墻頭綠樹枝日暖風輕言語軟應將喜報主人知

木芙蓉

種處雪消春始動開時霜落鴈初過誰裁金菊叢相近織出新番蜀錦窠

樵者

雲際依依認舊林斷崖荒磴路難尋西山望見朝來雨南澗歸時渡處深

詠雪

至日陽初復豐年瑞遽臻飄颻初未積散漫忽無垠萬木青烟滅千門白晝新往來衝更合高下著何勻望好登長榭平堪走畫輪馬寒毛縮蝟弓勁力添鈞客醉看成眩兒嬌（一作驕）咀且顰虛堂明永夜高閣照清晨樹石詩翁對川原獵騎陳凍狐迷舊穴飢（一作饑）雀噪空囷此土偏宜稼而予濫長人應須待和暖載酒共行春

送楊先輩登第還家

解榻方欣待儁英掛帆千里忽南征錦衣白日還家樂鶴髮高堂獻壽榮殘雪楚天寒料峭春風淮水浪崢嶸知君歸意先飛鳥莫惜停舟酒屢傾 一作餞行

初至潁州西湖 一作到潁治事之明日行西湖上種瑞蓮黃楊 一作因與郡官小酌其上聊書所見寄淮南轉運呂度支發運許主客

平湖十頃碧琉璃四面清陰乍合時柳絮已將春去遠海棠應恨我來遲啼 一作鳴禽似與遊人語明 一本作好月閑撐野 一作小艇隨每到最佳堪樂處卻思君共把芳巵

三橋詩皇祐元年新作三橋而名之既而又爲之詩

朱欄明綠水古柳照斜陽何處偏宜望清漣對女郎 青漣閣名後改作去思堂

右宜遠

鳴騶入遠樹飛蓋渡長橋水闊鷺雙起波明魚自跳

右飛蓋

輕舟轉孤嶼幽浦漾平波回看望佳處歸路逐漁歌

右望佳

答通判呂太博

千頃芙蕖蓋水平郡伯荷花四望極目揚州太守舊多情畫盆圍處花光合予嘗採蓮千朵插以畫盆圍繞坐席紅袖傳來酒令行又嘗命坐客傳花人摘一葉葉盡處飲以爲酒令舞踏落暉留醉客歌遲檀板換新聲如今寂寞西湖上雨後無人看落英

祈雨曉過湖上

清晨驅馬思悠然渺渺平湖碧玉田曉日未昇先起霧綠陰一本作雲初合自生烟身閑始覺時光好春去猶餘物色妍更待四郊甘雨足相隨簫鼓樂豐年

居士集卷第十一

居士集卷第十二　集十二

律詩五十六首

送一作寄謝中舍二首

滁南一作陽幽谷抱山斜我鑿清泉子種花故事已傳遺一作留傳父老說世人今一作分作畫圖誇金閨引籍子方壯白髮盈簪我可嗟試問弦歌爲縣政一作意何如罇俎樂無涯

喜聞嘉譽藹淮壖又看吳一作送征帆解畫船隴畝遺民談舊政江山餘思入新篇人生白首一作憂傷白髮吾今爾仕路一作宦青雲子勉旃舉棹南風吹酒醒離觴莫惜少一作更留連

酬張器判官泛溪

園林初夏有清香人意乘閑味愈長日暖魚跳波面靜風輕鳥語樹陰涼野亭飛蓋臨芳草曲渚迴舟帶夕陽所得平時爲郡樂況多嘉客共銜觴

西園石榴盛開

荒臺野徑共躋攀正見榴花出短垣綠葉晚鶯啼處密紅房初日照時繁最憐夏景鋪珍簟尤愛晴香入睡軒乘興便當攜酒去不須旌騎擁車轅

西湖戲作示同遊者一作初泛西湖

菡萏香清一作綠芰紅蓮畫舸浮使君寧一作不復憶揚州都將二十四橋月換得西湖十頃秋

夢中作

夜涼吹笛千山月路暗迷人百種花棋罷不知人換世酒闌無奈客思家

秀才歐世英惠然見訪於其還也聊以贈之

相逢十年舊暫喜一鐏同昔日青衫令今爲白髮翁俟時君子守一作處求士有司公况子之才美焉能久困窮

送楊君之任永康

劍峯雲棧未嘗行圖畫曾看已可驚險若登天懸鳥道下臨無地瀉江聲折腰莫以微官恥爲政須通異俗情況子多才兼美行薦章期即達承明

紀德陳情上致政太傅杜相公二首一云與丞相太傅杜公唱和一十二首自此而下

儉節清名世絕倫坐令風俗可還淳貌先年老因憂國事與心違始乞身四海儀刑瞻舊德一罇談笑作閑人鈴齋幸得親師席東向時容問治民

事國一心勤以一作且瘁還家五福壽而康風波已出憑忠信松柏難凋耐雪霜昔日青衫遇知己今來白首再升堂里門每入從千騎賓主俱榮道路光

太傅杜相公索聚星堂詩謹成一本云太傅相公寵答佳篇

仍索拙詩副本謹吟成四韻以敘鄙懷

楚肆固知難衒玉邱門安敢輒論詩藏之十襲真無用報以雙金豈所一作自宜已恨語言多猥冗況因盃杓一作酌正淋漓願投几格資咍噱欲展須於欲睡時

和太傅杜相公寵示之作一本屢賜嘉篇褒借謹依元韻聊述媿佩之意

平生孤拙荷公知敢向公前自衒詩憂患飄流誠已甚文辭衰落固其宜非高僅比巴音下少味還同魯酒漓兩辱嘉篇永爲寶豈惟榮耀詫當時

太傅杜相公有答兖州待制之句其卒章云獨無風雅可流傳因輒成一本作因成四韻

南都已見成新集東魯休嗟未作詩霖雨曾爲天下福甘棠何止郡人思元劉事業時無取姚宋篇章世不知二美惟公所兼有後生何

者欲攀追

依韻答杜相公寵示之作 一本云伏蒙寵示佳篇以不赴東園之會某亦經春多病誠有可嗟謹依元韻輒紓鄙素 一本於經春多病下又有略無少暇四字

醉翁豐樂一閑身憔悴今來汴水濱每聽鳥聲知改節因吹柳絮惜殘春 蓋經春罕見花也 平生未省降詩敵近數和難韻甚覺牽彊到處何嘗訴酒巡壯志銷磨都已盡看花翻作飲茶人

依韻和杜相公喜雨之什

歲時豐儉若循環天幸非由 一作因 拙政然一雨雖知爲美澤三登猶未 一作未足 補凶年 京東累歲不熟 桑陰蔽日交垂路麥穗含風秀滿田千里郊原想如畫正宜攜酒望晴川

謝太傅杜相公寵示嘉篇

凜凜節奇霜澗柏昭昭心瑩玉壺冰正身尚可清風俗當暑何須厭

鬱蒸麈柄屢揮容一作曾請益龍門雖峻忝先登立朝行己師資久寧止篇章此服膺

答杜相公寵示去思堂詩

當年丞相倦洪鈞弭節初來潁水濱惟以琴罇樂嘉客能將富貴比浮雲西溪水色春長綠北渚花光暖一作老自薰去思堂在北渚之北臨西溪溪晏公所開也得載公詩播人口去思從此四夷聞

答太傅相公見贈長韻

蹤跡本羈單登門二十年平生任愚拙自進恥因緣憂患經多矣疲駑尚勉旃凋零鸞谷友修與尹師魯蘇子美同出門下憔悴鴈池邊忽忽良時失區區俗慮闐公齋每偷暇師席屢攻堅善誨常一本作當無倦餘談亦可編每接公論議皆立朝行己之節至於談笑之間亦多記朝廷故事皆可紀錄以貽後生仰高雖莫及希驥豈非賢報國如乖願歸耕寧買田期無辱知己肯逐利名遷

借觀五老詩次韻爲謝 一本注云即丞相杜公太子賓客王渙光祿卿畢世長兵部郎中朱貫尚書郎馮平

脫遺軒冕就安閑笑傲邱園縱倒冠白髮憂民雖種種丹心許國尚桓桓鴻冥得路高難慕松老無風韻自寒聞說優游多倡和新篇何惜盡一作爲傳一作畫圖看

答杜相公惠詩 一本云近以藥苗茶具爲獻伏蒙報以嘉篇云云謹於别韻課成一首

藥苗本是山一作仙家味茶具偏於野客宜敢以微誠將薄物少資清興入新詩言無俗韻精而勁筆有神鋒老更奇二寶收藏傳百世豈惟榮耀詫當時一作在

去思堂手植雙柳今已成陰因而有感

曲欄高柳拂層簷却憶初栽映碧潭人昔共遊今孰在樹猶如此我何堪壯心無復身從老世事都銷酒半酣後日更來知有幾攀條莫

惜駐征驂

和陸子履再遊城西李園

京師花木類多奇常恨春歸人不歸車馬喧喧走塵土園林處處鎖芳菲殘紅已落香猶在羇客多傷涕自揮我亦悠然無事者約君聯騎訪郊圻

內直對月寄子華舍人持國廷評一作呈原父

禁署一作省沉沉玉漏傳月華雲表溢金盤纖埃不隔光初滿萬物無聲夜向闌蓮燭燒殘愁夢斷薰爐薰歇覺衣單水精宮鎖黃金闕故比人間分外寒

答子華舍人退朝小飲官舍一作和子華朝退寒甚陪諸公飲

玉階朝罷卷晨班官舍相留一笑閒與世漸疎嗟已老一作緣老態得朋爲樂偶偷閑紅牋搦管吟紅藥綠酒盈罇舞綠鬟自是風情年

少事多懃白髮與蒼顏

內直晨出便赴奉慈齋宮一作宿馬上口占一本云呈子華子履

凌晨更直九門開驅馬悠悠望禁街霜後樓臺明曉日天寒烟霧著宮槐山林未去猶貪寵罇酒何時共放懷已覺蕭條悲晚歲更憐衰病怯清齋

景靈朝謁從駕還宮

琳館清晨藹瑞氛玉旒朝罷奏韶鈞綠槐夾路飛黃蓋翠輦鳴鞘向一作入紫宸金闕日高猶泫露綵旗風細不驚塵自慙白首追時彥行近儲胥忝侍臣

憶滁州幽谷

滁南一作豐山幽谷抱千峯高下山花遠近紅當日辛勤皆手植而今開落任春風主人不覺悲華髮野老猶能說醉翁誰與援琴親寫

取夜泉聲在翠微中

和韓學士襄州聞喜亭置酒 一作和欽聖學士聞喜置酒卽事

巀嶭高城漢水邊登臨誰與共躋攀清川萬古流不盡白鳥雙飛意自閑可笑沉碑憂岸谷誰能把酒對江山少年我亦曾遊目風物今思一夢還

寄題梅龍圖滑州溪園 一作西溪

聞說溪園景漸佳遙知清興已無涯飲闌歸騎多 一作去乘月雪後尋春自探花百囀黃鸝消永日雙飛白鳥避鳴笳平生喜接君酬 一作嗟予每許陪高唱不得罇前詠落霞

奉使道中五言長韻

初旭 一作日 瑞霞烘都門祖帳供親持使者節曉出大明宮城闕青煙起樓臺白霧中繡韉 一作鞍 驕躍躍貂袖紫蒙蒙朔野驚飆慘邊

城畫角雄過橋分一水回首羨南鴻地里山川隔天文日月同兒童能走馬婦女亦腰弓度險行愁失盤高路欲窮 一作斗絶誇天險高盤長路窮 山深聞喚鹿林黑自生 一作成 風松壑寒逾響冰溪 一作溪流 咽復通望平愁驛迥野曠覺天穹駿足來山北輕禽出海東合圍飛走盡移帳水泉空講信鄰方睦尊賢禮亦隆斫 一作研 冰燒酒赤凍 一作斫 膾縷霜紅白草經春在黃沙盡日濛新年風漸變歸路雪初融祇事須彊力嗟予乃病翁深慙漢蘇武歸國不論功

奉使契丹初至雄州 一作過塞

古關衰柳聚寒鴉駐馬城頭日欲斜 一作駐馬關頭見落霞 猶去西樓二千里行人到此莫思家

奉使契丹回出上京馬上作

紫貂裘暖朔風驚潢水冰光射日明笑語同來向公子馬頭今日向南行

送渭州王龍圖

漢軍一作兵十萬控山河玉帳優游暇日多夷狄從來懷信義廟堂今不用干戈吟餘畫角吹殘月醉裏紅燈炫綺羅此樂直須年少壯嗟余心志已蹉跎

李留後家聞箏坐上作余少時嘗聞一鈞容老樂工箏聲與時人所彈絕異云是前朝教坊舊聲其後不復聞至此始復一聞也

不聽哀箏二十年忽逢纖指弄鳴絃緜蠻巧囀花間舌嗚咽交流冰下泉嘗謂此聲今已絕問渠從小自誰傳樽前笑我聞彈罷白髮蕭然涕泫然

送鄆州李留後

北州遺頌藹嘉聲東土還聞政有成組甲光寒圍夜帳綵旗風暖看春耕金釵墜鬢分行立玉麈高談四坐傾富貴常情誰不羨愛君風

韻有餘清

子華學士儤直未滿遽出館伴病夫遂當輪宿輒成拙句奉呈

萬釘寶帶爛腰鐶賜一作錫宴新陪一笑歡金馬並遊年最少玉堂初直夜猶寒自嗟零一作流落凋顏鬢晚得飛翔接羽翰今日遽聞催遞宿不容多病養衰殘

禮部貢院閱進士就試自此而下二十首皆禮部貢院唱和一本云凡二十二首蓋二首見外集

紫案焚香暖吹輕廣庭清曉席羣英無譁戰士銜枚勇下筆春蠶食葉聲鄉里獻賢先德行朝廷列爵待公卿自慚衰病心神耗賴有羣公鑒裁一作擇又作識精

和梅聖俞元夕登東樓

遊豫恩同萬國懽新年佳節候初還華燈爍爍春風裏黃傘亭亭瑞

霧閒可愛清光澄夜色遙知喜氣動天顏自憐曾預（一作與）稱觴列
獨宿冰廳夢帝關

再和

禁城車馬夜喧喧閑繞危欄（一作樓）去復還遙望觚稜烟靄外似聞
天樂夢魂閒豈無罇酒當佳節況有朋歡慰病顏待得歸時花在否
春禽簷際已關關

又和

憑高寓目偶乘閑袪服遊人見往還明月正臨雙闕上行歌遙聽九
衢閒黃金絡（一作束）馬追朱幰紅燭籠紗照玉顏與世漸（一作已）疎
嗟老矣佳辰樂事豈相關

憶鶴呈公儀（一作和公儀憶鶴）

一笑相驩（一作從）樂得朋誦君雙鶴句尤清高懷自喜凌雲格俗耳
誰思警露聲所好與時雖異趣累心於物豈非情歸休約我攜琴去

共看婆娑舞月明

答王禹玉見贈 一作和禹玉書事

昔時叨入武成宮曾看揮毫氣吐虹夢寐閑思十年舊 一作事 笑談今此一罇同喜君新賜黃金帶顧我宜爲白髮翁自古薦賢爲報國幸依精識士稱公

答王內翰范舍人 一本云敘懷謝景仁禹玉

相從一笑歡無厭屢獲新篇喜可涯自昔居前誚糠秕幸容相倚媿蒹葭白麻詔令追三代 一本注禹玉年前方入翰林 青史文章自一家 一本注景仁修撰又同書局 我亦諫垣新忝命君恩未報髮先華

禹玉新除學士景仁新兼修撰

戲答聖俞持燭之句

辱君贈我言雖厚聽我酬君意不同病眼自憎紅蠟燭何人肯伴白鬚翁花時浪過如春夢酒敵先甘伏下風惟有吟哦殊不倦始知文

字樂無窮

小桃一作和公儀正月桃

雪裏花開人未知摘來相顧共驚疑便當索酒花前醉初見今年第一枝

戲書

支離多病歎衰顏賴得一作有羣居一笑歡人老思家甚年少身閑泥酒過春寒來時御柳一作水天街凍歸去梨花禁籞殘縱使開門佳節晚未妨雙鶴舞霜翰一作朝鎖漢臺空悵望欲將春恨託飛翰

春雪一本上有和聖俞字

逗曉一作戶風聲惡褰簾雪勢斜應憐未歸客故勒欲開花病思寒添睡春愁夢在家誰能慰寂寞惟有酒如霞

和梅公儀嘗茶

溪山擊鼓助雷驚逗曉靈芽發翠莖摘處兩旗香可愛貢來雙鳳品

尤精寒侵病骨惟思睡花落春愁未解酲喜共紫甌吟且酌羨君蕭洒有餘清

和較藝書事一作奉答禹玉再示之作

相隨懷詔下天閽一鎖南宮隔幾旬玉麈清談消永日金罇美酒惜餘春杯盤餳粥春風冷池館榆錢夜雨新猶是人間好時節歸休過我莫辭頻

和一作戲答公儀贈白一本無白字鷳

梅公憐我髭如雪贈以雙禽一作鷳意有云但見尋常思白兎便疑不解醉紅裙吟齋雖喜留閑客野性寧忘在嶺雲我有銅臺方尺瓦慙非玉案欲酬君

再和用其韻一作依韻再答公儀白鷳

佳翫能令百事忘豈惟閑伴倒餘缸珍奇來自海千里皎潔明如璧一雙日暖朝籠青石砌春寒夜宿碧紗窗蠻煙瘴霧雖生處何必區

區憶陋邦

和聖俞春雨

簷瓦蕭蕭雨勢疎寂寥官舍與君俱身遭鎖閉如鸚鵡病識陰晴似鶺鴒年少自愁花爛熳春寒偏著老肌膚莫嫌來往傳詩句不爾須當泥酒壺

出省有日書事

淩晨小雨壓塵輕閑憶登高望禁城樹色連雲春泱漭風光著草日晴明看榆吐莢驚將落見鵲移巢忽已成誰向兒童報歸日爲翁寒食少一作且留餳

和一本有禹玉字較藝將畢

槐柳來時綠未勻閑門節物一番新踏青寒食追遊騎賜火清明忝侍臣拂面蜘蛛占喜事入簾蝴蝶報家人在李賀詩莫嗔年少思歸切白髮衰翁尚惜春

喜定號和禹玉內翰用其韻一作和禹玉喜定號

衡鑒慙叨選英豪此所鍾古今參雅鄭善惡雜皐共揮翰飄飄思懷奇落落胸披文驚可畏奏下始開封但喜真才得寧一作何虞橫議攻欲知儒學盛首善本三雝

和出省國朝之制禮部考定卷子奏上字號差臺官一人折封出牓一作和公儀上馬有作

僮奴一作奴僮襆被莫相催待報霜臺御史來晴陌便當聯騎去春風任放百花開文章紙貴爭一作看馳譽朝野人言慶得才共向丹墀侍一作待臨選莫驚鱗鬣化風雷

居士集卷第十二

居士集卷第十三　　集十三

詩五十五首

送鄭革先輩賜第南歸 一本注革以累舉年老恩賜出身

少年鄉譽歎才淹六十猶隨貢士函握手親朋驚白髮還家閭里看青衫閣涵空翠連衡皐門枕寒江落楚帆試問塵埃勤斗祿何如琴酒老雲巖

和原父揚州六題 六一作五

時會堂二首 造貢茶所也

積雪猶封蒙頂樹驚雷未發建溪春中州地暖萌芽早入貢宜先百物新

憶昔嘗修守臣職 余嘗守揚州歲貢新茶 先春自探兩旗開誰知白首來辭禁得與金鑾賜一杯

自東門泛舟至竹西亭登崐邱入蒙谷戲題春貢亭

崏邱蒙谷接新亭畫舸悠悠春水生欲覓揚州使君處但隨風際管絃聲

竹西亭

十里樓臺歌吹繁揚州無復似當年古來興廢皆如此徒使登臨一慨然

崏邱臺

訪古高臺半已傾春郊誰一作隨從綵旗行喜聞車馬人同樂慣聽笙歌鳥不驚

蒙谷

一徑崎嶇入谷中翠條紅刺胃春叢花深時有人相應竹密初疑路不通

內直奉寄聖俞博士

千門鑰一作鎖入斷人聲樓閣一本作闕沉沉夜氣生獨直偏知宮

漏永稍寒尤一作猶覺玉堂清霜雲映月鱗鱗色風葉飛空摵摵鳴犬馬力疲恩未報坐驚時節已崢嶸

送梅龍圖公儀知杭州

萬室東南富且一作號富繁羨君風力有餘閑漁樵人樂江湖外一作上談笑詩成罇俎間日暖梨花催美酒天寒桂子落空山鄆筒不絕如飛翼一作雖然不得陪佳賞莫惜新篇屢往還一作應有新篇慰病顏

送沈學士知常州康

舊館芸香鎖寂寥齋舲東下入秋濤江晴風暖旌旗颺木落霜清鼓角高吟就綵牋賓已醉舞翻紅袖飲方豪平生粗得爲州樂因羨君行首重搔

聖俞在南省監印進士試卷有兀然獨坐之歎因思去歲同在禮闈慨然有感兼簡子華景仁

南宮官舍苦蕭條常憶羣居接儁寮古屋醉吟燈豔豔畫廊愁聽雨蕭蕭殘春共約無虛擲一歲那知忽復銷顧我心情又非昨祇思相伴老漁樵

奉答聖俞歲日書事

積雪照清晨東風冷著人年光向一作隨老速物意逐時新貰酒閑邀客披裘共一作自探春猶能自一作略勉彊顧我莫辭頻

夜聞春風有感奉寄同院子華紫微長文景仁

閏後春深雪始銷東風凌鑠勢方豪陽生草木黃泉動冰破江湖白浪高未報國恩嗟病骨可怜身事一漁舠少年自與芳菲競莫笑衰翁擁弊袍

病告中懷子華原父

狂來有意與春爭老去心情漸不能世味惟存詩淡泊生涯半爲病侵陵花明曉日繁如錦酒撥浮醅綠似澠自是少年豪橫過而今癡

鈍若寒蠅

奉酬長文舍人出城見示之句

春分臘雪未全銷凜冽春寒氣尚驕攝事初欣迎社鷰尋芳因得過溪橋清淨酒蟻醅初撥暖入鸎篁舌漸調興味愛君年尚少莫嫌齋禁一作齋館暫無憀

唐崇徽公主手痕和韓內翰

故鄉飛鳥尚啁啾何況悲笳出塞愁青塚埋魂知不返翠崖遺迹爲誰留玉顏自古爲身累肉食何人與國謀行路至今空歎息巖花澗草自春秋

答和閣老劉舍人雨中見寄

花間鳥語愁泥滑屋上鳩鳴厭雨多坐見殘一作芳春一如此可憐吾意已蹉跎蕭條兩鬢霜後草瀲灩十分金卷荷此物猶能慰衰老一作病稍晴相約屢相過

寄閣老劉舍人

夢寐江西未得歸誰憐蕭颯鬢毛衰莓苔生壁圖書室風雨閉門桃李時得酒雖能陪笑語老年其實厭追隨明朝雨止花應在又踏春泥向鳳池

詳定幕次呈同舍 嘉祐四年御試進士時詳定卷子幕次在崇政殿後

來時宮柳綠初勻坐見紅芳幾番新蜂蜜滿房花結子還家何處覓殘春

禁中見鞓紅牡丹洛中花之奇者也

盛遊西洛方年少晚落南譙號醉翁白首歸來玉堂署一作上君王殿後見鞓紅

和江鄰幾學士桃花用其韻時在崇政殿後詳定幕次

草上紅多枝上稀芳條一作苞綠萼憶來時見桃著子始歸後誰道

仙花開落遲

送襄陵令李君

綠髮襄陵新長官面顏雖老渥如丹君服何首烏鬚髮皆黑顏容如少時折腰聊爲五斗屈把酒猶能一笑歡紅棗林繁欣歲熟紫檀皮軟禦春寒民淳政簡居多樂無苦思歸欲掛冠

景靈宮致齋

攝事衰年力不彊誰憐岑寂臥齋坊一作房青苔點點無人迹綠葉陰陰覆砌涼玉宇清風來處遠仙家白日靜中長卻視九衢車馬客自然顏鬢易蒼蒼

夏享太廟攝事齋宮聞鸎寄原甫

四月田家麥穗稠桑枝生椹鳥啁啾鳳城綠樹知多少何處飛來黃栗留田家謂麥熟時鳴者爲黃栗留出詩義

送王平甫下第安國

歸袂搖搖心浩然曉船鳴鼓轉風灘朝廷失士有司恥貧賤不憂君子難執手聊須爲醉一作酒別還家何以慰親懽自慙知子不一作未能薦白首胡爲侍從官

對雪十韻

對雪無佳句端居正杜門人閑見初一作初見落風定不勝繁可喜輕明質都無剪刻痕鋪平失池沼飄急響窗軒惜不搖嘉樹衝宜走畫轅寒欺白酒嫩暖一作老愛紫貂温遠靄銷如洗愁雲晚更屯兒吟鷁鳳語翁坐凍鴟蹲病思驚殘歲朋歡賴酒一作一罇稍晴春意動誰與探名園

和武平學士歲晚禁直書懷五言二十韻用其韻

多病淹殘歲初寒臥直廬朝廷務清靜鈴索少文書鄉學今爲盛優賢古莫如靚深嚴禁署一作闈閑宴樂羣居賜馬聯金絡清塵侍玉輿討論三代盛獻納萬機餘號令存寬大文章復古初笑談揮翰墨

俄頃列瓊琚夜漏銷宮燭春暉上玉除歌詩唐李杜言語漢嚴徐自顧追時彥多慙不鄙予無鹽煩刻畫寒谷借吹噓朋友飛雝鷺君臣在藻魚貪榮同衞鶴取笑類黔驢皎皎心雖在蕭蕭髮已疎未知論報効安得遂樵漁雲破西山出江橫畫閣虛餘生歎勞止搔首念歸歟引綬誇民吏椎牛會里閭一麾終得請此計豈躊躇

答西京王尚書寄牡丹

新花來遠喜開封呼酒看花興未窮年少曾爲洛陽客眼明重見魏家紅卻思初赴青油幕自笑今爲白髮翁西望無由陪勝賞但吟佳句想芳叢

應制賞花釣魚

絳闕晨霞一作光照霧開輕塵不動翠華來魚遊碧沼涵靈德花馥清香薦壽杯蓼聽鈞天聲杳默日長化國景徘徊自慙擊壤音多野帝所賡歌亦許陪

清明賜新火

魚鑰侵晨放九門天街一騎走紅塵桐華應候催佳節榆火推恩忝侍臣多病正愁餳粥冷清香但愛蠟烟新自憐慣識金蓮燭翰苑曾經七見春

明堂慶成

辰火天文次皐門路寢閎奉親昭孝德惟帝饗精誠禮以三年講時因萬物成九筵嚴太室六變導和聲象魏中天起風雷大號行歡呼響山岳流澤浹根莖寶墨飛雲動金文耀日晶從臣才力薄無以頌休明

羣玉殿賜宴一本作謝上賜飛白書

至治臻無事豐年樂有成圖書開祕府宴飫一作飲集羣英論道皇墳奧貽謀一作謨寶訓明九重多暇豫八體極研精筆力千鈞勁毫端萬象生飛牋金灑落拜賜玉鏘鳴盛際崇儒學愚臣濫寵榮惟能

同舞獸聞樂識和聲

永昭陵挽詞三首仁宗

與子雖天意知人昔帝難一言謀早定九鼎勢先安大舜仁由性成湯治以寬孤臣恩未報清血但汍瀾

干戈不用臻無事朝野多歡樂有年便坐看揮飛白筆侍臣新和柏梁篇衣冠忽見藏原廟簫一作笳鼓愁聞向洛川寂寞秋風羣玉殿還同恍惚夢鈞天

行殿沉沉晝翣重淒涼挽鐸出深宮攀號不悟龍胡遠侍從猶穿豹尾中日薄山川長起霧天寒松柏自生風斯民四十年涵煦耕鑿安知荷帝功

續作永昭陵挽詞五首

王者居尊本無外由來天下以爲家六龍白日乘雲去何用金錢買道車

苦霧霏霏著彩旗猶排吉仗雜凶儀常時鳳輦行遊處今日龍輴慟哭隨

都人擾擾塞康莊西送靈車過苑墻金鼎藥成龍已去人間惟有鼠拖腸

素幕悠悠迓曉風行隨哀挽出深宮妃嬪莫向蒼梧望雲覆昭陵洛水東

叨陪法從最多年慣聽梨園奏管絃從此無因瞻黼坐惟應魂夢到鈞天

赴集禧宮祈雪追憶從先皇駕幸泫然有感

琳闕岧岧倚瑞烟憶陪遊豫入新年雲深曉日開宮殿水闊春風颺管絃千騎清塵同輦路萬家明月放燈天一朝人事凄涼改惟有靈光獨巋然

夜宿中書東閣

翰林平日接羣公文酒相歡慰病翁白首歸田徒（墨蹟作空）有約黃扉論道愧無功攀髯路斷三山遠憂國心危百箭攻今夜靜聽丹禁漏尚疑身在玉堂中

送王學士赴兩浙轉運（京本作送王勝之兩浙運使）

漢家財利析秋毫暫屈清才豈足勞邑屋連雲盈萬井舳艫銜尾列千艘春寒欲盡黃梅雨海浪高飜白鷺濤平昔壯心今在否江山猶得助詩豪

早朝

閶闔初開瑞霧中丹霞曉日上蒼龍鳴鞭響徹廊千步佩玉聲趨戟百重雪後朝寒猶凜冽柳梢春意已丰茸少年自結芳菲侶老病惟添睡思濃

下直

宮柳街槐綠未齊春陰不解宿雲低輕寒漠漠侵馳褐小雨班班作

鸞泥報國無功嗟已老歸田有約一作計一何稽終當自駕柴車去獨結茅廬穎水西

齋宮尚有殘雪思作學士時攝事于此嘗有聞鸎詩寄原父因而有感四首

雪壓枯條脈未抽春寒憀慄作春愁卻思綠葉清陰下來此曾聞黃栗留

老來何與青春事閑處方知白日長自恨乞身今未得齒牙浮動鬢蒼浪

兩京平日接英髦不獨詩豪酒亦豪休把青銅照雙鬢君謨今已白刁騷

詩篇自覺隨年老酒力猶能助氣豪興味不衰惟此爾其餘萬事一牛毛

攝事齋宮偶書一作齋夕感事

齋宮岑寂偶偷閑猶覺閑中興未闌𡨋酒清香銷晝景冷風殘雪作春寒丹心未死惟憂國白髮盈簪盡掛冠誰爲寄聲清潁客此生終不負漁竿

早朝感事

疎星牢落曉光微殘月蒼龍闕角西玉勒爭門隨仗入牙牌當殿報班齊羽儀雖接鴛兼鷺野性終存鹿與麑笑殺汝陰常處士墨蹟作雲林高臥客十年騎馬聽朝音喇鷄

集禧謝雨

十里長街五鼓催泥深雨急馬行遲臥聽竹屋蕭蕭響卻憶滁州睡足時

下直呈同行三公

午漏聲初轉歸鞍路偶同天清黃道日街闊綠槐風萬國舟車會中天象魏雄戢戈清四海論道屬三公自愧陪羣彥從來但樸忠時平

容竊祿歲晚歎衰翁買地淮山北垂竿潁水東稻粱雖可戀吾志在冥鴻

東閤雨中

直閤時偷暇幽懷坐獨哦綠苔人迹少黄葉雨聲多雲結愁陰重風傳禁漏過瑶圖新嗣聖玉塞久包戈相府文書簡豐年氣候和還將鳳池句聊雜野人歌

四月十七日景靈宫奉迎仁宗皇帝御容有感

行殿峨峨出綠槐琳房芝闕聳一作竦崔嵬管絃飄落人間去幢節疑從天上來基業百年傳聖子黔黎四紀樂春臺孤臣不得同鍼虎未死心先冷若灰

居士集卷第十三

居士集卷第十四　集十四

律詩六十五首

馬上默誦聖俞詩有感一作偶題

興來筆力千鈞勁一作重酒醒一作醉後人間萬事空蘇梅二子今亡矣索寞滁山一醉一作惆悵陰陽一病翁

定力院七葉木

伊洛多佳木娑羅舊得名常於佛家見宜在月宮生釦砌陰鋪靜虛堂子落聲夜風疑雨過朝露炫霞明車馬王都盛樓臺梵宇閎惟應靜者樂時聽野禽鳴

秋陰

秋陰積不散夜氣凜初清雨冷侵燈暈風愁送葉聲國恩慙未報歲晚念餘生却憶滁州睡村醪自解酲

秋懷

節物豈不好秋懷何黯然西風酒旗市細雨菊花天感事悲雙鬢包
羞一作貧橤食萬錢鹿車終自駕歸去頼東田

初寒

多病淹残歲初寒悄獨吟雲容乍濃淡秋色半晴陰籬菊催佳節山
泉響夜琴自能知此樂何必戀腰金

寄渭州王仲儀龍圖一作送王素之渭州

羨君三作臨邊守慣聽胡笳不慘然弓勁秋風鳴白角帳寒春雪壓
青氈威行四境烽烟斷響入千山號令傳翠幕紅燈照羅綺心情何
似十年前

崇政殿試賢良晚歸

槐柳依依禁籞長初寒人意自淒涼鳳城斜日留残照玉闕浮雲結
夜霜老負漁竿貪國寵病須樽酒送年光歸來解帶西風冷衣袖猶
霑玉案香

聞潁州通判國博與知郡學士唱和頗多因以奉寄知郡陸經通判楊褒

一自蘇梅閉九泉始聞東潁播新篇金樽留客史一作使君醉玉麈高談別乘賢十里秋風紅菡萏一溪春水碧漪漣政成事簡何爲樂終日吟哦雜管絃

南郊慶成

祀教民昭孝天惟德是親太宮嚴大饗吉土兆精禋禮樂三王盛梯航萬國賓恩霑羣動洽慶與一陽新奉册尊長樂均釐及衆臣不須雲物瑞和氣浹人神

和昭文相公上巳宴

一雨初消九陌塵兼蘭修禊及芳辰恩深始錫龍池宴節正須一作方知鳳曆新是歲始頒明天新曆三月三日丁巳紅琥珀傳盃瀲灩碧琉璃瑩水淪漪上林未放花齊發留待鳴鞘出紫宸

三日赴宴口占

賜飲初逢禊節佳昆池新漲碧無涯九門寒食多遊騎三月春陰正養花共喜流觴修故事自憐雙鬢惜年華鳳城殘照歸鞍晚禁籞無風柳自斜

讀楊蟠章安一本有詩字集

蘇梅久作黃泉客我亦今為白髮翁臥讀楊蟠一千首乞渠秋月與春風

蘇主簿挽歌洵

布衣馳譽入京都丹旐俄驚一作聞反舊閭諸老誰能先賈誼君王猶未識相如三年弟子行喪禮千兩鄉人會葬車我獨一作獨我空齋掛塵榻遺編時閱子雲書

寄題沙溪寶錫碑本作積院

為愛江西物物佳作詩嘗向北人誇青林霜日換一作染楓葉白水

秋風吹稻花釀酒烹雞留醉客鳴機織墨蹟作緝苧徧山家野僧獨得無生樂終日焚香坐結跏

宋司空一作元憲公挽辭

文章天下無雙譽伯仲人間第一流出入兩朝推舊德周旋三事著嘉謀從容進退身名泰寵錫哀一作褒榮禮數優棠棣從來敦友愛九原相望接松楸

感事治平丁未正月二十有六日

故園三徑久成荒賢路胡爲此坐妨病骨瘦便花蘂暖嘉祐八年于闐國王遣使來朝貢恩賜宰臣已下于闐所獻花蘂布柔肕潔白如凝脂而禦風甚溫不減駞褐也煩心渴喜鳳團香先朝舊例兩府輔臣歲賜龍茶一斤而已余在仁宗朝作學士兼史館修撰嘗以史院無國史乞降一本以備檢討遂命天章閣錄本付院仁宗因幸天章見書吏方錄國史思余上言亟命賜黃封酒一瓶果子一合鳳團茶

一斤押賜中使語余云上以學士校新寫國史不易遂有此賜然自
後月一賜遂以爲常後余忝二府猶賜不絶號弓但灑孤臣血憂國
空餘兩鬢霜何日君恩憫衰朽許從初服返耕桑

大行皇帝靈駕發引挽歌辭

享國年雖近斯民澤已深儉勤成禹聖仁孝本虞心方慶逢千載俄
驚遏八音天愁嵩嶺外雲慘洛川潯仗動千官衛神行萬象陰孤臣
恩未報清血但盈襟

其一

文景孜孜儉與恭慨然思就太平功興隆學校皇家盛放斥嬪嬙永
巷空威懾一作攝黠羌方問罪丹成仙鼎忽遺弓霜清日薄簫笳咽
萬國悲號慘澹中

其二

千齡應運叶天人四海方欣政日新忽見九門陳羽衛猶疑五載欲

時巡觚稜月暗翔金鳳輦道霜清臥石麟白首舊臣瞻畫翣秋風淚灑屬車塵

其三

奉答子履學士見贈之作

誰言頴水似瀟湘一笑相逢樂未央歲晚君尤耐霜雪興闌吾欲返耕桑銅槽旋壓清樽美玉麈閑揮白日長豫約詩一作書筒屢來往兩州雞犬接封疆

送道州張職方

桂籍青衫憶共遊憐君華髮始爲州身行南鴈不到處山與北人相對愁莫爲高才輕遠俗當令遺老識賢侯三年解組來歸日吾已先耕頴水頭

再至汝陰三絕

黃栗留鳴桑椹美紫櫻桃熟麥風涼朱輪昔愧無遺愛白首重來似

故鄉
十載榮華貪國寵一生憂患損天真頽人莫怪歸來晚新向君前乞得身
水味甘於大明井魚肥恰似新開湖十四五年勞夢寐此時才得少踟躕余時將赴亳社恩許枉道過潁也
郡齋書事寄子履
使君居處似山中吏散焚香一室空雨過紫苔惟鳥迹夜涼蒼檜起天風白醪酒嫩迎秋熟紅棗林繁喜歲豐寄語瀛洲未歸客醉翁今已作仙翁
答子履學士見寄
潁亳相望樂未央吾州仍得治仙鄉夢回枕上黄粱熟身在壺中白日長每恨老年才已盡怕逢時敵力難當知君欲别西湖去乞我橋南菡萏香

寄棗人行書贈子履學士

秋來紅棗壓枝繁堆向君家白玉盤甘辛楚國赤萍實磊落韓嫣黄金丸聊効詩人投木李敢期佳句報瓊玕嗟予久苦相如渴却憶冰梨熨齒寒

贈隱者

五岳嵩當天地中聞君仍在最高峯山藏六月陰崖雪潭養千年蛻骨龍物外自應多至樂人間何事忽相逢飲罷飄然不辭决孤雲飛去杳無蹤

戲書示黎教授

古郡誰云亳陋邦我來仍值歲豐穰烏銜棗實園林熟一本作密蜂採檜花村落香世治人方安壠畝興闌吾欲反耕桑若無頼水肥魚蟹終老仙鄉作醉鄉

書懷一作思頴寄常處士

齒牙零落鬢毛疎賴水多年已結廬解組便爲閑處士新花莫笑病

尚書青衫仕至千鍾祿白首歸乘一鹿車況一作幸有西鄰隱君子

輕蓑短一作披簑帶笠伴春鋤常夷浦也

過河龍潭

碧潭風定影涵虛神物中藏岸不枯一夜四郊春雨足却來閑臥養

明珠

遊太清宮出城馬上口占

擁旆西城一據鞍耕夫初識勸農官鵶鳴日出林光動野闊風搖麥

浪寒漸暖綠楊纔弄色得晴丹杏不勝繁牛羊雞犬田家樂終日思

歸盍掛冠

太清宮燒香

清晨琳闕聳巑岏彌節齋坊暫整冠玉案拜時香裊裊畫廊行處珮

珊珊壇場夜雨蒼苔古樓殿春風碧瓦寒我是蓬萊宮學士朝真便

合列仙官

謝提刑張郎中寄筇竹拄杖

玉光瑩潤錦斕斑霜雪經多節愈堅珍重故人相贈意扶持衰病過殘年

七言二首答黎教授

撥甕浮醅新釀熟得霜寒菊始開齊養丹道士顏如玉愛酒山公醉似泥不惜蘂從蜂採去尚餘香有蝶來棲莫嫌學舍官閑冷猶得芳樽此共攜

共坐欄邊日欲斜更將金蘂泛流霞欲知却老延齡藥百草枯時始見花

又寄許道人

綠髮方一作青瞳瘦骨輕飄然乘鶴去吹笙郡齋獨坐風生竹疑是孫登長嘯聲

扶溝知縣周職方錄示白鶴宮蘇才翁子美贈黃道士詩幷盛作三絕見索拙句輒爲四韻奉酬

能棊好飲一道士醉墨狂吟二謫仙道士不聞乘白鶴謫仙今已捨黃泉古來豪傑皆如此誰拂塵埃爲惘然華髮郎官才調美更將新句續遺篇

曉發齊州道中二首後一首五言

東州幾日倦征軒千騎驂驔白草原鴈入寒雲驚曉角雞鳴蒼一作滄海浴朝暾國恩未報身先老客思無憀一作聊歲已昏誰得平時爲郡樂自憐痟渴馬文園

歲晚勞征役一作晚歲倦征軒三齊舊富閑人行桑下路日上一作出海邊山軒冕非吾志風霜犯客顏惟應思賴夢先過穆陵關

表海亭

望海亭亭古堞間獨憑危檻俯人寰苦寒冰合分一作雙流水南洋

北洋河也一在州中一在城外欲雪雲垂四面山州城四面皆山東西二面山差遠唯此亭高盡見之髀肉已消嗟病骨凍醪猶可慰愁顔賴田二頃春蕪沒安得柴車自駕還

歲晚書事

一麾新命古三齊白首滄洲願已違軒冕從來爲外物山川信美獨思歸長天極目無飛鳥積雪生光射落暉臘候已窮春欲動勸耕猶得覽郊圻

謁廟馬上有感

旌旆曉悠悠行驚歲已遒霜雲依日薄野水帶冰流富庶齊三服山川禹九州自憐思賴意無異旅人愁

毬場看山

爲愛南山紫翠峯偶來仍值雪初融自嫌前引朱衣吏不稱閑行白髮翁向老光陰雙轉轂此身天地一飄蓬何時粗報君恩了去逐冥

冥物外鴻

殘臘一作雪

殘雪初銷一作融上古臺桑郊向日綵旗開山横南陌城中見春逐東風海上來老去每驚新歲換病多能使壯心摧自嗟空有東陽瘦覽物愁無八詠才

歲暮書事

東州負海圻風物老依依歲熟雞聲樂天寒鴈過稀跨鞍驚髀骨數帶減腰圍却羨常夫子終年獨掩扉

聞沂州盧侍郎致仕有感

少年相與探花開老病惟愁節物催蹉跎歸計荒三徑牢落生涯酌一杯頹上先生招不起沂州太守亦歸來自媿國恩終莫報尚貪榮祿此徘徊

春晴書事

莫笑青州太守頑三齊人物舊安閑晴明風日家家柳高下樓臺處處山嘉客但當傾美酒青春終不換頹顏惟慙未報君恩了昨日盧公衣錦還

遊石子澗 富相公創亭

巀嶭高亭古澗隈偶攜嘉客共一作此徘徊席間風起聞天籟雨後山光入酒杯一作朝廷元老今華衮巖壁遺文已綠苔泉落斷崖春壑響花藏深崦過春開一作新雨亂泉逢石響過春深谷尚花開嚳嚭一作林間禽鳥莫驚顧太守不將車騎來

讀易

莫嫌白髮擁朱輪恩許東州養病臣飲酒橫琴銷永日焚香讀易過殘春昔賢軒冕如遺屣世路風波偶脫身寄語西家隱君子奈何名姓已驚人

水磨亭子

多病山齋厭鬱蒸經時久不到東城新荷出水雙飛鷺喬木成陰百囀鸎載酒未妨佳客醉憑高仍見老農耕使君自有林泉趣不用絲篁亂水聲

寄題相州榮歸堂一本此篇已下係酬答安陽韓侍中五詠

白首三朝社稷臣壺漿夾道擁如雲金貂爭看真丞相竹馬猶迎舊使君豈止軒裳誇故里已將鍾鼎勒元勳不須授簡樽前客好學平津自有文

晝錦堂

昔憩甘棠長舊園重來城郭歎人非隨車仍是爲霖雨被袞何如衣錦歸公前出自西樞以武康之節鎮相臺今罷鈞軸以司徒侍中再鎮

觀魚軒

當年下澤驅羸馬今見犀兵擁碧油位望愈隆心愈靜每來臨水翫

游儵

狎鷗亭

險夷一節如金石勳德俱高映古今豈止忘機鷗鳥信陶鈞萬物本無心

休逸臺

清談終日對清樽不似崇高富貴身已有山川資勝賞更將風月醉嘉賓

青州書事

年豐千里無夜警吏一作公退一室焚清香青春固非老者事白日自爲閑人長祿厚豈惟慙飽食俸餘仍足一作得買輕裝君恩天地不違物歸去行歌潁水傍

留題南樓二絕一本前一首題作偶書

偷得青州一歲閑四時一作案頭終日面孱顏須知我是愛山者無

一詩中不說山

醉翁到處不曾醒問向青州作麽生公退留賓誇酒美睡餘敧枕看山横

答和王宣徽一作答王宣徽見贈

相逢莫恠我皤然出處參差四紀間有道方令萬物遂無能擬乞一身閑花前獨酌罇前月淮上扁舟枕上山此樂想公應未暇且持金盞醉紅顏

答和呂侍讀

昔日題輿媿屈賢今來還見擁朱轓笑談二紀思如昨名望三朝老更尊野徑冷香黃菊秀平湖斜照白鷗翻此中自有忘言趣病客猶堪奉一罇

奉答子履學士見寄之作

憶昨初爲亳守行暫休車騎汝陰城喜君再共罇俎樂憐我久懷邱

埊情累牘已嘗陳素志新春應許遂歸耕老年雖不堪東作猶得酣歌詠太平

謝景平挽詞

憶見奇童髧兩髦遽驚名譽衆推高東山子弟家風在西漢文章筆力豪方看凌雲馳騄驥已嗟埋玉向蓬蒿追思陽夏曾遊處撫事傷心涕滿袍

答資政郡諫議見寄二首

豪橫當年氣吐虹蕭條晚節鬢如蓬欲知潁水新居士即是滁山舊醉翁所樂藩籬追尺一作斥鷃敢言寥廓逐冥鴻期公歸輔巖廊上顧我無忘畎畝中

欲知歸計久遷延三十篇詩二十年受寵不思身報効乞骸惟冀上哀憐相如舊苦中痟渴陶令猶能一醉眠材薄力殫難勉強豈同高士愛林泉

居士集卷第十四

居士集卷第十五　集十五

賦五首雜文五首附

黄楊樹子賦并序

夷陵山谷間多黄楊樹子江行過絕險處時時從舟中望見之鬱鬱山際有可愛之色獨念此樹生窮僻不得依君子封殖備愛賞而樵夫野老又一無又字不知甚惜作小賦以歌之

若夫漢武之宮叢生五柞景陽之井對植雙桐高秋羽獵之騎半夜嚴粧之鍾鳳蓋朝拂銀牀暮空固已葳蕤近日的皪一作灼爍含風婆娑萬戶之側生長深宮之中豈知綠蘚青苔蒼崖翠壁枝蓊鬱以含霧一作露根屈盤而帶石落落非松亭亭似柏上臨千仞之盤薄下有驚湍之潰激澗斷無路林高暝色偏依最險之處獨立無人之跡江已一作有轉而猶見峯漸回而稍隔嗟乎日薄雲昏烟霏一作飛露滴負勁節以誰賞抱孤心而誰識徒以竇穴風吹陰崖雪積哢

山鳥之嘲哳梟鷙猿之寂歷無遊女兮長攀有行人兮暫息節既晚而愈茂歲已寒而不易乃知張騫一見須移海上之根陸凱如逢堪寄隴頭之客

鳴蟬賦幷序

嘉祐元年夏大雨水奉詔祈晴于醴泉宮聞鳴蟬有感而賦云

肅祠庭以祗事兮瞻玉宇之崢嶸收視聽以清慮兮齋予心以薦誠因一作歇以靜而求一作觀動兮見乎萬物之情於時朝雨驟止微風不興四無雲以青天雷曳曳一作隱隱其餘聲乃席芳藹臨華軒古木數株空一作荒庭草間爰有一物鳴于樹顛引清風以長嘯抱纖柯而永歎嘒嘒非管泠泠若絃裂方號而復咽凄欲斷而還連吐孤韻以難律含五音之自然吾不知其何物其名曰蟬豈非因物造形能變化者邪出自糞壤慕清虛者邪凌風高飛知所止者邪嘉木茂樹喜清陰者邪呼吸風露能尸解者邪綽約雙鬢修嬋娟者邪其

為聲也不樂不哀非宮非徵胡然而鳴亦胡然而止吾嘗悲夫萬物莫不好鳴若乃四時代謝百鳥嚶兮一氣候至百蟲驚兮嬌兒婉女語鸝庚兮鳴機絡緯響蟋蟀兮轉喉弄舌誠可愛兮引腹動股豈勉彊而為之兮至於汙池濁水得雨而聒兮飲泉食土長一無長字夜而歌兮彼蝦蟇固若有欲而蚯蚓又何求兮其餘大小萬狀不可悉名各各有氣類隨其物形一有而字不知自止有若爭能忽時變以物改咸漠然而無聲嗚呼達士所齊萬物一類人於其間所以為貴蓋已巧其語言又能傳於文字是以窮彼思慮耗其血氣或吟哦其窮愁或發揚其志意雖共盡於萬物乃長鳴於百世予亦安知其然哉聊為樂以自喜方將一作吾方考得失較同異俄而陰雲復興雷電俱擊大雨既作蟬聲遂息一本賦後有跋云予因學書起作賦草他兒一覩而過獨小子棐守之不去此兒他日必能為吾此賦也因以予之

秋聲賦

歐陽子方一無方字墨蹟止作余無上四字夜讀書聞有聲自西南來者悚然而聽之曰異哉初淅瀝以蕭颯忽奔騰而砰湃如波濤夜驚風雨驟一作風驟雨而至其觸於一無於字物也鏦鏦錚錚金鐵皆鳴又如赴敵之兵銜枚疾走不聞號令但聞人馬之行聲墨蹟無聲字余謂童子此何聲也汝出視之童子曰星月一作月星皎潔明河在天四無人聲聲在樹間余曰噫嘻悲哉一作天此秋聲也胡爲而來哉蓋夫秋之爲狀也其色慘淡烟霏雲斂其容清明天高日晶其氣慄洌砭人肌骨其意蕭條山川寂寥故其爲聲也淒淒切切呼號憤發豐草綠縟而爭茂佳木葱蘢而可悅草拂之而色變木遭之而葉脫其所以摧敗零落者墨蹟無者字乃其一一無一字氣之餘烈夫秋刑官也於時爲陰又兵象也於行爲金是謂天地之義氣常以肅殺而爲心墨蹟有大哉字天之於物春生秋實故其在樂也商

聲主西方之音夷則爲七月之律商傷也物既老而悲傷夷戮也物過盛而當殺嗟乎草木一有之字無情有時一有而字飄零人爲動物惟物之靈一作人惟動物爲物之靈百憂感其心萬事勞其形有動于中必搖其精而況思其力之所不一有能字及憂其智之所不能一有行字宜其渥然丹者爲槁木黝一本作黳墨讀同然黑者爲星星奈何以一無以字非金石之質一有而字欲與草木而爭榮念誰爲之戕賊亦何恨乎秋聲童子莫對垂頭而睡但聞四壁蟲聲唧唧如一作以助余之歎息

病暑賦 和劉原父作

吾將東走乎泰山兮履崔嵬之高峯蔭白雲之搖曳兮聽石溜之玲瓏松林一作竹仰不見白日陰壑慘慘多悲風邈哉不可以坐致兮安得仙人之術解化如飛蓬吾將西登乎崑崙兮出於九州之外覽星辰之浮沒視日月之隱蔽披閶闔之清風飲黃流一作河之巨派

羽翰不可以插余之兩腋兮畏舉身而下墜既欲泛乎南溟兮瘴毒流膏而鑠骨何異避喧之一作而趨市兮又如惡影之就日又欲臨乎北荒兮飛雪層冰之所聚鬼方窮髮一作徼無人迹兮乃龍蛇之雜處四方上下皆不得以往兮顧此大熱吾不知夫所逃萬物並生於天地豈余身之獨遭任寒暑之自然兮成歲功而不勞惟衰病之不堪兮譬燎枯而灼焦矧空廬之湫卑兮甚龜蝸之跼縮飛蚊幸余之露坐兮壁蝎伺余之入屋一作蠅蚊幸余之虛坐兮蝨蝎伺余於壁屋賴有客之哀余兮贈端石與蘄竹得飽食以安一作以晝寢兮瑩枕冰而簟玉知其無可奈何而安之兮乃聖賢之高蹈惟冥心以息慮兮庶可忘於煩酷

憎蒼蠅賦

蒼蠅蒼蠅吾嗟爾之爲生既無蜂蠆之毒尾又無蚊虻之利觜幸不爲人之畏胡不爲人之喜爾形至眇爾欲易盈杯盂殘瀝砧几餘腥

所希杪忽過則難勝苦何求而不足乃終日而營營逐氣尋香無處不到頃刻而集誰相告報其在物也雖微其爲害也至要若乃華榱廣廈珍簟方牀炎風之燠夏日之長神昏氣蹙流汗成漿委四支而莫舉眊兩目其茫洋惟高枕之一覺冀煩歊之暫忘念於爾而何負乃於吾而見殃尋頭撲面入袖穿裳或集眉端或沿眼眶目欲瞑而復警臂已痺而猶攘於此之時孔子何由見周公於髣髴莊生安得與蝴蝶而飛揚徒使蒼頭丫髻巨扇揮颺咸頭垂而腕脫每立寐而顛僵此其爲害者一也又如峻宇高堂嘉賓上客沽酒市脯鋪筵設席聊娛一日之餘閑奈爾衆多之莫敵或集器皿或屯几格或醉醇酎因之沒溺或投熱羹遂喪其魄諒雖死而不悔亦可戒夫貪得尤忌赤頭號爲景迹一有霑汙人皆不食奈何引類呼朋搖頭鼓翼聚散倏忽往來絡繹方其賓主獻酬衣冠儼飾使吾揮手頓足改容失色於此之時王衍何暇於清談賈誼堪爲之太息此其爲害者二也

又如醯醢之品醬臡之制及時月而收藏謹缾罌之固濟乃衆力以攻鑽極百端而窺覬至於大胾肥牲嘉肴美味葢藏稍露於罅隙守者或時而假寐纔稍怠於防嚴已輒遺其種類莫不養息蕃滋淋漓敗壞使親朋卒至索爾以無歡臧獲懷憂因之而得罪此其爲害者三也是皆大者餘悉難名嗚呼止棘之詩垂之六經於此見詩人之博物比興之爲精宜乎以爾刺讒人之亂國誠可嫉而可憎

雜文五首

醉翁吟并序 一作醉翁述

余作醉翁亭于滁州 一作余於滁作醉翁亭 有太常博士沈遵 一有者字 好奇之士也聞而 一止作嘗 往遊焉愛其山水歸而以琴寫之作醉翁吟三疊去年秋 一無秋字 余奉使契丹沈君 一作子 會余 一作于 一有於字 恩冀之間夜闌酒半 一無此四字 援琴而作之有其聲而無其辭乃爲之辭以贈 一作遺 之其辭曰

始翁之來一作翁之來兮獸見而深伏鳥見而高飛翁醒而往兮醉而歸朝醒暮醉兮無有四時鳥鳴樂其林獸出遊其蹊咿嚶啁哳於翁前兮醉一有而字不知有心不能以無情兮有合必有離水潺潺兮翁忽去而不顧山岑岑兮翁復來而幾時風嫋嫋兮山木落春年年兮山草菲嗟我無德於其人兮有情於山禽與野麋賢哉沈子兮能寫我心而慰彼相思

山中之樂并序一本題下云三章送慧勤上人

佛者慧勤餘杭人也少去父母長無妻子以衣食于佛之徒往來京師二十年其人聰明材智亦嘗學問于賢士大夫今其南歸遂將窮極吳越甌閩江湖海上之諸山以肆其所適予嘉其嘗有聞於吾人也於其行也一本無四字爲作山中之樂三章一本有以送之既極道山林閒事以動蕩其心意而卒反之於正其辭曰

江上山兮海上峯藹青蒼兮杳巑叢霞飛霧散兮邈乎青空天鑱鬼

削兮壁立於鴻蒙崖懸磴絶兮險且窮穿雲渡水兮一無兮字忽得路而不知其深之幾重中有平田廣谷兮與世隔絶猶有太古之遺風泉甘土肥兮鳥獸雝雝其人麋鹿兮既壽而豐不知人間之幾時兮但見草木華落爲春冬嗟世之人兮曷不歸來乎山中山中之樂不可見兮子其往兮誰逢其一丹葩翠蔓兮巖壑玲瓏水聲聒聒兮花氣濛濛石巉巉兮橫一作當路風颯颯兮吹松雲冥冥兮雨霏霏白猿夜嘯兮青楓朝日出兮林間澗谷紛以青紅千林靜兮秋月百草香兮春風嗟世之人兮曷不歸來乎山中山中之樂不可得兮子其往兮誰從其二梯崖構險兮佛廟仙宮耀空山兮鬱穹隆彼之人兮固一無固字亦目明而耳聰寵辱不干其慮兮仁義不被其躬蔭長一作喬松之蓊蔚兮藉纖草之丰茸苟其中以自足兮忘其服胡而顛童自古智能魁傑之士兮固亦絶世而逃蹤惜天材之甚良兮而一無而字自棄於無庸嗟彼之人兮胡爲老乎山中山中之樂不

可久遲子之返兮誰同其三

雜說三首一有并序二字

夏六月暑雨既止歐陽子坐於樹間仰視天與月星一作日月星辰行度見星有殞者夜既久露下聞草間蚯蚓之聲益急其感於耳目者有動乎其中作雜說

蚓食土而飲泉其爲生也簡而易足然仰其穴而鳴若號若呼若嘯若歌一作若歌若嘯其亦有所求邪抑其求易足而自鳴其樂邪苦一作抑歎其生之陋而自悲其不幸邪將自喜其聲而鳴其類邪豈其時至氣作不自知其所以然而不能自止者邪何其聒然而不止也吾於是乎有感一本此屬次篇

星殞于地腥礦頑醜化爲惡石其昭然在上而萬物仰之者精氣之聚爾及其斃也瓦礫之不若也人之死骨肉臭腐螻蟻之食爾其貴乎萬物者亦精氣也其精氣不奪于物則蘊而爲思慮發而爲事業

著而爲文章昭乎百世之上而仰乎百世之下非如星之精氣隨其斃而滅也可不貴哉而生也利欲以昬耗之死也臭腐而棄之而一無而字惑者方曰足乎利欲所一無所字以厚吾身吾於是乎有感天西行日月五星皆東行日一歲而一周月疾於日一本無三字一月而一周天又疾於月一日而一周星有遲有速有逆有順是四者各自行而若不相爲謀其動而不勞運而不已自古以來未嘗一刻息也是何爲哉夫四者所以相須而成晝夜四時寒暑者也一刻而息則四時不得其平萬物不得其生蓋其所任者重矣人之有君子也其任亦重矣萬世之所治萬物之所利故曰自彊不息又曰死而後已者其知所任矣然則君子之學也其可一日而息乎吾於是乎有感一本此屬首篇

居士集卷第十五

論三首或問一首附

正統論三首

序論

臣修頓首死罪言伏見太宗皇帝時嘗命薛居正等撰梁唐（一作後）唐晉漢周事爲五代史凡一百五十篇又命李昉等編次前世年號爲一篇（一作卷）藏之祕府而昉等以梁爲僞梁爲（一無此字）僞則史不宜爲帝紀（一本有而後唐之事當續劉昫唐史爲一書或比二漢離爲前後二十二字一前字作先）而（一作則）亦無曰五代者於理不安今又（一作又今）司天所用崇天曆承後唐書天祐至十九年而盡黜梁所建號援之於古惟張軌不用東晉太興而虛稱建興非可以爲後世法蓋後唐務惡梁（一有甚字）而欲黜之歷家不識古義但用有司之傳遂不復改至於昉等初非著書第採次前世名號以備有

司之求因舊之失不專是正乃與史官戾不相合皆非是臣愚因以謂正統王者所以一民而臨天下三代用正朔後世有建元之名然自漢以來學者多言三代正朔(一作改正朔之事)而怪仲尼嘗修尚書春秋與其學徒論述堯舜三代間事甚詳而於正朔尤大事乃獨無明言頗疑三代無有其事及於春秋得十月隕霜殺菽二月無冰推其時氣乃知周以建子爲正(一有月字)則三代固嘗改正朔而仲尼曰行夏之時又知聖人雖不明道正朔之事其意蓋非商周之爲云其興也新民耳目不務純以德而更易虛名至使四時與天不合不若夏時之正也及秦又以十月爲正漢始稍分後元中元至於建元遂名年以爲號由是而後(一無此四字而有太初之元年復用夏正其後遂不復改十五字)直以建元之號加於天下而已所以同萬國而一民也而後世推次以爲王者相繼之統若夫上不戾於天下可加於人則名年建元便於三代之改歲然而後世僭亂假竊者多

則名號紛雜不知所從於是正閏眞僞之論作而是非多失其中焉然堯舜三代之一天下也不待論說而明自秦昭襄訖周顯德千有餘年治亂之迹不可不辨而前世論者靡有定說伏惟大宋之興統一天下與堯舜三代無異臣故曰不待論說而明謹採秦以來訖于顯德終始興廢之迹作正統論臣愚不足以知願下學者考定其是非而折中焉

正統論上

傳曰君子大居正又曰王者大一統正者所以正天下之不正也統者所以合天下之不一也由不正與不一然後正統之論作堯舜之相傳三代之相代或以至公或以大義皆得天下之正合天下於一是以君子不論也其帝王之理得而始終之分明故也及後世之亂僭僞興而盜竊作由是有居其正而不能合天下於一者周平王之有吳徐是也有合天下於一而不得居其正者前世謂秦爲閏是也

由是正統之論興焉自漢而下至于西晉又推而下之爲宋齊梁陳自唐而上至於後魏又推而上之則爲夷狄其帝王之理舛而始終之際不明由是學者疑焉而是非又多不公自周之亡迄於顯德實千有二百一十六年之間或理或亂或取或傳或分或合其理不能一概大抵其可疑之際有三周秦之際也東晉後魏之際也五代之際也秦親得周而一天下其迹無異禹湯而論者黜之其可疑者一也以東晉承西晉則無終以隋承後魏則無始其可疑者二也五代之所以得國者雖異然同歸於賊亂也而前世議者獨以梁爲僞其可疑者三也夫論者何爲疑者設也堯舜三代之始終較然著乎萬世而不疑固不待論而明也後世之有天下者帝王之理或舛而始終之際不明則不可以不疑故曰由不正與不一然後正統之論作也然而論者衆矣其是非予奪所持者各異使後世莫知夫所從者何哉蓋於其一作其於可疑之際又挾自私之心而溺一作入於非

聖之學也自西晉之滅而南為東晉宋齊梁陳北為後魏北齊後周隋私東晉者曰隋得陳然後天下一則推其統曰晉宋齊梁陳隋私後魏者曰統必有所授一作授下同則推其統曰唐受之隋隋受之後周後周受之後魏至其甚相戾也則為南史者詆北曰虜為北史者詆南曰夷此自私之偏說也自古王者之興必有盛德以受天命或其功澤被于生民或累世積漸而成王業豈偏名於一德哉至于湯武之起所以救弊拯民蓋有不得已者而曰五行之運有休王一以彼衰一以此勝此歷官術家之事而謂帝王之興必乘五運者繆妄之說也不知其出於何人蓋自孔子殁周益衰亂先王之道不明而人人異學肆其恠奇放蕩之說後之學者不能卓然奮力而誅絕之反從而附益其說以相結固故自秦推五勝以水德自名由漢以來有國者未始不由於此說此所謂溺於非聖之學也惟天下之至公大義可以袪人之疑而使人不得遂其私夫心無所私疑得其決

則是非之異論息而正統明所謂非聖人之說者可置而勿論也

正統論下

凡爲正統之論者皆欲相承而不絕至其斷而不屬則猥以假人而續之是以其論曲而不通也夫居天下之正合天下於一斯正統矣堯舜夏商周秦漢唐是也始雖不得其正卒能合天下於一夫一天下而居正則是天下之君矣斯謂之正統可矣晉隋是也天下大亂其上無君僭竊並興正統無屬當是之時奮然而起並爭乎天下有功者彊有德者王威澤皆被于生民號令皆加乎當世幸而以大并小以彊兼弱遂合天下於一則大且彊者謂之正統猶有說焉不幸而兩立不能相并（一作兼）考其迹則皆正較其義則均焉則正統者將安予奪乎東晉後魏是也其或終始不得其正又不能合天下於一則可謂之正統乎魏及五代是也然則有不幸而丁其時則正統有時而絕也故正統之序上自堯舜歷夏商周秦漢而絕晉得之而

又絕隋唐得之而又絕自堯舜以來三絕而復續惟有絕而有續然後是非公予奪當而正統明然諸儒之論至於秦及東晉後魏五代之際其說多不同其惡秦而黜之以爲閏者誰乎是漢人之私論溺於非聖曲學之說者也其說有三不過曰滅棄禮樂用法嚴苛與其興也不當五德之運而已五德之說可置而勿論其二者特始皇帝之事爾然未原秦之本末也昔者堯傳於舜舜傳於禹夏之衰也湯代之王商之衰也周代之王周之衰也秦代之王其興也或以德或以功大抵皆乘其弊而代之初夏世衰而桀爲昏暴湯救其亂而起稍治諸侯而誅之其書曰湯征自葛是也其後卒以攻桀而滅夏及商世衰而紂爲昏暴周之文武救其亂而起亦治諸侯而誅之其詩所謂崇密是也其後卒攻紂而滅商推秦之興其功德固有優劣而其迹豈有異乎秦之紀曰其先大業出於顓頊之苗裔至孫伯翳佐禹治水有功唐虞之間賜姓嬴氏及非子爲周養馬有功秦仲始爲

命大夫而襄公與立平王遂受岐豐之賜當是之時周衰固已久矣亂始於穆王而繼以厲幽之禍平王東遷遂同列國而齊晉大侯魯衞同姓擅相攻伐共起而弱周非獨秦之暴也秦於是時旣平犬夷因取周所賜岐豐之地而繆公以來始東侵晉地至于河盡滅諸戎拓國千里其後闢東諸侯彊僭者日益多周之國地日益蹙至無復天子之制特其號在爾秦昭襄王五十二年周之君臣稽首自歸於秦至其後世遂滅諸侯而一天下此其本末之迹也其德雖不足而其功力尚不優於魏晉乎始秦之興務以力勝至於始皇遂悖棄先王之典禮又自推水德益任法而少恩其制度文爲一作云爲一作文章皆非古而自是此其所以見黜也夫始皇之不德不過如桀紂桀紂不廢夏商之統則始皇未可廢秦也其私東晉之論者曰周遷而東天下遂不能一然仲尼作春秋區區於尊周而黜吳楚者豈非以其正統之所在乎晉遷而東與周無異而今黜之何哉曰是有說

焉較其德與迹而然耳周之始興其來也遠當其盛也規方天下爲大小之國衆建諸侯以維王室定其名分使傳子孫而守之以爲萬世之計及厲王之亂周室無君者十四年而天下諸侯不敢僥倖而窺周於此然後見周德之深而文武周公之作眞聖人之業也況平王之遷國地雖蹙然周德之在人者未厭而法制之臨人者未移平王以子繼父自西而東不出王畿之內 一本注西周之地八百里東周六百里以井田之法計之通爲千里之方 則正統之在周也推其德與迹可以不疑夫晉之爲晉與乎周之爲周也異矣其德法之維天下者非有萬世之計聖人之業也直以其受魏之禪而合天下於一推較其迹可以曰正而統耳自惠帝之亂 一有晉政已亡四字 至于愍懷之間晉如綫爾惟嗣君繼世推其迹曰正焉可也建興之亡晉於是而絕矣夫周之東也以周而東晉之南也豈復以晉而南乎自愍帝死賊庭琅邪起江表位非嗣君正非繼世徒以晉之臣子有

不忘晉之心發於忠義而功不就可爲傷已若因而遂竊正統之號其可得乎春秋之說君弒而賊不討則以爲無臣子也使晉之臣子遭乎聖人適當春秋之誅況欲干天下之統哉若乃國已滅矣以宗室子自立於一方卒不能復天下於一則晉之琅邪與夫後漢之劉備五代漢之劉崇何異備與崇未嘗爲正統則東晉可知焉耳其私後魏之論者曰魏之興也其來甚遠自昭成建國改元承天下衰弊得奮其力並爭乎中國七世至于孝文而去夷卽華易姓建都遂定天下之亂然後修禮樂興制度而文之考其漸積之基其道德雖不及於三代而其爲功何異王者之興今特以其不能幷晉宋之一方以小不備而黜其大功不得承百王之統者何哉曰質諸聖人而不疑也今爲魏說者不過曰一作於功多而國彊耳此聖人有所不與也春秋之時齊桓晉文可謂有功矣吳楚之僭迭彊於諸侯矣聖人於春秋所尊者周也然則功與彊聖人有所不取也論者又曰秦起

夷狄以能滅周而一天下遂進之魏亦夷狄以不能滅一作幷晉宋而見黜是則因其成敗而毀譽之豈至公之篤論乎曰是不然也各於其黨而已周秦之所以興者其說固已詳之矣當魏之興也劉淵以匈奴慕容以鮮卑苻生以氐弋仲以羌赫連禿髮石勒季龍之徒皆四夷之雄者也其力不足者弱有餘者彊其最彊者苻堅當堅之時自晉而外天下莫不爲秦休兵革興學校庶幾刑政之方不幸未幾而敗亂其又彊者曰魏自江而北天下皆爲魏矣幸而傳數世而後亂以是而言魏者纔優於苻堅而已豈能干正統乎五代之得國者皆賊亂之君也而獨僞梁而黜之者因惡梁者之私論也唐自僖昭以來不能制命於四海而方鎮之兵作已而小者幷於大弱者服於彊其尤彊者朱氏以梁李氏以晉共起而窺唐而梁先得之李氏因之借名討賊以與梁爭中國而卒得之其勢不得不以梁爲僞也而繼其後者遂因之使梁獨被此名也夫梁固不得爲正統而唐晉

漢周何以得之今皆黜之而論者猶以漢爲疑以謂契丹滅晉天下無君而漢起太原徐驅而入汴與梁唐晉周其迹異矣而今乃一概可乎曰較其心迹小異而大同爾且劉知遠晉之大臣也方晉有契丹之亂也竭其力以救難力所不勝而不能存晉出於無可奈何則可以少異乎四國矣漢獨不然自契丹與晉戰者三年矣漢獨高拱而視之如齊人之視越人也卒幸其敗亡而取之及契丹之北也以中國委之許王從益而去從益之勢雖不能存晉然使忠於晉者得而奉之可以冀於有爲也漢乃殺之而後入以是而較其心迹其異於四國者幾何矧皆未嘗合天下於一也其於正統絕之何疑

或問

或問子於史記本紀則不僞梁而進之於論正統則黜梁而絕之君子之信乎後世者固當如此乎曰孔子固嘗如此也平桓莊之王於春秋則尊之書曰天王於詩則抑之下同於列國孔子之於此三王

者非固尊於彼而抑於此也其理當然也梁賊亂之君也欲干天下之正統其爲不可雖不論而可知然謂之僞則甚矣彼有梁之土地臣梁之吏民立梁之宗廟社稷而能殺生賞罰以制命於梁人則是梁之君矣安得曰僞哉故於正統則宜絕於其國則不得爲僞者理當然也豈獨梁哉魏及東晉後魏皆然也堯舜桀紂皆君也善惡不同而已凡梁之惡余於史記不沒其實者論之詳矣或者又曰正統之說不見於六經不道於聖人而子論之何也曰孔孟之時未嘗有其說則宜其不道也後世不勝其說矣其是非予奪人人自異而使學者惑焉莫知夫所從又有偏主一德之說而益之五勝之術皆非聖之曲學也自秦漢以來習傳久矣使孔孟不復出則已其出而見之其不爲之一辨而止其紛紛乎此余之不得已也嗚呼堯舜之德至矣夏商周之起皆以天下之至公大義自秦以後德不足矣故考其終始有是有非而參差不齊此論之所以作也德不足矣必據其

迹而論之所以息爭也或者又曰論必據迹則東周之時吳徐楚皆王矣是正而不統也子獨不論何也曰東周正統以其不待較而易知是以不論也若東晉後魏則兩相敵而予奪難故不可以不論吳徐楚非周之敵雖童子之學猶知予周也何必論哉

居士集卷第十六

居士集卷第十七　　集十七

論六首

本論中

佛法爲中國患千餘歲世之卓然不惑而有力者莫不欲去之已嘗去矣而復大集攻之暫破而愈堅撲之未滅而愈熾遂至於無可奈何是果不可去邪蓋亦未知其方也夫醫者之於疾也必推其病之所自來而治其受病之處病之中人乘乎氣虛而入焉則善醫者不攻其疾而務養其氣氣實則病去此自然之効也故救天下之患者亦必推其患之所自來而治其受患之處佛爲夷狄去中國最遠而有佛固已久矣堯舜三代之際王政修明禮義之教充於天下於此之時雖有佛無由而入及三代衰王政闕禮義廢後二百餘年而佛至乎中國由是言之佛所以爲吾患者乘其闕廢之時而來此其受患之本也補其闕修其廢使王政明而禮義充則雖有佛無所施於

吾民矣此亦自然之勢也昔堯舜三代之爲政設爲井田之法籍天下之人計其口而皆授之田凡人之力能勝耕者莫不有田而耕之斂以什一差其征賦以督其不勤使天下之人力皆盡於南畝而不暇乎其他然又懼其勞且怠而入於邪僻也於是爲制牲牢酒醴以養其體弦一作笙匏俎豆以悅其耳目於其不耕休力之時而教之以禮故因其田獵而爲蒐狩之禮因其嫁娶而爲婚姻之禮因其死葬而爲喪祭之禮因其飲食羣聚而爲鄉射之禮非徒以防其亂又因而教之使知尊卑長幼凡人之大倫一有者字也故凡養生送死之道皆因其欲而爲之制飾之物采而文焉所以悅之使其易趣也順其情性而節焉所以防之使其不過也然猶懼其未也又爲立學以講明之故上自天子之郊下至鄉黨莫不有學擇民之聰明者而習焉使相告語而誘勸其愚惰嗚呼何其備也蓋一有堯舜二字三代之爲政如此其慮民之意甚精治民之具甚備防民之術甚周誘

民之道甚篤行之以勤而被於物者洽浸之以漸而入於人者深故民之生也不用力乎南畝則從事於禮樂之際不在其家則在乎庠序之間耳聞目見無非仁義一有禮字樂而趣之不知其倦終身不見異物又奚暇夫外慕哉故曰雖有佛無由而入者謂有此具也及周之衰秦并天下盡去三代之法而王道中絕後之有天下者不能勉彊其爲治之具不備防民之漸不周佛於此時乘間而出千有餘歲之間佛之來者日益衆吾之所爲者日益壞井田最先廢而兼并游惰之姦起其後所謂蒐狩婚姻喪祭鄉射之禮凡所以教民之具相次而盡廢然後民之姦者有暇而爲他其良者泯然不見禮義之及已夫姦民有餘力則思爲邪僻良民不見禮義則莫知所趣佛於此時乘其隙一無此六字方鼓其雄誕之說而牽一作率之則民不得不從而歸矣又況王公大人往往倡而敺之曰佛是真可歸依者然則吾民何疑而不歸焉幸而有一不惑者方艴然而怒曰佛何爲

者吾將操戈而逐之又曰吾將有說以排之 一有何其不思之甚也七字 夫千歲之患徧於天下豈一人一日之可爲民之沈酣入於骨髓非口舌之可勝然則將奈何曰莫若修其本以勝之昔戰國之時楊墨交亂孟子患之而專言仁義故仁義之說勝則楊墨之學廢漢之時百家並興董生患之而退修孔氏故孔氏之道明而百家 一有自字 息此所謂修其本以勝之之効也今八尺之夫被甲荷戟勇蓋三軍然而見佛則拜聞佛之說則有畏慕之誠者何也彼誠壯佼其中心茫然無所守而然也一介之士眇然柔懦進趨畏怯然而聞有道佛者 一無此字 則義形於色非徒不爲之屈又欲驅而絕之者何也彼無佗焉學問明而禮義熟中心有所守以勝之也然則禮義者勝佛之本也今一介之士知禮義者尚能不爲之屈使天下皆知禮義則勝之矣此自然之勢也

本論下

昔荀卿子之說以爲人性本惡著書一篇以持其論予始愛之及見世人之歸佛者然後知荀卿之說繆焉甚矣人之性善也彼爲佛者棄其父子絶其夫婦於人之性甚戾又有蠶食蟲蠹之弊然而民皆相率而歸焉者以佛有爲善之說故也嗚呼誠使吾民曉然知禮義之爲善則安知不相率而從哉奈何教之諭之之不至也佛之說熟於人耳入乎其心久矣至於禮義之事則未嘗見聞今將號於衆曰禁汝之佛而爲吾禮義則民將駭而走矣莫若爲之以漸使其不知而趣焉可也蓋鯀之治水也鄣之故其害益暴及禹之治水也導之則其患息蓋患深勢盛則難與敵莫若馴致而去（一有其害二字）之易也今堯舜三代之政其說尚傳其具皆在誠能講而修之行之以勤而浸之以漸使民皆樂而趣焉則充行乎天下而佛無所施矣傳曰物莫能兩大自然之勢也奚必曰火其書而廬其居哉昔者戎狄蠻夷雜居九州之間所謂徐戎白狄荊蠻淮夷之類是也三代既衰

若此之類並侵於中國故秦以西戎據宗周吳楚之國一作君皆僭稱王春秋書用鄫子傳記被髮於伊川而仲尼亦以不左衽爲幸當是之時佛雖不來中國幾何其不夷狄也以是而言王道不明而仁義廢則夷狄之患至矣及孔子作春秋尊中國而賤夷狄然後王道復明方今九州之民莫不右衽而冠帶其爲患者特佛爾其所以勝之之道非有甚高難行之說也患乎忽而不爲爾夫郊天祀地與乎宗廟社稷朝廷之儀皆天子之大禮也今皆舉而行之至於所謂蒐狩婚姻喪祭鄉射之禮此郡縣有司之事也在乎講明而頒布之爾然非行之以勤浸之以漸則不能入於人而成化自古王者之政必世而後仁今之議者將曰佛來千餘歲有力者尚無可奈何何用此迂緩之說爲是則以一日之功不速就而棄必世之功不爲也可不惜哉昔孔子歎爲俑者不仁蓋歎乎啓其漸而至於用殉也然則爲佛者不猶甚於作俑乎當其始來未見其害引而內之今之爲害著

矣非待先覺之明而後見也然而恬然不以爲怪者何哉夫物極則反數窮則變此理之常也今佛之盛久矣乘其窮極之時可以反而變之不難也昔三代之爲政皆聖人之事業及其久也必有弊故三代之術皆變其質文而相救就使佛爲聖人及其弊也猶將救之況其非聖者乎夫姦邪之士見信於人者彼雖小人必有所長以取信是以古之人君惑之至於亂亡而不悟今佛之法可謂姦且邪矣蓋其爲說亦有可以惑人者使世之君子雖見其弊而不思救豈又善惑者歟抑亦不得其救之之術也救之莫若修其本以勝之捨是而將有爲雖賁育之勇孟軻之辯太公之陰謀吾見其力未及施言未及出計未及行而先已陷於禍敗矣何則患深勢盛難與敵非馴致而爲之莫能也故曰修其本以勝之作本論

朋黨論 在諫院進 一本以論爲議

臣聞朋黨之說自古有之惟幸人君辨其君子小人而已大凡君子

與君子以同道爲朋小人與小人以同利爲朋此自然之理也一無此六字然臣謂小人無朋惟君子則有之其故何哉小人所好者祿利也所貪者財貨也當其同利之時暫相黨引以爲朋者僞也及其見利而爭先或利盡而交疎則反相賊害雖其兄弟一作弟兄親戚不能相保故臣謂小人無朋其暫爲朋者僞也君子則不然所守者道義所行者忠信所惜者名節以之修身則同道而相益以之事國則同心而共濟終始如一此君子之朋也故爲人君者但當退小人之僞朋用君子之真朋則天下治矣堯之時小人共工讙兜等四人爲一朋君子八元八凱十六人爲一朋舜佐堯退四凶小人之朋而進元凱君子之朋堯之天下大治及舜自爲天子而皋夔稷契等二十二人並列于朝更相稱美更相推讓凡二十二人爲一朋而舜皆用之天下亦大治書曰紂有臣億萬惟億萬心周有臣三千惟一心紂之時億萬人各異心可謂不爲朋矣然紂以亡國周武王之臣三

千人爲一大朋而周用以興後漢獻帝時盡取天下名士囚禁之目爲黨人及黃巾賊起漢室大亂後方悔悟盡解黨人而釋之然已無救矣唐之晚年漸起朋黨之論及昭宗時盡殺朝之名士或一作咸投之黃河曰此輩清流可投濁流而唐遂亡矣夫前世之主能使人人異心不爲朋莫如紂能禁絶善人爲朋莫如漢獻帝能誅戮清流之朋莫如唐昭宗之世然皆一有以字亂亡其國更相稱美推讓而不自疑莫如舜之二十二臣舜亦不疑而皆用之然而後世不誚舜爲二十二人朋黨所欺而稱舜爲聰明之聖者以辨君子與小人也周武之世舉其國之臣三千人共爲一朋自古爲朋之多且大莫如周然周用此以興者善人雖多而不厭也夫興亡治亂之迹爲人君者可以鑒矣一有作朋黨議四字

魏梁解一作論

予論正統辨魏梁一作不黜魏而辨梁 注曹魏朱梁不爲僞議者

或非予一作其大失春秋之旨以謂魏梁皆負簒弑之惡當加誅絕
而反進之是奬簒也非春秋之志也予應之曰是春秋之志耳魯桓
公弑隱公而自立者宣公弑子赤而自立者鄭厲公逐世子忽而自
立者衛公孫剽逐其君衎而自立者聖人於春秋皆不絕其爲君此
予所以不黜魏梁者用春秋之法也魏梁之惡三尺童子皆知可惡
予不得聖人之法爲據依其敢進而不疑乎然則春秋亦奬簒乎曰
惟不絕四者之爲君於此見春秋之意也聖人之於春秋用意深故
能勸戒切爲言信然後善惡明夫欲著其罪於後世在乎不沒其實
其實嘗爲君矣書其爲君其實簒也書其簒各傳其實而使後世信
之則四君之罪不可得而揜耳使爲君者不得揜其惡則人之爲惡
者庶乎其息矣是謂用意深而勸戒切爲言信而善惡明也凡惡之
爲名非徒君子嫉之雖爲小人者亦知其可惡也而小人常至於爲
惡者蓋以人爲可欺與夫幸人不知而可揜耳夫位莫貴乎國君而

不能逃大惡之名所以示人不可欺而惡不可揜也就使四君因聖人誅絶而其惡彰焉則後世之爲惡者將曰彼不幸遭逢聖人黜絶而一作之不得爲君遂彰其惡耳我無孔子世莫我黜則冀人爲可欺而惡可揜也如此則僥倖之心啓矣惟與其爲君使不得揜其惡者春秋之深意也桀紂不待貶其爲王而萬世所共惡者也今匹夫之士比之顏閔則喜方之桀紂則怒是大惡之君不及一善之士也春秋之於大惡之君不誅絶之者不害其褒善貶惡之旨也惟不沒其實以著其罪而信乎後世與其爲而君不得揜其惡以息人之爲惡能知春秋之此旨然後知予不黜魏梁之是也

爲君難論上

語曰爲君難者孰難哉蓋莫難於用人夫用人之術任之必專信之必篤然後能盡其材而可共成事及其失也任之欲專則不復謀於人而拒絶羣議是欲盡一人之用而先失衆人之心也信之欲篤則

一切不疑而果於必行是不審事之可否不計功之成敗也夫違衆舉事又不審計而輕發其百舉百失而及於禍敗此理之宜然也然亦有幸而成功者人情成是而敗非則又從而贊之以其違衆爲獨見之明以其拒諫爲不惑羣論以其偏信而輕發爲決於能斷使後世人君慕此三者以自期至其信用一失而及於禍敗則雖悔而不可及此甚可歎也前世爲人君者力拒羣議專信一人而不能早悟以及於禍敗者多矣不可以徧舉請試舉其一二昔秦苻堅地大兵強有衆九十六萬號稱百萬蔑視東晉指爲一隅謂可直以氣吞之耳然而舉國之人皆言晉不可伐更進互說者不可勝數其所陳天時人事堅隨以強辯折之忠言讜論皆沮屈而去如王猛苻融老成之言也不聽太子宏少子詵至親之言也不聽沙門道安堅平生所信重者也數爲之言不聽惟聽信一將軍慕容垂者垂之言曰陛下內斷神謀足矣不煩廣訪朝臣以亂聖慮堅大喜曰與吾共定天下

者惟卿爾於是決意不疑遂大舉南伐兵至壽春晉以數千人擊之大敗而歸北至洛陽九十六萬兵亡其八十六萬堅自此兵威沮喪不復能振遂至於亂亡近五代時後唐清泰帝患晉祖之鎭太原也地近契丹恃兵跋扈議欲徙之於鄆州舉朝之士皆諫以爲未可帝意必欲徙之夜召常所與謀樞密直學士薛文遇問之以決可否文遇對曰臣聞作舍道邊三年不成此事斷在陛下何必更問羣臣帝大喜曰術者言我今年當得一賢佐助我中興卿其是乎卽時命學士草制徙晉祖於鄆州明旦宣麻在廷之臣皆失色後六日而晉祖反書至清泰帝憂懼不知所爲謂李崧曰我適見薛文遇爲之肉顫欲自抽刀刺之崧對曰事已至此悔無及矣但君臣相顧涕泣而已由是言之能力拒羣議專信一人莫如二君之果也由之以致禍敗亂亡亦莫如二君之酷也方苻堅欲與慕容垂共定天下清泰帝以薛文遇爲賢佐助我中興可謂臨亂之君各賢其臣者也或有詰予

曰然則用人者不可專信乎應之曰齊桓公之用管仲蜀先主之用諸葛亮可謂專而信矣不聞舉齊蜀之臣民非之也蓋其令出而舉國之臣民從事行而舉國之臣民便故桓公先主得以專任而不貳也使令出而兩國之人不從事行而兩國之人不便則彼二君者其肯專任而信之以失衆心而斂國怨乎

爲君難論下

嗚呼用人之難難矣未若聽言之難也夫人之言非一端也巧辯縱橫而可喜忠言質樸而多訥此非聽言之難在聽者之明暗也諛言順意而易悅直言逆耳而觸怒此非聽言之難在聽者之賢愚也是皆未足爲難也若聽其言則可用然用之有輒敗人之事者聽其言若不可用然非如其言不能以成功者此然後爲聽言之難也請試舉其一二戰國時趙將有趙括者善言兵自謂天下莫能當其父奢趙之名將老於用兵者也每與括言亦不能屈然奢終不以括爲能

也歎曰趙若以括爲將必敗趙事其後奢死趙遂以括爲將其母自見趙王亦言括不可用趙王不聽使括將而攻秦括爲秦軍射死趙兵大敗降秦者四十萬人坑於長平蓋當時未有如括善言兵亦未有如括大敗者也此聽其言可用用之輒敗人事者趙括是也秦始皇欲伐荆問其將李信用兵幾何信方年少而勇對曰不過二十萬足矣始皇大喜又以問老將王翦翦曰非六十萬不可始皇不悅曰將軍老矣何其怯也因以信爲可用卽與兵二十萬使伐荆王翦遂謝病退老於頻陽已而信大爲荆人所敗亡七都尉而還始皇大慚自駕如頻陽謝翦因强起之翦曰必欲用臣非六十萬不可於是卒與六十萬而往遂以滅荆夫初聽其言若不可用然非如其言不能以成功者王翦是也且聽計於人者宜如何聽其言若可用用之宜矣輒敗事聽其言若不可用捨之宜矣然必如其說則成功此所以爲難也予又以謂秦趙二主非徒失於聽言亦由樂用新進忽棄老

成此其所以敗也大抵新進之士喜勇銳老成之人多持重此所以人主之好立功名者聽勇銳之語則易合聞持重之言則難入也若趙括者則又有說焉予略考史記所書是時趙方遣廉頗攻秦頗趙名將也秦人畏頗而知括虛言易與也因行反間於趙曰秦人所畏者趙括也若趙以爲將則秦懼矣趙王不悟反間也遂用括爲將以代頗藺相如力諫以爲不可趙王不聽遂至於敗由是言之括虛談無實而不可用其父知之其母亦知之趙之諸臣藺相如等亦知之外至敵國亦知之獨其主不悟爾夫用人之失天下之人皆知其不可而獨其主不知者莫大之患也前世之禍亂敗亡由此者不可勝數也

居士集卷第十七

攷本論初有上中下三篇此卷所載卽中下二篇其上篇編居士集時雖削去而傳於世今附外集

經旨十一首辯一首附

易或問三首

或問大衍之數易之緼一作數乎學者莫不盡心焉曰大衍易之末也何必盡心焉一無此字也易者文王之作也其書則六一無此字經也其文則聖人之言也其事則天地萬物君臣父子夫婦人倫之大端也大衍筮占一作卜筮之一法耳非文王之事也然則不足學乎曰得其大者可以兼其小未有學其小而能至其大者也知此然後知學易矣六十四卦自古用焉夏商之世筮占之說略見于書文王遭紂之亂有憂天下之心有慮萬世之志而無所發以謂一作爲卦爻起於奇耦之數陰陽變易交錯而成文有君子小人進退動靜剛柔之象而治亂盛衰得失吉凶之理具焉因假取以寓其言而名之曰易至其後世用以占一作卜筮孔子出於周末懼文王之志不

見于後世而易專爲筮占一作卜筮用也乃作彖象發明卦義必稱聖人君子王后以當其事而常以四方萬國天地萬物之大以爲言蓋明非止於卜筮也所以推原本意而矯世失然後文王之志大明而易始列乎六經矣易之淪于卜筮非止今世也微孔子則文王之志沒而不見矣夫六爻之文占辭也一有文王之作也五字大衍之數占法也自一作皆古所用也文王更其辭而不改其法故曰太衍非文王之事也所謂辭者有君子小人進退動靜剛柔之象治亂盛衰得失吉凶之理學者專其辭於筮占一作卜筮猶見非於孔子況遺其辭而執其占法欲以見文王作易之意不亦遠乎凡欲爲君子者學聖人之言欲爲占者學大衍之數惟所擇之一無此字焉耳

或問繫辭果非聖人之作乎世之大儒君子不論何也曰何止乎繫辭舜之塗廩浚井不載於六經不道於孔子之徒蓋俚巷人之語也及其傳也久孟子之徒道之事固有出於繆妄之說其初也大儒君

子以世莫之信置而不論及其傳之久也後世反以謂更大儒君子而不非是實不誣矣由是曲學之士溺焉者多矣自孔子歿周益衰王道喪而學廢接乎戰國百家之異端起十翼之說不知起於何人自秦漢以來大儒君子不論也或者曰然則何以知非聖人之作也曰大儒君子之於學也理達而已矣中人巳下指其迹提其耳而譬之猶有惑焉者溺於習聞之久曲學之士喜為奇說以取勝也何謂子曰者講師之言也吾嘗以譬學者矣元者善之長亨者嘉之會利者義之和貞者事之幹此所謂文言也方魯穆姜之道此言也在襄公之九年後十有五年而孔子生左氏之傳春秋也固多浮誕之辭然其用心亦必欲其書之信後世也使左氏知文言為孔子作也必不以追附穆姜之說而疑後世蓋左氏者不意後世以文言為孔子作也孟子曰盡信書不如無書孟子豈好非六經者黜其雜亂之說所以尊經（一有也字）

或問（一有曰字）大衍筮占之事也其於筮占之說無所非乎曰其法
是也其言非也用蓍四十有九分而爲二掛一揲四歸奇再扐其法
是也象兩象三至于乾坤之策以當萬物之數者其言皆非也傳曰
知者創物又曰百工之事皆聖人之作也筮者上古聖人之法也其
爲數也出於自然而不測四十有九是也其爲用也通於變而無窮
七八九六是也惟不測與無窮故謂之神惟神故可以占今爲大衍
者取物合數以配蓍是可測也以九六定乾坤之策是有限而可窮
也矧占之而不効夫奇耦陰陽之數也陰陽天地之正氣也二氣升
降有進退而無老少且聖人未嘗言而雖繫辭之駹雜亦不道也問
者曰然則九六何爲而變曰夫蓍四十有九無不用也昔之言大衍
者取四揲之策而捨掛扐之數兼知掛扐之多少（一又有多少字）則
九六之變可知矣蓍數無所配合陰陽無老少乾坤無定策知此然
後知筮占矣嗚呼文王無孔子易其淪於卜筮乎易無王弼其淪於

異端之說乎因孔子而求文王之用心因弼而求孔子之意因予言而求弼之得失可也

明用

乾之六爻曰初九潛龍勿用九二見龍在田九三君子終日乾乾夕惕若厲无咎九四或躍在淵九五飛龍在天上九亢龍有悔又曰用九見羣龍无首吉者何謂也謂以九而名爻也乾爻七九九變而七無爲易道占其變故以其所占者名爻不謂六爻皆常九也曰用九者釋所以不用七也及其筮也七常多而九常少有無九者焉此不可以不釋也曰羣龍无首吉者首先也主也陽極則變而之他故曰无首也凡物極而不變則弊變則通故曰吉也物無不變變無不通此天理之自然也故曰天德不可爲首又曰乃見天則也坤之六爻曰初六履霜堅冰至六二直方大不習无不利六三含章可貞或從王事无成有終六四括囊无咎无譽六五黃裳元吉上六龍戰于野

其血玄黃又曰用六利永貞者何謂也謂以六而名爻也坤爻八六六變而八無爲亦以其占者名爻不謂六爻皆常六也曰用六者釋所以不用八也及其筮也八常多而六常少有無六者焉此不可以不釋也陰柔之動或失於邪故曰利永貞也陰陽反復天地之常理也聖人於陽盡變通之道於陰則有所戒焉六十四卦陽爻皆七九陰爻皆六八於乾坤而見之則其餘可知也

春秋論上

事有不幸出於久遠而傳乎二說則奚從曰從其一之可信者然則安知可信者而從之曰從其人而信之可也衆人之說如彼君子之說如此則捨衆人而從君子君子博學而多聞矣然其傳不能無失也君子之說如彼聖人之說如此則捨君子而從聖人此舉世之人皆知其然而學春秋者獨異乎是孔子聖人也萬世取信一人而已若公羊高穀梁赤左氏（一本氏作邱明）三子者博學而多聞矣其傳

不能無失者也孔子之於經三子之於傳有所不同則學者寧捨經而從傳不信孔子而信三子甚哉其惑也經於魯隱公之事書曰公及邾儀父盟于蔑其卒也書曰公薨孔子始終謂之公三子者曰非公也是攝也學者不從孔子謂之公而從三子謂之攝其於晉靈公之事孔子書曰趙盾弑其君夷皋三子者曰非趙盾也是趙穿也學者不從孔子信爲趙盾而從三子信爲趙穿其於許悼公之事孔子書曰許世子止弑其君買三子者曰非弑之也買病死而止不嘗藥耳學者不從孔子信爲弑君而從三子信爲不嘗藥其捨經而從傳者何哉經簡而直傳新而奇簡直無悅耳之言而（一無此字）新奇多（一作有）可喜之論是以學者樂聞而易惑也予非敢曰不惑然信於孔子而篤者也經之所書予所信也經所不言予不知也難者曰子之言有激而云爾夫三子者皆學乎聖人而傳所以述經也經文隱而意深三子者從而發之故經有不言傳得而詳爾非爲二說也子

曰經所不書三子者何從而知其然也曰推其前後而知之且其有所傳而得也國君必卽位而隱不書卽位此傳得知其攝也弑君者不復見經而盾復見經此傳得知弑君非盾也君弑賊不討則不書葬而許悼公書葬此傳得知世子止之非實弑也經文隱矣傳曲而暢之學者以謂三子之說聖人之深意也是以從之耳非謂捨孔子而信三子也予曰然則妄意聖人而惑學者三子之過而已使學者必信乎三子予不能奪也使其惟是之求則予不得不爲之辨

春秋論中

孔子何爲而修春秋正名以定分求情而責實別是非明善惡此春秋之所以作也自周衰以來臣弑君子弑父諸侯之國相屠戮而爭爲君者天下皆是也當是之時有一人焉能好廉而知讓立乎爭國之亂世而懷讓國之高節孔子得之於經宜如何而別白之宜如何而褒顯之其肯沒其攝位之實而雷同衆君誣以爲公乎所謂攝者

臣行君事之名也伊尹周公共和之臣嘗攝矣不聞商周之人謂之王也使息姑實攝而稱號無異於正君則名分不正而是非不別夫攝者心不欲爲君而身假行君事雖行君事而其實非君也今書曰公則是息姑心不欲之實不爲之而孔子加之失其本心誣以虛名而沒其實善夫不求其情不責其實而善惡不明如此則孔子之意疎而春秋繆矣春秋辭有同異尤謹嚴而簡約所以別嫌明微愼重而取信其於是非善惡難明之際聖人所盡心也息姑之攝也會盟征伐賞刑祭祀皆出於己舉魯之人皆聽命於己其不爲正君者幾何惟不有其名爾使其名實皆在己則何從而知其攝也故息姑之攝與不攝惟在爲公與不爲公別嫌明微繫此而已且其有讓桓之志未及行而見殺其生也志不克伸其死也被虛名而違本意則息姑之恨何申於後世乎其甚高之節難明之善亦何望於春秋乎今說春秋者皆以名字氏族予奪爲輕重故曰一字爲褒貶且公之爲

字豈不重於名字氏族乎孔子於名字氏族不妄以加人其肯以公妄加於人而沒其善一作實乎以此而言隱實爲攝則孔子決不書曰公孔子書爲公則隱決非攝難者曰然則何爲不書即位曰惠公之終不見其事則隱之始立亦不可知孔子從二百年後得其遺書而修之闕其所不知所以傳信也難者又曰謂爲攝者左氏耳公羊穀梁皆以爲假立以待桓也故得以假稱公予曰凡魯之事出於己舉魯之人聽於己生稱曰公死書曰薨何從而知其假

春秋論下

弒逆大惡也其爲罪也莫贖其於人也不容其在法也無赦法施於人雖小必慎況舉大法而加大惡乎既輒加之又輒赦之則自侮其法而人不畏春秋用法不如是之輕易也三子說春秋書趙盾以不討賊故加之大惡既而以盾非實弒則又復見于經以明盾之無罪是輒加之而輒赦之爾以盾爲無弒心乎其可輕以大惡加之以盾

不討賊情可責而宜加之乎則其後頑然未嘗討賊既不改過以自贖何爲遽赦使同無罪之人其於進退皆不可此非春秋意也趙穿弑君大惡也盾不討賊不能爲君復讎而失刑於下二者輕重不較可知就使盾爲可責然穿焉得免也今免首罪爲善人使無辜者受大惡此決知其不然也春秋之法使爲惡者不得幸免疑似者有所辨明一有此字所謂是非之公也據三子之說初靈公欲殺盾盾走而免穿盾族也遂弑而盾不討其迹涉於與弑矣此疑似難明之事聖人尤當求情責實以明白之使盾果有弑心乎則自然罪在盾矣不得曰爲法受惡而稱其賢也使果無弑心乎則當爲之辨明必先正穿之惡使罪有所歸然後責盾縱賊則穿之大惡不可幸而免盾之疑似之迹獲辨而不討之責亦不得辭如此則是非善惡明矣今爲惡者獲免而疑似之人陷于大惡此決知其不然也若曰盾不討賊有幸弑之心與自弑同故寧捨穿而罪盾此乃逆詐用情之吏矯

激之爲爾非孔子忠恕春秋以王道治人之法也孔子患舊史是非錯亂而善惡不明所以修春秋就令舊史如此其肯從而不正之乎其肯從而稱美又教人以越境逃惡乎此可知其繆傳也問者曰然則夷皐孰弑之曰孔子所書是矣趙盾弑其君也今有一人焉父病躬進藥而不嘗又有一人焉父病而不躬進藥而二父皆死又有一人焉操刃而殺其父使吏治之是三人者其罪同乎曰雖庸吏猶知其不可同也躬藥而不知嘗者有愛父之孝心而不習於禮是可哀也無罪之人爾不躬藥者誠不孝矣雖無愛親之心然未有殺父之意使善治獄者猶當與操刃殊科況以躬藥之孝反與操刃同其罪乎此庸吏之不爲也然則許世子止實不嘗藥則孔子決不書曰弑君孔子書爲弑君則止決非不嘗藥難者曰聖人借止以垂教爾對曰不然夫所謂借止以垂教者不過欲人之知嘗藥耳聖人一言明以告人則萬世法也何必加孝子以大惡之名而嘗藥之事卒不見

于文使後世但知止爲弑君而莫知藥之當嘗也教未可垂而已陷人於大惡矣聖人垂教不如是之迂也果曰責止不如是之刻也難者曰然則盾曷爲復見于經許悼公曷爲書葬曰弑君之臣不見經此自三子說爾果聖人法乎悼公之葬且安知其不討賊而書葬也自止以弑見經後四年吳敗許師又十有八年當定公之四年許男始見于經而不名許之書于經者略矣止之事迹不可得而知也難者曰三子之說非其臆出也其得於所傳如此然則所傳者皆不可信乎曰傳聞何可盡信公羊穀梁以尹氏卒爲正卿左氏以尹氏卒爲隱母一以爲男子一以爲婦人得於所傳者蓋如是是可盡信乎

春秋或問

或問春秋何爲一無此字始於隱公而終於獲麟曰吾不知也問者曰此學者之所盡心焉不知何也曰春秋一有之字起止吾所知也子所問者始終之義吾不知也吾無所用心乎此一有也字昔者孔

子仕於魯不用去之諸侯又不用困而歸且老始著書得詩自關雎至于魯頌得書自堯典至于費誓得魯史記自隱公至于獲麟遂删修之其前遠矣聖人著書足以法世而已不窮遠之難明也故據其所得而修之孔子非史官也一無此字不常職乎史故盡其所得修之而止耳魯之史記則未嘗止也今左氏經可以見矣曰然則始終無義乎曰義在春秋不在起止春秋謹一言而信萬世者也予厭衆說之亂春秋者也

或問予於隱攝盾止之弑據經而廢傳經簡矣待傳而詳可廢乎曰吾豈盡廢之乎夫傳之於經勤矣其述經之事時有賴其詳焉至其失傳則不勝其戾也其述經之意亦時有得焉及其失也欲大聖人而反小之欲尊經而反卑之取其詳而得者廢其失者可也嘉其尊大之心可也信其卑小之說不可也問者曰傳有所廢則經有所不通柰何曰經不待傳而通者十七八因傳而惑者十五六日月萬物

皆仰然不爲盲者明而有物蔽之者亦不得見也聖人之意皎然乎經惟明者見之不爲他說蔽者見之也

泰誓論

書稱商始咎周以乘黎乘黎者西伯也西伯以征伐諸侯爲職事其伐黎而勝也商人已疑其難制而惡一作患之使西伯赫然見其不臣之狀與商並立而稱王如此十年商人反晏然不以爲怪其父師老臣如祖伊微子之徒亦默然相與熟視而無一言此豈近於人情邪由是言之謂西伯受命稱王十年者妄說也以紂之雄猜暴虐嘗醢九侯而脯鄂侯矣西伯聞之竊歎遂執而囚之幾不免死至其叛已不臣而自王乃反優容而不問者十年此豈近於人情邪由是言之謂西伯受命稱王十年者妄說也孔子曰三分天下有其二以服事商使西伯不稱臣而稱王安能服事於商乎且謂西伯稱王者起於何說而孔子之言萬世之信也由是言之謂西伯受命稱王十年

者妄說也伯夷叔齊古之知義之士也方其讓國而去顧天下皆莫可歸聞西伯之賢共往歸之當是時紂雖無道天子也天子在上諸侯不稱臣而稱王是僭叛之國也然二子不以爲非依之久而不去至武王伐紂始以爲非而棄去彼二子者始顧天下莫可歸卒依僭叛之國而不去不非其父而非其子此豈近於人情邪由是言之謂西伯受命稱王十年者妄說也書之泰誓稱十有一年說者因以謂自文王受命九年及武王居喪二年幷數之爾是以西伯聽虞芮之訟謂之受命以爲元年此又妄說也古者人君卽位必稱元年常事爾不以爲重也後世曲學之士說春秋始以改元爲重事然則果常事歟固不足道也果重事歟西伯卽位已改元矣中閒不宜改元而又改元至武王卽位宜改元而反不改元乃上冒先君之元年幷其居喪稱十一年及其滅商而得天下其事大於聽訟遠矣又不改元由是言之謂西伯以受命之年爲元年者妄說也後之學者知西伯

生不稱王而中間不再改元則詩書所載文武之事粲然明白而不誣矣或曰然則武王畢喪伐紂而泰誓曷謂稱十有一年對曰畢喪伐紂出於諸家之小說而泰誓六經之明文也昔者孔子當衰周之際患衆說紛紜以惑亂當世於是退而修六經以爲後世法及孔子既沒去聖稍遠而衆說復興與六經相亂自漢以來莫能辨正今有卓然之士一取信乎六經則泰誓者武王之事也十有一年者武王即位之十有一年爾復何疑哉司馬遷作周本紀雖曰武王即位九年祭於文王之墓然後治兵于孟津至作伯夷列傳則又載父死不葬之說皆不可爲信是以吾無取焉取信于書可矣

縱囚論

信義行於君子而刑戮施於小人刑入于死者乃罪大惡極此又小人之尤甚者也寧以義死不苟幸生而視死如歸此又君子之尤難者也方唐太宗之六年錄大辟囚三百餘人縱使還家約其自歸以

就死是以君子之難能期小人之尤者以必能也其囚及期而卒自歸無後者是君子之所難而小人之所易也此豈近於人情或曰罪大惡極誠小人矣及施恩德以臨之可使變而為君子蓋恩德入人之深而移人之速有如是者矣曰太宗之為此所以求此名也然安知夫縱之去也不意其必來以冀免所以縱之乎又安知夫被縱而去也不意其自歸而必獲免所以復來乎夫意其必來而縱之是上賊下之情也意其必免而復來是下賊上之心也吾見上下交相賊以成此名也烏有所謂施恩德與夫知信義者哉不然太宗施德於天下於茲六年矣不能使小人不為極惡大罪而一日之恩能使視死如歸而存信義此又不通之論也然則何為而可曰縱而來歸殺之無赦而又縱之而又來則可知為恩德之致爾然此必無之事也若夫縱而來歸而赦之可偶一為之爾若屢為之則殺人者皆不死是可為天下之常法乎不可為常者其聖人之法乎是以堯舜三王

之治必本於人情不立異以爲高不逆情以干譽

怪竹辯

謂竹爲有知乎不宜生於廡下謂爲無知乎乃能避檻而曲全其生其果有知乎則有知莫如人人者萬物之最靈也其不知於物者多矣至有不自知其一身者如駢拇枝指懸疣附贅皆莫知其所以然也以人之靈而不自知其一身使竹雖有知必不能自知其曲直之所以然也竹果無知乎則無知莫如枯草死骨所謂蓍龜者是也自古以來大聖大智之人有所不知者必問於蓍龜而取決是則枯草死骨之有知反過於聖智之人所知遠矣以枯草死骨之如此則安知竹之不有知也遂以蓍龜之神智而謂百物皆有知則其他草木瓦石叩之又頑然皆無所知然則竹未必不無知也由是言之謂竹爲有知不可謂爲無知亦不可謂其有知無知皆不可知然後可萬物生於天地之間其理不可以一槩謂有心然後有知乎則蚓無心

謂凡動物皆有知乎則水亦動物也人獸生而有知死則無知矣著龜生而無知死然後有知也是皆不可窮詰故聖人治其可知者置其不可知者是之謂大中之道

居士集卷第十八

詔冊七首

請皇太后權同聽政詔

門下朕承大行之遺命嗣列聖之丕基踐祚之初銜哀罔極遂罹疾恙未獲痊和而機政之繁裁決或壅皇太后母儀天下子育朕躬輔佐先朝練達庶務因請同於聽覽蒙曲賜於矜從俾緩憂勤冀速康復候將來聽政日皇太后權同處分文武百官並放朝參候朕平愈日如故故茲詔示想宜知悉

皇太后還政議合行典禮詔

勑中書門下朕頃以嗣承大統方執初喪過自摧傷遂嬰疾恙皇太后尊居母道時遘家艱閔余哀荒俯徇誠情勉同聽覽用適權宜賴保護之勤劬獲清明而康復恭惟坤德之至靜實厭事機之久煩殆此彌年荐承諄誨顧實繁於庶政難重浼於睿慈然而方國多虞則

共濟天下之務惟時無事亦宜享天下之安先民有言無德不報雖日以三牲之養未足盡於予心而刑于四海之風必務先於孝治惟是事親之禮蓋存有國之規當極尊崇以稱朕意應合行儀範等事令中書門下樞密院參議以聞故茲詔示想宜知悉

賜大宗正司詔

勅夫明德以親九族正家而刑萬邦古先哲王罔不由此朕嗣守丕業率循舊章惟皇屬之敦和命宗正而董正而累聖承繼百年盛隆荷宗社之慶靈茂本支而蕃衍念其性本於仁厚宜廣學以勤修顧其日益於衆多必增員而統理故外已詔於儒學各選於經師而內仍擇於親賢共司於屬籍庶乎協贊其職並修厥官糾乃非違先以正而爲率勉夫怠墮惟其善而是從式孚于休以副予意

賜夏國詔書

朕嗣守丕圖日新庶政方推大信以協萬邦思與藩屏之臣永遵帶

礪之約矧勤王而述職固奕世以推誠而近年以來將命之使或不體朝廷之意或罔循規矩之常多於臨時率爾改作旣官司之有守致事體以難從且下修奉上之儀本期效順而君有錫臣之寵所以隆恩豈宜一介於其閒輒以多端而生事在國家之撫御固廓爾以無疑想忠孝之傾輸亦豈欲其如此故特申於旨諭諒深認於眷懷今後所遣使人更宜精擇不令妄舉以紊彝章所有押賜押伴使臣等亦已嚴行戒勵苟有違越必寘典刑載惟信誓之文炳若丹青之著事皆可守言貴弗違毋開閒隙之萌庶敦悠久之好

英宗遺制

詔內外文武百寮等朕蒙先帝之遺休荷高穹之眷命獲主大器于茲五年樂與羣公講求至治先身以儉冀臻四海之富康勵志之勤未嘗一日而暇逸而憂勞積慮疾恙踰時有加無瘳遂至大漸皇太子頊睿哲之性天資夙成儲兩之明人望攸屬可於柩前卽皇帝位

尊皇太后爲太皇太后皇后爲皇太后諸軍賞給並取嗣君處分喪服以日易月山陵制度務從儉約在外羣臣止於本處舉哀不得擅離治所成服三日而除應緣邊州鎮皆以金革從事不用舉哀於戲死生之理聖智所同惟賴宗社之靈臣隣協德輔我元子永康王家咨爾多方當體予意主者施行

尊皇太后册文

維治平二年歲次乙巳十一月丁巳朔十有六日壬申嗣皇帝臣頊謹稽首再拜言曰臣聞昔者明王之以孝治天下者非家至而日見也蓋有要道焉推所以行於己者爲天下率盡所以奉其親者爲天下先而四海靡然而承風矣洪惟有宋受命造邦百年四聖而小子獲承之以繼我仁考之遺休餘烈方與羣公卿士夙夜以思勉其不逮庶幾如我仁考付畀之意以申罔極欲報之心此固慄慄祗懼不敢遑寧者已顧惟眇末之質提攜鞠育慈仁咻煦至于有成自我聖

母嗣位之始哀迷在疚而憂勞艱難一日萬務協和綏靖保佑扶持功施邦家亦惟我聖母永惟至恩大德無物可稱是以稽參典禮率籲羣心合志一辭懇懇惓惓不勝大願謹遣攝大尉具官臣韓琦司徒具官臣胡宿奉玉冊金寶上尊號曰皇太后恭惟皇太后聖善明哲柔閑靜專粤自正位中宮內助先帝陰禮修而教行儉德著而下化遂及萬國先於正家逮夫玉几受遺遭時多難勉徇勤請權同聽決而明識遠慮動懷謙畏深鑒漢家母后之失訖不踐於外朝及歸政冲人合於易之進退不失其正之聖是惟全節鉅美固已超出前古而垂法後世宜乎盛烈播于聲詩尊名光於典册惟末小子獲奉温清嗚呼殫九州之富以爲養未足盡於孝心享萬壽之福而無疆期永承於慈訓臣頊誠懽誠忭稽首再拜謹言

居士集卷第十九

碑銘

金部郎中贈兵部侍郎閻公神道碑銘并序

惟閻氏世家于鄆其先曰太原王寶以武顯於梁晉之間實佐莊宗戰河上取常山功書史官爵有王土鄆之諸閻皆王後也周廣順二年以鄆州之鉅野鄆城爲濟州閻氏今爲濟州鉅野人也公生漢晉之間遭世多虞雖出將家而不喜戰鬬獨好學通三禮頗習子史爲文辭是時鉅野大賊有衆千餘人以公鄉里儒者掠致賊中問以謀略公毅然未嘗有所言而爲人狀貌奇偉舉止嚴重有威儀賊皆憚之莫敢害賊平公還鄉里以三禮教授弟子大宋受命天下將平公乃出以三禮舉中建隆某年某科歷漢州之金堂號州之湖城二縣尉遷濮州濮陽令皆有吏績太宗皇帝遣使者行視天下使者還言公可用召見奏事語言𨚗然殿中皆聳動大宗奇之拜太子洗馬知

岳州一有遷殿中丞知均州一作郢州吳越忠懿王再朝京師籍其所有浙東西之地納之有司天子以爲新附之邦乃以禁兵千人屬公安撫其人遂知蘇州一有又知婺州五代之際江海之間分爲五大者竊名號其次擅征伐故皆峻刑法急聚斂以制命於其民越雖名爲臣屬之邦然閡於江淮與中國隔不相及者久矣公以齊魯之人悉能知越風俗而揉以善政或摩以漸或革以宜推凡上之所欲施寬凡民之所不堪恩涵澤濡民以蘇息政成召還以國子博士知濟州又知晉州入拜尚書水部員外郎廣平郡王府翊善賜緋衣銀魚居六年廣平封陳王出閤公以司門員外郎求知黃州陳王徙封許乃詔公還遷庫部員外郎賜金紫侍講許王府王薨公出知棣州居歲餘以淮陽近鉅野乃求知淮陽軍公雖居許王府而真宗素知其賢數詔訪以經術謂之閤君子真宗即位問公何在左右具言所以然即時召之已在道拜金部郎中知青州其後鄆州守臣某臨遣

對殿上眞宗問鄆去青遠近守臣對若干眞宗曰爲吾告之將召也已而見召行至鉅野遇疾使者臨問慰賜滿百日賜告下濟州伺疾少間趨一作趣就道已而疾病一作亟一作革以某年某月某日薨于濟州享年七十有七贈兵部侍郎葬于鉅野大一有閻字徐村公諱象字某曾祖諱某某官祖諱某某官考一作父諱某某官公娶孫氏封富春縣君用子貴追封泗水縣太君子男三人長曰某某官次曰某某官次曰某某官女三人皆適士族孫五人一早亡次皆已仕曾孫十人仕者五人嗚呼士患不逢時時逢矣患人主之不知知矣而不及用者命也惟公履道純正生於多艱而卒遇太平以奮其身又遭人主之知嘗用矣而不暇於大用以歿歿而無章焉則其遂不見於後世乎景祐五年冬其子光祿君自光化罷還鄉閭乃謀刻其先德於墓之碑而以其辭屬修詞曰

閻世將家大纛高牙有封太原王功桓桓公不勇力而勇於學奮身

逢時卒有成業不大其榮繼世而卿梴一作挺其後世多有孫曾有墓于里有碑其隧鄉人無傷鄉之君子

太子太師致仕贈司空兼侍中文惠陳公神道碑銘并序

頴川公既葬于新鄭其子尚書主客郎中述古等七人具公之行事及太常之狀祁伯之銘以來告曰唯陳氏世有顯人我先正文惠公歷事太宗眞宗而相今天子其出處始終之大節可考不誣如此故敢請以墓隧之碑予爲考其世次得其所以基于初盛于中有于終而大施于其後者曰信哉陳氏載德晦顯以時其畜厚來遠故能發大而流長自公五世以上爲博州人皇高祖翔當五代時爲王建掌書記建欲帝蜀以逆順禍福譬之不聽棄官于閬州之西水遂爲西水人皇曾祖齊國公諱翊皇祖楚國公諱昭汝皇考秦國公諱省華皆開府儀同三司太師尚書令兼中書令自翔已下三世不顯于蜀至秦公始事聖朝爲左諫議大夫其配曰燕國太夫人馮氏公其次

子也諱堯佐字希元舉進士及第累贈大常丞知開封府錄事參軍用理獄有能績遷府推官以言事切直貶通判潮州自潮還獻詩數百篇而大臣亦薦其文學得直史館知壽廬二州提點府界諸縣公事丁秦公憂服除判三司都察院兩浙轉運使徙京西河東河北三路糾察在京刑獄天禧三年編次御試進士坐誤差其第貶監鄂州茶場未至丁燕國太夫人憂明年河決滑州天子念非公不可塞乃起公知滑州乾興元年作永定陵徙公京西轉運使以辦其事入爲三司戶部副使徙副度支拜知制誥兼史館修撰同知天聖二年貢舉知通進銀臺司遷龍圖閣直學士知河南府徙幷州知審官院開封府拜翰林學士兼龍圖閣學士七年拜樞密副使其年八月參知政事居三歲閒凡三請罷明道二年罷知永興軍行過鄭州爲狂人所誣御史中丞范諷辨公無罪徙知廬州又徙同州復徙永興又徙鄭州累官至戶部侍郎景祐四年四月召拜同中書門下平章事公

爲人剛毅篤實好古博學居官無大小所至必聞一有其仁足以庇民智足以利物忠足以事上誠足以信于人潮州惡谿鱷魚食人不可近公命捕得鳴鼓于市以文告而戮之鱷一作其患幷息潮人歎曰昔韓公諭鱷而聽今公戮鱷而懼所爲雖異其能使異物醜類革化而利人一也吾潮間三百年而得二公幸矣在潮修孔子廟韓公祠率其州民之秀者就于學知壽州遭歲大飢公自出米爲糜以食餓者吏民以公故皆爭出米其活數萬人公曰吾豈以是爲私惠邪蓋以令率人不若身先而使其從之樂也錢塘江堤以竹籠石而潮嚙之不數歲輒壞而復理公歎曰堤以捍患而反病民乃議易以薪土而害公政者言于朝以爲非便是時丁晉公參知政事主言者以黜公公爭不已乃徙公京西而籠石爲堤數歲功不就民力大困卒用公議堤乃成河東地寒而民貧奏除石炭稅減官冶鐵課歲數十萬以便民曰轉運征利之官也利有本末下有餘則上足吾豈爲俗

吏哉太行山當河東河北兩路之界公以謂晉自前世爲險國常先叛而後服者恃此也其在河東釐澤州路後徙河北釐懷州路而太行之險通行者德公以爲利公曰吾豈爲今日利哉河決壞滑州水力悍甚每歸下湍激并人以沒不見蹤跡者不可勝數公躬自暴露晝夜督促掤爲木龍以巨木駢齒浮水上下殺其暴堤乃成又爲長堤以護其外滑人得復其居相戒曰不可使後人忘我陳公因號其堤爲陳公堤開封府治京師公以謂治煩之術任威以擊彊盡察以防姦譬於激水而欲其澄也故公爲政一以誠信每歲正月夜放燈則悉籍惡少年禁錮之一本有歲以爲常公召少年諭曰尹以惡人待汝汝安得爲善吾以善人待汝汝其爲惡邪因盡縱之凡五夜無一人犯法者太常博士陳詁知祥符縣縣吏惡其明察欲中以事而詁公廉事不可得乃欲以苛動京師自錄事巳下空一縣皆逃去京師果諠言詁政苛暴是時章獻明肅太后猶聽政怒詁欲加以罪公

爲樞密副使力爭之以謂罪詰則姦人得計而沮能吏詰由是獲免公十典大州六爲轉運副使一無副字一無副使字常以方嚴肅下一作方嚴清肅涖下使人知畏而重犯法至其過失則多保佑之故未嘗按黜一下吏公貶潮州其所言事蓋人臣所難言者其平生奏疏尤多悉焚其藁其他文章有文集三十卷又有野廬編潮陽編愚邱集多慕韓愈爲文與修眞宗實錄又修國史故事知制誥者常先試其文辭天子以公文學天下所知不復命試自國朝以來不試而知制誥者惟楊億及公二人而已公居官不妄進取爲太常丞者十三年不還爲起居郎者七年不還自議錢塘堤爲丁晉公所絀後晉公益用事專威福故人子弟以公久于外多勉以進取公曰惟久然後見吾守如是十五年今天子卽位晉公事敗投海外公乃見召用公初作相以唐劉蕡所對策進曰天下治亂自朝廷始朝廷賞罰自近始凡蕡之所究言者皆當今之弊此臣所欲言而陛下之所宜行

且臣等之職也天子嘉納之公在相位不久其年冬雷地震星象數
變公言王隨位在臣上而病不任事程琳等位皆在下乃引漢故事
以災異自責求罷章凡四上明年三月拜淮康軍節度使檢校太傅
同中書門下平章事判鄭州康定元年五月以太子太師致仕詔大
朝會立宰相班遂居于鄭其起居飲食康寧如少者後四年年八十
有二以疾卒于家公居家以儉約爲法雖已貴常使其子弟親執賤
事曰孔子固多能鄙事作爲善箴以戒子孫臨卒口占數十言自誌
其墓公前娶曰杞國夫人宋氏後娶曰沂國夫人王氏子男十人長
曰述古次曰比部員外郎求古主客員外郎學古虞部員外郎道古
大理評事館閣校勘博古殿中丞修古祕書省正字履古光祿寺丞
游古大理寺丞襲古太常寺太祝象古秦公三子長曰堯叟爲樞密
使同中書門下平章事季曰堯咨爲武信軍節度使皆舉進士第一
人一無人字及第一無第字三子已貴秦公尚無恙每賓客至其家

公及伯季侍立左右坐客蹙蹜不安求去秦公笑曰此學一作兒子輩耳故天下皆以秦公教子爲法而以陳氏世家爲榮公之孫四十人曾孫二人合伯季之後若子若孫若曾孫六十有八人女若孫曾五十有四人而仕于朝者多以材稱於時一無於時嗚呼可謂盛矣

銘曰

陳氏高節在汚全潔閟德潛光有俟而發其發惟時自公啓之英英伯季踵武偕來相車崇崇武節之雄高幢巨轂四世六公惟世有封秦楚及齊尙書中書儀同太師祖考在前孫曾盈後公居于中伯季左右惟勤其始以享其終惟能其約以有其豐休庸顯聞播美家邦有遠其貽有大其繼刻詩垂聲以質來裔

資政殿學士戶部侍郎文正范公神道碑銘幷序

皇祐四年五月甲子資政殿學士尙書戶部侍郎汝南文正公薨于徐州以其年十有二月壬申葬于河南尹樊里之萬安山下公諱仲

淹字希文五代之際世家蘇州事吳越太宗皇帝時吳越獻其地公之皇考從錢俶朝京師後爲武寧軍掌書記以卒公生二歲而孤母夫人貧無依再適長山朱氏既長知其世家感泣去之南都入學舍掃一室晝夜講誦其起居飲食人所不堪而公自刻益苦居五年大通六經之旨爲文章論說必本於仁義祥符八年舉進士禮部選第一遂中乙科爲廣德軍司理參軍始歸迎其母以養及公既貴天子贈公曾祖蘇州糧料判官諱夢齡爲太保祖祕書監諱贊時爲太傅考諱墉爲太師妣謝氏爲吳國夫人公少有大節於富貴貧賤毀譽歡戚不一動其心而慨然有志於天下常自誦曰士當先天下之憂而憂後天下之樂而樂也其事上遇人一以自信不擇利害爲趨捨其所有爲必盡其方曰爲之自我者當如是其成與否有不在我者雖聖賢不能必吾豈苟哉天聖中晏丞相薦公文學以大理寺丞爲祕閣校理以言事忤章獻太后旨通判河中府一作陳州久之上記

其忠召拜右司諫當太后臨朝聽政時以至日大會前殿上將率百
官爲壽有司已具公上疏言天子無北面且開後世弱人主以彊母
后之漸其事遂已又上書請還政天子不報及太后崩言事者希旨
多求太后時事欲深治之公獨以謂太后受託先帝保佑聖躬始終
十年未見過失宜掩其小故以全大德初太后有遺命立楊太妃代
爲太后公諫曰太后母號也自古無代立者由是罷其冊命是歲大
旱蝗奉使安撫東南使還會郭皇后廢率諫官御史伏閤爭不能得
貶知睦州又徙蘇州歲餘卽拜禮部員外郎天章閣待制召還益論
時政闕失而大臣權倖多忌惡之居數月以公知開封府開封素號
難治公治有聲事日益簡暇則益取古今治亂安危爲上開說又爲
百官圖以獻曰任人各以其材而百職修堯舜之治不過此也因指
其遷進遲速次序曰如此而可以爲公可以爲私亦不可以不察由
是呂丞相怒至交論上前公求對辨語切坐落職知饒州明年呂公

亦罷公徙潤州又徙越州而趙元昊反河西上復召相呂公乃以公爲陝西經略安撫副使遷龍圖閣直學士是時新失大將延州危公請自守鄜延扞賊乃知延州元昊遣人遺書以求和公以謂無事請和難信且書有僭號不可以聞乃自爲書告以逆順成敗之說甚辯坐擅復書奪一官知耀州未逾月徙知慶州旣而四路置帥以公爲環慶路經略安撫招討使兵馬都部署累遷諫議大夫樞密直學士公爲將務持重不急近功小利於延州築青澗城墾營田復承平永平廢寨熟羌歸業者數萬戶於慶州城大順以據要害一本有奪賊地而耕之六字又城細腰胡蘆於是明珠滅臧等大族皆去賊爲中國用自邊制久隳至兵與將常不相識公始分延州兵爲六將訓練齊整諸路皆用以爲法公之所在賊不敢犯人或疑公見敵應變爲如何至其城大順也一旦引兵出諸將不知所向軍至柔遠始號令告其地處使往築城至於版築之用大小畢具而軍中初不知賊以

騎三萬來爭公戒諸將戰而賊走追勿過河已而賊果走追者不渡而河外果有伏賊（一有既字）失計乃引去於是諸將皆服公爲不可及公待將吏必使畏法而愛己所得賜賚皆以上意分賜諸將使自爲謝諸蕃質子縱其出入無一人逃者蕃酋來見召之臥內屏人徹衞與語不疑公居三歲士勇邊實恩信大洽乃決策謀取橫山復靈武而元昊數遣使稱臣請和上亦召公歸矣初西人籍其鄉兵者十數萬既而黥以爲軍惟公所部但刺其手公去兵罷獨得復爲民其於兩路既得熟羌爲用使以守邊因徙屯兵就食內地而紓西人饋輓之勞其所設施去而人德之與守其法不敢變者至今尤多自公坐呂公貶羣士大夫各持二公曲直呂公患之凡直公者皆指爲黨或坐竄逐及呂公復相公亦再起被用於是二公驩然相約勠力平賊天下之士皆以此多二公然朋黨之論遂起而不能止上既賢公可大用故卒置羣議而用之慶曆三年春召爲樞密副使五讓不許

乃就道既至數月以爲參知政事每進見必以太平責之公歎曰上之用我者至矣然事有先後而革弊於久安非朝夕可也既而上再賜手詔趣使條天下事又開天章閣召見賜坐授以紙筆使疏于前公惶恐避席始退而條列時所宜先者十數事上之其詔天下興學取士先德行不專文辭革磨勘例遷以別能否減任子之數而除濫官用農桑考課守宰等事方施行而磨勘任子之法僥倖之人皆不便因相與騰口而嫉公者亦幸外有言喜爲之佐佑會邊奏有警公即請行乃以公爲河東陝西宣撫使至則上書願復守邊即拜資政殿學士知邠州兼陝西四路安撫使其知政事纔一歲而罷有司悉奏罷公前所施行而復其故言者遂以危事中之賴上察其忠不聽是時夏人已稱臣公因以疾請鄧州守鄧三歲求知杭州又徙青州公益病又求知頴州肩舁至徐遂不起享年六十有四方公之病上賜藥存問既薨輟朝一日以其遺表無所請使就問其家所欲一有

爲贈以兵部尙書所以哀卹之甚厚公爲人外和內剛樂善汎愛喪其母時尙貧終身非賓客食不重肉臨財好施意豁如也及退而視其私妻子僅給衣食其爲政所至民多立祠畫像其行己臨事自山林一作搢紳處士里閭田野之人外至夷狄莫不知其名字而樂道其事者甚衆及其世次官爵誌于墓譜于家藏于有司者皆不論著著其繫天下國家之大者亦公之志也歟銘曰

范於吳越世實陪臣俶納山川及其士民范始來北中閒幾息公奮自躬與時偕逢事有罪功言有違從豈公必能天子用公其艱其勞一其初終夏童跳邊乘吏怠一作殆安帝命公往問彼驕頑有不聽順鋤其穴根公居三年怯勇隳完兒憐獸擾卒俾來臣夏人在廷其事方議帝趣公來以就予治公拜稽首茲惟難一作艱哉初匪其難在其終之羣言營營卒壞于成匪惡其成惟公是傾不傾不危天子之明存有顯榮歿有贈諡藏其子孫寵及後世惟百有位可勸無怠

居士集卷第二十

碑銘四首

尚書戶部郎中贈右諫議大夫曾公神道碑一作墓誌銘并序

公諱致堯字某撫州南豐人也少知名江南一本作少有大志以文行知名當李氏時不就鄉里之舉李氏亡太平興國八年一有始字舉進士及第爲符離主簿累遷光祿寺丞監越州酒稅數上書言事獻文章太宗奇之召拜著作佐郎直史館使行視汴河漕運稱旨遷秘書丞爲兩浙轉運使諫議大夫魏庠知蘇州恃舊恩多不法吏莫敢近公一本有曰此吾職也劾其狀以聞太宗驚曰是敢治魏庠可畏也卒爲公罷庠洛苑使楊允恭以言事見幸無不聽事有下公常厝不行允恭以訴太宗遣使問公公具言其不可一本下有事卒不行公既繩其大而人所難者至其小易則務爲寬簡歲終其課爲最

徙知壽州壽近京師諸豪大商一作姓交結權貴一本作豪又有特其聲勢號爲難治公居歲餘諸豪歛手莫一作不敢犯公法人亦莫見其以何術而然也一本下有夫敢以法加諸豪乃彊吏之所能爾使諸豪不敢干其法此爲法之本意而人之難也故公於壽尤有惠愛既去壽人遮留數日以一騎從二卒逃去過他州壽人猶有追之者再遷主客員外郎判三司鹽鐵勾院是時李繼捧以銀夏五州歸朝廷其弟繼遷亡入磧中爲寇太宗遽遣繼捧往招之至則誘其兄以陰合卒復圖而囚之自陝以西既苦兵矣真宗初即位益欲來以恩德許還其地使聽約束公獨以謂繼遷反覆一有如此字不可予繼遷已得五州後二年果叛圍靈武議者又欲予之公益爭以爲不可言雖不從真宗知其材將召以知制誥而大臣有不可者乃已出爲京西轉運使王均伏誅奉使安撫西川誤留詔書于家其副潘惟岳一作吉教公上言渡吉柏江舟破亡之一有可字以自解公曰爲

臣而欺其君吾不能爲也乃上書自劾釋不問其後惟岳一作吉入見禁中道蜀事具言公所自劾者眞宗嗟歎久之繼遷兵既久不解丞相張齊賢經略環慶以西署公判官以從公曰西兵十萬皆屬王超超材既不可專任一有以事而兵多勢重非易可指麾若不得節度諸將事必不集眞宗難其言爲詔陝西聽經略使得自發兵而已一無而已公度言終不合乃辭行會召賜金紫公謝曰臣嘗言丞相某事未効不敢受賜由是貶黃州團練副使公已貶而王超兵敗繼遷破清遠軍朝廷卒亦棄靈州公貶逾年復爲戶部員外郎知泰州丁母憂服除拜吏部員外郎知泉州徙知蘇州又徙知揚州上疏論事語斥大臣尤切當時皆不悅又徙知鄂州坐知揚州一有日字誤入添支俸多一月雖嘗自言猶貶監江寧府酒稅用封禪恩累遷戶部郎中大中祥符五年五月某日卒于官享年六十有六遺戒無以佛汚我家人如其言公之曾祖諱某某官曾祖妣某氏某縣君祖諱

某某官祖妣某氏某縣君考諱某某官妣某氏某縣君子男七人曰某一本曰某二字作某等女若干人用其子易占恩再遷右諫議大夫初塟南豐之東園水壞其墓某年月日改塟龍治一作律鄉之源一作原頭慶曆六年夏其孫鞏稱其父命以一有公之事來請曰願有述遂爲之述曰維曾氏始出於鄫鄫爲姒姓之國微不知其始封春秋之際莒滅鄫而子孫散亡其在魯者自別爲曾氏蓋自鄫遠出於禹歷商周千有餘歲常微不顯及爲曾氏而晳參元西始有聞于後世而其後又晦復千有餘歲而至于公一作千有餘歲而又顯於公焉夫晦顯常相反覆一作復而世德之積者久則其發也宜非一二世而止矧公之有不得盡施而有以遺其後世乎是固不宜無銘者已公當太宗眞宗時言事屢見聽用自言西事不合而出遂以卒于外然在外所言一本作然其在外所言尤多如在朝廷而任言責者一本無者至其難言則人有所不敢言者予於其論議既不能盡

載而亦有所不得載也取其初不見用久而益可思者（一本有將特）詳焉所以見公之志也銘曰

公於事明由學而知先知逆決（一本作逆決臧否）有若蓍龜告而不欺不顧從違初雖不信後必如之公所論議（一作議論）敢人之難古稱君子有德有言德畜不施言猶可聞銘而不朽公也長存

尙書度支郎中天章閣待制王公神道碑銘（幷序）

公諱質字子野其先大名莘人自唐同光初公之皇曾祖魯公舉進士第一顯名當時官至右拾遺歷（一有仕字）晉漢周而皇祖晉公益以文章有大名逮事太祖太宗官至兵部侍郎當眞宗時伯父文正公居中書二十餘年天下稱爲賢宰相今天子慶曆三年公與其弟素皆待制天章閣自同光至慶曆蓋百有二十餘年王氏更四世世（一作代）有顯人或以文章或以功德公生累世富貴而操履甚於寒士性篤孝悌厚於朋友樂施與以賙人而妻子常不自給視榮利淡

若無意平居苦疾病退然如不自勝及臨事介然一有不可回奪字
有仁者之勇君子之剛樂人之善如自己出初范仲淹以言事貶饒
州方治黨人甚急公獨扶病率子弟餞于東門留連數日大臣有以
讓公曰長者亦爲此乎何苦自陷朋黨公徐對曰范公天下賢者顧
某何敢望之然若得爲黨人公之賜某厚矣聞者爲公縮頸其爲待
制之明年出守于陝又明年小人連搆大獄坐貶廢者十餘人皆公
素所賢者聞之悲憤歎息或終日不食一本有語于人曰善人若此
吾不樂在世矣因數劇飲大醉公既素病益以酒遂卒公初以廕補
太常寺太祝監都進奏院獻其文章召試賜進士及第校勘館閣書
籍遂爲集賢校理通判蘇州州守黃宗旦負材自喜頗以新進少公
議事則曰少年乃與丈人爭事耶公曰受命佐君事有當爭職也宗
旦雖屢屈折而政常得無失稍德公助己爲之加禮宗旦得盜鑄錢
者百餘人以詫一作託公公曰事發無跡何從得之曰吾以術一有

陰字鉤出之公愀然曰仁者之政以術鉤人寘之死而又喜乎宗旦慚服悉緩出其獄始大稱公曰君子也判尙書刑部吏部南曹知蔡州始至發大姦吏一人去之繩諸豪猾以法與轉運使爭曲直事有下而不便者皆格不用既去其害政者然後崇學校一以仁恕臨下其政知寬猛必使吏畏而民愛其爲他州州率大而難治必常有善政皆用此入爲開封府推官已而其兄雍爲三司判官公曰省府皆要職吾豈可兄弟居之求知壽州徙廬州盜有殺其徒而幷其財者獲之寘于法大理駁曰法當原公以謂盜殺其徒而自首者原之所以疑壞其黨而開其自新若殺而不首既獲而亦原則公行爲盜而第殺一人既得兼其財又可以贖罪不獲則肆爲盜一本公行爲盜以相殺兼其財不獲則爲盜獲則引以自原如此盜不可止非法意疏三上不能爭公嘆曰吾不勝法吏矣乃上書自劾請不坐佐吏公坐貶監靈仙宮其後議者更定不首之罪一作其後韓某知審刑院

議正首之罪卒用公言一作議爲是而公貶猶不召資政殿學士鄭
戩翰林學士葉清臣訟公無罪始起知泰一本作秦州還荊湖北路
轉運使當用一作治兵西方急於財用之時獨不進羨餘其賦斂近
寬平治以常法故他路不勝其弊而荊湖之人自若一作獨若平日
權知荊南府民有訟婚者訴曰貧無貲故後期問其用幾何以俸錢
與之使婚獲盜竊人衣者曰一本有平生不爲過迫於飢寒而爲之
公爲之哀憐取衣衣之遣去荊人比公爲子產召爲史館修撰遂拜
天章閣待制判吏部流內銓號爲稱職而於選法未嘗有所更易人
或問之公曰選法具備如權衡在執者不欺其輕重耳何必屢更其
法一作器是歲天子開天章閣召大臣問天下事以手詔責范公等
一本作是時天子感悟黨人說進用范公等在左右而議事者爭言
天下利害務欲更革諸事公獨無一言問之則曰吾病未能也公於
榮利既薄臨禍福不爲喜懼其視世事若無一可以動其心者惟以

天下善人君子亨否爲己休戚遂以此卒此其爲志豈小哉豈有一作以病而不能者哉公誠素病而任之以事所至必皆有爲使其壽且不死而用其必一作如有所爲一本而任之大用其必大有爲於事豈其不欲空言而已一本已作無益者哉嗚呼公享年一作公年止四十有五官至度支郎中階朝奉大夫勳上護軍爵平晉男娶周氏某縣君生子某曾祖諱某祖諱某皆贈太師尚書中書令考諱某官至兵部郎中有賢行贈戶部尚書公以某年某月某日卒于陝某年某月某日葬于某所先塋之次銘曰

仕不爲利以行其仁處豐自薄而清厥身其仁誰思不在吏民其清孰似一作嗣以遺子孫一有生雖有止歿也長存銘以昭之以告後人

袁州宜春縣令贈太師中書令兼尚書令冀國公程公神道碑銘幷序

上卽位之十有六年一有以字今鎭安軍節度使檢校太師同中書
門下平章事程公自三司使吏部侍郎爲參知政事乃詔有司寵其
祖考於是贈其皇考故袁州宜春縣令爲太子少師公在政事遷尙
書左丞又贈太子太師其爲資政殿學士工部尙書又贈太師中書
令其爲宣徽北一作南院使武昌軍節度使又贈兼尙書令其爲武
勝軍節度使同中書門下平章事追封定國公徙鎭鎭安一作徙鎭
安軍又追封冀國公惟冀國一無此三字公諱某字某少舉明經仕
不得志退居于家畜德不施貽其後世而相國大師實爲之子初以
文學舉進士高第歷館閣掌制命儁德偉望顯于朝廷遂爲中丞執
國之憲尹正京邑有聲蜀都乃由三司入與大政公亦自大常博士
累贈兵部侍郎遂遷太師中書尙書令位皆一品有國定冀以啓其
封雖發不自躬而其施益遠晦於一時而顯於百世蓋夫享于身者
有時而止施于後者其耀無窮表于其鄉以勸爲善可謂仁人之利

博矣惟程氏之先自重黎歷夏商周而程伯休父始見於詩書其後世遠而分至唐定氏族而程氏之望分爲七中山之程蓋出於魏安鄉侯昱之後也公世爲中山博野人曾祖諱某祖諱某贈太師祖妣齊氏吳國夫人考諱某贈太師中書令妣吳氏秦國夫人當唐末五代天下亂於兵程氏再世不仕後唐長興三年公之皇考以神童舉官至太子贊善大夫宋興（一本有天下一）於今百年而程氏亦再顯太平興國初公之從祖羽佐太宗自晉王即皇帝位爲明文殿學士官至兵部侍郎今相國太師出入將相爲時名臣子孫蕃昌世族昭著推其所自來者遠矣初公與其仲父象明同舉春秋皆中第是時從祖以給事中知開封府召公及象明謂曰吾新被寵天子待罪于此不欲子弟並登科（一有選字）使其自擇去就公因讓其從父自引去從祖頗賢之其後累舉不中從祖謂曰由我困汝退而使人察公無悔色由是大嗟異之以爲不可及太平興國五年遂以明經中第

爲虔州贛縣尉蔡州上蔡主簿袁州宜春令所至皆有惠愛公事母至孝與其兄弟怡怡爲鄉里所稱而仕宦不求名譽爲贛縣尉七年不代既罷宜春遂不復仕退居于蔡州淳化三年七月某日一作甲子以疾卒于家享年四十有九以天聖十年十一月某日一作甲子塟于鄭州管城縣馬亭鄉之北田村夫人楚氏追封晉國夫人子男五人長曰瓘官至太常博士次曰瑗曰琬皆早卒次曰琳相國太師也次曰琰國子博士女一人適某人諸孫九人銘曰

遠矣程侯顓頊之苗始自重黎歷夏商周惟伯休父聲施孔昭世不絕聞威于有唐程分爲七三祖安鄉廣平中山以暨濟陽中山之程出自靈洗實昱裔孫仕于陳季陳滅散亡播而北遷公世中山爲博野人道德家潛孝弟邦聞不耀自躬以貽後昆惟後有人將相文武有國寵章覆其考祖定冀之封實開土宇程世其隆公多孫子有畜其源發而孰禦刻銘高原以示來者

鎮安軍節度使同中書門下平章事贈太師中書令程公神道碑銘并序

惟文簡公既葬之二年，其子嗣隆泣而言于一作於朝曰：「先臣幸得備位將相，官階品階第一，爵勳階第二，請得立碑如令。」於是天子曰：「噫，惟爾父琳有勞于我國家，余其可忘？」乃大書曰「旌勞之碑」，遣中貴人即賜其家，曰：「以此名爾碑。」又詔史臣修曰：「汝爲之銘。」臣修與文簡公故往來，知其人，又嘗誌其墓，又嘗述其世德以冀公太師之碑，得其世次官封功行最詳，乃不敢辭。惟公字天球，姓程氏。曾祖諱新，贈太師，曾祖妣吳國夫人齊氏；祖諱贊明，贈太師中書令，祖妣秦國夫人吳氏；考諱元白，袁州宜春令，贈太師中書令兼尚書令冀國公，妣晉國夫人楚氏。公舉大中祥符四年服勤詞學高第，試秘書省校書郎、泰寧軍節度推官，改著作佐郎、知并州壽陽縣，秘書丞、監左藏庫。天禧中詔選文學履行，召試直集賢院。今天子即位，遷太常博士、三司戶部判官會修眞宗實錄而起居注闕命公追修大中祥符八年已後書成遂修起居注遷祠部員外郎提舉諸司庫務以本官知制誥同判吏部流內銓契丹嘗遣使賀上卽位命公迓之使者妄有所言公折以理遂屈服其後又遣使賀天聖五年乾元節天子思公前嘗折其使乃以公爲館伴使使者果言契丹見中國使者坐殿上位次高而中國見契丹使者位下當還議者以爲小故可許雖天子亦將許之公爭以謂契丹所以與中國好者守先帝約也一切宜用故事若許其小將啓其大天子是之乃止歲中還右諫議大夫權御史中丞丞相張文節公少所稱許而最知公方除中丞文節當執筆喜曰不辱吾筆矣明年拜樞密直學士知益州公性方重寡言笑凡所處晝常先慮謹備所以條目巨細甚悉至臨事簡嚴僚吏莫能窺其際嘗夜張燈會五門大集州民而城中火起吏知公教不以白而隨卽救止終宴民去始稍知火監軍得告者言軍謀變懼而入白公笑

曰豈有是哉監軍惶惑不敢去公曰軍中動靜吾自知之苟有謀者不能隱也已而卒無事其他多類此蜀妖人自名李冰神子署官屬吏卒以恐蜀人公捕斬之而謗者言公妄殺人蜀且亂天子遣人馳視之使者還言蜀人便公政方安樂而誅妖人所以止亂由是天子益知公賢召爲給事中知開封府前爲府者苦其治劇或不一無不字滿歲罷不然被謗譏或以事去獨公居數歲久而治益精明盜訟稀少獄屢空詔書數下褒美遷工部侍郎龍圖閣一有直字學士守御史中丞久之天子思其治召爲翰林一有侍讀字學士復知開封府明年爲三司使不悅苟利不貪近功時議者患民稅多目吏得爲姦欲除其名而合爲一公以謂合而沒其名一時之便後有興利之臣必復增之是重困民也議者莫能奪其於出入尤謹禁中時有所取未嘗肯予宦官怒言陛下雖有一作所欲物在程某何可得公曰臣所以爲陛下惜爾天子以爲然累遷吏部侍郎景祐四年以本官

參知政事一有遷尚書左丞公益自信不疑宰相有所欲私輒衆折之其語至今士大夫能道也初范仲淹以言事忤大臣貶饒州已而上悔悟欲復用之稍徙知潤州而惡仲淹者遽誣以事語入上怒亟命置之嶺南自仲淹貶而朋黨之論起朝士牽連出語及仲淹者皆指爲黨人公獨爲上開說上意解而後已是時元昊叛河西朝廷多故公在政事補益尤多而小人僥倖皆不便遂以事中之坐貶爲光祿卿知穎州已而徙知青州又徙大名府居一歲中遷戶部吏部二侍郎尚書左丞資政殿學士北京建遂以爲留守宦者皇甫繼明方用事主治行宮務廣制度以市恩公爲裁抑之與繼明章交上天子遣一御史往視之還直公天子爲罷繼明獨委公以建都事公自知政事以論議不私見嫉被貶斥已稍復見用遂與繼明爭曲直由是益不妄合於世雖不復大用而契丹方遣使數有所求兵誅元昊未克西北宿重兵公於是時天子常委以河北陝西之重留守北京凡

四年遷工部尚書資政殿大學士河北安撫使慶曆六年拜武昌軍節度使陝西安撫使知永興軍府事明年加宣徽北院使鄜延路經略使馬步軍都部署判延州仍兼陝西安撫使皇祐元年加同中書門下平章事留守北京其於二方威惠信著尤知夷狄情僞山川險易行師制敵之要其在延州夏人數百驅畜產至界上請降言契丹兵至衙頭矣國且亂願自歸公曰契丹兵至元昊帳下當舉國取之豈容有來降者乎聞夏人方捕叛族此其是乎不然誘我也拒而不受已而夏人果以兵數萬臨界上公戒諸堡塞無得數（一作輒）出兵夏人以爲有備引去自此不復窺邊公於河北最久民愛之爲立生祠明年改武勝軍節度使猶在北京又改鎮安軍節度使在鎮四年猶上書鎮安一郡爾不足以自効願復守邊書未報得疾以至和三年（一作嘉祐元年）閏三月七日己丑薨于陳州之正寢享年六十有九天子輟視朝二日贈中書令謚曰文簡（一本有以嘉祐二年十月

十八日葬河南府伊闕縣神陰鄉張劉里明年祫享太廟推恩加贈公太師尚書令公累階至開府儀同三司勳上柱國廣平郡爵公封戶七千四百而實封貳阡壹伯賜號推誠保德守正翊戴功臣娶陳氏封衞(一作陳)國夫人子男四人曰嗣隆太常博士嗣弼殿中丞嗣恭太常博士嗣先大理寺丞女五人皆適良族謹按程氏之先出自重黎至休父爲周司馬國於程其後子孫遂以爲氏自秦漢以來世有其人程氏必顯而各以其所居著姓後世因之至唐尤盛號稱中山程氏者皆祖魏安鄉侯昱公中山博野人也世世有積德至公始大顯聞臣修以謂古者功德之臣進受國寵退而銘於器物非獨私其後世所以不忘君命示國有人而詩人又播其事聲於詠歌以揚無窮今去古遠爲制不同而猶有幽堂之石隧道之碑得以紀德昭烈而又幸蒙天子書而名之其所以照臨程氏恩厚寵榮出古遠甚而臣又得刻銘其下銘臣職也懼不能稱銘曰

程以國氏世遠支分因居著姓各以其人公世中山在昔有聞克大自公厥聲以振乃秉國鈞乃授將鉞出入其勤險夷一節帝曰噫歟余有勞臣何以旌之有爛其文惟此勞臣實余同德憂國在心匪勞以力二方有事諸將無功俾我舊老不遑居中閑息近藩庶休厥躬有請未一作嗇其報奄云其終歿而後已茲可謂忠惟帝之褒其言甚簡銘以述之萬世不顯

居士集卷第二十一

居士集卷第二十二　　集二十二

碑銘二首

太尉文正王公神道碑銘并序

至和二年七月乙未樞密直學士右諫議大夫王素奏事殿中已而泣且言曰臣之先臣旦相真宗皇帝十有八年今臣素又得待罪侍從之臣惟是先臣之訓其遺業餘烈臣實無似不能顯大而墓碑至今無辭以刻惟陛下哀憐不忘先帝之臣以假寵於王氏而冣其子孫天子曰嗚呼惟汝父旦事我文考真宗叶德一心克終厥位有始有卒其可謂全德元老矣汝素以是刻于碑素拜稽首一有泣而出明日有詔史館修撰歐陽修曰王旦墓碑未立汝可以銘臣修謹按故推誠保順同德守正翊戴功臣開府儀同三司守太尉充玉清昭應宮使上柱國太原郡開國公贈太師尚書令兼中書令追封魏國公一作上柱國魏國公食邑一萬三千戶食實封六千五百戶贈太

師尚書令謚曰文正王公諱旦字子明大名莘人也皇曾祖諱言滑州黎陽令追封許國公皇祖諱徹左拾遺追封魯國公皇考諱祐尚書兵部侍郎追封晉國公皆累贈太師尚書令兼中書令曾祖妣姚氏魯國夫人祖妣田氏秦國夫人妣任氏徐國夫人邊氏秦國夫人公之皇考以文章自顯漢周之際逮事太祖太宗為名臣嘗諭杜重威使無反漢拒盧多遜害趙普之謀以百口明符彥卿無罪故世多稱王氏有陰德公之皇考亦自植三槐于庭曰吾之後世必有為三公者此其所以志也公少好學有文太平興國五年進士及第為大理評事知臨一作平江縣監潭州銀場再遷著作佐郎與編文苑英華遷殿中丞通判鄭濠二州王禹偁薦其材任轉運使驛召至京師辭不受獻其所為文章得試直史館遷右正言知制誥知淳化二年禮部貢舉遷虞部員外郎同判吏部流內銓知考課院右諫議大夫趙昌言參知政事公以壻避嫌求解職太宗嘉之改禮部郎中集賢

殿修撰昌言罷復知制誥仍兼修撰判院事召賜金紫久之遷兵部郎中居職真宗即位拜中書舍人數日召爲翰林學士知審官院通進銀臺封駮事公爲人嚴重能任大事避遠權勢不可干以私由是真宗益知其賢錢若水名能知人常稱公曰真宰相器也若水爲樞密副使罷召對苑中問誰可大用者若水言公可一有用字一有大用二字真宗曰吾固已知之矣咸平三年又知禮部貢舉居數日拜給事中知樞密院事明年以工部侍郎參知政事再遷刑部侍郎景德元年契丹犯邊真宗幸澶州雍王元份留守東京得暴疾命公馳自行在代元份留守二年還尚書左丞三年拜工部尚書同中書門下平章事集賢殿大學士監修國史是時契丹初請盟趙德明亦納誓約願守河西故地二邊兵罷不用真宗遂欲以無事治天下公以謂宋興三世祖宗之法具在故其爲相務行故事慎所改作進退能否賞罰必當真宗久而益信之所言無不聽雖他宰相大臣有所請

必曰王某以謂如何事無大小非公所言不决公在相位十餘年外無夷狄之虞兵革不用海內富實羣工百司各得其職故天下至今稱爲賢宰相公於用人不以名譽必求其實苟賢且材一作能矣必久其官而一無而字衆以爲宜某職然後遷其所薦引人未嘗知寇準爲樞密使當罷使人私一作告公求爲使相公大驚曰將相之任豈可求邪且吾不受私請準深恨之已而制出除準武勝軍節度使同中書門下平章事準入見泣涕曰非陛下知臣何以至此真宗具道公所以薦準者準始媿歎以爲不可及故參知政事李穆子行簡有賢行以將作監丞居于家真宗召見慰勞之遷太子中允初遣使者召之一無之字不知其所止真宗命至中書問王某然後人知行簡公所薦也公自知制誥至爲相薦士尤多其後公薨史官修真宗實錄得內出奏章乃知朝廷之士多公所薦者公與人寡言笑其語雖簡而能以理屈人默然終日莫能窺其際及奏事上前羣臣異同

公徐一言以定今上爲皇太子太子諭德見公稱太子學書有法公曰諭德之職止於是邪趙德明言民飢求糧百萬斛大臣皆曰德明新納誓而敢違請以詔書責之眞宗以問公公請勅有司具粟百萬於京師詔德明來取眞宗大喜德明得詔書慚且拜曰朝廷有人大中祥符中天下大蝗眞宗使人於野得死蝗以示大臣明日他宰相有袖死蝗以進者曰蝗實死矣請示于一作於朝率百官賀公獨以爲不可後數日方奏事飛蝗蔽天眞宗顧公曰使百官方賀而蝗如此豈不爲天下笑邪宦者劉承規一作珪以忠謹得幸病且死求爲節度使眞宗以語公曰承規一作珪待此以瞑目公執以爲不可曰他日將有求爲樞密使者奈何至今內臣官不過留後公任事久人有謗公於上者公輒引咎未嘗自辨至人有過失雖人主盛怒可辨者辨之必得而後已榮王宮火延前殿有言非天災請置獄劾火事當坐死者百餘人公獨請見曰始失火時陛下以罪己詔天下而臣

等皆上章待罪今反歸咎於人何以示信且火雖有迹寧知非天譴
邪由是當坐者皆免曰者上書言宮禁事坐誅籍其家得朝士所與
往還占一作書問吉凶之說真宗怒欲付御史問狀公曰此人之常
情且語不及朝廷不足罪真宗怒不解公因自取嘗所占問之書進
曰臣少賤時不免爲此必以爲罪願幷臣付獄真宗曰此事已發何
可免公曰臣爲宰相執國法豈可自爲之幸於不發而以罪人真宗
意解公至中書悉焚所得書既而真宗悔復馳取之公曰臣已焚之
矣由是獲免者衆公累官至太保以病求罷入見滋福殿真宗曰朕
方以大事託卿而卿病一作疾如此因命皇太子拜公公言皇太子
盛德必任陛下事因薦可爲大臣者十餘人其後不至宰相者李及
淩策二人而已然亦皆爲名臣公屢以疾請真宗不得已拜公太尉
兼侍中五日一朝視事遇軍國大事不以時入參決公益惶恐因臥
不起以疾懇辭册拜太尉玉清昭應宮使自公病使者存問日常三

四真宗手自和藥賜之疾亟遽幸其第賜以白金五千兩辭不受以天禧元年九月癸酉薨于家享年六十有一真宗臨哭輟視朝三日發哀于苑中其子弟門人故吏皆被恩澤卽以其年十一月庚申葬公於開封府開封縣新里鄉大邊村公娶趙氏封榮國夫人後公五年卒子男三人長曰司封郎中雍次曰贊善大夫沖次曰素女四人長適太子太（一作少）傅韓億次適兵部員外郎直集賢院蘇耆次適右正言范令孫次適龍圖閣直學士兵部郎中呂公弼（一本有諸孫）十四人公事寡嫂謹與其弟旭相（一無相字）友悌尤篤任以家事一無所問而務以儉約率勵子弟使在富貴不知爲驕侈（一作後）兄子睦欲舉進士公曰吾常以大（一作太）盛爲懼其可與寒士爭進至其薨也子素猶未官遺表不求恩澤有文集二十卷乾興元年詔配享眞宗廟庭臣修曰景德祥符之際盛矣觀公之所以相而先帝之所以用公者可謂至哉是以君明臣賢德顯名尊生而俱享其榮殁而

長配於廟可謂有始有卒如明詔所褒昔者烝民江漢推大臣下之事所以見任賢使能之功雖曰山甫穆公之詩實歌宣王之德也臣謹考國史實錄至於搢紳故老之傳得公終始之節而錄其可紀者輙聲（一無聲字）爲銘詩昭示後世（一無上四字）以彰先帝之明以稱

聖恩褒顯王氏流澤子孫與宋無極之意銘曰

烈烈魏公相我真宗真廟翼翼魏公配食公相真宗不言以躬時有大事事有大疑匪卜匪筮公爲蓍龜公在相位終日如默問其夷狄包裹兵革問其卿士百工以職問其庶民耕織衣食相有（一作所）賞罰功當罪明相所（一作有）黜升惟否惟能執其權衡萬物之平孰不事君胡能必信孰不爲相其誰有終公薨于位太尉之崇天子孝思來薦清廟侑我聖考惟時元老天子念功報公之隆春秋從享萬祀無窮作爲詩歌以諗廟工

觀文殿大學士行兵部尚書西京留守贈司空兼侍中晏公

神道碑銘并序

至和元年六月觀文殿大學士行兵部尚書西京留守臨淄公以疾歸于京師八月疾少間入見天子曰噫予舊學之臣也乃留侍講邇英閣詔五日一朝前殿明年正月疾作不能朝敕一作飭太醫朝夕往視有司除道將幸其家公歎曰吾無狀乃以疾病憂吾君卽馳奏曰臣疾少間行愈矣乃止其月丁亥以公薨聞天子震悼亟臨其喪以不卽視公爲恨贈公司空兼侍中謚曰元獻有司請輟視朝一日詔特輟二日以其年三月癸酉葬公于許州陽翟縣麥秀鄉之北原既葬賜其墓隧之碑首曰舊學之碑既又敕史臣修考次公事具書于碑下臣修伏讀國史見眞宗皇帝時天下無事天子方推讓功德祠祀天地山川講禮樂以文頌聲而儒學文章儁賢偉異之人出公世家江西之臨川年始十四一日起田里進見天子時方親閱天下貢士會廷中者千餘人與夫宮臣衞官擁列圜視公不動聲氣操筆

爲文辭立成以獻天子嘉賞賜同進士出身遂登館閣掌書命以文章爲天下所宗逮陛下養德東宮先帝選用臣屬卽以公遺陛下由王官宮臣卒登宰相凡所以輔道聖德憂勤國家有舊有勞自始至卒五十餘年公旣薨而先帝之名臣與陛下東宮之舊人皆無在者宜其褒寵優異比公甘盤臣修幸得執筆史官奉明詔謹昧死上臨淄公事曰公諱殊字同叔姓晏氏其世次晦顯徙遷不常自其高祖諱墉唐咸通中舉進士卒官江西始著籍于高安其後三世不顯曾祖諱延昌又徙其籍于臨川祖諱郜追封英國公考諱固追封秦國公自曾祖已下皆用公貴累贈開府儀同三司太師中書令兼尙書令曾祖妣張氏陳國太夫人祖妣傅氏許國太夫人妣吳氏唐一作越國太夫人公生七歲知學問一作始學知爲文章鄉里號爲神童故丞相張文節公安撫江西一作南得公以聞眞宗召見旣賜出身後二日又召試詩賦論公徐啓曰臣嘗私習此賦不敢隱眞宗益嗟

異之因賜以宅題以爲秘書省正字置之秘閣使得悉讀秘書命故僕射陳文僖公視其學明年獻其所爲文召試中書遷太常寺奉禮郎封祀太山推恩遷光祿寺丞數月充集賢校理明年遷著作佐郎丁父憂去官已而真宗思之即其家起復命淮南發運使具舟送之一作至京師從祀太清宮賜緋衣銀魚同判太常禮院又丁母憂求去官服喪不許今天子始封昇王公以選爲府記室參軍再遷左正言直史館今天子爲皇太子以戶部員外郎充太子舍人賜金紫知制誥判集賢院遷翰林學士充景靈宮判官太子左庶子兼判太常寺知禮儀院公既以道德文章佐佑東宮真宗每所諮訪多以方寸小紙細書問之由是參與機密凡所對必以其藁進示不洩其後悉閱真宗閣中遺書得公所進藁類爲八十卷藏之禁中人莫之見也初真宗遺詔章獻明肅太后權聽軍國事宰相丁謂樞密使曹利用各欲獨見奏事無敢決其議者公建言羣臣奏事太后者垂簾聽之

皆毋得見議遂定乾興元年拜右諫議大夫兼侍讀學士遷給事中景靈宮副使判吏部流內銓以易侍講崇政殿遷禮部侍郎知審官院爲樞密副使遷刑部侍郎上疏論張耆不可爲樞密使由是忤太后旨坐以笏擊其僕誤折其齒罷留守南京大興學校以教諸生自五代以來天下學廢興自公始召拜御史中丞改兵部侍郎兼秘書監資政殿學士翰林侍讀學士知天聖八年禮部貢舉明年爲三司使復爲樞密副使未拜改參知政事遷尚書左丞太后謁太廟有請服袞冕者太后以問公公以周官后服對太后崩大臣執政者皆罷一有以字公爲禮部尚書知亳州徙知陳州還刑部尚書復召爲御史中丞又爲三司使知樞密院事拜樞密使再加檢校太尉同中書門下平章事慶曆三年三月遂以刑部尚書居相位充集賢殿大學士兼樞密使自公復召用而趙元昊反師出陝西天下弊於兵公數建利害請罷監軍兼以陣圖授諸將使得應敵爲攻守及制財用爲

一無爲字出入之要皆有法天子悉爲施行自宮禁先以率天下而財賦之職悉歸有司卒能以謀臣元昊使聽約束乃還其王號公爲人剛簡遇人必以誠雖處富貴如寒士罇酒相對歡如也得一善稱之如己出當世知名之士如范仲淹孔道輔等皆出其門及爲相益務進賢材當公居相府時范仲淹韓琦富弼皆進用至於臺閣多一時之賢天子既厭西兵閔天下困獘奮然有意遂欲因羣材以更治數詔大臣條天下事方施行而小人權倖皆不便明年秋會公以事罷而仲淹等相次亦皆去事遂已公既罷以工部尚書知頴州徙知陳州又徙許州三遷戶部尚書拜觀文殿大學士知永興軍充一路都部署安撫使徙知河南府兼西京留守累進階至開府儀同三司勳上柱國爵臨淄公食邑萬二千戶實封三千七百戶公享年六十有五自少篤學至其病亟猶手不釋卷有文集二百四十卷嘗奉勅修上訓及真宗實錄又集類古今文章爲集選二百卷其一作公爲

政敏而務以簡便其民其於家嚴子弟之見有時事寡姊孝謹未嘗爲子弟求恩澤其在陳州上問宰相曰晏某居外未嘗有所請其亦有所欲邪宰相以告公公自爲表問起居而已故其薨也天子尤哀悼之賜予加等以其子承一作成下同裕爲崇文院檢討孫及甥之未官者九人皆命以官公初娶李氏工部侍郎虛己之女次孟氏屯田員外郎虛舟之女封鉅鹿郡夫人次王氏太師尙書令超之女封榮國夫人子八人長曰居厚大理評事早卒次承裕尙書屯田員外郎宣禮贊善大夫崇讓著作佐郎明遠祗德皆大理評事幾道傳正皆太常寺太祝女六人長適戶部侍郎同中書門下平章事富弼次適禮部侍郎三司使楊察其四尙幼孫十有二一作三人公旣樂善而稱爲知人士之顯于朝者多公所薦達至擇其女之所從又得二人者如此一有嗚呼字可爲賢也已銘曰

有姜之裔齊爲晏氏齊在春秋晏顯諸侯傳載桓子嬰稱于邱其後

無聞不亡僅存有煒自公厥聲以振公之顯聲實相天子天子曰噫
予考真宗唯多名臣以臻盛隆汝初事我王官東宮以暨相予始卒
一躬輔我以德有勞于邦公疾在外來歸自洛天子曰留汝予舊學
凡今在庭莫如汝舊孰以畀予唯予聖考今旣亡矣孰爲予老何以
贈之司空侍中禮則有加予思何窮有篆其文在其碑首天子之褒
史臣有詔銘以述之永昭厥後

居士集卷第二十二

一
珍倣宋版印

碑銘二首

忠武軍節度使同中書門下平章事武恭王公神道碑銘并序

惟王氏之先爲常山真定人後世塟河南密而密分入于管城遂爲鄭州管城人其封國仍世于魯惟魯武康公事太宗皇帝秉節治戎出征入衞乃受遺詔輔真宗有勞有勤報卹追崇以有茲魯國是生魯武恭公公少以父任爲西頭供奉官至道二年遣五將討李繼遷公從武康公出鐵門爲先鋒殺獲甚衆軍至烏白池諸將失期不得進公告其父曰歸師過險爭必亂乃以兵前守隘號其軍曰亂行者斬由是士卒無敢先後雖武康公亦爲之按轡追兵望其軍整不敢近武康公歎曰王氏有子矣後以御前忠佐爲軍頭巡檢邢洺男子張洪霸聚盜二州間歷年吏不能捕公以氈車載勇士爲婦人服戚

飾誘之邯鄲道中賊黨爭前邀劫遂皆就擒由是知名公以將家子宿衛真宗爲內殿直殿前左班都虞候捧日左廂都指揮使累遷英州團練使今天子卽位改博州團練使知廣信軍徙知冀州遷康州防禦使歷龍神衛捧日天武四廂都指揮使侍衛親軍步軍馬軍殿前都虞候步軍副都指揮使桂福二州觀察使是時章獻太后猶臨朝有詔補一軍吏公曰補吏軍政也敢挾詔書以干吾軍亟請罷之太后固欲與之公不奉詔乃止及太后上僊有司請衛士坐甲公以爲故事無爲太后喪坐甲又不奉詔於是天子知（一作以）公可任大事明道二年拜檢校太保簽署樞密院事遂爲副使明年以奉國軍留後同知院事又明年領安德軍節度使又明年加檢校太尉宣徽南院使公爲將善撫士而識與不識皆喜爲之稱譽其狀貌雄偉動人雖里兒巷婦外至夷狄皆知其名氏御史中丞孔道輔等因事以爲言乃罷公樞密拜武寧軍節度使言者不已卽以爲右千牛衛上

將軍知隨州士皆爲之懼公舉止言色如平時惟不接賓客而已久
之徙知一作公曹州而孔道輔卒客有謂公曰此害公者也公愀然
曰孔公以職言事豈害我者可惜朝廷亡一直臣於是言者終身以
爲愧而士大夫服公爲有量慶曆二年起公爲保靜軍留後知青州
未行而契丹聚兵幽涿遣使者有所求自河以北皆聳乃拜公保靜
軍節度使知澶州契丹使者過澶州見公喜曰聞公名久矣乃得見
於此邪公爲言已衰老中國多賢士大夫因指坐客歷陳其世家使
者竦聽是歲徙真定府定州等路都部署改宣徽南院使判成德軍
未行徙判定州兼三路都部署公治其軍無撓其私亦不貸其過居
頃之士皆可用契丹使人覘其軍或勸公執而戮之公曰吾軍整而
和使覘者得吾實以歸是屈人兵以不戰也明日大閱于郊公執桴
鼓誓師號令簡明進退坐作肅然無聲乃下令曰具糗糧聽鼓聲視
吾旗所鄉契丹聞之震恐會復議和兵解徙知陳州道過京師天子

遣中貴人問公欲見否公謝曰備邊無功幸得蒙恩徙內地不敢見明年徙河陽不行以宣徽使奉朝請已而出判相州六年拜同中書門下平章事判澶州明年徙鄭州封祁國公又明年乞骸骨不許以爲會靈觀使已而復判鄭州徙澶州除集慶軍節度使徙封冀國公皇祐三年遂以太子太師致仕大朝會許綴中書門下班居一歲天子思之起爲河陽三城節度使同中書門下平章事判鄭州六年以本官爲樞密使徙封魯國公既而上以富公弼爲宰相是歲契丹使者來公與之射使者曰天子以公典樞密而用富公爲相得人矣語聞上喜賜公御弓一矢五十公善射至老不衰嘗侍上射辭曰幸得備位大臣舉止爲天下所視臣老矣恐不能勝弓矢上再三諭之乃手二矢再拜一發中之遂將釋復位上固勉之再發又中由是左右皆驩呼賜以襲衣金帶自寶元慶曆之間元昊叛河西兵出一無功久無功士大夫爭進計策多所改作公笑曰柰何紛紛兵法不如

是也使士知畏愛而怯者勇勇者不驕以吾可勝因敵而勝之耳豈多言哉其在樞密亦嘗自請臨邊不許凡大謀議必以咨之其在外則遣中貴人詔問其言多見施用公自致仕復起掌樞密凡三歲以老求去位至六七上爲之不得已以爲景靈宮使徙忠武軍節度使又以爲同羣牧制置使五日一朝給扶者以子若孫一人是歲公年七十有八矣明年二月辛未以疾薨于家詔輟視朝二日發哀于一作於苑中贈太尉中書令其遺言曰臣有俸祿足以具死事不敢復累朝廷願無遣使者護喪無厚賻贈天子惻然哀其志以黃金百兩白金三千兩賜其家固辭不許以其年五月甲申葬于管城明年有詔史臣刻其墓碑臣愚以謂自國家西定河湟北通契丹罷兵不用幾四十年一日元昊叛幽燕亦犯約二邊騷動而老臣宿將無在者公於是時屹然爲中國鉅人名將雖未嘗躬矢石攻堅摧敵而恩信已足撫士卒名聲已足動四夷遂登朝廷典掌機密以老還仕復起

于家保有富貴享終壽考雖古之將帥及于是者其幾何人至於出入勤勞之節與其進退綢繆君臣之恩意可以褒勸後世如古詩書所載皆應法可書（一作紀）謹按魯武恭公諱德用字元輔曾祖諱方追封蔣國公祖諱玄追封邗（一作邢）國公皆贈中書令父諱超建雄軍節度使贈尚書令（一有中書令）追封魯國公謚曰武康公娶宋氏武勝軍節度使延渥之女初爲安定郡夫人追封榮國公夫人五男四女男曰咸熙東頭供奉官蚤卒次曰咸融西京左藏庫使果州團練使次曰咸庶（一作度）內殿崇班早卒次曰咸英供備庫副使次曰咸康內殿承制銘曰

魯始錫封以褒武康爰暨武恭乃克有邦桓桓武恭其容甚飭偉其名聲以動夷狄公治軍旅不寬不煩恩均令齊千萬一人公在朝廷出守入衛乃登大臣與國謀議公曰老矣乞臣之身帝曰休哉汝予舊臣亟其強起秉我樞鈞禮不筋力老予敢侮公來在庭拜毋蹈舞

若子與孫助其興俯凡百有位誰其敢儔惟時黃耇天子之優富貴之隆亦有能保孰享其終如公壽考公有世德載勳旂常刻銘有詔俾嗣其芳

贈刑部尚書余襄公神道碑銘并序

始興襄公既葬于曲江之明年其子仲荀走于亳以來告曰余氏世爲閩人五代之際逃亂于韶自曾高以來晦迹嘉遁至于博士府君始有祿仕而襄公繼之以大曲江僻在嶺表自始興張文獻公有聲于唐爲賢相至公復出爲宋名臣蓋余氏徙韶歷四世始有顯仕而曲江寂寥二百年然後再有聞人惟公位登天臺正秩三品遂有爵土開國鄉州以繼美前哲而爲韶人榮至於褒卹贈謚始終之寵盛矣蓋褒有詔卹有物贈有告而謚行考功有議有狀合而誌之以閟諸幽有銘可謂備矣惟是螭首龜趺揭于墓隧以表見於後世而昭示其子孫者宜有辭而闕焉敢以爲請謹按余氏韶州曲江人曾祖

諱某祖諱某皆不仕父諱某太常博士累贈太常少卿公諱靖字安道官至朝散大夫守工部尚書集賢院學士知廣州軍州事兼廣南東路兵馬鈐轄經略安撫使柱國始興郡開國公食邑二千六百戶食實封二百戶治平元年自廣朝京師六月癸亥以疾薨于金陵天子惻然輟視朝一日賻以粟帛贈刑部尚書謚曰襄明年七月某甲子返葬于曲江之龍歸鄉成山之原公爲人質重剛勁而言語恂恂不見喜怒自少博學強記至於歷代史記雜家小說陰陽律曆外暨浮屠老子之書無所不通天聖二年舉進士爲贛縣尉書判拔萃改將作監丞知新建縣再遷祕書丞刊校三史充集賢校理天章閣待制范公仲淹以言事觸宰相得罪諫官御史不敢言公疏論之坐貶監筠州酒稅稍徙泰州已而天子感悟亟復用范公而因之以被斥者皆召還惟公以便親乞知英州遷太常博士丁母憂服除遂還爲集賢校理同判太常禮院景祐慶曆之間天下怠於久安吏習因循

多失職及趙元昊以夏叛師出久無功縣官財屈而民重困天子赫然思振頹弊以修百度既已更用二三大臣又增置諫官四員使言天下事公其一人也即改右正言供職公感激奮勵遇事輒言無所迴避姦諛權倖屏息畏之其補益多矣然亦不勝其怨嫉也慶曆四年元昊納誓請和將加封冊而契丹以兵臨境上遣使言爲中國討賊且告師期請止毋與和朝廷患之欲聽重絶夏人而兵不得息不聽生事北邊議未決公獨以謂中國厭兵久矣北契丹之所幸一日使吾息兵養勇非其利也故用此以撓我爾是不可聽朝廷雖是公言猶留夏冊不遣而假公諫議大夫以報公從十餘騎馳出居庸關見虜於九十九泉從容坐帳中辯言 一作折 往復數十卒屈其議取其要領而還朝廷遂發夏冊臣元昊西師既解嚴而北邊亦無事是歲以本官知制誥史館修撰而契丹卒自攻元昊明年使來告捷又以公往報坐習虜語出知吉州怨家因之中以事左遷將作少監分

司南京公怡然還鄉里闔門謝賓客絶人事凡六年天子每思之欲用者數矣大臣有不喜者第遷光祿少卿于家又以爲某一本作右領軍衛將軍壽州兵馬鈐轄辭不拜皇祐三年祀明堂覃恩遷衛尉卿明年知虔州丁父憂去官而蠻賊儂智高陷邕州連破嶺南州縣圍廣州乃即廬中起公爲祕書監知潭州即日疾馳在道改知桂州廣南西路經略安撫使公奏曰賊在東而徙臣西非臣志也天子嘉之即詔公經制廣東西賊盜乃趨廣州而智高復西走邕州自智高初起交趾請出兵助討賊詔不許公以謂智高交趾叛者宜聽出兵毋沮其善意累疏論之不報至是公曰邕州與交趾接境今不納必忿而反助智高乃以便宜趣交趾會兵又募儂黃諸姓酋豪皆縻以職與之誓約使聽節制或疑其不可用公曰使不與智高合足矣及智高入邕州遂無外援既而宣撫使狄青會公兵敗賊於歸仁智高走入海邕州平公請復終喪不許諸將班師以智高尚在請留公廣

西委以後事還給事中諫官御史列疏言公功多而賞薄再遷尚書工部侍郎公留廣西逾年撫緝完復嶺海肅然又遣人入特磨襲取智高母及其弟一人俘于京師斬之拜集賢院學士久之徙知潭州又徙青州再遷吏部侍郎嘉祐五年交趾寇邕州殺五巡檢天子以謂恩信著於嶺外而爲交趾所畏者公也驛召以爲廣西體量安撫使悉發荆湖兵以從公至則移檄交趾召其臣費嘉祐詰責之嘉祐皇恐對曰種落犯邊罪當死願歸一本作留取首惡以獻即械五人送欽州斬于界上公還邕人遮道留之不得明年以尚書左丞知廣州英宗即位拜工部尚書代還道病卒享年六十有五公經制五管前後十年凡治六州所至有惠愛雖在兵間手不釋卷有文集二十卷奏議五卷三史刊誤四十卷娶林氏封魯郡夫人子男三人伯莊殿中丞早卒仲荀今爲屯田員外郎叔英太常寺太祝女六人皆適士族孫一本有男四人孫女五人銘曰

余還曲江仍世不顯奮自襄公有聲甚遠始興開國襲美于前兩賢相望三百年間偉歟襄公惟邦之直始登于朝官有言責左右獻納姦諛屏息慶曆之治實多補益逢時有事奔走南北功書史官名在夷狄出入艱勤險夷一德小人之纔公廢于里一方有警公起于家威行信結嶺海幽遐公之在焉帝不南顧胡召其還殞于中路返柩來歸韶人負土伐石刻辭立于墓門以詒來世匪止韶人

居士集卷第二十三

墓表八首

石曼卿墓表

曼卿諱延年姓石氏其上世爲幽州人幽州入于契丹其祖自成始以其族間走南歸天子嘉一作喜其來將祿之不可乃家于宋州之宋城父諱補之官至太常博士幽燕俗勁武而曼卿少亦以氣自豪讀書不治章句獨慕古人奇節偉行非常之功視世俗屑屑無足動其意者自顧不合於世乃一混以一作于酒然好劇飲大醉頹然自放由是益與時不合而人之從其遊者皆知愛曼卿落落可奇而不知其才之有以用世也年四十八康定二年二月四日以太子中允秘閣校理卒于京師曼卿少舉進士不中一有第字真宗推恩三舉進士皆補奉職曼卿初不肯就張文節公素奇之謂曰母老乃擇祿耶曼卿矍然起就之遷殿直久之改太常寺太祝知濟州金鄉縣歎曰

此亦可以爲政也縣有治聲一有用薦者二字通判乾寧軍丁母永安縣君李氏憂服除通判永靜軍皆有能名充館閣校勘累遷大理寺丞通判海州還爲校理莊獻明肅一有皇字太后臨朝曼卿上書請還政天子其後太后崩范諷以言見幸引嘗言太后事者遽得顯官欲引曼卿曼卿固止之乃已自契丹通中國德明盡有河南而臣屬遂務休兵養息天下然內外弛武三十餘年曼卿上書言十事不報已而元昊反西方用兵始思其言召見稍用其說籍河北一無二字河東陝西之民得鄉兵數十萬曼卿奉使籍兵河東還稱旨賜緋衣銀魚天子方思盡其才而且病矣既而聞邊將有欲以鄉兵扞賊者笑曰此得吾粗也夫不教之兵勇怯相雜若怯者見敵而動則勇者亦牽而潰矣今或不暇教不若募其敢行者一有用字則人人皆勝兵也其視世事蔑若不足爲及聽其施設之方雖精思深慮不能過也狀貌偉然喜酒自豪若不可繩以法度退而質其平生趣一作

取舍大節無一悖于理者遇人無賢愚皆盡忻歡一作歡忻及聞而可否天下是非善惡當其意者無幾人其爲文章勁健稱其意氣有子濟滋天子聞其喪官其一子使祿其家旣卒之三十七日葬于太清之先塋其友歐陽修表於其墓曰

嗚呼曼卿寧自混以爲高不少屈以合世可謂自重之士矣士之所負者愈大則其自顧也愈重自顧愈重則其合愈難然欲與共大事立奇功非得一無得難合自重之士不可爲也古之魁雄之人未始不負高世之志故寧或毀身汚迹卒困於無聞或老且死而幸一遇猶克少施於世若曼卿者非徒與世難合而不克所施亦其不幸不得至乎中壽其命也夫其可哀也夫

尚書屯田員外郎李君墓表

漢水東至乾德匯而南民居其衝水捍暴而岸善崩然其民尤富完其下南山一作山南之材治室屋聚居蓋數千家皆安然易漢而自

若者以有石隄爲可恃世景祐五年余始爲其縣令既行漢上臨石隄問其長老皆曰吾李君之作也於是喟然而歎求李君者得其孫厚厚舉進士好學能自言其世云李氏貝州清河人君舉進士中淳化三年乙科鎮州真定主簿齊化基爲吏以強察自喜惡君廉直不爲屈多求事可釀爲罪者責君理之君辨愈明不可汙卒服其能反薦之遷威虜軍判官秩滿一無二字河北轉運使又薦爲冀州軍事判官逾年一無二字吏部考一無此字籍凡四較考者外皆召還公考當召是時契丹侵邊冀州獨乞留君督軍餉課爲最多遷大理寺丞乘傳治一作理壁州疑獄既還轉運使又請通判冀州督旁七縣軍餉課尤多而民不勞遭歲飢悉出庾粟以貸民且曰凶豐甚必復使豐而歸諸庾是化吾朽積而爲新乃兩利也轉運使以爲然因請君益貸貝魏滄冀諸州後歲果豐飢民德君粟歸諸庾無後者蓋賴而活者數十萬家一本有居三年轉運使上冀人言乞留許留一歲

就拜殿中丞歲滿將去冀民夜私入其府塹其居若不可出君諭之乃得去通判河南一有府字未行契丹兵指邢洺天子擇吏之能者改君通判邢州其守一無二字趙守一當守邢以扞寇辭不任邢事天子曰李某佐汝可無患守一至邢悉以州事任君御史中丞王嗣宗辟推直官遂薦爲御史以疾不拜求知光化軍作所謂石隄者孫何薦其材拜三司戸部判官改知建州皆以疾辭又求知漢陽軍居三歲而漢陽之獄空者二歲卒以疾解退居于漢旁大中祥符六年五月某日卒于家遂葬縣東遵教鄉之友于村子孫因留家焉君諱仲芳字秀之享年五十有三一作二官至尚書屯田員外郎君爲人敦敏而材以疾中止一有嗇不享其厚用不既其能余聞古之有德於民者歿則鄉人祭於其社今民既不能祠君于一作於漢之一無之字旁而其墓幸在其縣余今也又不表以示民嗚呼其何以章乃德俾其孫刻石于隧以永君之揚一作賜

內殿崇班薛君墓表

公諱塾字宗道姓薛氏資政殿學士兵部尚書簡肅公之弟薛之世德終始有簡肅公之誌與碑公官至內殿崇班以某年某月某日卒官于蜀州其子仲孺以其喪歸葬于絳州之正平先葬而來乞銘以誌予幸嘗紀次簡肅公之德而又得銘公其銘曰公躬直清官以材稱惟賢是似不愧其兄既葬而仲孺又來請曰銘之藏誠一作者以永吾先君于不朽然不若碣于隧以表見于世之昭昭也予惟薛氏於絳爲著姓簡肅公於公爲兄弟而公之世德予既見之銘而其子又欲碣以昭顯于世可謂孝矣然予考古所謂賢人君子功臣烈士之所以銘見于後世者其言簡而著及後世褒言者自疑於不信始繁其文而猶患於不章又備其行事惟恐不爲世之信也若薛氏之著于絳簡肅公之信于天下而予之銘公不愧於其兄則公之銘不待繁言而信也然其行事終始予亦不敢略而誌諸墓矣今之碣者

無以加焉則取其可以簡而著者書之以慰其子之孝思而信于絳之人云

連處士墓表

連處士應山人也以一布衣終于家而應山之人至今思之其長老教其子弟所以孝友恭謹禮讓而溫仁必以處士爲法曰爲人如連公足矣其矜寡孤獨凶荒饑饉之人皆曰自連公亡使吾無所告依而生以爲恨嗚呼處士居應山非有政令恩威以親其人而能使人如此其所謂行之以躬不言而信者歟處士諱舜賓字輔之其先闔人自其祖光裕嘗爲應山令後爲磁郢二州推官卒而反葬應山遂家焉處士少舉毛詩一不中而其父正以疾廢于家處士供養左右十餘年因不復仕進父卒家故多貲悉散以賙鄉里而教其二子以學曰此吾貲也歲饑出穀萬斛以糶而市穀之價卒不能增及旁近縣之民皆賴之盜有竊其牛者官爲捕之甚急盜窮以牛自歸處士

爲之媿謝曰煩爾送牛厚遺以遺之嘗以事之信陽遇盜於西關左右告以處士盜曰此長者不可犯也捨之而去處士有弟居雲夢往省之得疾而卒以其柩歸應山應山之人去縣數十里迎哭爭負其柩以還過縣市市人皆哭爲之罷市三日曰當爲連公一作當與處士行喪處士生四子曰庶庠庸膺其二子教以學者後皆舉進士及第今庶爲壽春令庠爲宜城令處士以天聖八年十二月某日卒慶曆二年某月日葬于安陸蔽山之陽自卒至今二十年應山之長老識處士者與其縣人嘗賴以爲生者往往尚皆在其子弟後生聞處士之風者尚未遠使更三四世至于孫曾其所傳聞有時而失則懼應山之人不復能知處士之詳也乃表其墓以告于後人一作云八年閏正月一日廬陵歐陽修述

尚書屯田員外郎張君墓表

君諱谷字應之世爲開封尉氏人曾祖節祖遇皆不仕父炳爲鄭州

原武縣主簿因留家焉今爲原武人也君舉進士及第爲河陽河南主簿蘇州觀察推官開封府士曹參軍遷著作佐郎知陽武縣通判眉州累遷屯田員外郎復知陽武縣以疾致仕卒于家享年五十有九君爲人剛介一作毅好學問事父母孝與朋友信其爲吏潔廉所至有能稱其在河南時予爲西京留守推官與謝希深尹師魯同在一府其所與游雖他掾屬賓客多材賢少壯馳騁於一時而君居其間年尙少獨苦羸病肺唾血者已十餘年幸其疾少間輒亦從諸君飲酒諸君愛一作惜而止之君曰我豈久生者邪雖他人視君亦若不能勝朝夕者其後同府之人皆解去而希深師魯與當時少壯馳騁者喪其十八九而君癯然唾血如故後二十年始以疾卒君雖病羸而力自爲善居官爲吏未嘗廢學問多爲賢士大夫所知乃知夫康強者不可恃以久而羸弱者未必不能生雖其遲速長短相去幾何而彊者不自勉或死而泯滅於無聞弱者能自力則必有稱於後

世君其是已君嘗謂予曰吾旦暮人耳無所取於世世也尚何區區於仕哉然吾常哀祿之及於親者薄若幸得不死而官登于朝冀竊國家褒贈之寵以榮其親然後歸病于原武之廬足矣乃益買田治室於原武以待君自河南蘇州累爲名公卿所薦乃遷著作爲郎官贈其父太子中允（一作舍）母宋氏京兆（一作司氏永安）縣太君於是遂致仕歸于原武營其德政鄉之張固村原將葬其親卜以皇祐五年十一月某日用事前四日君亦卒遂以某日從葬于原上予與君遊久記其昔所謂予者且哀君之賢而不幸又嘉君之志信而有成於其葬也不及銘乃表於其墓君娶祝（一作竹）氏封華陽縣君有子曰損試將作監主簿至和二年三月七日翰林學士尚書吏部郎中知制誥充史館修撰歐陽修撰

龍武將軍薛君墓表

薛姓居河東者自唐以來族最盛宋興百年而薛姓五顯資政殿學

士尚書戶部侍郎贈兵部尚書簡肅公當天聖中參輔大政以亮直剛毅爲時名臣公絳州正平人也有子直孺早卒無後以其弟之子仲孺爲後然其兄弟五人及其諸子皆用公廕祿仕以忠厚孝謹多材能爲緯大族君諱某字某簡肅公之兄也少有高節仕而不得志退老于家以德行文學爲鄉善人君少好學工爲文辭應有司格旣而曰是豈足學也哉乃棄而不爲其後簡肅公貴顯以恩例補君右班殿直君篤愛其弟不得已爲強起就職居頃之卒棄去遂不復仕君居鄉里孝悌於其家忠信於其朋友禮讓於其長老鄉里之人始而愛久而化旣沒而猶思焉君以天聖二年十一月某日以疾卒于家享年六十有九以某年某月某日葬于正平縣清原鄉之周村原曾祖景贈太保祖温瑜贈太傅父光化贈太師母曰鄭國夫人費氏子男二人長曰長孺今爲尚書虞部員外郎知絳州軍州事次曰良孺殿中丞女三人君以子恩累贈右龍武軍將軍夫人鄭氏正平縣

太君君卒之若干年其子始以尚書郎來守是州予薛氏壻也且嘉君之隱德以終而有後乃爲表于其墓旣又作詩以遺之曰

伊絳之人其出如雲往于周原從我邦君周原有墓鬱鬱其松絳無居人惟邦君是從來以春秋執事必躬邦君在絳禮我耆艾惟父之執其恭敢怠邦君有政惠我後生從民上冢閭里之榮嗟我絳人孝慈友悌爲善有後惟邦君是視

永春縣令歐君墓表

君諱慶字貽孫姓歐氏其上世爲韶州曲江人後徙均州之鄖鄉又徙襄州之穀城乾德二年分穀城之陰城鎮爲乾德縣建光化軍歐氏遂爲乾德人修嘗爲其縣令問其故老鄉閭之賢者皆曰有三人焉其一人曰太傅贈太師中書令鄧文懿公其一人曰尚書屯田郎中戴國忠其一人曰歐君也三人者學問出處未嘗一日不同其忠信篤於朋友孝悌稱於宗族禮義達于一作於鄉閭乾德之人初未

識學者見此三人皆尊禮而愛親之既而皆以進士舉于鄉里（一無里字）而君獨黜于有司後二十年始以同三禮出身爲潭州湘潭主簿陳州司法參軍監考城酒稅遷彭州軍事推官知泉州永春縣事而鄧公已貴顯于朝君尙爲州縣吏所至上官多鄧公故舊君絶口不復道前事至終其去不知君爲鄧公友也君爲吏廉貧宗族之孤幼者皆養于家居鄉里有訟者多就君決曲直得一言遂不復爭人至于今傳之嗟夫三人之爲道無所不同至其窮達何其異也而三人者未嘗有動於其心雖乾德之人稱三人者亦不以貴賤爲異則其幸不幸豈足爲三人者道哉然而達者昭顯于一時而窮者泯沒於無述則爲善者何以勸而後世之來者何以考德於其先故表其墓以示其子孫君有子世英爲鄧城縣令世勳舉進士君以天聖七年卒享年六十有四葬乾德之西北廣節山之原（一有云字）

河南府司錄張君墓表（一作碣）

故大理寺丞河南府司錄張君諱汝士字堯夫開封襄邑人也明道二年八月壬寅以疾卒于官享年三十有七卒之七日葬洛陽北邙山下其友人河南尹師魯誌其墓而廬陵歐陽修爲之銘以其葬之速也不能刻石乃得金谷古塼命太原王顧以丹爲隸書納于一作於壙中嘉祐二年某月某日其子吉甫山甫改葬君于伊闕之教忠鄉積慶里君之始葬北邙也吉甫纔數歲而山甫始生余及送者相與臨穴視窆且封哭而去今年春余主試天下貢士而山甫以進士試禮部乃來告以將改葬其先君因出銘以示余蓋君之卒距今二十有五年矣初天聖明道之間錢文僖公守河南公王家子特以文學仕至貴顯所至多招集文士而河南吏屬適皆當時賢材知名士故其幕府號爲天下之盛君其一人也文僖公善待士未嘗責以吏職而河南又多名一無名字山水竹林一作葱竹茂樹奇花怪石其平臺清池上下荒墟草莽之間余得日從賢人長者賦詩飲酒以爲

樂而君爲人靜默修潔常坐府治事省文書尤盡心於獄訟初以辟爲其府推官（一作察推）既罷又辟司錄河南人多賴之而守尹屢薦其材君亦工書喜爲詩閒則從余遊其語言簡而有意飲酒終日不亂雖醉未嘗頹墮與之居者莫不服其德故師魯誌之曰飭身臨事余嘗愧堯夫堯夫不余愧也始君之葬皆以其地不善又葬速（一有其字）禮不備君夫人崔氏有賢行能教其子而二子孝謹克自樹立卒能改葬君如吉卜君其可謂有後矣自君卒後文僖公得罪貶死漢東吏屬亦各引去今師魯死且十餘年王顧者死亦六七年矣其送君而臨穴者及與君同府而遊者十蓋八九死矣其幸而在者不老則病且衰如予是也嗚呼盛衰生死之際未始不如是是豈足道哉惟爲善者能有後而託於文字者可以無窮故於其改葬也書以遺其子俾碣于墓且以寫余之思焉吉甫今爲大理寺丞知緱氏縣山甫始以進士賜出身云翰林學士右諫議大夫史館修撰歐陽修

撰

居士集卷第二十四

墓表六首

尚書屯田員外郎贈兵部員外郎錢君墓表

君諱治字良範姓錢氏世爲彭城人後徙吳興自君之七世祖寶又徙常州之武進曾祖諱某祖諱某父諱某當唐末五代錢氏起餘杭據浙東西爲吳越王於是時常州或屬江南或屬吳越而武進錢氏獨不顯方以儒學廉讓行于鄉里連三世不仕宋興取江南常州歸于有司君始以州進士舉中景德二年甲科試祕書省校書郎爲楊州廣陵潮州海陽縣令遷寧國軍節度推官監黃州麻城茶場遂知縣事遷著作佐郎知蘄州蘄水懷安軍金堂縣又遷祕書丞知泰州如皐縣再遷屯田員外郎通判宣州未行明道二年六月十一日以疾卒于家享年五十有二君少好學能爲文辭家貧其母賢嘗躬織紝以資其學問每夜讀書一有不止字母爲滅燭止之君陽臥母且

睡輒復起讀一有年二十三字州舉進士第一試禮部高第遂中甲科爲吏長於決獄歷六縣皆有能政潮州自五代時劉氏暴殘其民君爲海陽經年民歸業者千餘戶由是海陽升爲大縣潮之大姓某氏火迹其來自某家吏捕訊之某家號冤不服太守刁湛曰獄非錢君不可君問大姓得火所發牀足驗之疑里仇家物因卒吏入仇家取牀折足合之皆是仇人卽服曰火自我出然故遺其迹某家者欲自免也某家誠冤君卽日出某家獄致仇人以法舉州稱爲一無此字神明其佐宣州數決大獄及旁近郡獄有疑者皆歸決於君工部侍郎凌策知宣州尤稱君文學曰吏事不足汙子當以文章居臺閣欲薦其文未及而策卒初宣州官歲市茶于涇縣命君主之策子不肖以惡茶數千斤入于官君立焚之以白策策益以此知君策卒君歎曰世無知我者矣在麻城以茶課歲增五倍遂遷著作金堂故多盜君以伍保籍民察其出入凡爲盜者許其徒告以贖罪盜遂止會

甘露降其縣明年麥禾大稔麥一莖五岐禾一莖五穗者縣人以爲君政所致謂之錢公三瑞君歎曰吾知治民爾瑞豈吾致哉縣人爲君立生祠如皐民不農桑以鹽爲生君曰使民足以衣食鹽猶農也乃悉求鹽利害爲條目民便其利而鹽最增積以石數者至四十五萬君在如皐時年五十或歎其仕不達君曰使吾政行於民是達也蔡文忠公爲御史中丞數欲引君爲御史會君卒君平生所爲文章三百餘篇號曰晦書君之皇考贈殿中丞母諸葛氏封萬年縣太君徙封福昌娶蔣氏初封樂安縣君又封福清子男五人曰公餗公瑾公輔公儀公佐蔣氏有賢行自君之卒日以君所爲勗其五子以學蔣氏後君二十年以卒卒時公瑾公輔皆以進士及第公瑾爲新鄭尉公輔以文章知名當世爲太常丞集賢校理錢氏自其祖寶徙武進其居與葬皆在其縣之遵教鄉敦行里慶曆三一作二年九月庚申公餗等葬君于其居之東北原皇里水之北至和二年三月壬午

一無上八字以蔣夫人從歐陽修曰錢姓出陸終蓋顓頊之苗裔始以士爲周官久而以爲姓自三代以來無甚顯者至唐末錢氏多居東南及鏐乘亂世起餘杭有地十三州號兼吳越而王者幾百年而武進錢氏獨以隱德累世不顯豈以力者如彼而以德者如此哉豈其盛衰遲速之理固有不同哉武進之錢自寶七世至君有聞又有賢子不墜益彰其勢孰止蓋恃力者雖盛而必衰以德者愈遲而終顯立石刻辭其示彌遠

太常博士周君墓表

有篤行君子曰周君者孝於其親友於其兄弟居父母喪與其兄某弟某居于倚廬不飲酒食肉者三年其言必戚其哭必哀除喪而癯然不能勝人事者蓋久而後復自孔子在魯而魯人不能行三年之喪其弟子疑以爲問則非魯而他國可知也孔子歿而其後世又可知也今世之人知事其親者多矣或居喪而不哀者有矣生能事而

死能哀或不知喪禮者有矣或知禮而以謂喪主於哀而已不必合於禮者有矣如周君者事生盡孝居喪盡哀而以禮者也禮之失久矣喪禮尤廢也今之居喪者惟仕宦婚嫁聽樂不爲此特法令之所禁爾其衰麻之數哭泣之節居處之別飲食之變皆莫知夫有禮也在上位者不以身率其下在下者無所望於其上其遂廢矣乎故吾於周君有所取也君諱堯卿字子俞道州永明縣人也天聖二年舉進士累官至太常博士歷連一作道衡二州司理參軍桂州司錄知高安寧化二縣通判饒州未行以慶曆五年六月朔日卒于朝集之舍享年五十有一皇祐五年某月日葬于道州永明縣之紫微岡曾祖諱某祖諱某父諱某贈某官母唐氏封某縣太君娶某氏封某縣君君學長於毛鄭詩左氏春秋家貧不事生產喜聚書居官祿雖薄常分俸以賙宗族朋友人有慢己者必厚爲禮以愧之其爲吏所居皆有能政有文集二十卷君有子七人曰諭鼎州司理參軍曰詵湖

州歸安主簿曰謚曰諷曰諲曰說曰誼皆未仕嗚呼孝非一家之行也所以移於事君而忠仁於宗族而睦交於朋友而信始於一鄉推之四海表于金石示之後世而勸考君之所施者無不可以書也豈獨俾其子孫之不隕也哉

右班殿直贈右羽林軍將軍唐君墓表

嘉祐四年冬天子既受祫享之福推恩羣臣並進爵秩既又以及其親若在若亡無有中外遠邇於是天章閣待制尙書戶部員外郎唐君得贈其皇考驍衛府君爲右羽林軍（一無軍字）將軍府君諱拱字某（一無某字）其先晉原人後徙爲錢塘人曾祖諱休復唐天復中舉明經爲建威（一作武）軍節度推官祖諱仁恭仕吳越王爲唐山縣令累贈諫議大夫父諱謂官至尙書職方郎中累贈禮部尙書府君以父廕補太廟齋郎改三班借職再遷（一作轉）右班殿直監舒州孔城鎭澧州酒稅巡檢泰州鹽場漳州兵馬監押乾興元年七月某日以

疾卒于官享年四十有六府君孝弟於其家信義於其朋友廉讓於其鄉里其居於官名公鉅人皆以爲材而未及用也享年不永君子哀之有子曰介字子方舉進士皇祐中嘗爲御史以言事切直貶春州別駕當是時子方之風悚動天下已而天子感悟貶未至而復用之今列侍從居諫官自子方爲祕書丞始贈府君爲太子右清道率府率其爲尚書主客員外郎殿中侍御史裏行又贈府君爲右監門衛將軍其爲尚書工部員外郎直集賢院權開封府判官又贈府君爲右屯衛將軍其遷戸部員外郎河東轉運使又贈府君爲驍衛將軍蓋自登于朝以至榮顯遇天子有事于天地宗廟推恩必及焉府君初娶博陵崔氏贈仙游縣太君後娶崔氏贈清河縣太君皆衛尉卿仁冀之女生一男介也五女長適太子中舍盧圭次適歐陽昊早卒次適横州推官高定次適進士陸平仲次適著作佐郎陳起慶曆三年八月某日以府君及二夫人之喪合葬于江陵龍山之東原後

十有七年廬陵歐陽修乃表於其墓曰嗚呼余於此見朝廷所以褒寵勸勵臣子之意豈不厚哉又以見士之爲善者雖堙沒幽鬱其潛德隱行必有時而發而遲速顯晦在其子孫然則爲人之子者其可不自勉哉蓋古之爲子者祿不逮養則無以及其親矣今之爲子者有克自立則尙有榮名之寵焉其所以教人之孝者篤於古也深矣子方進用於時其所以榮其親者未知其止也姑立表以待焉

胡先生墓表

先生諱瑗字翼之姓胡氏其上世爲陵州一作京兆人後爲泰州如皐一作海陵人先生爲人師言行而身化之使誠明者達昏愚者勵而頑傲者革故其爲法嚴而信爲道久而尊師道廢久矣自景祐明道以來學者有師惟先生暨泰山孫明復石守道三人而先生之徒最盛其在湖州之學弟子去來常數百人各以其經轉相傳授其教學之法最備行之數年東南之士莫不以仁義禮樂爲學慶曆四年

天子開天章閣與大臣講天下事始慨然詔州縣皆立學於是建太學於京師而有司請下湖州取先生之法以為太學法至今為著令後十餘年先生始來居太學學者自遠而至太學不能容取旁官署一作宇以為學舍禮部貢舉歲所得士先生弟子十常居四五其高第者知名當時或取一作中甲科居顯仕其餘散在四方隨其人賢愚皆循循雅飭其言談舉止遇之一無二字不問可知為先生弟子其學者相語稱先生不問可知為胡公也先生初以白衣見天子論樂拜一有試字祕書省校書郎辟丹州軍事推官改密州觀察推官丁父憂去職服除為保寧軍節度推官遂居湖學召為諸王宮教授以疾免已而以太子中舍致仕遷殿中丞於家皇祐中驛召至京師議樂復以為大理評事兼大常寺主簿又以疾辭歲餘為光祿寺丞國子監直講迺居太學遷大理寺丞賜緋衣銀魚嘉祐元年遷太子中允充天章閣侍講仍居太學已而病不能朝天子數遣使者存問

又以太常博士致仕東歸之日太學之諸生與朝廷賢士大夫送之東門執弟子禮路人嗟歎以爲榮以四年六月六日卒于杭州享年六十有七以明年十月五日葬于烏程何山之原其世次官邑與其行事莆陽蔡君謨具一作日誌于幽堂嗚呼先生之德在乎人不待表而見於後世然非此無以慰學者之思乃揭于其墓之原六年八月三日廬陵歐陽修述

瀧岡阡表

嗚呼惟我皇考崇公卜吉于瀧岡之六十年其子修始克表於其阡非敢緩也蓋有待也修不幸生四歲而孤太夫人守節自誓居窮一作貧自力於衣食以長以教俾至于成人太夫人告之曰汝父爲吏廉而好施與喜賓客其俸祿雖薄常不使有餘曰毋以是爲我累故其亡也無一瓦之覆一壠之植碑本作壠以庇而爲生吾何恃而能自守邪吾於汝父知其一二以有待於汝也自吾爲汝家婦不及事

吾姑然知汝父之能養也汝孤而幼吾不能知汝之必有立然知汝父之必將有後也吾之始歸也汝父免於母喪方逾年歲時祭祀則必涕泣曰祭而豐不如養之薄也間御酒食則又涕泣曰昔常一作吾不足而今有餘其何及也吾始一二見之以為新免於喪適然耳既而其後常然至其終身未嘗不然吾雖不及事姑而以此知汝父之能養也汝父為吏嘗夜燭治官書屢廢而歎吾問之則曰此死獄也我求其生不得爾吾曰生可求乎曰求其生而不得則死者與我皆無恨也一無也字矧求而有得邪以其有一本有字作求而得則知不求而死者有恨也夫常求其生猶失之死而世一作見常求其死也回顧乳者劍一作抱汝而立于旁因指而歎曰術者謂我歲行在戌將死使其言然吾不及見兒之立也後當以我語告之其平居教他子弟常用此語吾耳熟焉故能詳也其施於外事吾不能知其居于家無所矜飾而所為如此是真發於中者邪嗚呼其心厚於仁

者邪此吾知汝父之必將有後也汝其勉之夫養不必豐要於孝利
雖不得博於物要其心之厚於仁吾不能教汝此汝父之志也修泣
而志之不敢忘先公少孤力學咸平三年進士及第爲道州判官泗
綿二州推官又爲泰州判官享年五十有九葬沙溪之瀧岡太夫人
姓鄭氏考諱德儀世爲江南名族太夫人恭儉仁愛而有禮初封福
昌縣太君進封樂安安康彭城三郡太君自其家少微一作賤時治
其家以儉約其後常不使過之曰吾兒不能苟合於世儉薄所以居
患難也其後修貶夷陵太夫人言笑自若曰汝家故貧賤也碑本無
六字吾處之有素矣汝能安之吾亦安矣自先公之亡二十年修始
得祿而養又十有二年列官于朝始得贈封其親又十年修爲龍圖
閣直學士尚書一無尚書字吏部郎中留守南京太夫人以疾終一
作卒于官舍享年七十有二又八年修以非才入副樞密遂參政事
又七年而罷自登二府天子推恩褒其三世故一作蓋自嘉祐以來

逢國大慶必加寵錫皇曾祖府君累贈金紫光祿大夫太師中書令曾祖妣累封楚國太夫人皇祖府君累贈金紫光祿大夫太師中書令兼尙書令祖妣累封吳國太夫人皇考崇公累贈金紫光祿大夫太師中書令兼尙書令皇妣累封越國太夫人今上初郊皇考賜爵爲崇國公太夫人進號魏一作韓國於是小子修泣而言曰嗚呼爲善無不報而遲速有時此理之常也惟我祖考積善成德宜享其隆雖不克有於其躬而賜爵受封顯榮褒大實有三朝之錫命是足以表見於後世而庇賴其子孫矣乃列其世譜具刻于碑旣又載我皇考崇公之遺訓太夫人之所以教而有待於修者並揭于阡俾知夫小子修之德薄能鮮遭世竊位而幸全大節不辱其先者其來有自熙寧三年歲次庚戌四月辛酉朔十有五日乙亥男推誠保德崇仁翊戴功臣觀文殿學士特進行兵部尙書知靑州軍州事兼管內勸農使充京東東路安撫使上柱國樂安郡開國公食邑四千三百戶

食實封一千二百戶修表

集賢校理丁君墓表

君諱寶臣字元珍姓丁氏常州晉陵人也景祐元年舉進士及第爲峽州軍事判官淮南節度掌書記杭州觀察判官改太子中允知剡縣徙知端州遷太常丞博士坐海賊儂智高陷城失守奪一官徙置黃州久之復得太常丞監湖州酒稅又復博士知諸暨縣編校祕閣書籍遂爲校理同知太常禮院君爲人外和怡而內謹立望其容貌進趨知其君子人也居鄉里以文行稱少孤與其兄篤於友悌兄亡服喪三年曰吾不幸幼失其親兄吾父也慶曆中詔天下大興學校東南多學者而湖杭尤盛君居杭學爲教授以其素所學問而自修於鄉里者教其徒久而學者多所成就其後天子患館閣職廢特置編校八員其選甚精乃自諸暨召居祕閣君治州縣聽決精明賦役有法民畏信而便安之其始治剡也如此後治諸暨剡鄰邑也其民

聞其來譴曰此剡人愛而思之謂不可復得者也今吾民乃幸而得之而君亦以治剡者治之由是所至有聲及居閣下淡然不以勢利動其心未嘗走謁公卿與諸學士羣居恂恂人皆愛親之蓋其召自諸暨也以材行選及在館閣久而朝廷益知其賢英宗每論人物屢稱之國家自削除僭僞東南遂無事偃兵弛備者六十餘年矣而嶺外尤甚其山海荒闊列郡數十皆爲下州朝廷命吏常以一縣視之故其守無城其戍無兵一日智高乘不備陷邕州殺將吏有衆萬餘人順流而下潯梧封康諸小州所過如破竹吏民皆望而散走獨君猶率羸卒百餘拒戰殺六七人既敗亦走初賊未至君語其下曰幸得兵數千人伏小湘峽扼至險以擊驕兵可必勝也乃請兵於廣州凡九請不報又嘗得賊覘者一人斬之賊既平議者謂君文學宜居臺閣備侍從以承顧問而眇然以一儒者守空城提百十飢羸之卒當萬人卒至之賊可謂不幸而天子亦以謂縣官不素設備而責守

吏不以空手捍賊宜原其情故一切輕其法而君以嘗請兵不得又能拒戰殺賊則又輕之故他失守者皆奪兩官而君奪一官已而知其賢復召用後十餘年御史知雜蘇寀受命之明日建言請復治君前事奪其職而黜之天子知君賢不可以一眚廢而先帝已察其罪而輕之矣又數更大赦且罪無再坐然猶以御史新用故屈君使少避而不傷之也乃用其校理歲滿所當得者即以君通判永州方待闕於晉陵以治平四年四月某甲子暴中風眩一夕卒享年五十有八累官至尚書司封員外郎階朝奉郎勳上輕車都尉曾祖諱某祖諱某皆不仕父諱某贈尚書工部侍郎母張氏仙游縣太君君娶饒氏封晉陵縣君先卒子男四人曰隅曰除曰隮皆舉進士曰恩兒才一歲女一人適著作佐郎集賢校理胡宗愈君既卒天子憫然推恩錄其子隅爲太廟齋郎君之平生履憂患而遭困阨處之安然未嘗見戚戚之色其於窮達壽夭知有命固無憾於其心然知君之賢哀

其志而惜其命止於斯者不能無恨也於是相與論著君之大節伐石紀辭以表見於後世庶幾以慰其思焉熙寧元年六月十四日廬陵歐陽修述

居士集卷第二十五

居士集卷第二十六　集二十六

墓誌四首

虞部員外郎尹公墓誌銘

公諱仲宣姓尹氏尹氏世居太原無顯者由公之父贈刑部侍郎諱文化始舉毛詩登某科以材敏稱於當世仕至尚書都官郎中於今人士語尹氏者往往能稱其名字由是始有聞人刑部葬其父於河南今爲河南人公舉周易咸平三年中第歷梓州銅山鳳翔麟遊二主簿京兆府司理參軍潞州襄垣主簿還汝州梁懷州武陟二令又遷蜀州軍事判官薦其能者數十（一作十數）人拜大理寺丞太子中舍殿中丞國子博士尚書虞部員外郎歷知汝州之葉鄭州之滎陽（一有縣字）又知大寧監通判華州又知資州皆有政（一作能）績最後知郢州至州之三日晨起衣冠得疾（一有及寢而三字）卒實景祐四年三月七日也年七十一以五年十一月二十八日葬壽安母鄭氏

德興縣太君妻張氏壽安縣君子七人源洙湘沖淑沂淥諸孫十餘人公既卒許州進士朱生遊資州資人（一作州）家家能道公之遺事及聞公喪皆巷哭其吏與民各以其類之浮屠發哀受弔朱生既得公善十餘事爲作遺愛錄以遺資人朱生未嘗識公者而言若茲信矣嗚呼善人之爲善也生不赫赫於當時則其遺風餘思在乎人者必有時而著公生而爲善歿也見思（一作歿也見稱思可知也）已銘者所以名其善功以昭後世也（一有夫字）銘曰

物塞而通必艱其初至于大亨乃燁而敷尹氏之先久窒不耀自公再世始發其與公不墜德有善在人孰當其興在子與孫（一作在子子孫）

尚書兵部員外知制誥謝公墓誌銘

朝散大夫行尚書兵部員外郎知制誥知鄧州軍州事兼管內勸農使上輕車都尉陽夏縣開國男食邑三百戶賜紫金魚袋謝公諱絳

字希深其先出於黃帝之後任姓之別爲十族謝其一也其國在南陽宛三代之際以微不見至詩嵩高始言周宣王使召公營謝邑以賜申伯蓋謝先以失國其子孫散亡以國爲姓歷秦漢魏益不顯至晉宋間謝氏出陳郡者始爲盛族公之皇考曰太子賓客諱濤其爵陳留伯至公開國又爲陽夏男皆在陳郡故用其封復因爲陳郡人然其官邑卒葬隨世而遷其譜自八世而下可見曰八代祖汾爲河南緱氏人至五代祖希圖始遷而南或葬嘉興或葬麗水自皇考已上三代皆葬杭州之富陽公以寶元二年四月丁卯來治鄧其年十一月己酉以疾卒于官以遠不克歸于南卽以明年八月得州之西南某山之陽遂以葬公享年四十有五初娶夏侯氏先卒今舉以祔後娶高氏文安縣君三男六女男某某皆將作監主簿女一早亡五尚幼公之卒其客歐陽修弔而哭于位退則歎曰初賓客之甍修獲銘其德納諸富陽之原今又哭公之喪哭者在位莫如修舊蓋嘗銘其

世矣乃論次其終始曰公年十五起家試祕書省校書郎復舉進士中甲科以奉禮郎知潁州汝陰縣遷光祿寺丞上書論四民失業楊文公薦其材召試充祕閣校理再遷太常丞通判常州丁母晉陵郡君許氏憂服除遷太常博士用鄭氏經唐故事議昭武皇帝非受命祖不宜配享感生帝天聖中天下水旱而蝗河決壞滑州又上書用洪範五行京房傳推災異所以爲天譴告之意極陳時所闕失無所諱與修真宗國史遷祠部員外郎直集賢院通判河南府移書丞相言歲凶嵩山宮宜罷勿治又上書論妖人方術士不宜出入禁中請追所賜先生處士號歲滿權開封府判官再遷兵部員外郎爲三司度支判官上書論法(一作詔)禁密花透背詔書云自內始今內人賜衣復下有司取之是爲法而自戾無以信天下又言後苑作官市龜筒亦禁物民間非所有有之爲犯法因請罷內作諸器皆以其職言又言有司多(一無此字)求上旨(一有多字)從中出而數更且謂號令

數變則虧國體利害偏聽則惑聰明請者務欲各行而守者患於不一請凡詔令皆由中書樞密院然後行郭皇后廢上書用詩白華引申后褒姒以爲戒景祐元年丁父憂服除一本賓客薨于京師以喪南歸三年召試知制誥判流內銓議者言李照新定樂不可用下其議議者久不決公爲兩議曰宋樂用三世矣照之法不合古吾從舊乃署其一議曰從新樂者異署議者皆從公署公爲人肅然自修平居溫溫不妄喜怒及其臨事敢言何其壯也雖或聽或否或論高而不能行或後果如其言皆傳經據古切中時病三代已來文章盛者稱西漢公於制誥尤得其體世所謂常楊元白不足多也公既以文知名至於爲政無所不達自汝陰已有能名佐常州至今常人思之錢思公守河南悉以事屬之是時莊獻明肅太后莊懿太后起二陵於永安至於鐵石畚鍤不取一物於民而足修國子學教諸生自遠而至者百餘人舉而中第者十八九河南人聞公喪皆出涕諸生畫

像於學而祠之初吏部擬官以圭田有無爲均公取州縣田覈其實者準其方之物賈一作價差爲多少揭之省中宅有名而無實者皆不用人以爲便天下之吏有定職而無定員故選者常患其多而久積吏緣以姦至公爲之選而集者有不逾旬而去天下皆稱其平其遇事亢劇一有處字尤若簡而有餘及求知鄧州其治益以寬靜爲本州遂無事先時有妖僧者以僞言誘民男女數百人往往晝夜爲會凡六七年不廢公則取其首惡二人寘之法餘一不問民始知公法可畏而安於不苛南陽堰引湍水溉公田水之來遠而少能及民而堰撤勑列反墩破公議復召信臣故渠以罷鄧人歲役而以水與民大興學舍皆未就而卒始公來鄧食其廪者四十餘人或疑其多及其喪爲之制服其治衣櫛纔二婢至三從孤弟妹皆聚而食之卒之日廪無餘粟家無餘貲入哭其堂椸無新衣然平生一有好施宗族喜賓客談宴怡怡如也自少而仕凡三十年間自守不回而外亦

不爲甚異此其始終大節也一無也字下有者太史公世稱其文善

以多爲少今予不能乃不暇具書公之事而特著其大者略書之噫

公之事何多歟繫于文而不克究使公而壽且用極其材則凡今所

書又有不暇書而又著其尤大者爾將葬其嗣子某來乞銘銘曰

壽吾不知命繫其偶不俾其隆安歸其咎惟德之明惟仁之茂惟力

之爲而公之有

資政殿學士尚書戶部侍郎簡肅薛公墓誌銘

明道二年尚書禮部侍郎參知政事河東公以疾告歸其政天子曰

吾不可以數煩公乃詔優公不朝而使視事如故居歲中數以告乃

得還第又數以告然後拜公爲資政殿學士戶部侍郎判尚書都省

罷其政事景祐元年八月庚申公薨于家年六十有八贈兵部尚書

公諱奎字宿藝姓薛氏薛氏之先出於黃帝之後任姓任姓之別爲

十族薛者奚仲之始封也其後奚仲去遷邳而仲虺留居薛春秋之

際以國見經而其子孫後以爲氏此其譜也隋唐之間薛姓居河東者爲最盛公絳州正平人也曾王父贈太保諱某大王父贈太傅諱某王父殿中丞贈太師諱某三世皆不顯而以公貴初太宗皇帝伐并州太師以策干行在不見用罷公生十餘歲已能屬文辭太師顧曰是必大吾門吾復何爲乃不復事生業務施貸以䘏鄉閭曰吾有子矣後何患後五十年公始佐今天子參政事爲世名臣如其言公爲人敦篤忠烈果敢明達初舉進士爲州第一讓其里人王嚴而居其次於是鄉里皆稱之淳化三年再舉乃中授祕書省校書郎隰州軍事推官始至取州獄已成書活寃者四人徙儀州推官士爭薦其能丁太夫人憂服除用薦者拜大理寺丞知興化軍莆田縣悉除故時王氏無名租莆田人至今以爲德遷殿中丞知河南長水縣徙知興州州舊鑄鐵錢用功多人以爲苦公乃募民有力者弛其山使自爲利而收其鐵租以鑄悉罷役者人用不勞遷太常博士御史中丞

向敏中薦公材中御史就拜監察御史召爲殿中侍御史判三司都磨勘司賜緋衣銀魚出爲陝西轉運副使坐舉人免官居數月通判陝府歲餘召還臺安撫河北稱旨改尚書戸部員外郎淮南轉運使江淮制置發運使開揚州河廢其三堰以便漕船歲以八百萬石食京師其後罕及其多轉吏部員外郎丁太師憂去職不許居二歲入爲三司戸部副使與三司使李士衡爭事省中士衡扳時權貴人爲助公拜戸部郎中直昭文館出知延州遷吏部郎中入爲龍圖閣待制知開封府遷右諫議大夫御史中丞契丹使蕭從順來朝是時莊獻明肅太后垂簾聽政從順舉止多不遜以謂南使至契丹者皆見太后遂請見之朝議患之未有以決公獨以理折之從順乃止而嫉公者讒其漏禁中語由是拜集賢院學士出知并州改知秦州秦州宿重兵兵嘗慊食公爲勤儉積畜教民水種歲中遷樞密直學士知益州而秦之餘粟積者三百萬征算之衍者三十萬覈民舊隱田數

百頃所得芻粟又十餘萬秦州之民與其蓄一作吏落數千人詣轉運使請留不果公在開封以嚴爲治肅清京師京師之民至私以俚語目公且相戒曰是不可犯也囹圄爲之數空而至今之人猶或目之及居蜀尤有善政民有得僞蜀時中書印者夜以錦囊掛之西門門一作閣者以白蜀人隨之者萬計皆恟恟一作詾詾出異語且觀公所爲公顧主吏藏之略不取視民乃止老媼告其子不孝者子訴貧不能養公取俸錢與之曰用此爲生以養母子遂相慈孝里富人三女皆孤民或妄爭其產公析其貲爲三爲嫁其女於是人皆以公爲仁恩蜀人喜亂而易搖公既鎮以無事又能順其風俗從容宴樂及其臨事破姦發伏逆見隨決如逢蒙之射而方朔之占無一不中蜀人一作其後愛且畏之以比張尙書詠而不苛開封天子之畿益州蜀一都會皆世號尤難理者而公尤有名其猛寬之政前後異施可謂知其方矣入拜龍圖閣直學士權三司使遂拜參知政事公入

謝上曰先帝嘗言卿可用吾今用卿矣公益感激自勵而素剛毅守節不苟合既與政尤挺立無所牽隨然遂欲繩天下無細大一入於規矩往往不可其意則歸臥于家歎息憂愧輒不食家人笑其何必若此公曰吾慚不及古人而懼後世譏我也公嘗使契丹與其君臣語而以論議服其坐中其後契丹使來必問公所在及聞已用乃皆喜曰是得人矣邊吏得諜者言契丹欲弃約舉兵上亟召大臣議或欲選將增兵公曰契丹畏誓而貪利且無隙以開其端其必不動不宜失持重之勢而使其可窺已而卒無事他日上顧公曰果如公言於是益重之明道二年莊獻明肅太后欲以天子袞冕見太廟臣下依違不決公獨爭之曰太后必若王服見祖宗若何而拜乎太后不能奪爲改他服太后崩上見羣臣泣曰太后疾不能言而猶數引其衣若有所屬何也公遽曰其在袞冕也然服之豈可見先帝乎上大悟卒以后服斂於是益以公爲果可用也（一無也字下有而不至乎）

大用終焉公先娶潘氏早卒後娶趙氏今封金城郡夫人子男一人直孺大理寺丞女五人長適故職方員外郎張奇其次適故開封府士曹參軍喬易從早亡次適太原王拱辰早亡次適廬陵歐陽修次又適王氏公既貴贈其曾祖而下三室曰太保太傅太師追封曾祖妣某氏某夫人祖妣某氏某夫人妣某氏某夫人公性孝慈雖在大位家人勤儉不知爲驕奢諸子幼孤撫養不異平生所爲文章四一作二十卷直而有氣如其爲人五年某月某甲子其孤直孺奉其柩自京師葬于絳州以某年某月某甲子卽事先期狀公之功行上之太常太常議曰謚法一德不懈曰簡執心決斷曰肅今其狀應法乃謚曰簡肅銘曰

薛夏之封以國爲姓其後河東隋唐最盛公世載德實河東人必大其門太師之云公之從事以難爲易參于大政不撓不牽屢決大議有言炳然公不爲相告病還家贈賻之榮尚書是加公有敏德悼其

行事公有令名有司之謚事告之史謚傳子孫又刻銘章納于墓門

贈尚書度支員外郎張君墓誌銘

君諱思字希聖青州人也曾祖諱庭實不仕祖諱昂贈尚書職方郎中父諱從化尚書駕部員外郎贈秘書少監母河南縣太君朱氏君天禧四年舉進士及第爲濰州司理參軍青州益都縣主簿開封府倉曹參軍改秘書省著作佐郎知益都縣再遷秘書丞太常博士通判閬州權知興元府景祐四年九月十七日以疾卒于官享年六十有四君世以明經仕宦至君始爲辭章舉進士官雖卑事親能盡其養不知其祿之薄也退與妻子惡衣蔬食無難色居親喪盡哀葬其家三十餘喪鄉里稱其孝爲吏所至有能名京東歲大飢所在盜賊起獨君所治益都無盜而賑卹飢人比他縣尤多安撫使以爲言詔書襃美在閬州治嘉陵江石隄民至今賴之君爲博士時其弟兪猶爲布衣君嘗歎曰吾年四十有七始以進士及第今且老吾志其衰

矣顧其三子曰是必大吾門因獨念其弟愈先君之所愛也乃欲致其仕以冀一子恩得以命其弟顧貧未能去祿仕每以爲恨已而其子唐卿舉進士第一君聞之喜且泣曰吾志其就矣乃上書求致仕且欲官其弟愈未及而卒君娶王氏馮翊縣君後君二十二年以卒子男三人唐卿將作監丞通判陝州唐輔孟州濟源縣尉皆早卒唐民今爲秘書丞女二人長適屯田員外郎任沆次早卒孫男二人曰危行果行孫女二人皆尚幼君以子恩贈尚書度支員外郎夫人王氏亦以子恩封長壽縣太君以嘉祐四年十月十二日塟君夫人于青州益都縣仁德鄉之南原銘曰

張有世序是爲青人君治益都有政于民仕也四方昌其子孫終必返本斯之謂仁鄉人之思封樹長存

居士集卷第二十六

墓誌五首

翰林侍讀學士給事中梅公墓誌銘

翰林侍讀學士給事中（一云行給事中知許州上柱國南昌郡開國公食邑三千三百戶實封六百戶賜紫金魚袋）梅公既卒之明年其孤及其兄之子堯臣來請銘以葬曰吾叔父病且亟矣猶臥而使我誦子之文今其葬宜得子銘以藏公之名在人耳目五十餘年前卒一歲予始拜公於許公雖衰且（一無此字）病其言談詞氣尚足動人嗟予不及見其壯也然嘗聞長老道公咸平景德之初一遇真宗言天下事合意遂以人主爲知己當時搢紳之士（一無此二字）望之若不可及已而擯斥流離四十年間白首翰林卒老一州嗟夫士果能自爲材邪惟世用不用爾故予記公終始至於咸平景德之際尤爲詳焉且以悲其志也公諱詢字昌言世家宣城年二十六進士及第

試校書郎利豐監判官遷將作監丞知杭州仁和縣又遷著作佐郎舉御史臺推勘官時亦未之奇也咸平三年與考進士於崇政殿真宗過殿廬中一見以爲奇材召試中書直集賢院賜緋衣銀魚是時契丹數寇河北李繼遷急攻靈州天子新即位銳於爲治公乃上書請以朔方授潘羅支使自攻取是謂以蠻夷攻蠻夷真宗然其言問誰可使羅支者公自請行天子惜之不欲使蹈兵間公曰苟活靈州而罷西兵何惜一梅詢天子壯其言因遣使羅支未至而靈州沒于賊召還遷太常丞三司戶部判官數訪時事一有使得以書論於是屢言西北事時邊將皆守境不能出師公請一有出字大臣臨邊督戰募遊兵擊賊一有論曹瑋馬知節才可用又十字論傅潛楊瓊敗績當誅一有以正刑三字而田紹斌王榮等可責其效以贖過凡數十事其言甚壯天子益器其材數欲以知制誥宰相有言不一作未可者乃已其後繼遷卒爲潘羅支所困而朝廷以兩鎮授德明德明

頓首謝罪河西平天子亦再幸澶淵一有以金帛二字盟契丹而河北之兵解天下無事矣公既見疎不用初坐斷田訟失實通判杭州徙知蘇州又徙兩浙轉運一有副字使還判三司開拆司遷太常博士用封禪恩遷祠部員外郎又坐事出知濠州以刑部員外郎爲荊湖北路轉運使坐擅給驛馬與一作假人奔喪而馬死奪一官通判襄州徙知鄂州又徙蘇州天禧元年復爲刑部員外郎陝西轉運使靈州弃已久公與秦州曹瑋得胡蘆河路一有無沙二字可出兵無沙行之阻而能徑一無此八字趨靈州遂請瑋居環慶以圖出師會瑋入爲宣徽使不克而止遷工部郎中坐朱能反貶一作左遷懷州團練副使再貶一作改池州天聖元年拜度支員外郎知廣德軍徙知楚州遷兵部員外郎知壽州又知陝府六年復直集賢院又遷工部郎中改直昭文館知荊南府召爲龍圖閣待制糾察在京刑獄判流內銓改龍圖閣直學士知并州未行遷兵部郎中樞密直學士以

往就遷右諫議大夫入知通進銀臺司復判流內銓改翰林侍讀學士羣牧使遷給事中知審官院以疾出知許州康定二年六月某日卒于官公好學有文尤一無此五字喜爲詩爲人嚴毅修潔而材辯敏明少能慷慨見奇真宗自初召試感激言事自以謂君臣之遇已而失職逾二十年始復直於集賢一作始復直集賢院比登侍從而門生故吏曩時所考進士或至宰相居大官故其視時人常以先生長者自處論事尤多發憤其在許昌繼遷之孫復以河西叛朝廷出師西方而公已老不復言兵矣享年七十有八以終一無此二字梅氏遠出梅伯世久而譜不明公之皇曾祖諱超皇祖諱遠皆不仕父諱邈贈刑部侍郎夫人劉氏彭城縣君子五人長曰鼎臣官至殿中丞次曰寶臣皆一無皆字先公卒次曰得臣太子中舍次曰輔臣前將作監丞次曰清臣大理評事公之卒天子贈賻優恤一無此一字加一作拜得臣殿中丞清臣衛尉寺丞明年八一作九月某日塟公

宣州之某縣某鄉某原（一作葬于宣城縣長安鄉西山里）銘曰
士之所難有蘊無時偉歟梅公人主之知勇無不敢惟義之爲困于
翼飛中垂以斂一失其塗進退而坎理不終窮既晚而通惟其壽考
福祿之隆（一作終）

尙書都官員外郎歐陽公墓誌銘

公諱曄字日華於檢校工部尙書諱託彭城縣君劉氏之室爲曾孫
武昌縣令諱郴蘭陵夫人（一作蘭陵郡無夫人字）蕭氏之室爲孫贈
太僕少卿諱偃追封潘原縣太君李氏之室爲第三子於修爲叔父
修不幸幼孤依于叔父而長焉嘗奉太夫人之教曰爾欲識爾父乎
視爾叔父其狀貌起居言笑皆爾父也修雖幼已能知太夫人言爲
悲（一作哀）而叔父之爲親也歐陽氏世家江南僞唐李氏時爲廬陵
大族李氏亡先君昆弟同時而仕者四人獨先君早世其後三人皆
登于朝以歿公（一有以字）咸平三年舉進士甲科歷南雄州判官隨

閬二州推官江陵府掌書記拜太子中允太常丞博士尚書屯田都
官二員外郎享年七十有九最後終于家以慶曆四年三月十日葬
于安州應城縣高風鄉彭樂村於其葬也其素所養兄之子修泣而
書曰嗚呼叔父之亡吾先君之昆弟無復在者矣其長養教育之恩
既不可報而至於狀貌起居言笑之可思慕者皆不得而見焉矣惟
勉而紀吾叔父之可傳于世者庶以盡修之志焉公以太子中允監
興國軍鹽酒稅太常丞知漢州雒縣博士知端州桂陽監屯田員外
郎知黃州遷都官知永州皆有能政坐舉人奪官復以屯田通判歙
州以本官分司西京許家于隨復還都官于家遂致仕景祐四年四
月九日卒公為人嚴明方質尤以潔廉自持自為布衣非其義不輒
受人之遺少而所與親舊後或甚貴終身不造其門其治官臨事長
於決斷初為隨州推官治獄之難決者三十六一 有人字大洪山奇
峯寺聚僧數百人轉運使疑其積物多而僧為姦利命公往籍之一

有官爲出入四字僧以白金千兩餽公公笑曰吾安用此然汝能聽我言乎今歲大凶汝有積穀六七萬石能盡以輸官而賑民則吾不籍汝僧喜曰諾飢民賴以全活陳堯咨以豪貴自驕一有所居爲不法五字官屬莫敢仰視在江陵用私錢詐爲官市黃金府吏持帖強僚佐署公呵吏曰官市金當有文符獨不肯署堯咨雖憚而止然諷轉運使出公不使居府中鄂州崇陽素號難治乃徙公治之至則決滯獄百餘事縣民王明與其同母兄李通爭產累歲明不能自理至貧爲人賃舂公折之一言通則具伏盡取其產鉅萬一有一字歸于明通退而無怨言桂陽民有爭舟而相毆至死者獄久不決公自臨其獄出囚坐庭中去其桎梏而飲食之食訖悉勞而還于獄獨留一人于庭留者色動惶顧公曰殺人者汝也囚不知所以然公曰吾視食者皆以右手持匕而汝獨以左本死者傷在右肋此汝殺之明也囚即涕泣曰我殺也不敢以累他人公之臨事明辨有古良吏決獄

之術多如此所居人皆愛思之公娶范氏封福昌縣君子男四人長曰宗顏次曰宗閔其二早亡女一人適張氏亦早亡銘曰

公之明足以決於事愛足以思於人仁足以施其族清足以潔其身而銘之以此足以遺其子孫

江寧府句容縣令贈尚書兵部員外郎王公墓誌銘代怨

王氏世家開封陳留之通許鎮咸平中分通許爲咸平縣故王氏今爲開封咸平人公諱某字某曾祖諱丕祖諱祚父諱銳世以貲雄里中不樂仕宦而好施其有以賙人之急及公而貲益衰乃歎曰吾聞施於爲政其利可以賙天下貲安足道哉乃慨然以孔氏尚書舉於有司累不中因就他選曰可以爲政何擇焉初任萊州萊陽主簿會令坐事解去公署令事告其民曰令欲爲法簡而利民博者當何爲去其甚惡可也乃縛故吏唐權條其宿惡上于州杖其脊而還之縣之姦豪皆斂色屏氣指權相戒不可犯公法公曰使我爲令期年不

獨善人不懼惡人可使惡人爲善也已而河決東平公部縣丁夫數千召權署隊長權喜曰公許我自新矣卒以丁夫治河爲諸縣最歷婺州蘭溪尉陳州項城主簿會歲旱蝗州守風吏按田者言旱不爲災公與守爭至三四民得復乃已改潁州司法參軍州民欒氏爲盜會赦出入里閭操弓矢爲民害有朱氏者募客二人謀殺之法當死公曰爲法所以輔善而禁惡也今殺良民爲惡盜報仇豈法意邪乃狀列之朱氏得減死改華州司法遷蘇州之吳江江寧之句容二縣令遂老于京師以某年某月某日卒于家享年六十有九公好學善書喜賓客務賙人緩急而爲性寬靜沈默一有及於吏事敢於所爲不屈其字左右丞史有不如意未嘗笞責諸子問之則曰刑法豈爲喜怒設邪公初娶趙氏永安郡太君後娶李氏陳留郡太君子男十人二早卒女二一作一人一人一無一字卒于家一適朱氏慶曆四年九月庚申葬于開封尉氏蔣成鄉柏子原之新塋於其塋也長子拱

璧右侍禁次拱之左班殿直次拱德衞州獲嘉縣令次拱安右班殿直次拱己守將作監主簿次拱式尉氏縣尉次拱辰右諫議大夫權御史中丞次拱著歙州司戶參軍以中丞之貴累贈尚書兵部員外郎將塟中丞君泣而語其伯仲曰吾家通許世有陰德于人而無興者至吾先君不有于其躬而以貽後世小子不佞幸得備員御史府進退大夫之後小子何有焉然懼乎後世徒見王氏之興而不知吾世積漸之所以來者若此其可無銘乃來求銘銘曰

公世以貲施德于人至公貲衰乃施于官有子之一足大公門矧公多子多子多孫惟彼世德如流有源其來者遠愈積益蕃銘昭其昧以永厥存

張子野墓誌銘

吾友張子野既亡之二年其弟充以書來請曰吾兄之喪將以今年三月某日塟于開封不可以不銘銘之莫如子宜嗚呼予雖不能銘

然樂道天下之善以傳焉況若吾子野者非獨其善可銘又有平生之舊朋友之恩與其可哀者皆宜見於予文宜其來請於予也初天聖九年予爲西京留守推官是時陳郡謝希深南陽張堯夫與吾子野尙皆無恙於時一府之士皆魁傑賢豪日相往來飲酒歌呼上下角逐爭相先後以爲笑樂而堯夫子野退然其間不動聲氣衆皆指爲長者予時尙少心壯志得以爲洛陽東西之衝賢豪所聚者多爲適然耳其後去洛來京師南走夷陵並江漢其行萬三四千里山砠水厓窮居獨遊思從曩人邈不可得然雖洛人至今皆以謂無如嚮時之盛然後知世之賢豪不常聚而交遊之難得爲可惜也初在洛時已哭堯夫而銘之其後六年又哭希深而銘之今又哭吾子野而銘一有之字於是又知非徒相得之難而善人君子欲使幸而久在於世亦不可得一有也字嗚呼可哀也已子野之世曰贈太子太師諱某曾祖也宣徽北院使樞密副使累贈尙書令諱遜皇祖也尙書

比部郎中諱敏中皇考也曾祖妣李氏隴西郡夫人祖妣宋氏昭化郡夫人孝章皇后之妹也妣李氏永安縣太君子野家聯后姻世久貴仕而被服操履甚於寒儒好學自力善筆札天聖二年舉進士歷漢陽軍司理參軍開封府咸平主簿河南法曹參軍王文康公錢思公謝希深與今參知政事宋公咸薦其能改著作佐郎監鄭州酒稅知閬州閬中縣就拜祕書丞秩滿知亳州鹿邑縣寶元二年二月丁未以疾卒于官享年四十有八子伸郊社掌坐次從次幼未名女五人一適人矣妻劉氏長安縣君子野爲人外雖愉怡中自刻苦遇人渾渾不見圭角而志守端直臨事敢一作果決平居酒半脫冠垂頭童然禿且白矣予固已悲其早衰而遂止於此豈其中亦有不自得者邪子野諱先其上世博州高堂人自曾祖已來家京師而塋開封今爲開封人也銘曰

嗟夫子野質厚材良孰屯其亨孰短其長豈其中有不自得而外物

有以兆開封之原新里之鄉三世于此其歸其藏

孫明復先生墓誌銘并序

先生諱復字明復姓孫氏晉州平陽人也少舉進士不中退居泰山之陽學春秋著尊王發微魯多學者其尤賢而有道者石介自介而下皆以弟子事之先生年逾四十家貧不娶李丞相迪將以其弟之女一作子妻之先生疑焉介與羣弟子進曰公卿不下士久矣今丞相不以先生貧賤而欲託以子是高先生之行義也先生宜因以成丞相之賢名於是乃許孔給事道輔爲人剛直嚴重不妄與人聞先生之風就見之介執杖屨侍左右先生坐則立升降拜則扶之及其往謝也亦然魯人既素高此兩人由是始識師弟子之禮莫不歎嗟之而李丞相孔給事亦以此見稱於士大夫其後介爲學官語于朝曰先生非隱者也欲仕而未得其方也慶曆二年樞密副使范仲淹資政殿學士富弼言其道德經術宜在朝廷召拜校書郎國子監直

講嘗召見邇英閣說詩（一有且字）將以爲侍講而嫉之者言其講說多異先儒遂止七年徐州人孔直温以狂謀捕治索其家得詩有先生姓名坐貶監虔州商稅徙泗州又徙知河南府長水縣簽署應天府判官公事通判陵州翰林學士趙槩等十餘人上言孫某行爲世法經爲人師不宜棄之遠方乃復爲國子監直講居三歲以嘉祐二年七月二十四日以疾卒于家享年六十有六官至殿中丞先生在太學時爲大理評事天子臨幸賜以緋衣銀魚及聞其喪惻然予其家錢十萬而公卿大夫朋友太學之諸生相與弔哭賻治其喪於是以其年十月二十七日葬先生於鄆州須城縣盧（一作靈）泉鄉之北扈原先生治春秋不惑傳註不爲曲說以亂經其言簡易明於諸侯大夫功罪以考時之盛衰而推見王道之治亂得於經之本義爲多方其病時樞密使韓琦言之天子選書吏給紙筆命其門人祖無擇就其家得其書十有五篇錄之藏于秘閣先生一子大年尚幼銘曰

聖既歿經更　焚逃藏脫亂僅傳一作得存衆說乘之汨其原怪迂百出雜僞真後生牽卑習前聞有欲患之寡攻羣往往止燎以膏薪有勇夫子闢浮雲刮磨蔽蝕相吐吞日月卒復光破昏博哉功利無窮垠有考其不在斯文

居士集卷第二十七

墓誌六首

蔡君山墓誌銘

予友蔡君謨之弟曰君山爲開封府太康主簿時予與君謨皆爲館閣校勘居京師君山數往來其兄家見其以縣事決於其府府尹吳遵路素剛好以嚴憚下吏君山年少位卑能不懾屈而得盡其事之詳吳公獨喜以君山爲能予始知君山敏於爲吏而未知其他也明年君謨南歸拜其親夏京師大疫君山以疾卒于縣其妻程氏一男二女皆幼縣之人哀其貧以錢二百千爲其賻程氏泣曰吾家素以廉爲吏不可以此汚吾夫拒而不受於是又知君山能以惠愛其縣人而以廉化其妻妾也君山間嘗語予曰天子以六科策天下士而學者以記問應對爲事非古取士之意也吾獨不然乃晝夜自苦爲學及其亡也君謨發其遺藁得十數萬言皆當世之務其後踰年天

子與大臣講天下利害爲條目其所改更於君山之兾十得其五六於是又知君山果天下之奇才也君山景祐中舉進士初爲長谿縣尉縣媪二子漁於海而亡媪指某氏爲仇告縣捕賊縣吏難之皆曰海有風波豈知其不水死乎且雖果爲仇所殺若屍不得則於法不可理君山獨曰媪色有寃吾不可不爲理乃陰察仇家得其迹與媪約曰吾與汝宿海上期十日不得屍則爲媪受捕賊之責凡宿七日海水潮二屍浮而至驗之皆殺也乃捕仇家伏法民有夫婦偕出而盜殺其守舍子者君山亟召里民畢會環坐而熟視之指一人曰此殺人者也訊之果伏衆莫知其以何術得也長谿至今喜道君山事多如此曰前史所載能吏號如神明不過此也自天子與大臣條天下事而屢下舉吏之法尤欲官無大小必得其材方求天下能吏而君山死矣此可爲痛惜者也君山諱高享年二十有八以某年某月某日卒今年君謨又歸迎其親自大康取其柩以歸將以某年某月

某日葬于某所且謂予曰吾兄弟始去其親而來京師欲以仕宦爲親榮今幸還家吾弟獨以柩歸甚矣老者之愛其子也何以塞吾親之悲予能爲我銘君山乎乃爲之銘曰

嗚呼吾聞仁義之行於天下也可使父不哭子老不哭幼嗟夫君山不得其壽父母七十扶行送柩退之有言死孰謂夭子墓予銘其傳不朽庶幾以此慰其父母

黄夢升墓誌銘

予友黄君夢升其先婺州金華人後徙洪州之分寧其曾祖諱元吉祖諱某父諱中雅皆不仕黄氏世爲江南大族自其祖父以來樂以家貲賑鄉里多聚書以招一有延字四方之士夢升兄弟皆好學尤以文章意氣自豪予少家隨一有州字夢升從其兄茂宗官于隨予爲童子一作予時爲童子無下四字立諸兄側見夢升年十七八眉目明秀善飲酒談笑予雖幼心已獨奇夢升一作已能知夢升爲可

奇矣後七一作八九年予與夢升皆舉進士於京師夢升得丙科初任興國軍永興主簿怏怏不得志以疾一有解字去久之復調江陵府公安主簿時予一作予時謫夷陵令遇之于江陵夢升顏色憔悴初不可識久而握手噓嚱相飲一作勞以酒夜醉起舞歌呼大噱一作自若予益悲夢升志雖衰而少時意氣尚在也後二年予徙乾德令夢升復調南陽主簿又遇之于鄧間常問其平生所爲文章幾何夢升慨然歎曰吾已諱之矣窮達有命非世之人不知我一有乃字我羞道於世人也求之不肯出遂飲之酒復大醉起舞歌呼因一有大字笑曰子知我者一作獨子知我乃肯出其文讀之一無二字博辨雄偉其一無此字意氣奔放猶一有若字不可禦予又益悲夢升志雖困而獨其一無二字文章未衰也是時謝希深出守鄧州尤喜稱道天下士予因手書夢升文一通欲以一本改欲以字爲將示希深未及而希深卒予亦去鄧後之守鄧者皆俗吏一作庸人不復知

夢升夢升素剛不苟合負其所有常怏怏無所施一作憤憤無所發卒以不得志死于南陽夢升諱注以寶元二年四月二十五日卒享年四十有二其平生所爲文曰破碎集公安集南陽集凡三十卷娶潘氏生四一作其娶温氏生三男二女將以慶曆四年某月某日葬于董坊之先塋一作葬于先塋之側其弟渭泣而來告曰吾兄患世之莫吾知孰可爲其銘予素悲夢升者因爲之銘曰

予嘗讀夢升之文至於哭其兄子庠之詞曰子之文章電激雷震雨雹忽止闃然滅泯未嘗不諷誦歎息而不已嗟夫夢升曾不及庠不震不驚鬱塞埋藏孰與一作予其有不使其施吾不知所歸咎徒爲夢升而悲

大理寺丞狄君墓誌銘

距長沙縣西三十里新陽鄉梅溪村一作距某縣東南若干里某原有墓曰狄君之墓者迺予所記一作紀穀城孔子廟碑所謂狄君栗

者也始君居穀城有善政嘗已見於予文及其亡也其子遵誼泣而請曰願卒其詳而銘之以終先君死生之賜烏虖予哀狄君者其壽止於五十有六其官止於一鄉丞蓋其生也以不知於世而止於是若其歿而又無傳則後世遂將泯沒而爲善者何以勸焉此予之所欲銘也君字仲莊世爲長沙人幼孤事母鄉里稱其孝好（一作力）學自立年四十始用其兄棐蔭補英州真陽主簿再調安州應城尉能使其縣終君之去無一人爲盜薦者稱其材任治民乃還穀城令漢旁之民惟鄧穀爲富縣尚書銓吏常邀厚賂以售貪令故省中私語（一有鄧穀二字）以一二數之惜爲奇貨而二邑之民未嘗得廉吏其豪猾習以賕賄汚令而爲自恣至君一切以法繩之姦民大吏不便君之政者往往訴於其上雖按覆率不能奪君所爲其州所下文符有不如理必輒封還州吏亦切齒求君過失不可得君益不爲之屈其後民有訟田而君誤斷者訴之君坐被劾已而縣籍彊壯爲兵有

告訟田之民隱丁以規避者君笑曰是嘗訴我者彼寃民能自伸此令一有養民之所欲也吾豈挾此而報以罪邪因置之不問縣民繇是知君爲愛我是歲西北初用兵州縣既大籍彊壯而訛言相驚一作警云當驅以備邊縣民數萬聚邑中會秋大雨霖米踊貴絕粒君發常平粟賑之有司劾君擅發倉廩君即具伏事聞朝廷亦原之又爲其民正其稅籍之失而吏得歲免破產之患逾年政大洽乃修孔子廟作禮器與其邑人春秋釋奠而興于學時予爲乾德令嘗至其縣與其民言皆曰吾邑不幸有生而未識廉吏者而長老之民所記纔一人而繼之者今君也問其一人者曰張及也推及之歲至于君蓋三十餘年是謂一世矣嗚呼使民更一世而始得一良令吏其可不愼擇乎君其可不惜其歿乎其政之善者可遺而不錄乎君用轂城之績遷大理寺丞知新州至則丁母夫人鄭氏憂服除赴京師道病卒于宿州實慶曆五年七月二十四日也曾祖諱崇謙連州桂陽

令祖諱文蔚全州清湘令父諱杞不仕君娶滎陽鄭氏生子男二人遵誼遵微皆舉進士一無四字女四人長適進士胡純臣其三尚幼其一無其字銘曰

彊而仕古之道終中壽不爲夭善在人宜有後銘于石著不朽

薛質夫墓誌銘

故大理寺丞薛君直孺字質夫資政殿學士贈禮部尚書簡肅公之子母曰金城一有郡字夫人趙氏質夫生四歲爲殿直公爲參知政事拜大理評事遷將作監丞景祐元年公薨天子推恩於其孤拜大理寺丞公以忠直剛毅顯于當世質夫爲名臣子能純儉謹飭好學自立以世其家公葬絳州質夫自京師杖而行哭至于絳州行路之人皆哀嗟之質夫少多病後公六年以卒享年二十有四初娶向氏某人之孫某人之女再娶王氏某人之孫某人之女皆無子嗚呼簡肅公之世於是而絶孟子曰不孝有三無後爲大此爲舜娶妻而言

耳非萬世之通論也不娶而無後罪之大者可也娶而無子與夫不幸短命未及有子而死以正者其人可以哀不可以爲罪也故曰孟子之言非通論爲舜而言可也質夫再娶皆無子不幸短命而疾病以死其可哀也非其罪也自古賢一作聖人君子未必皆有後其功德名譽垂世而不朽者非皆因其子孫而傳也伊尹周公孔子顏回之道著于萬世非其家世之能獨傳乃天下之所傳也有子莫如舜而瞽不得爲善人卒爲頑父是爲惡者有後而無益爲善雖無後而不朽然則爲善者可以不懈爲簡肅公者可以無憾也使簡肅公無憾質夫無罪全其身終其壽考以從其先君于地下復何道哉某娶簡肅公之女質夫之妹也常哀質夫之賢而不幸傷簡肅公之絕世閔金城夫人之老而孤故爲斯言庶幾以慰其存亡者已悲夫銘曰死而有祀四世之間死而不朽萬世之傳簡肅之德質夫之賢雖其閟矣久也其存

隴城縣令贈太常博士呂君墓誌銘

君一本上有呂字諱士元字佐堯江寧人也咸平二年舉明經爲潭州醴陵尉廬州司理參軍寧州彭原廣州四會縣令又爲湖州司理泗州錄事參軍吉州太和秦州隴城縣令以疾卒于官享年六十有五娶閻氏生子四人曰淵曰溱曰淙曰淇閻氏年七十三後君十五年以卒子淙後其母三月卒以慶曆八年十二月二十日以閻氏之喪合葬于楊州江都縣東興鄉馬坊村先塋之次君爲人剛介有節長於爲政醴陵太和皆大邑民喜鬭訟往往因事中吏以法吏多不免而君日與長吏爭曲直下爲邑民伺候終無毫髮過失可得而民卒愛思之四會近海俗雜蠻夷君尤知其人之利害事所經決後有欲輒改更者民必自言于廷曰此呂君所決豈可動邪後人亦莫能改也君仕三十餘年以一縣令之祿衣食其族四十餘口雖薄而必均夫人閻氏尤能爲勤儉子淵溱皆舉進士溱有賢材以文學選中

第一今淵爲祕書丞溱著作郎直集賢院以溱官得封贈贈君太常博士母夫人封天長縣太君嗚呼呂君官雖卑惠於其民足以爲政祿雖薄周於其族足以爲仁身雖不顯而有子以大其門足以彰爲善之効君之皇祖諱裕贈兵一作工部尚書皇考諱文膺官至太子左贊善大夫自宋興百年間呂姓之族五顯于世君之叔父刑部侍郎集賢院學士文仲實爲先朝名臣而今君有賢子又將顯呂氏之族于後於其葬也是宜銘以誌其銘一作墓曰

善無不報報不必同或在其後或及其躬積久發遲逾一作愈遠彌昌如其不信考此銘章

尹師魯墓誌銘

師魯河南人姓尹氏諱洙然天下之士識與不識皆稱之曰師魯蓋其名重當世而世之知師魯者或推其文學或高其議論或多其材能至其忠義之節處窮達臨禍福無愧於古君子則天下之稱師魯

者未必盡知之師魯爲文章簡而有法博學彊記通知今古一作古今長於春秋其與人言是是非非務窮盡道理乃已不爲苟止而妄隨而人亦罕能過也遇事無難易而一無此字勇於敢爲其所以見稱於世者亦所以取嫉於人故其卒窮以死師魯少舉進士及第爲絳州正平縣主簿河南府戶曹參軍邵武軍判官舉書判拔萃遷山南東道掌書記知伊陽縣王文康公薦其才召試充館閣校勘遷太子中允天章閣待制范公貶饒州諫官御史不肯言師魯上書言仲淹臣之師友願得俱貶貶監郢州酒稅又徙唐州遭父喪服除復得太子中允知河南縣趙元昊反陝西用兵大將葛懷敏奏起爲經略判官師魯雖用懷敏辟而尤爲經略使韓公所深知其後諸將敗於好水韓公降知秦州師魯亦徙通判濠州久之韓公奏得通判秦州遷知涇州又知渭州兼涇原路經略部署坐城水洛與邊臣一作將異議徙知晉州又知潞州爲政有惠愛潞州人至今思之累遷官至

起居舍人直龍圖閣師魯當天下無事時獨喜論兵爲叙燕息戍二篇行于世自西兵起凡五六歲未嘗不在其間故其論議益一作亦精密而於西事尤習其詳其爲兵制之說述戰守勝敗之要盡當今之利害又欲訓士兵代戍卒以減邊用爲禦戎長久之策皆未及施爲而元昊臣西兵解嚴師魯亦去而得罪矣然則天下之稱師魯者於其材能亦未必盡知之也初師魯在渭州將吏有違其節度者欲按軍法斬之而不一作未果其後吏至京師上書訟師魯以公使錢貸部將一作訟師魯自盜貶崇信軍節度副使徙監均州酒稅得疾無醫藥舁至南陽求醫疾革隱一作憑几而坐顧稚子在前無甚憐之色與賓客言終不及其私享年四十有六以卒師魯娶張氏某縣君有兄源字子漸亦以文學知名前一歲卒師魯凡十年間三貶官喪其父又喪其兄有子四人連喪其三女一適人亦卒而其身終以貶死一子三歲四女未嫁家無餘貲客其喪于南陽不能歸平生故

人無遠邇一作近皆往賻之然後妻子得以其柩歸河南以某年某月某日葬于先塋之次余與師魯兄弟交嘗銘其父之墓矣故不復次其世家焉銘曰

藏之深固之密石可朽銘不滅

居士集卷第二十八

墓誌六首

尚書主客郎中劉君墓誌銘幷序

君諱立之字斯立姓劉氏吉州臨江人也曾祖諱逵祖諱璵當五代時避亂皆不仕父諱式官至尚書工部員外郎掌三司磨勘十餘年能其職世以其官名其家君少孤能自立舉進士爲福州連江尉睦州青溪主簿宣州南陵令改大理寺丞知婺州金華縣大子中舍知梓州中江縣通判瀘州瀘州接西南夷常用武人爲守而夷數怨叛議者以謂武人不習夷情以生患宜得能吏通判州事君始以材選至則爲明約束止侵欺曰必使信自我始夷人安之凡君之所更立至今用一作因以爲法而夷亦至今不叛通判常州知高郵軍累遷殿中丞國子博士尚書虞部比部員外郎知潤州皆有能政以能選爲提點福建路刑獄察獄之寃死者奏黜知泉州蘇壽與其通判張

太沖福建七州皆震悚一作慄御史考其課爲天下第一遷司勳員外郎開封府判官荆湖北路轉運使坐舉官免杜衍李若谷范仲淹等皆言方天下多事時一作方今天下多事如劉某者不宜久居于家一作外乃復起爲比部員外郎知漣水軍言事者以謂自元昊反一方用兵而天下之民弊財絀於上而盜起於下然州縣吏猶習故態苟簡弛壞一作漫如無事時於是大選轉運使以按察諸路君以選爲荆湖北路轉運使他路繩吏或過急而被按劾者多不服君所舉察簡而一作其賢否無不當是時廣西湖南夔峽諸蠻皆叛亂君所部下溪辰州彭氏蠻亦折誓柱招集亡命移書州縣州縣使人往者一無者字輒囚辱侮慢一作侮慢辱囚辰鼎澧一作鼎澧辰三州守吏皆言蠻叛有迹請加兵詔書問君君曰蠻道辰溪落鶴水悍激可下不可上其必不敢輒出而辰州土丁勝兵者三萬人宜積粟利兵爲備而已因言蠻類雖人宜鳥獸畜其小嘲啾抵觸驅而遠之耳

若必擾伏制從至戾其性則嘄呼咆虓駭起而奔突乃欲力追而捕之則散漫山林我弊而彼逸凡湖廣之患皆如此也天子以其言然下三州毋得妄動一聽君所爲而蠻亦卒無事復爲司勳員外郎判三司度支句院改鹽鐵判官假太常少卿接伴契丹使者遂送之明年遂使于契丹還言澶魏築河堤非其時必難成雖成必決不如因其所趣而導之利後河果決商胡君仕宦四十年不營產業自復爲司勳員外郎遂不復求磨勘凡三遷皆爲知者所薦爲人沉敏少言笑與人寡合而喜薦士士由君薦者多爲聞人天章閣待制杜杞田瑜是也轉運鹽鐵皆掌財賦而君常以民爲先其調率有可免免之其不得已一有費字必爲處畫使吏不能因緣而民不重費一作用其守官不爲勢牽一作奪不爲利奪一作牽爲青溪主簿時知州事李階通判朱正辭者皆一有世字號強吏喜負其能以折辱下士士皆承望奔走不暇獨君數以事爭而二人者常輒屈其始皆怒後卒

歎服共薦之其通判瀘州州有鹽井蜀大姓王蒙正請歲倍輸以自占蒙正與莊獻明肅一有皇字太后連姻轉運使等皆不敢與奪君曰倍輸於國家猶秋毫耳奈何使貧民失業遂執不與鄂州官歲市茶五百一作十萬斤君爲轉運使時三司請益一無益字市一百萬君上言曰鄂人利茶以爲生今官市之多反以茶爲病縱不能減奈何增之天子爲君許寬一年君曰事苟可行何必一年如其不可雖寬十年不可也爭之不已後卒爲君罷之君在鹽鐵次當舉官掌某事一作某人爲三司使欲用其私人以空名狀請君署君不肯署而求舉者姓名三司使不悅卒命他判官舉之其後三司使竟坐所舉罷慶曆八年五月遷主客郎中益州路轉運使其年十一月七日卒于官享年六十有四夫人臨沂縣君王氏贈尚書右僕射礪之女先君若干年卒五子元卿真卿亦早亡敞今爲大理評事殿鳳翔府推官皆賢而有文章放太廟齋郎尚幼四女三適人一尚幼以某年某

月某日葬于某縣某鄉某原銘曰

劉氏顯晦以時亂治有聲王朝自君再世惟德之貽是將久大曷知其然君實有子

翰林侍讀學士右諫議大夫楊公墓誌銘

慶曆八年春翰林侍讀學士右諫議大夫楊公年六十有九告老卽以工部侍郎致仕歸于常州其行也天子召見宴勞賜以不拜公卿大夫咸出餞于東門瞻望咨嗟相與言曰楊公歸哉於公計爲可榮於國家計爲可惜其明年九月十三日公疾革出其兵論一篇示其子忱慥而授以言曰一有臣聞二字臣子雖死不敢忘其君父者天下之至恩大義也今臣偕不幸猶以垂閉之口言天下莫大之憂爲陛下無窮之慮者其事有五以畢臣志死無所恨惟陛下用臣言不必哀臣死也言訖而卒不及其私忱慥以其語幷其兵論以聞天子震悼顧有司問可以寵公者有司舉故事以對天子曰此何足以慰

吾思乃詔特贈公兵部侍郎公少師事种放學問爲文章長於議論
好讀兵書知古兵法以謂士不兼文武不足任大事當四方無事時
數上書言邊事後二十餘年元昊叛河西契丹擧衆違約三邊皆警
天下弊於兵公於此時耗精疲神日夜思慮創作兵車陣圖刀楯之
屬皆有法天子以步卒五百如公之法試于庭以爲可用而世多非
其刀楯修嘗奉使河東得邊將王吉言元昊出兎毛川爲吉所敗者
用楊公一有刀楯也蓋世未嘗用其術爾然公素剛一作剛直少合
而議者不一故不得盡用其言夏竦經略陝西請益置士兵公言竦
據內地無破賊之謀而坐請益兵蓋慮敗事則欲以兵少爲解竦復
論公不忠沮計公不能忍以語詆之其後三路農民壯者咸墨爲兵
公又言兵在精不在衆衆而不練則不整而易敗困國而難供時自
將相大臣議者皆務多兵獨公之論能如此劉平兵敗元昊圍延州
甚急而救兵不至公在河中乃僞爲書馳告延州救兵十萬至矣因

命旁郡縣具芻粮什器如其數以俟已而元昊亦解去後公守幷州
卽詔公爲幷代麟府路經略安撫招討等使兼兵馬都部署公執勑
告其羣吏曰天子用我矣然任其事必圖其効欲責其効必盡其方
乃列六事以請曰能用臣言則受命不然則已朝廷難之公論不已
坐是徙知邢州公志之不就皆此類也公嘗爲御史章獻太后兄子
劉從德爲團練使以卒其門人親戚厮養用從德拜官爵者數十人
馬李良以劉氏壻爲龍圖閣直學士公上書言漢呂太后王祿產欲
彊其族而反以覆宗唐武三思楊國忠之禍不獨其身幾亡其國太
后大怒貶監舒州酒稅居二歲復召爲御史言事愈切公祥符元年
進士及第以上書言事眞宗奇之召試不赴拜著作佐郎累官至工
部侍郎爲天章閣待制龍圖閣樞密直學士遂侍講于翰林嘗爲審
刑院詳議官知淮陽江陰軍三司度支判官知御史雜事判吏部流
內銓三司度支副使河北河東都轉運使知河中府陝幷邢滄杭五

州所至皆有能續一作稱爲人廉潔一作平剛直少屈而難犯其仁心愛物至其有所能容人多所不及也公一有諱借二字字次公曾祖諱偉祖諱某父諱守慶初娶張氏又娶李氏又娶李氏一無比人字又娶王氏太原郡君亦有六孫景略景亮景謨景道景直景彥十四字直一作宣公卒之明年秋其子忱以其喪歸于河南又明年二月十七日葬于洛陽縣宣武管平洛鄉之先塋公有文集十卷兵書十五卷讀其書可以見公之志考其始終之節可以知公之心嗚呼可謂忠矣修爲諫官時嘗與公爭議一作言于朝者而且未嘗識公也及其葬也其子不以銘屬於他人而以屬修者豈以修言爲可信也歟然則銘之其可不信銘曰

遠矣楊氏有來其一作其來有始赤泉侯功與漢俱起震官太尉四世以公於陵正直僕射于唐師復理鄉振左拾遺文蔚獲嘉其後益衰避亂中州曾祖始一作遷南祖屈僞邦令于烏江又適南粤皇考

是生晦顯一作顯晦有時發于皇明在考司馬始仕坊州遂家中一作內部道德之優司馬四子唯公克大非徒大之將又長之世有官族孰無繫譜或絕於微或亡其序不絕不亡由屢有人誰如楊世愈久而蕃次第一作後嗣弗迷昭穆緜聯公其歸此一作乎安千萬年

供備庫副使楊君墓誌銘

君諱琪字寶臣姓楊氏麟州新秦人也新秦近胡以戰射爲俗而楊氏世以武力雄其一方其曾祖諱弘信爲州刺史祖諱重勳又爲防禦使太祖時爲置建寧軍於麟州以重勳爲留後後召以爲宿州刺史保靜軍節度使卒贈侍中父諱光扆以西鎮供奉官監麟州兵馬卒于官君其長子也君之伯祖繼業太宗時爲雲州觀察使與契丹戰歿贈太師中書令繼業有子延昭真宗時爲莫州防禦使父子皆爲名將其智勇號稱無敵至今天下之士至於里兒野豎皆能道之君生於將家世以武顯而獨好儒學讀書史爲人材敏謙謹沈厚意

恬如也初以父卒于邊補殿侍後用其從父延昭任爲三班奉職累
官至供備庫副使階銀青光祿大夫爵原武伯李溥爲發運使以峻
法繩下吏凡溥所按行吏皆先戒以備而溥至多不免其黜廢者數
百人其聞溥來輒惶懼自失至有投水死者君時年最少爲奉職監
大通堰去溥治所尤近溥嘗夜挐輕舟猝至按其文簿視其職事如
素戒以備者溥稱其才君所歷官無不稱職其後同提點河東京西
淮南三路刑獄公事君歎曰吾本武人豈足以知士大夫哉然其職
得以薦士亦吾志也其所舉者二百餘人往往爲世聞人嘗坐所舉
一人罰金君喜曰古人拔士十或得五而吾所薦者多矣其失者一
而已君少喪父事其母韓夫人以孝聞後以恩贈其一無此字父左
驍衛將軍母夫人南陽縣太君初娶慕容氏又娶李氏有子曰畋賢
而有文武材今爲尚書屯田員外郎直史館君以皇祐二年六月壬
戌卒于淮南年七十有一皇祐三年十月甲申畋以其喪合慕容氏

之喪葬于河南洛陽杜澤原銘曰

楊世初微自河西彎弓馳馬耀一作躍邊陲桓桓侍中國弁毗太師防禦傑然奇名聲累世在羌夷時平文勝武力衰溫溫供備樂有儀好賢舉善利豈私愷悌君子神所宜康寧壽考順全歸有畋爲子後可知

太子中舍王君墓誌銘

王君之皇考曰贈衛尉少卿諱某皇妣曰南充縣太君胥氏皇祖諱某皇曾祖諱某君諱汲字師黯娶胡氏一有曰字安定縣君子男三人女五人男曰尙恭尙喆尙辭初天聖明道之間予爲西京留守推官時王君寓家河南其二子始習業國子學日從諸生請學於予較其藝常爲諸生先而尙恭尤謹飭儼然有儒者法度予固奇王君之有是子也以故與君游而君性簡質重然諾臨事而敏與之游者必愛其爲人其後二子者果皆以進士中第予亦罷去不復遇王君且

七年矣而尚恭來請曰不幸吾先人之亡將以今年某月甲子塟于河南某縣某鄉之某原宜得銘于石以誌諸後世一有予嘗嘉尚恭而從王君遊十字乃爲次其世而作銘以遺之云

惟王氏之先長安萬年四代之祖刺史壁州遭巢猾唐得果而留卒塟西充爲鄉壁公王孟有蜀或家或祿三世不遷自君東還始家河南廣文之生舉三不中任仕以兄主簿之卑試原武密晉城是令政專自出令政有稱遷理之丞藍田夏雒三邑皆聞壽五十九終中舍人在雒逢饑餔粟不殍褒功勸吏天子有詔雒人染癘躬之不避以死勤民在法宜祀刻詩同藏惟世之揚

尚書工部郎中歐陽公墓誌銘

歐陽氏世爲廬陵人廬陵於五代時屬僞吳故歐陽氏在五代無聞者淳化三年修仲父府君始以進士中乙科一作太宗時修仲父府君始以進士中淳化三年乙科其後爲御史有能名真宗嘗自擇御

史府君以秘書丞一有召字見見者數人皆進自稱薦惟恐不用府君獨立墀下無所說一作無言明一作翌日拜監察御史中丞王嗣宗指曰是獨立墀下者真御史也一有會字絳州守齊化基犯法制劾其事化基嗣宗素所惡者諷之欲使蔓其獄府君一有遽拒二字曰如詔一作如制所劾而已嗣宗怒及獄上奏用他吏覆之一有他吏二字索其家得一有金銀二字銅器十數府君坐鞫獄不盡免官明年復得御史監蘄州稅又明年遷殿中侍御史左巡使居二歲奏事殿中真宗識之勞曰御史久矣亦勞乎問何所欲府君謝不任一作稱職而已後數日真宗語宰相與轉運使宰相疑其有求而不先自己對以員無闕復使與一大郡宰相召至中書問御史家何在欲郡孰為便對曰無不便宰相怒與海州又移睦州天禧元年入還侍御史二年出知泗州先是京師歲旱有浮圖人斷一作有僧某者用浮屠術斷一臂禱雨官為起寺於一有淮上二字龜山自京師王公

大臣皆禮下之其勢傾動一無動字四方又誘民男女投淮水死曰佛之法用此得大利而愚民歲死淮水者幾百一作常數十人至其臨溺時用其徒倡呼前後擁之以入至有自悔欲走者一無者字叫號不得免一作而叫號不得免者府君聞之驚一作大駭曰害有大一作甚於此邪盡捕其徒詰其姦民誅數一作十餘人遣還鄉里者數百人遂一作而毀其寺入轉尚書司封員外郎三司戶部判官六年爲廣南東路轉運使前爲使者以市舶物代俸錢其利三倍府君歎曰一作嶺南舊以市舶司物代轉運使俸錢其利三倍前爲使者相襲久而不變府君至則歎曰利豈吾欲邪使直以錢爲俸今上即位就轉工部郎中秩滿以一艀舟還無一海上物歸朝賜金紫爲兩浙路轉運使以足疾求知江州天聖四年又求分司未得命以某年二月某日卒於江州之廨享年六十有八以某年某月某日葬某所曾祖諱某祖諱某僞唐吉州軍事判官父諱某僞唐屯田員外郎娶

朱氏封金壇縣君先府君以卒嗣子鑒一有今字爲右侍禁武昌巡檢女二人長適某次未嫁府君諱載字則之性方直嚴謹一有美儀容治身儉薄簡言語爲政務清淨平居斂色而一作常正衣獨坐如對大賓終日不少懈一作色不少弛人用憚之薦舉下吏人未嘗一作不之知後有知者來謝皆拒不納所至官舍未嘗窺園圃至果爛墮地家人無敢取者其清如此銘曰

唐隳盜猖士裂四一作食有一方鍾氏於洪入一作八州自王傳死子時敗臣于楊自梁迄周廬陵僞邦歐陽是家世以不章一作彰違命之侯廬陵王士歐陽有聞始我仲父以貢中科來者繼武仲父之材御史其能廉清儉恭直躬以行銘以藏之子孫之承

少府監分司西京裴公墓誌銘

君諱德裕一作谷字某姓裴氏河中萬泉人也其九世祖耀卿爲唐名臣曾祖諱某祖諱某贈左千牛衛大將軍父諱濟以智勇事太宗

皇帝從李繼隆擊契丹於唐河屢立戰功守鎮定十餘年威惠著于北邊咸平中李繼遷叛河西以內客省使順州防禦使守靈州繼遷連歲攻之城守堅不能下繼遷擊破清遠軍而粮道絶救兵不至城乃陷遂歿于賊贈鎮江軍節度使累贈尙書令兼中書令追封吳國公方其歿也詔錄其子孫君以長子自四門助教拜太子右贊善大夫累官至少府監階朝奉大夫勳上柱國爵開國侯以老分司西京許居于京師某年某月某日以疾卒於家享年七十有六君爲人質重寬易居父喪盡哀宗族稱其孝得父金帛悉分諸弟不有其一錢其爲吏廉清不擾歷監欒窰庫店宅務酒一作明州粮料院宿州酒稅知明州奉化與元南鄭二縣同判吏部南曹通判南京留守司知蓬絳解虢澤沂六州皆有能政喜自晦默如不能言予嘗問其解之鹽池君解析纖密自前世功利因革損益條布如在目前寶元中嘗上書論茶鹽利害多所施行其聽獄訟敏決數得疑獄皆強吏所不

能辨者及平居議法必以仁恕爲本君初名德昌前娶康氏後娶趙氏封平原郡君有賢行子男三人士倫士林大理寺丞士傑衛尉寺丞女八人長適右侍禁張用之次適大理寺丞薛寅集賢校理孫錫大理寺丞丁某殿中丞孫祖慶庫部員外郎張承懿集賢校理王益柔以某年某月某日葬君于河南登封縣之某原其孤士傑來請銘以葬銘曰

裴始絳人於唐顯聞偉歟文獻八世有孫守節蹈義厥聲以振忍生而恥亦終以死死義之榮令名不已豈惟令名報德之隆延延裴氏其賴無窮少府之賢寬恭信厚保身承家多其祿壽壽豐于躬祿及其嗣爰告後人俾知所自

居士集卷第二十九

居士集卷第三十　集三十

墓誌四首

翰林侍讀學士右諫議大夫贈工部侍郎張公墓誌銘幷序

翰林侍讀學士朝散大夫右諫議大夫上柱國清河縣伯張公諱錫字貺之其先京兆長安人也其祖山甫從唐僖宗入蜀留不返蜀遭王孟再亂絕於中國中國更五代天下爲宋而蜀平張氏留蜀蓋亦已五世矣始得去爲漢陽人又二世而張氏遂以大顯公爲人清方敏默爲善不倦而喜自晦斂若不欲人知其遇人怡怡若無所不可及視其發施於事者其義有可畏其守有不可奪其能有不可及既已則若未嘗有所爲者少喜讀書至其疾革猶不釋手自經史子集百家之說無不記覽通達而絕口不道於人故其一無此字晚始侍讀于中上嘗歎曰自吾得張錫日益有所聞以飛白爲博學二字賜之曰錫老矣恨得之晚也公初舉進士中大中祥符元年甲科試祕

書省校書郎知南昌縣遷萍鄉令改著作佐郎又知安遠縣徙知新州興學校以教新人新人有進士自公始再遷太常博士監染院詔選能吏治畿縣公以選知東明前爲令者闔門重簾以避隔廢治公至則闢門去簾告其人曰吾所治者三而已彊恃力富恃貲刑恃贖者吾所先也其人以謂公言簡必信法簡必嚴於是豪勢者屈而善弱者伸縣以大治工部侍郎李及薦公材堪御史上曰李及清慎人未嘗妄有所舉此可信也乃以爲監察御史故相丁謂貶崖州至是議徙內地公疏言謂姦邪弄國罪當死無可憐且大臣竄逐本與天下棄之今復內還是違天下意由是止徙道州玉清昭應宮災坐火事劾當死者百餘人公疏言天災可畏不可反以罪人而重天怒願益修德以塞譴人乃獲免公於御史自監察歷殿中侍御史侍御史知雜事於尚書爲員外郎郎中累官至諫議大夫於外爲荊湖北路京東河北轉運使江淮一作南字兩浙荊湖發運制置使利夔路安

撫使知河中府滑州於三司爲鹽鐵判官判句院歷鹽鐵度支戶部副使又嘗權知諫院判三班審官院太常寺國子監於侍從爲天章閣待制龍圖閣直學士翰林侍讀學士雖其一作其雖自晦其所居人皆以爲宜其在京東籍淄青齊濮濟鄆六州之人冒耕河壖地收租緡絹歲二十八萬而六州之民爭訟遂息其後言利者請稅天下橋渡以佐軍公建言津梁利人而反稅之以爲害卒爭罷之平居退讓未嘗肯爲人先妖賊王則反貝州兵圍久不克而自河以北軍餉調發益急轉運使受命者以疾留不行公自滑州權河北轉運使命至卽日馳城下軍須皆如其期其於取舍緩急常如此公居家有常法雖貴顯衣服飲食如少賤時事毋至孝與族兄甚相友愛人以爲同產一有平生所爲文章有集十卷公以皇祐元年七月十日遇疾卒于京師享年六十有八上聞震悼以白金三百兩賜其家特贈工部侍郎曾祖諱惟序不仕祖諱文翼復州錄事參軍贈太子中舍父

諱龜從贈右諫議大夫母南陽郡太君鄧氏自皇祖中舍君家于漢陽遂葬之至公始葬汝州之襄城某鄉某原一作彰孝鄉保豐原實五年閏七月十七日也公初娶程氏再娶孫氏封樂安郡君先公五十日而卒公子五人曰子駿子充子雲一作子瑾下同子諒子真子真子充皆早卒於公之葬一作終也子駿子雲皆爲大理評事子諒大理寺丞有孫十人女三人長適虞部員外郎杜樞次早卒幼適大理寺丞王縡銘曰

自足乎其中不求乎其外斯惟公之善晦仁能勇於必爲善有應而無遠故公晦其終顯難於自進以晚見嗟而壽胡不俾其遐嗚呼其奈何

兵部員外郎天章閣待制杜公墓誌銘

慶曆三年盜起京西掠商鄧均房叛兵燒光化軍逐守吏吏不能捕天子患之問宰相誰可任者宰相言度支判官尚書虞部員外郎杜

某名家子（一有好字）學通知古今宜可用乃以君爲京西轉運按察使居數月賊平叛兵誅死明年廣西歐希範誘白崖山蠻蒙趕襲破環州陷鎮寧帶溪普義有衆數千以攻桂管宰相又言前時杜某守橫州言蠻事可聽宜知蠻利害天子驛召君見便殿所對合意卽除君刑部員外郎直集賢院廣南西路轉運按察安撫等使君至宜州得州人吳香及獄囚歐世宏脫其械使入賊峒說其酋豪君乘其怠急擊之破其五峒斬首數百級復取環州因盡焚其山林積聚希範窮迫走荔波洞蒙趕率僞將相數十人以其衆降君與將佐謀曰夫蠻習險恃阻如捕猩猱而吾兵以苦暑難久是進退遲速皆不可爲故常務捐厚利以招之蓋威不足以制則恩不能以懷此其所以數叛也今吾兵雖幸勝然蠻特敗而來耳豈眞降者邪啖之以利後必復動乃慨然歎曰蠻知利而不知威久矣吾將先威而後信庶幾信可立也（一無此字）乃擊牛爲酒大會環州戮其（一作之）坐中者六百

餘人而釋其尫病脅從與其非因敗而降者百餘人後三日兵破荔波擒希範至并戮而醢之以醢賜諸溪峒於是叛蠻無噍類而君威震南海言事者論君殺降爲國失信於蠻貊天子置之不問詔書諭君賜以金帛君即上書引咎六年徙爲兩浙轉運使築錢塘堤自官浦至沙陘以除海患明年又徙河北轉運使召見奏事移刻天子益知其材賜金紫服以遺之是歲夏拜天章閣待制充環慶路兵馬都部署經略安撫使知慶州君言殺降臣也宜得罪將吏惟臣所使其勞未錄不敢先受命天子爲君悉錄將吏賞之乃受命自元昊稱臣聽誓而數犯約抄一作鈔邊邊吏避生事縱不敢爭君始至其酋孟香率千餘人內附事聞詔君如約君言如約當還而孟香得罪夏人勢無還理遣之必反爲邊患議未決夏人以兵入界求孟香孟香散走自匿夏兵驅殺邊戶掠奪羊一作牛馬而求孟香益急朝議責君亟索而還之君言夏人違誓舉兵孟香不可與因移檄夏人不償所

掠則孟香不可得夏人不肯償所掠君亦不與孟香夏人後亦不復敢動君治邊二歲有威愛皇祐二年五月甲子疾卒于官享年四十有六天子震悼賻卹其家以其子炤爲一有守字祕書省校書郎君以蔭補將作監主簿累官至尙書兵部員外郎階朝奉郎勳護軍嘗以太子中舍知建陽縣除民無名租歲以萬計閩俗貪嗇有老而生子者父兄多不舉曰是將分吾貲君上書請立伍保俾民相察寘之法由是生子得免閩人久之以君爲德多以君姓字名其子曰生汝者杜君也君諱杞字偉長世爲金陵人其曾伯祖昌業仕江南李氏爲江州節度使江南國滅杜氏北遷今爲開封府開封人也曾祖諱某贈給事中祖諱鎬官至龍圖閣學士尙書禮部侍郎父諱某贈尙書工部侍郎君初娶蔣氏封某縣君後娶徐氏封東海縣君女六人其二適人四尙幼子男一人炤也杜氏自君皇祖侍郎以博學爲世儒宗故其子孫皆守儒學而多聞人君尤博覽強記其爲文章多論

當世利害甚辯有文集十卷奏議集十二卷其居官以精敏明幹所至有聲君學問之餘兼喜陰陽數術之說常自推其數曰吾年四十六死矣其親戚朋友莫不聞其說至其歲果然嗚呼可謂異矣所謂命者果有數邪其果可以自知邪皇祐六年某月日其兄駕部員外郎植與其孤塋君于某縣某鄉某原銘曰

其敏以達其果以決其守不奪其摧不折其終一節茲謂不沒

尙書比部員外郎陳君墓誌銘

故尙書比部員外郎陳君卜以至和二年正月某日塋于京兆府萬年縣洪固鄉神禾原其素所知祕書丞李詡與其孤安期謀將乞銘於廬陵歐陽修安期曰吾不敢詡曰我能得之乃相與具書幣遣君之客賈繹自長安走京師以請銘君以至和元年五月某日卒于長安享年四十有六其仕未達而所爲未有大見于時也然詡節義可信之士以詡能報君而君能知詡則君之爲人可知也已君諱漢卿

字師黯世居閬中其先博州人因事僞蜀爲縣令遂留家焉其曾叔祖省華官至諫議大夫生堯叟堯佐堯咨先後爲將相而君自曾祖而下三世不顯曾祖諱省恭不仕祖諱堯封舉進士爲虢縣主簿王均亂蜀詣闕上書獻破賊策不報遂退老于嵩山父諱淵亦舉進士官至大理寺丞與其兄漸所謂金龜子者皆以文學知名君生一歲而孤年十三與其母入蜀過鳳翔謁其府尹而吏少君不爲之通君直入伏庭下曰陳某請見因責尹慢士戒吏不謹尹慙笞吏以謝君君用叔祖堯咨蔭補將作監主簿累遷大理寺丞監沙苑監權知渭南縣民有兄弟爭田者吏常直其兄而弟訟不已君爲往視其田辨其券書而以田與弟其兄謝曰我悔欲歸弟以田者數矣直懼笞而不敢耳弟曰我田故多然恥以不直訟兄今我直矣願以田與兄兄弟相持慟哭拜而去由是縣民有事多相持詣君得一言以決曲直又知登封縣縣有惡盜十人已謀未發而尉方以事出君募少年選

手力夜往捕獲之明日召尉歸以賊與之曰得是可以論賞賞未及下而尉卒尉河南儒者魏景山也老而且貧君爲主其喪事買田宅于汝州以活其妻子通判嘉州治田訟三十年不決者一日決之秩滿嘉人詣轉運使乞留不得時文丞相守成都薦其材而薦者十有五人通判河中府府有妖獄二百餘人君方以公事之他州提點刑獄司疑獄有寃召君還視之獨留其一人餘皆釋之累遷尚書虞部員外郎天子享明堂推恩遂遷比部通判寧州決疑獄活一家五人君好學重氣節嘗有負其錢數千萬輒毀其券棄之與人交久而益篤喜爲歌詩至於射藝書法醫藥皆精妙尤好古書奇畫每傾貲購之嘗自爲錄藏于家其材能好尙皆可嘉也母曰仁壽縣太君王氏初娶王氏生一子安期也後娶又曰王氏銘曰

在蜀僞時處昏不迷惟陳最微蜀亡而東高明顯融莫如陳宗惟陳有聲自其高曾君世不興惟興與伏有俟如畜其周必復實始自君

昌其子孫考銘有文

鎮安軍節度使同中書門下平章事贈中書令諡文簡程公

墓誌銘

嘉祐元年閏三月己丑鎮安軍節度使檢校太師同中書門下平章事使持節陳州諸軍事陳州刺史程公薨于位以聞詔輟視朝二日贈公中書令於是其孤嗣隆以狀上考功移于太常而博士起曰法宜諡乃諡曰文簡明年十月十八日葬公于河南伊闕之某鄉某原一作神陰鄉張留里其孤又以請于太史而史臣修曰禮宜銘乃考次公之世族官封爵號卒葬時日與其始終之大節合而誌於其墓且銘之曰惟程氏遠有世序自重黎以來其後居中山者出於魏安鄉侯昱之後公諱琳字天球中山博野人也曾祖贈太師諱新曾祖妣吳國夫人齊氏祖贈太師中書令諱贊明祖妣秦國夫人吳氏考袁州宜春令贈太師中書令一有兼字尚書令冀國公諱元白妣晉

國夫人楚氏公以大中祥符四年舉服勤辭學高第爲泰寧軍節度掌書記一作推官改著作佐郎知壽陽縣祕書丞監左藏庫天僖中詔舉辭學履行召試直集賢院今天子卽位遷太常博士三司戸部判官是時契丹所遣使者數出不遜語生事而主者應對多失辭上患之已而契丹來賀卽位乃選公爲接伴使而契丹使者言太后當遣使者通書公遽以禮折之乃已史官修真宗實錄而起居注闕命公修大中祥符八年以後起居注遂修起居注遷祠部員外郎提舉在京諸司庫務以本官知制誥同判吏部流内銓天聖五年舘伴契丹賀乾元節使使者言中國使至契丹坐殿上位次高而契丹使來坐次下當陞語甚切不已而上與大臣皆以爲小故不足爭將許之公以謂許其小必啓其大力爭以爲不可遂止河決滑州初議者言可塞役既作而後議者以爲不可乃命公往視之公言可塞遂塞之歲中遷右諫議大夫權御史中丞明年拜樞密直學士知益州蜀人

輕而喜亂公常先制於無事至其臨時如不用意而略其細治其大
且甚者不過一二而蜀人安之自寮吏皆不能窺其所爲正月俗放
燈吏民夜會聚遨嬉嚴天下公先戒吏爲火備有失火者使隨救之
勿白以動衆既而大宴五門城中火吏救止卒宴民皆不知蓋其他
設施多類此軍士見監軍告其軍有變監軍入白公笑遣之惶恐不
敢去公曰軍中動靜吾自知之苟有謀者不待告也可使告者來監
軍去而告者卒不敢來公亦不問遂止蜀州妖人有自號李冰神子
者署官屬吏卒聚徒百餘人公命捕寘之法而讒之朝者言公妄殺
人蜀人恐且亂矣上遣中貴人馳視之使者入其境居人行旅爭道
公善使者問殺妖人事其父老皆曰殺一人可使蜀數十年無事使
者問其故對曰前亂蜀者非有智謀豪傑之才乃里閭無賴小人爾
惟不制其始遂至於亂也使者視蜀既無事又得父老語還白於是
上益以公爲能遷給事中知開封府禁中大火延兩宮宦者治獄得

縫人火斗已誣伏而下府命公具獄公立辨其非禁中不得入乃命工圖火所經而後宮人多所居隘其煁竈近版壁歲久燥而焚曰此豈一日火哉乃建言此殆天災也不宜以罪人上爲緩其獄故卒得無死者公在府決事神速一歲中獄常空者四五遷工部侍郎龍圖閣直學士守御史中丞是歲以翰林侍讀學士復知開封府明年爲三司使治財賦知本末出入有節雖一金不可一作敢妄取累遷吏部侍郎景祐四年以本官參知政事司天言日食明年正旦請移閏月以避之公以謂天有所譴非移閏可免惟修德政而已乃止范仲淹以言事忤大臣貶饒州已而上悔悟欲復用之稍徙知潤州而惡仲淹者復誣以事語入上怒亟命置之嶺南自仲淹貶而朋黨之論起朝士牽連一有一字出語及仲淹皆指爲黨人公獨爲上開說明其誣枉上意解而後已公爲人剛決明敏多識故事議論慨然及知政事益奮勵無所回避宰相有所欲私輒以語折之至今人往往能

道其語而小人僥倖多不得志遂共以事中之坐貶光祿卿知潁州已而上思之徙知青州又徙大名府居一歲間遷戶部吏部二侍郎尚書左丞資政殿學士北京建興宮者皇甫繼明爭治行宮事章交上上遣一御史視其曲直御史直公遂罷繼明是時繼明方信用其勢傾動中外自朝廷大臣莫不屈意下之而公被中傷方起未復而獨與之爭雖小故不少假也故議者不以公所直爲難而以能不爲繼明屈爲難也遷工部尚書資政殿大學士河北安撫使慶曆六年拜武昌軍節度使陝西安撫使知永興軍府事明年加宣徽北院使判延州夏人以兵三萬臨界上前三日公諜知其來戒諸堡寨按兵閉壁虜至以爲有備引去訖公去不復窺邊趙元昊死子諒祚立方幼三大將共治其國言事者謂可除其諸將皆以爲節度使使各有其所部以分弱其勢可遂無西患事下公公以謂幸人之喪非所以示大信撫夷狄而諒祚雖幼君臣和三將無異志雖欲有爲必無功

而反生事不如因而撫之上以爲然皇祐元年加同中書門下平章

事復判大名府兼北京留守自元昊反河西契丹亦犯約求地二邊

兵興連歲不解而公方入與謀議更守西北二方尤知夷狄虛實情

僞山川要害所以行師制勝營陣出入之法於河北尤詳其奏議頗

多雖不能盡用其指畫規爲之際有可喜也再居大名前後十年威

惠信於其人人爲立生祠公自罷政事益不妄與人合亦卒不復用

既徙鎮安居三歲上書曰臣雖老尚能爲國守邊未報而得疾享年

六十有九公累階開府儀同三司勳上柱國開國廣平郡爵公食戶

七千四百而實封二千一百賜號推誠保德守正翊戴功臣娶陳氏

封衞國夫人子男四人曰嗣隆太常博士嗣㢸殿中丞嗣恭太常博

士嗣先大理寺丞女五人長適職方員外郎榮諲次適祕書丞韓縝

次適都官員外郎晁仲約一作綽次適大理寺丞吳得次適將作監

主簿王偁孫三人長曰伯孫次曰公孫皆太常寺太祝次曰昌孫守

祕一作校書郎有文集奏議六十卷公平生寡言笑愼於知人旣已知之久而益篤喜飲酒引滿然人罕得其驩而與余尤相好也銘曰君子之守志於不奪不學而剛有摧必折毅毅程公其剛不屈公在政事有諤其言直雖不容志豈不完謂公不顯公位將相豈無謀謨胡不以訪老于輔藩一作藩輔白首猶壯公雖在外邦國之光奄其不存士夫曷望吉卜之從兆此新岡惟其休聲逾一作愈遠彌長

居士集卷第三十

珍倣宋版印

墓誌五首

太子太師致仕杜祁公墓誌銘

故太子太師致仕祁國公贈司徒兼侍中杜公諱衍字世昌越州山陰人也其先本出於堯之後歷三代常爲諸侯後徙其封于杜而子孫散適他國者以杜爲氏自杜赫爲秦將軍後三世御史大夫周及其子建平侯延年仍顯于漢又九世當陽侯預顯于晉又十有四世岐國公佑顯于唐又九世而至于祁公其爲家有法其吉凶祭祀齋戒日時幣祝從事一用其家書自唐滅士喪其舊禮而一切苟簡獨杜氏守其家法不遷於世俗葢自春秋諸侯之子孫歷秦漢千有餘歲得不絕其世譜而唐之盛時公卿家法存於今者惟杜氏公自曾高以來以恭儉孝謹稱鄉里至公爲人尤潔廉自剋一作刻其爲大臣事其上以不欺爲忠推於人以行己取信故其動靜纖悉謹而有

法至考其大節偉如也一作至考其始終之大節雖古君子有不能
及也其立於朝廷天下國家以爲重退而老也久而天子益思之公
享年八十官至尚書左丞方其六十有九歲且盡即上書告老明年
以太子少師致仕累遷太子太保太傅太師封祁國公於其家天子
祀明堂遣使者召公陪祠將有所問以疾不至而歲時存問勞賜不
絕公少舉進士高第爲揚州觀察推官知平遙縣通判晉州知乾州
遷河東京西路提點刑獄知揚州河東陝西路轉運使入爲三司戶
部副使拜天章閣待制知荊南府未行以爲河北路都轉運使遂知
天雄軍召爲御史中丞判流內銓知審官院拜樞密直學士知永興
軍徙知幷州還龍圖閣學士復知永興軍權知開封府康定元年以
刑部侍郎同知樞密院事即拜副使慶曆三年遷吏部侍郎樞密使
明年以本官同中書門下平章事公治吏事如其爲人其聽獄訟雖
明敏而審覈愈精故屢決疑獄人以爲神其簿書出納推析毫髮終

日無倦色至爲條目必使吏不得爲姦而已及其施於民者則簡而易行始居平遙嘗以吏事適他州而縣民爭訟者皆不肯決以待公歸知乾州未滿歲安撫使察其治行以公權知鳳翔府二邦之民爭於界上一曰此我公也汝奪之一曰今我公也汝何有焉夏人初叛命天下苦於兵而自陝以西尤甚吏緣侵漁調發督迫至民破產不能足往往自經投水以死於是時公在永興語其人曰吾不能免汝然可使汝不勞爾乃爲之區處計較量物有無貴賤道里遠近寬其期會使以次一作得次第輸送由是物不踊貴車牛芻秣宿食來往如平時而吏束手無所施民比他州費省十六七至於繕治城郭器械民皆不知開封治京師常撓於權要有干其法而能不爲之屈者世皆以爲難至公能使權要不敢有所干凡其爲治以聽斷盜訟爲能否爾獨公始有餘力省其民事如治他州而畿赤諸縣之民皆被其惠開封比比出能吏而兼於民政者惟公一人吏部審官主天下

吏員而居職者類以不久遷去故吏得爲姦公始視銓事一日選者三人爭某闕公以問吏吏受丙賕對曰當與甲乙不能爭遂一作乃授他闕居數日吏教丙訟甲負某事不當得公悟召乙問之乙謝曰業已得他闕不願爭公不得已與丙而笑曰此非吏罪乃吾未知銓法爾因命諸曹各具格式科條以白問曰盡乎曰盡矣明日敕諸吏無得升堂使坐曹聽行文書而已由是吏不得與銓事與奪一出於公居月餘翕然聲動京師其在審官有以賄求官者吏謝不受曰我公有賢名不久見用去矣姑少待之慶曆之初上厭西兵之久出而民弊亟用今丞相富公樞密韓公及范文正公而三人者遂欲盡革衆事以修紀綱而小人權倖皆不悅獨公與相佐佑而公尤抑絕僥倖凡內降與恩澤者一切不與每積至十數則連封而面還之或詰責其人至慙恨涕泣而去上嘗謂諫官歐陽修曰外人知杜某封還內降邪吾居禁中有求恩澤者每以杜某不可告之而止者多於所

封還也其助我多矣此外人及杜某皆不知也然公與三人者卒皆以此罷去公多知本朝故實善決大事初邊將議欲大舉以擊夏人雖韓公亦以爲可舉公爭以爲不可大臣至有欲以沮軍罪公者然兵後果不得出契丹與夏人爭銀甕族大戰黃河外而鴈門麟府皆警范文正公安撫河東欲以兵從公以爲契丹必不來兵不可妄出范公怒至以語侵公公不爲恨後契丹卒不來二公皆世俗指公與爲朋黨者其論議之際蓋如此及三人者將罷去公獨以爲不可遂一作故亦罷以尚書左丞知兗州歲餘乃致仕公自布衣至爲相衣服飲食無所加雖妻子亦有常節家故饒財諸父分產公以所得悉與昆弟之貧者俸祿所入分給宗族賙人急難至其歸老無屋以居寓於南京驛舍者久之自少好學工書畫喜爲詩讀書雖老不倦推獎後進今世知名士多出其門居家見賓客必問時事聞有善喜若己出至有所不可憂見於色或夜不能寐如任其責者凡公所以行

之終身者有能履其一君子以爲人之所難而公自謂不足以名後世遺戒子孫無得紀述嗚呼豈所謂任重道遠而爲善惟日一無此字不足者歟曾祖太子少保一作師諱某贈太師祖鴻臚卿諱叔詹追封吳國公父尙書度支員外郎諱遂艮追封韓國公皆贈太師中書令兼尙書令娶相里氏封晉國夫人子男曰誂大理評事訢太常博士訥將作監主簿詒祕書省正字三子早卒女長適集賢校理蘇舜欽次適祕閣校理李綖次適畢州團練推官張遵道公以嘉祐二年二月五日卒于家其子訢以其年十月十八日葬公于應天府宋城縣之仁孝原銘曰

翼翼祁公率履自躬一其初終惟德之恭公在于位士知貪廉退老于家四方之瞻豈惟士夫天子曰咨爾曲爾直繩之墨之正爾方圓有矩有規人莫之踰公無爾欺予左予右惟公是毗公雖告休受寵不已宮臣國公卽命于第奕奕明堂萬邦從祀豈無臣工爲予執法

何以召之惟公舊德公不能來予其往錫君子愷悌民之父母公雖百齡人以爲少不俾黃耇喪予元老寵祿之隆則有止期惟其不已既去而思銘昭于遠萬世之詒

太常博士尹君墓誌銘并序

君諱源字子漸姓尹氏與其弟洙師魯俱有名於當世其論議文章博學彊記皆有以過人而師魯好辯果於有爲子漸爲人剛簡不矜飾能自晦藏與人居久而莫知至其一有所發則人必驚伏其視世事若不干其意已而推其情僞計其成敗後多如其言其性不能容常人而善與人交久而益篤自天聖明道之間予與其兄弟交其得於子漸者如此其曾祖諱誼贈光祿少卿祖諱文化官至都官郎中贈刑部侍郎父諱仲宣官至虞部員外郎贈工部郎中子漸初以祖廕補三班借職稍遷左班殿直天聖八年舉進士及第爲奉禮郎累遷太常博士歷知芮城河陽二縣簽署孟州判官事又知新鄭縣通

判涇州慶州知懷州以慶曆五年三月十四日卒于官趙元昊寇邊圍定川堡大將葛懷敏發涇原兵救之君遺懷敏書曰賊舉其一無此字國而來其利不在城堡而兵法有不得而救者且吾軍畏法見敵必赴而不計利害此其所以數敗也宜駐兵瓦亭見利而後動懷敏不能用其言遂以敗死劉渙知滄州杖一卒不服渙命斬之以聞一作徇坐專殺降知密州君上書爲渙論直得復知滄州范文正公常薦君材可以居館閣召試不用遂知懷州至朞月大治是時天子用范文正公與今觀文殿學士富公武康軍節度使韓公欲更置天下事而權倖小人不便三公皆罷去而師魯與時賢士多被誣枉得罪君歎息憂悲發憤以一無此字謂生可厭而死可樂也往往被酒哀歌泣下朋友皆竊怪之已而以疾卒享年五十至和元年十有二月十三日其子材葬君于一作於河南府壽安縣甘泉鄉龍一作龕澗里其平生所爲文章六十篇皆行於世子男四人曰材植機桴嗚

呼師魯常勞其智於事物而卒蹈憂患以窮死若子漸者曠然不有累其心而無所屈其志然其壽考亦以不長豈其所謂短長得失者皆非此之謂歟其所以然者不可得而知歟銘曰

有韞于中不以施一憤樂死其如歸豈其志之將衰不然世果可嫉其如斯

太子中舍梅君墓誌銘

故太子中舍致仕梅君諱讓字克讓世爲宣城人常以文學仕進君獨不肯仕其弟詢勉之君曰士之仕也進而取榮祿易欲行其志而無媿於心者難吾豈不欲仕哉居其一無此字官不得行其志食其一無此字祿而有媿於其心者吾不爲也今吾居父母之邦事長老以恭接朋友以信守吾墳墓安吾里閭以老死而無恨此吾志也其弟後貴顯必欲官之君堅不肯乃奏任君大理評事致仕于家有子六人曰堯臣曰正臣曰彥臣曰禹臣曰純臣其一早卒其三子皆仕

官而堯臣有名當世今爲國子博士累以郊祀恩進君爲太子中舍君既老堯臣來歸朱服象笏侍君旁鄉人不榮其子而榮其父堯臣等皆以君年高願留養君不許曰此非吾意也顧其二子曰勉爾朝夕以輔吾老顧其三子曰勉爾名譽以爲吾榮居者養吾體仕者養吾志可也君享年九十有一一作二康彊無恙以皇祐元年正月朔卒于家其子堯臣泣請於其友廬陵歐陽修曰堯臣不肖仕不顯而無聞不足以成吾先人之志退託文字以銘後世又不敢以自私予乃爲之一本上四字作予其爲吾銘之銘曰

志之充樂也一作平中壽以隆福有終銘無窮耀幽宮

湖州長史蘇君墓誌銘 幷序

故湖州長史蘇君有賢妻杜氏自君之喪布衣蔬食居數歲提君之孤子斂其平生文章走南京號泣于其父曰吾夫屈於生猶可伸於死其父太子太師以告於予予爲集次其文而序之以著君之大節

與其所以屈伸得失以深誚世之君子當爲國家樂育賢材者一有惜字且悲君之不幸其妻卜以嘉祐元年十月某日葬君于潤州丹徒縣義里鄉檀山里石門村又號泣于其父曰吾夫屈於人間猶可伸於地下於是杜公及君之子泌皆以書來乞銘以葬君諱舜欽字子美其上世居蜀後徙開封一有府字爲開封人自君之祖諱易簡以文章有名太宗時承旨翰林爲學士參知政事官至禮部侍郎父諱耆官至工部郎中直集賢院君少以父蔭補太廟齋郎調滎陽尉非所好也已而鎖其廳去舉進士中第改光祿寺主簿知蒙城縣丁父憂服除知長垣縣遷大理評事監在京樓店務君狀貌奇偉慷慨有大志少好古工爲文章所至皆有善政官于京師位雖卑數上疏論朝廷大事敢道人之所難言范文正公薦君召試得集賢校理自元昊反兵出無功而天下殆一作怠於久安尤一作而困兵事天子奮然用三四大臣欲盡革衆弊以紓民於是時范文正公與今富丞

相多所設施而小人不便顧人主方信用思有以撼動未得其根以君文正公之所薦而宰相杜公壻也乃以事中君坐監進奏院祠神奏用市故紙錢會客爲自盜除名君名重天下所會客皆一時賢俊悉坐貶逐然後中君者喜曰吾一舉網盡之矣其後三四大臣（一有相字）繼罷去天下事卒不復施爲君攜妻子居蘇州買木石作滄浪亭日益讀書大涵肆於六經而時發其憤悶於歌詩至其所激往往驚絕又喜行狎（一作草）書皆可愛故其雖短章醉墨落筆爭爲人所傳天下之士聞其名而慕見其所傳而喜往揖其貌而竦聽其論而驚以服久與其居而不能捨以去也居數年復（一作一年後）得湖州長史慶曆八年十二月某日以疾卒于蘇州享年四十有一君先娶鄭氏後娶杜氏三子長曰泌將作監主簿次曰液曰激二女長適前進士陳紘次尚幼初君得罪時以奏用錢爲盜無敢辨其冤者自君卒後天子感悟凡所被逐之臣復召用（一有今字）皆顯列于朝而至

今無復爲君言者宜其欲求伸於地下也宜予述其得罪以死之詳而使後世知其有以也旣又長言以爲之辭庶幾幷寫予之所以哀君者其辭曰

謂爲無力兮孰擊而去之謂爲有力兮胡不反子之歸豈彼能兮一作而此不爲善百譽而不進兮一毀終世以顚擠荒孰問兮杳難知嗟子之中兮有韞而無施文章發耀兮星日光輝雖冥冥以掩恨兮不一作宜昭昭其永垂

翰林侍讀侍講學士王公墓誌銘幷序

公諱洙字原叔其生始能言已知爲詩指物一有輒字能賦旣長學問自六經史記百氏之書至於圖緯陰陽五行律呂星官算法訓故字音一本上四字作方言訓詁篆隸八分無所不學學必通達如其專家其語言初如不出諸口已而辨別條理發其精微聽者忘倦決疑請益人人必得其所欲故自其少也一時名臣賢士皆稱慕之其

名聲著天下初舉進士爲廬州舒城尉坐事免官歸居南京故相臨淄晏公爲留守奇其文章待以客禮久之復調賀州富川主簿未行臨淄公薦其才留居應天府學教諸生會(一無此字)詔舉經術士爲學官京東轉運使舉公應詔召爲國子監直講遷大理評事史館檢討知太常禮院天章閣侍講直龍圖閣同判太常寺慶曆中小人有不便大臣執政者欲排去之未知所發而杜丞相子壻蘇舜欽爲集賢校理負時名所與交遊皆當世賢豪已而舜欽坐監進奏院祠神會客爲御史所彈公以(一作預)坐客貶知濠州徙知襄徐亳三州范文正公富丞相皆言王某學問經術多識故事宜在朝廷復召爲檢討同判太常寺侍講充史館修撰拜知制誥權判吏部流內銓至和元年九月爲翰林學士三年以親嫌改侍讀學士兼侍講學士嘉祐二年九月甲戌朔以疾卒享年六十有一累官至尚書吏部郎中階朝散大夫勳輕車都尉爵開國伯食邑五百戶公爲人寬厚樂易孝

於宗族信於朋友諸孤不能自立者皆爲之嫁娶始舉進士時與郭
積同保人有告積冒 一有祖字 母禫者法當連坐主司召公問果保
積否不然可易也公言保之不可易也於是與積俱罷公以文儒進
用能因其所學爲上開陳其言緩而不迫天子常喜其說意有所欲
必以問之無不能對嘗以塗金龍水牋爲飛白詞林二字以褒之至
於朝廷他有司前言故實皆就以考正既領太常吉凶禮典撰定尤
多嘗脩集韻校定史記前後漢書編國朝會要鄉兵制度祖宗故事
三朝經武聖略皇祐中大享明堂翰林侍讀學士宋祁言明堂禮廢
久必得通知古今之學者詔公共草其儀禮成撰大享明堂記又詔
修雅樂晚喜隸書尤有古法著易傳十篇 一無此五字 其他 一作所
爲文章千有餘篇其施於爲政敏而有方襄州中廬戍兵驕前爲守
者患之不能制公至因事召之悉集于庭告曰某時爲某事者非某
人邪取其一二人 一無此字 寘于法餘悉不問 一有由是二字 兵始

知懼是時妖賊反貝州州縣無遠近皆警動佐吏勸公毋給州卒教習者眞兵公笑曰是欲防亂乎此所以使人不安也在徐州遭歲大饑免民舟筭緡使得糴旁郡而一有多字出公私米粟賑民所活尤多一作甚衆有司上其最一有爲京東第一五字降詔書褒美一作奬諭其在朝廷多所論議遇人恂恂惟謹及旣歿而考其言皆當世要一作大務公知制誥夏竦卒天子以東宮舊恩賜謚文獻公曰此僖祖皇帝謚也封還其目不爲草辭因曰前有司謚王溥爲文獻章得象爲文獻字雖異而音同皆當改於是太常更謚竦文莊而溥得象皆易謚又嘗論宗戚近幸冒法干恩澤以亂刑賞又言天下民田稅不均而姦民逃亡有司失其常稅請用郭諮孫琳千步開方爲均田法頒之州縣使因民訟稍稍均之可不擾而有司得復其常數近時選諫官御史有執政之臣嘗薦舉者皆以嫌不用公以謂士飭身勵行而大臣薦賢以報國以嫌廢一作置之是疑大臣而廢賢材不

可及論河功邊食皆可施行方公病時八月開邇英閣侍臣並進講讀而公獨病一作不在天子思之遣使者問公疾少間否能起而爲予講邪既而公病篤以卒天子震悼賻卹加等贈給事中特賜諡曰文節以其年十月辛酉葬于應天府虞一作宋城縣之孟諸鄉土山原公應天宋城人也曾祖諱厚祖諱化贈大傅父諱礪贈太師中書令兼尚書令公初娶董氏再娶胡氏皆先公卒又娶齊氏封高陽縣君子男五人長曰叟臣早卒次曰力臣太常寺太祝次欽臣秘書省正字次陟臣將作監主簿次曾臣某官一無二字一女適太常博士陳安道銘曰

惟王氏之先遠自三代下迄戰國商周齊魏其後之人皆以王爲氏故其爲姓尤多於後世而太原之王出周王子公世可考實太原人後家于宋遂以蕃延惟其皇考是生八子公實其季其德克嗣播其休聲以顯于仕八支之盛名譽材賢公考朝廷儒學之臣退食于家

詵詵子孫豈其不樂胡奪之年朝無咨詢士失益友送車國門出涕

引首于茲歸藏刻銘不朽

居士集卷第三十一

墓誌七首

尚書戶部侍郎參知政事贈右僕射文安王公墓誌銘并序

公姓王氏其先太原祁人其六世祖某爲唐輝州刺史遭世亂因留家碭山碭山近宋其後又徙宋州之虞城今爲應天虞城人也公諱堯臣字伯庸天聖五年舉進士第一爲將作監丞通判湖州召試以著作佐郎直集賢院知光州歲大飢羣賊發民倉廩吏法當死公曰此飢民求食爾荒政之所恤也乃請以減死論其後遂以著令至今用之丁父憂服除爲三司度支判官再遷右司諫郭皇后廢居瑤華宮有疾上頗哀憐之方后廢時宦者閻文應有力及后疾文應又主監醫后且卒議者疑文應有姦謀公請付其事御史考按虛實以釋天下之疑事雖不行然自文應用事無敢指言者一有其字後文應卒以恣橫斥死后猶在殯有司以歲正月用故事張燈公言郭氏幸

得蒙厚恩復位號乃天子后也張燈可廢上遽爲之罷景祐四年以本官知制誥賜服金紫同知通進銀臺司兼門下封駁提舉諸司庫務還翰林學士知審官院元昊反西邊用兵以公爲陝西體量安撫使公視四路山川險易還言某路宜益兵若干某路賊所不攻某路宜急爲備至於諸將材能長短盡識之薦其可用者二十餘人後皆爲名將是時邊兵新敗於好水任福等戰死今韓丞相坐主帥失律奪招討副使知秦州范文正公亦以移書元昊不先聞奪招討副使知耀州公因言此兩人天下之選也其忠義智勇名動夷狄不宜以小故置之且任福由違節度以致敗尤不可深責主將由是忤宰相意并其他議多格不行明年賊入涇原戰定川殺大將葛懷敏乃公指言爲備處由是始以公言爲可信而前所格議悉見施行因復遣公安撫涇原路公曰陛下復用韓琦范仲淹幸甚然將不中御兵法也願許以便宜從事上以爲然因言諸路都部署可罷經略副使以

重將權而偏將見招討使以軍禮置德順軍於籠竿城廢涇原等五州營田以其地募弓箭手其所更置尤多方公使還行至涇州而德勝寨兵迫其將姚貴閉城叛公止道左解裝爲牓射城中以招貴且發近兵討之初吏白曰公奉使且還歸報天子爾貴叛非公事也公曰貴士豪也頗得士心然初非叛者今不乘其未定速招降後必生事爲朝廷患貴果出降明年四月以學士權三司使自朝廷理元昊罪軍興而用益廣前爲三司者皆厚賦暴斂甚者借內藏率富人出錢下至果菜皆加稅而用益不足公始受命則曰今國與民皆弊矣在陛下任臣者如何由是天子一聽公所爲公乃推見財利出入盈縮曰此本也彼末也計其緩急先後而去其蠹弊之有根穴者斥其妄計小利之害大體者然後一爲條目使就法度罷副使判官不可用者十五人更薦用材且賢者朞年民不加賦而用足明年以其餘償內藏所借者數百萬又明年其餘而積於有司者一有又字數千

萬而所在流庸稍復其業公曰臣之術止於是矣且臣母老願解煩劇天子多公功以爲翰林學士承旨兼端明殿學士羣牧使初宦者張承和方用事請收民房錢十之三以佐國事下三司承和陰遣人以利動公公執以爲不可度支副使林濰附承和議不已公奏罷濰乃止益利夔三路轉運使皆請增民鹽井課歲可爲錢十餘萬公亦以爲不可而權倖因緣多見裁抑京師數爲飛語及上之左右往往讒其短者上一切不問而公爲之亦自若也及公既罷上慰勞之公頓首謝曰非臣之能惟陛下信用臣爾丁母憂去職服除復爲學士羣牧使再遷給事中皇祐三年以本官爲樞密副使公持法守正遂以身任天下事凡宗室宦官醫師樂工嬖習之賤莫不關樞密而濫恩倖請隨其事可損損之可絶絶之至其大者則皆著爲定令由是小人益怨構爲飛書以害公公得書自請曰臣恐不能勝衆怨願得罷去上愈知公爲忠爲下令購爲書者甚急公益感勵在位六年廢

職修舉皆有條理樞密使狄青以軍功起行伍居大位而士卒多屬目往往造作言語以相扇動人情以爲疑而青色頗自得公嘗以語衆折青爲陳禍福言古將帥起微賤至富貴而不能保首領者可以爲鑒戒青稍沮畏嘉祐元年三月拜戶部侍郎參知政事三年遷吏部侍郎八月二十一日以疾薨于位享年五十有六公在政事論議有所不同必反復切劘至於是而後止不爲獨見在上前所陳天下利害甚多至施行之亦未嘗自名其所設施與在樞密時特異豈政事者丞相府也其體自宜如是邪公爲人純質雖貴顯不忘儉約與其弟純臣相友愛世稱孝悌者言王氏遇人一以誠意無所矯飾善知人多所稱薦士爲時名臣者甚衆有文集五十一作六十卷將終口授其弟純臣遺奏以宗廟至重儲嗣未立爲憂天子愍然臨其喪輟視朝一日贈左僕射太常諡曰文安曾祖諱化某官一無某官二字下同贈太傅妣戚氏封曹國太夫人祖諱礪某官父諱瀆某官皆

贈太師中書令兼尚書令祖妣袁氏鄆一作鄭國太夫人妣仇氏徐國太夫人娶丁氏安康郡夫人子男三人同老大理評事周老太常寺太祝早卒朋老大理評事二女長適校書郎戚師道早卒次未嫁王氏自遷虞城由公曾祖而下或葬雙金或葬土山皆在虞城嘉祐四年八月十日改葬公之皇考于宋城縣平臺鄉石落原而以公從葬焉銘曰

王爲祁人遭亂不還六世之祖初留碭山其後再遷虞宋之間遂安其居葬不遠卜宋多名家王實大族族大而振自公顯聞公初奮躬以學以文逢國多事有勞有勤利歸于邦怨不避身帝識其忠謂堪予弼俾副樞機出入惟密遂參政事實有謀謨誰中止之不俾相予帝有褒章愍飾之贈長于百寮考德惟稱維古載功在其廟器今亦有銘幽宫是閟

資政殿大學士尚書左丞贈吏部尚書正肅吳公墓誌銘

嘉祐四年十一月丁未資政殿大學士金紫光祿大夫尚書左丞知河南府兼西京留守司上柱國渤海郡開國公食邑二千八百戶食實封八百戶贈吏部尚書謚曰正肅吳公塟于鄭州新鄭縣崇義鄉朝村之原吳氏世爲建安人自高曾以來皆塟建州之浦城至公始塟其皇考于新鄭公諱育字春卿爲人明敏勁果彊學博辯能自忖一作持度不可守不發已發莫能屈奪天聖中與其弟京方俱舉進士試禮部爲第一遂中甲科而京方皆及第當是時吳氏兄弟名聞天下公初以大理評事知臨安諸暨二縣遷本寺丞知襄城縣舉才識兼茂明於體用策入三等遷著作佐郎直集賢院通判蘇州同知太常禮院三司戶部度支二判官知諫院修起居注知制誥判太常大理二寺吏部流內銓史館修撰累遷起居舍人爲翰林學士久之遷禮部郎中以學士知開封府公爲政簡嚴所至民樂其不擾去雖久愈思之初秦悼王塟汝州界中其後子孫當從塟者與其歲時上

冢者不絕故宗室宦官常往來爲州縣患公在襄城每裁折一作抑之宗室宦官怒或夜半叩縣門索牛駕車以動之公輒不應及旦徐告曰牛不可得也由是宗室宦官曰此不可爲也凡過其縣者不敢以鷹犬犯民田至他境矣然後敢縱獵其治開封尤先豪猾曰吾何有以及斯人去其爲害者而已居數日發大姦吏一人流于嶺外一府股栗又得巨盜積贓萬九千緡獄具而輒再變衆疑以爲冤天子爲遣他吏按之卒伏法由是京師肅清方元昊叛河西契丹亦乘間啖盟朝廷多故公數言事獻計畫自元昊初遣使上書有不順語朝廷亟命將出師而羣臣爭言豎子卽可一作可卽誅滅獨公以謂元昊雖名藩臣而實夷狄其服叛荒忽不常宜示以不足責外置之且其已僭名號誇其大勢必不能自削以取羞種落第可因之賜號若國主者且故事也彼得其欲宜不肯妄動然時方銳意於必討故皆以公言爲不然其後師久無功而一無此字元昊亦歸過自新天子

爲除其罪卒以爲夏國主由是議者始悔不用公言而虛弊中國公在開封數以職事辨爭或有不得則輒請引去天子惜之慶曆五年正月以爲諫議大夫樞密副使三月拜參知政事與賈丞相爭事上前上之左右與殿中人皆恐色變公論辯不已既而曰臣所爭者職也顧力不能勝矣願罷臣職不敢爭上顧一作多公直乃復以爲樞密副使居歲餘大旱賈丞相罷去御史中丞高若訥用洪範言大臣廷爭爲不肅故雨不時若因幷罷公以給事中知許州又知蔡州州故多盜公按令爲民立伍保而簡其法民便安之盜賊爲息京師有告妖賊千人聚確山者上遣中貴人馳至蔡以名捕者十人使者欲得兵自往取之公曰使者欲藉兵立威欲得妖人以還報也使者曰欲得妖人爾公曰吾在此雖不敏然聚千人于境內安得不知使信有之今以兵往是趣其爲亂也此不過鄉人相聚爲佛事以利錢財爾一弓手召之可致也乃館使者日與之飲酒而密遣人召十人者

皆至送京師告者果伏辜拜資政殿學士徙知河南府兼西京留守司又徙陝府還禮部侍郎徙永興軍丁父憂去官起復懇請終喪服除加拜翰林侍讀學士且召之公辭以疾上惻然遣使者存問賜以名藥遂以知汝州居久之又辭以疾即以爲集賢院學士判西京留守司御史臺疾少間（一作愈）復知陝府加拜資政殿大學士自公罷去上數爲大臣言吳某剛正可用每召之輒以疾不至於是召還始侍講禁中判通進銀臺司尚書都省明年拜宣徽南院使鄜延路經略安撫使判延州龐丞相經略河東與夏人爭麟州界亟築柵於白草公以謂約不先定而亟城必生事遽以利害牒河東移書龐公且奏疏論之（一有朝廷二字）皆不報已而夏人果犯邊殺驍將郭恩而龐丞相與其將校十數人皆以此得罪麟府遂警既而公復以疾辭不任邊事且求解宣徽使乃復以爲資政殿大學士尚書左丞知河中府遂徙河南公前在河南踰月而去河南人思之聞其復來皆驩

呼逆于路惟恐後其卒也皆聚哭公享年五十有五以嘉祐三年四月十五日（一作乙卯）卒于位（一有以聞二字）詔輟朝一日曾祖諱進忠贈大師妣陳氏吳國太夫人祖諱諒贈中書令妣葛氏越國太夫人父諱待問官至禮部侍郎贈太保妣李氏楚國太夫人娶王氏太原郡夫人子男十人安度安矩安素皆太常寺太祝安常大理評事安正安本安序皆祕書省正字安厚太常寺奉禮郎安憲安節未仕女三人長適集賢校理韓宗彥次適著作佐郎龐元英皆早卒次適光祿寺丞任逸公在二府時太保公以列卿奉朝請父子在廷士大夫以為榮而公踧踖不安自言子班父前非所以示人以法顧不敢以人子私亂朝廷之制願得罷去不聽天子數推恩羣臣子弟公每先及宗族疎遠者至公之卒子孫未官者七人有文集五十卷尤長於論議銘曰

顯允吳公有家于閩自我皇考卜茲新原厚壤深泉樂其寬閑今公

其從公志之安公昔尚少（一作少時）始來京師挾其二季名發聲馳乃賜之策以承帝問語驚于（一作天）廷有偉其論乃登侍從乃任大臣出入險夷周旋屈伸公所策事先其利害初有不從後無不悔公於臨政簡以便人人失（一作去）而思愈久彌新帝曰廷臣汝剛而直來汝予用斷余不惑公曰臣愚負薪之憂帝爲咨嗟公其少休優以本邦寵其秩祿尚冀公來公卒不復史臣考德作銘幽宅

鎮潼軍節度觀察留後李公墓誌銘

嘉祐五年八月某日鎮潼軍節度觀察留後知澶州軍州事隴西李公得暴疾薨于州之正寢其以疾聞也上方宴禁中爲止樂命中貴人馳國醫往視未及行而以薨聞詔輟視朝一日賜其家黃金三百兩贈公感德軍節度使已而又贈兼侍中太常謚曰某即以某年某月某日塟于開封府開封縣褒親鄉先塋之次公諱端懿字元伯開封人也右千牛衛將軍贈太師尚書令兼中書令隴西元靖王諱崇

矩之曾孫連州刺史贈太師諱繼昌之孫鎮國軍節度使駙馬都尉贈尚書令兼中書令許和文公諱遵勗之子母曰齊國獻穆大長公主太宗之女真宗之妹今天子之姑屬親而尊禮秩崇顯其淑德美問彰于內外而和文公好學不倦折節下士喜交名公卿一時翕然號稱賢尉故李氏之盛受寵三朝而天下之士不侈其榮而樂道其德公爲冢子於其家法習見安行不待教告少篤學問長而孝友喜爲詩工書畫至於陰陽醫術星經地理無所不通七歲爲如京副使歷文思副使供備庫使洛苑使新州刺史康懷二州團練使濟州防禦使坐知冀州失捕妖人降授單州團練使知均州未行改滑州兵馬鈐轄居歲中還汝州防禦使蔡州觀察使天子祀明堂推恩徙華州觀察使獻穆大長公主薨起復爲鎮國軍節度觀察留後公泣血辭讓願終喪制上不許其讓許其終喪給以全俸服除拜鎮潼軍節度觀察留後累階金紫光祿大夫勳上柱國爵開國公食邑四千四

百戶實封九百戶公爲兒時上在東宮真宗命公侍研席上尤親愛嘗解方玉帶賜之稍長出入宮禁禮如家人雖燕見語不及私數爲上陳朝廷闕失開說古今治亂多所補益退而未嘗言公旣薨得其遺藁之末上者言宗室事甚詳其餘不傳公少自勉勵見士大夫有失節廢義者輒歎曰士起寒苦以學行自名至牽利欲遂亡其所守況驕佚易習而生長富貴間邪故常惕然痛自刮磨思立名節聞一善士傾身下之而賢士大夫亦樂與之遊以此多得名譽方大長公主在時數欲求外官以自効不可得久之出知冀州爲政循法度檢身束下民以不擾歲滿召還初在冀捕妖人李校校窮自經死驗得實矣後貝州妖賊王則閉城叛聲言校在以惑衆公坐貶官已而則誅城開無李校者乃還公防禦使又知鄆州安撫京東之西路是歲京東水災民飢流亡公爲治室廬發倉廩而流人至者如歸咸賴以全活置弓手馬教其馬鬭皆如精兵治汶陽堤百餘里鄆人遂無水

患又知澶州發軍吏之姦者去之流其尤者於遠方然後明軍籍均其勞逸軍中稱平而畏其法始下令捕盜有登隣屋取一杓者遽寘之法以徇於市曰是固足以信吾令由是盜賊屛息公雖以公主子自少居京師常領職事其在三班院尤爲稱職三班掌諸使臣功過黜陟而主者皆顯官自重或貴家子食俸廩而已吏得因依爲姦而職廢久不省至公始躬治簿書考覈虛實賞罰必當後人多遵用其法及出爲三州又皆有治狀故雖享年不永不究其所施而士君子皆知其非安於富貴者也及聞其喪也莫不痛惜焉公自爲鎭潼留後十年不遷上以其久也以爲寧遠軍節度使公懇辭不拜及其薨也遂贈感德軍節度使公享年四十有八娶郭氏封仁壽郡君先公九年卒贈太原郡夫人西京左藏庫使昌州團練使中和之女子男五人長曰詵供備庫副使次曰諲曰詢皆右侍禁次曰諄曰訴尙幼女四人長適皇姪右屯衞大將軍吉州團練使建安郡公宗保早卒

次適祕書丞夏倚次適皇姪左領軍衛大將軍宗景次適皇姪孫右監門衛將軍世逸公平生嘗語其子弟曰吾蒙國厚恩未有以報吾且死宜有遺言毋因以求恩澤及其薨也其家如其言銘曰

允矣和文惟時顯人蔚有士譽匪矜帝姻賚其子孫列爵啓國惟公承之克似其德士起寒家驕于滿盈紛其利欲敗節隳名公生戚族赫奕高明都尉之子天子之甥惟謹惟恭其色不懈聞善如貪在得思戒間亦宴見忠言告猷學而從政有惠三州享其多美獨不遐年高旌巨節以賁于泉曷又贈之金璫附蟬寵渥名榮一作榮名惟有其實刻詩同藏其固其密

居士集卷第三十二

墓誌四首

尚書工部郎中充天章閣待制許公墓誌銘并序

公諱元字子春姓許氏宣州宣城人也許氏世以孝謹稱鄉里其父亡一子當官兄弟相讓久之曰吾弟材後必庇吾宗乃以公補郊社齋郎徙居海陵力耕以養其母調明州定海劍州順昌縣尉泰州軍事推官戍兵千人自海上亡歸州守聞變不知所爲公爲詰其所以來二三人出前對公叱左右執之曰惑衆者此爾其餘何罪勞其徒而遣之遷鎮東軍節度推官知潤州丹陽縣縣有練湖決水一寸爲漕渠一尺故法盜決湖者罪比殺人會歲大旱公請借湖水溉民田不待報決之州守遣吏按問公曰便民罪令可也竟不能詰由是溉民田萬餘頃歲乃大豐再遷太子中舍監揚州博鹽和糴倉知泰州如皋縣所至民愛思之公爲吏喜修廢壞其術長於治財自元昊叛

河西兵出久無功而天下勞弊三司使言公材以主權貨公言先時賈人入粟塞下京師錢不足以償故錢償愈不足則粟入愈少而價愈高是謂內外俱困請高塞粟之價下南鹽以償之使東南去滯積而西北之粟盈曰此輕重之術也行之果便是時京師粟少而江淮歲漕不給三司使懼大臣以爲憂參知政事范仲淹謂公獨可辦乃以公爲江淮兩浙荆湖發運判官公曰以六路七十二州之粟不能足京師者吾不信也至則治千艘浮江而上所過州縣留三月食其餘悉發而州縣之廩遠近以次相補由是不數月京師足食既而歎曰此可爲於乏時然歲漕不給者有司之職廢也乃考故事明約信令發斂轉徙至於風波遠近遲速賞罰皆有法凡江湖數千里外談笑治之不擾不勞而用以足公初以殿中丞爲判官已而爲副爲使每歲終會計來朝天子必加恩禮特賜進士出身官至工部郎中天章閣待制凡在職十有三年已而曰臣憊矣願乞臣一州天子顧代

公者難其人其請至八九久之察其實病且老矣乃以知揚州居歲餘徙知越州公益病又徙泰州至州未視事以嘉祐二年四月某日卒于家享年六十有九曾祖諱稠池州錄事參軍祖諱規贈大理評事父諱遜尚書司封員外郎贈工部侍郎公娶馮氏封崇德縣君先公卒子男二人長曰宗旦眞州楊子縣主簿次曰宗孟守將作監主簿女一人適大常寺太祝滕希雅先是江淮歲漕京師者常六百萬石其後十餘歲歲益不充至公爲之歲必六百萬而常餘百萬以備非常方其去職有勸公進爲羨餘者公曰吾豈聚斂者哉敢用此以希寵公爲人善談論與人交久而益篤於其家尤孝悌所得俸祿分給宗族無親疏之異其孤宗旦等以某年某月某日葬公於眞州楊子縣甘露鄉之某原其所與遊廬陵歐陽修誌於其墓曰嗚呼爲天下者固常養材於無事之時蓋必有事然後材臣出自寶元慶曆以來兵動一方奔走從事於其間者皆號稱天下豪傑其智者出謀材

者勴力訖不得少如其志而公遭此時用其所長且久於其官故得卒就其業而成此名此其可以書矣乃爲之銘曰

材難矣有藴而不得其時時逢矣有用而不盡其施功難成而易毀雖明哲或不能以自知公材之敏兮用適其宜志方甚壯兮力則先衰行著于家而勞施于國永幽其閟兮銘以哀之

尙書刑部郎中充天章閣待制兼侍讀贈右諫議大夫孫公

墓誌銘

公諱甫字之翰許州陽翟人也初舉進士天聖五年得同學究出身爲蔡州汝陽縣主簿八年再舉進士及第爲一無此字華州觀察推官轉運使李紘薦其材遷大理寺丞知絳州翼城縣故丞相杜祁公與紘皆以清節自高尤難於取士聞公紘所薦也數招致之一見大喜已而祁公自御史中丞拜樞密直學士知永興軍辟公司錄凡事之繁猥者一以委之公歎曰待我以此可以去矣祁公爲謝顧事非

他吏不能者不敢煩公公乃從容爲陳當世之務所以緩急先後施設之宜又多薦士之賢而在下者於是祁公自以爲得益友歲滿知彭州永昌縣監益州交子務再遷太常博士祁公爲樞密副使薦于朝得祕閣校理是時諸將兵討靈夏久無功天下騷動盜賊數入州縣殺吏卒吏多失職而民弊矣天子方銳意更用二三大臣乃極選一時知名士增置諫員使補闕失公以右正言居諫院上好納諫諍未嘗罪言者而至言宮禁事他人猶須委曲開諷而公獨曰所謂后者正嫡也其餘皆猶婢爾貴賤有等用物不宜過僭自古寵女色初不制而後不能制者其禍不可悔上曰用物在有司吾恨不知爾公曰世謂諫臣耳目官所以達不知也若所謂前世女禍者載在書史陛下可自知也上深嘉納之保州兵變前有告者大臣不時發之公因力言樞密使副當得罪使乃杜祁公也邊將劉滬城水洛于渭州部署尹洙以滬違節度將誅之大臣稍主洙議公以謂水洛通秦渭

於國家利滬不可弭由是罷洙而釋滬洙公平生所善者也公在諫院所言補益尤多是三者其一人所難言其二人所難處者其後言宰相以某事當去者上亟爲罷之因以陳執中爲參知政事公又言執中不可用由是上難之公遂求解職於是小人不便大臣執政而朋黨之論起二三公相繼去位公亦在論中而辨諍愈切不自疑由是罷諫職以右司諫知鄧州徙知安州歷江南兩浙轉運使再還兵部員外郎改直史館知陝府又徙晉州河東轉運使公素羸性淡然寡所好欲恂恂似不能言而內勁果遇事精明議者謂公道德文學宜在朝廷備顧問而錢穀刀筆非其職然公處之益辨至臨疑獄滯訟常立得其情大賊張海郭貌山攻劫商鄧新破南陽順陽公安輯有方常曰教民知戰古法也乃親閱縣弓手教之擊射坐作皆爲精兵盜賊爲息陝當東西衝吏苦廚傳而前爲守者顧毀譽不能有所損至公痛裁節之過客畏其清初無所望而亦莫之毀也陝人賴以

紓後遂以爲法其爲轉運使所至州縣視其職事修廢察其民樂否以此升黜官吏而不納毀譽遇下雖嚴而不害其在兩浙范文正公守杭州以大臣或便宜行事公曰范公貴臣也吾屈於此則不得伸於彼矣由是一切繩以法而常以監司自處范公遇公無倦色及退而不能無恨公遇范公不少下然退而未嘗不稱其賢也自河東召爲度支副使勤其職不以爲勞已而得疾嘉祐元年遷刑部郎中天章閣待制河北都轉運使不行疾少間乃留侍讀公博學彊記尤喜言唐事能詳其君臣行事本末以推見當時治亂每爲人說如其身履其間而聽者曉然如目見故學者以謂終歲讀史不如一日聞公論也所著唐史記七十五卷論議宏贍書未及成以嘉祐二年正月戊戌卒于家享年六十公既卒詔取其書藏于祕府贈右諫議大夫又有文集七卷公喜接士務揚人善所得俸廩多所施與撫諸孤兒教育如己子曾祖諱恕博州堂邑主簿祖諱賁尚書庫部員外郎考

諱從革不仕以公貴累贈都官郎中母曰長安縣太君李氏娶程氏壽昌縣君子三人長曰宜滑州節度推官次曰寔曰寘皆將作監主簿女三人一適將作監主簿程著餘皆早亡以五年七月丁酉葬公于陽翟縣舊學鄉塢頭村之北原銘曰

惟學而知方以行其義惟簡而無欲以遂其剛力雖弱兮志則彊積之厚兮發也光宜壽兮奄以藏有深其泉兮有崇其岡永安其固兮百世無傷

梅聖俞墓誌銘并序

嘉祐五年京師大疫四月乙亥聖俞得疾臥城東汴陽坊明日朝之賢士大夫往問疾者騶呼屬路不絕城東之人市者廢行者不得往來咸驚顧相語一作謂曰茲坊所居大人誰邪一作茲坊大人誰也何致客之多也居八日癸未聖俞卒於是賢士大夫又走弔二字一作共哭如前日益多而其尤親且舊者相與聚而謀其後事自丞相

以下皆有以賻卹其家粤六月甲申其孤一作子增一無此字載其柩南歸以明年正月丁丑葬于某所一作宣州陽城鎮雙歸山聖俞字也其名堯臣姓梅氏宣州宣城人也一作姓梅氏名堯臣宣州人也自一無此字其家世頗一有皆字能詩而從一作叔父詢以仕顯至聖俞遂以詩聞自武夫貴戚童兒一作兒童野叟皆能道其名字雖妄愚人不能知詩義者直曰此世所貴也吾能得之用以自矜故求者日踵門而聖俞詩遂行天下其初喜爲清麗閒肆平淡久則涵演深遠間亦琢刻以出怪巧然氣完力餘益老以堅其應於人者多故辭非一體至於他文章皆可喜非如唐諸子號詩人者僻固而狹陋也聖俞爲人仁厚樂易未嘗忤於物至其窮愁感憤有所罵譏笑謔一發一有之字於詩然用以爲驩而不怨懟可謂君子者也初在河南一有時字王文康公見其文歎曰二百年無此作矣其後大臣屢薦宜在館閣嘗一召試賜進士出身餘輒不報嘉祐元年翰林學

士趙概等十餘人列言于朝曰梅某經行修明願得留與國子諸生講論道德作爲雅頌（一作風雅）以謌詠聖化乃得國子監直講三年冬祫于太廟御史中丞韓絳言天子且親祠當更制樂章以薦祖考惟梅某爲宜亦不報聖俞初以從父蔭補太廟齋郎歷桐城河南河陽三縣主簿以德興縣令知建德縣又知襄城縣監湖州鹽稅簽署忠武鎮安兩軍節度判官監永濟倉國子監直講累官至尚書都官員外郎嘗奏其所撰唐載二十六卷多補正舊史闕繆乃命編修唐書書成未奏而卒享年五十有九曾祖諱遠祖諱邈皆不仕父諱讓太子中舍致仕贈職方郎中母曰仙遊縣太君束氏又曰清河縣太君張氏初娶謝氏封南陽縣君再娶刁氏封某（一作平恩）縣君子男五人曰增曰墀曰坰曰龜兒一早卒女二人長適太廟齋郎薛通次尚幼聖俞學長於毛氏詩爲小傳二十卷其文集四十卷注孫子十三篇余嘗論其詩曰世謂詩人少達而多窮蓋非詩能窮人殆窮者

而後工也聖俞以爲知言銘曰

不戚其窮不困其鳴不躓于艱不履于傾養其和平以發厥聲震越渾鍠衆聽以驚以揚其清以播其英以成其名以告諸冥

江鄰幾墓誌銘

君諱休復字鄰幾其爲人外若簡曠而內行修飭不妄動於利欲其彊學博覽無所不通而一（無此字）不以矜人至有問輒應雖好辯者不能窮也已則默若不能言者其爲文章淳雅尤長於詩淡泊閑遠往往造人之不至善隸書喜琴奕飲酒與人交久而益篤孝於宗族事孀姑如母天聖中與尹師魯蘇子美遊知名當時舉進士及第調藍山尉騎驢赴官每據鞍讀書至迷失道家人求得之乃覺歷信潞二州司法參軍又舉書判拔萃改大理寺丞知長葛縣事通判閬州以母喪去職服除知天長縣事遷殿中丞又以父憂終喪獻其所著書召試充集賢校理判尚書刑部當慶曆時小人不便大臣執政者

欲累以事去之君友蘇子美杜丞相壻也以祠神會飲得罪一時知名士皆被逐君坐落職監蔡州商稅久之知奉符縣事改太常博士通判睦州徙廬州復得集賢校理判吏部南漕登聞檢一作鼓院爲羣牧判官出知同州提點陝西路刑獄入判三司鹽鐵局院修起居注累遷刑部郎中君於治人則曰爲政所以安民也無擾之而已故所至民樂其簡易至辨疑折獄則或權以術舉無不得而不常用亦不自以爲能也君所著書號唐宜鑒十五卷春秋世論三十卷文集二十卷又作神告一篇言皇嗣事以謂皇嗣國大事也臣子以爲嫌而難言或言而不見納故假神告祖宗之意務爲深切冀以感悟又嘗言昭憲太后杜氏子孫宜錄用故翰林學士劉筠無後而官沒其貲宜爲立後還其貲劉氏一有因字得不絕君之論議頗多凡與其遊者莫不稱其賢而在上位者久未之用也自其修起居注士大夫始相慶以爲在上者知將用之矣而用君者亦方自以爲得而君亡

矣嗚呼豈非其命哉君以嘉祐五年四月乙亥以疾終于京師即以其年六月庚申葬于某所一作陽夏鄉之原君享年五十有六方其亡恙時爲理一作治命數百言已而疾且革其子問所欲言曰吾已著之矣遂不復言曾祖諱濬殿中丞贈駕部員外郎妣李氏始一作隆平縣太君祖諱曰新駕部員外郎贈太僕少卿妣孫氏富陽縣太君考諱中古太常博士贈工部侍郎妣張氏仁壽縣太君夫人夏侯氏永安縣君金部郎中或之女先君數月卒子男三人長曰懋簡并州司戶參軍次曰懋相太廟齋郎次曰懋迪女三人長適祕書丞錢袞餘尚幼君姓江氏開封陳留人也自漢轅陽侯德居於陳留之圉城其後子孫分散一作居而君世至今居圉城不去自高祖而上七世葬圉南夏岡由大王父而下三世乃葬陽夏銘曰

彼馳而我後彼取而我不豈用力者好先而知命者不苟嗟吾鄰幾兮卒以不偶舉世之隨兮君子之守衆人所亡兮君子之有其失一

世兮其存不朽惟其自以爲得兮吾將誰咎

居士集卷第三十三

墓誌五首

尚書駕部員外郎致仕薛君墓誌銘并序

尚書駕部員外郎致仕薛君諱長孺字元卿絳州正平人也贈太傅諱温瑜之曾孫殿中丞贈太師諱化光之孫右班殿直贈左驍衞大將軍諱睦之子尚書戶部侍郎贈司空簡肅公兄之子薛爲絳大族簡肅公爲時名臣君爲薛氏良子弟少用簡肅公蔭補郊社齋郎將作監主簿太常寺太祝大理評事衞尉大理寺丞太子右一作左贊善大夫殿中丞國子博士尚書虞部比部駕部三員外郎歷知趙州臨城縣通判漢湖滑三州知彭州坐斷獄降監陽武縣稅會簡肅公夫人甍葬于絳州即起君知州事以辦葬歲滿通判成都府未行遂以疾致仕居于許州之郾城嘉祐六年七月丙午以卒享年六十有一君在漢州州兵數百殺其軍校燒營以爲亂君挺身徒步自壞垣

入其營中以禍福語亂卒曰叛者立左脅從者立右於是數百人者皆趨立於右獨叛者十三人亡去州遂無事明年蜀大饑今韓丞相安撫兩川獨漢人不甚殍賜詔書獎諭其在絳也曰絳吾鄉里也長老乃吾父師子弟猶吾子弟也爲立學置學官以教之爲政有惠愛絳人大悅君爲人謹默淳質平居似不能言而其臨事如此先娶李氏早亡後娶董氏封范陽縣君子男二人長曰延丞興軍醴泉縣主簿次曰通蔡州司戶參軍孫男曰震孫女三人以治平三年二月乙酉葬于絳州正平縣清原一作源鄉周村原將葬其女弟之夫歐陽修爲之銘曰

維聖有言兮仁勇而壽壽胡不多兮勇則信有爲政鄉州兮稱于長老鹽車來歸兮鄉人奔走遺思在人兮刻銘不朽

國子博士薛君墓誌銘幷序

君諱良孺字得之姓薛氏絳州正平人也少孤育於其叔父是爲簡

肅公以公蔭爲將作監主簿太常寺奉禮郎大理評事將作監丞大理寺丞遷太子右贊善大夫殿中丞嘗知秦州清水縣縣雜蕃夷君爲簡其政令示之必信蕃夷畏愛歲滿罷去人甚思之其後簽書通利軍判官公事與其軍守爭事坐停官久之復爲殿中丞遷國子博士監陳州清酒務嘉祐八年二月甲午以疾卒于官舍享年四十有六宋興百年薛姓五顯而簡肅公以清德直節聞故其家法嚴而子弟多賢材君爲人開爽明秀幼爲簡肅公所愛若己一作過其子長工書作歌詩嘗一舉進士不中以蔭補例監庫務無所施其能一爲民政遂有聲平居喜飲酒談笑與其親戚朋友驩然未嘗有怨惡其在通利與其軍守所爭皆公事既廢無懟色至卒窮以死豁如也嗚呼可哀也已曾祖贈太傅諱温瑜祖贈太師諱化光父右班殿直贈左驍衛大將軍諱睦君娶張氏故樞密直學士逸之女封仁壽縣君先君二歲而卒子男一人曰遜女三人長適大理評事王正甫次適

太常寺太祝王端甫次尙幼治平三年二月乙酉其孤遜舉其喪合葬于絳州正平縣清原(一作源)鄉周村原將葬廬陵歐陽修曰余薛氏壻也與君遊而賢其人宜有以哀之乃爲之銘曰

維古才子兮出于名族嗟吾得之兮旣哲而淑有能不施兮不遐以趣卒困于艱兮泰乎自足絳水深長兮山岡起伏利我後人兮安于吉卜

徂徠石先生墓誌銘并序

徂徠先生姓石氏名介字守道兗州奉符人也徂徠魯東山而先生非隱者也其仕嘗位於朝矣魯之人不稱其官而稱其德以爲徂徠魯之望先生魯人之所尊故因其所居山以配其有德之稱曰徂徠先生者魯人之志也先生貌厚而氣完學篤而志大雖在畎畝不忘天下之憂以謂時無不可爲爲之無不至不在其位則行其言吾言用功利施於天下不必出乎己吾言不用雖獲禍咎至死而不悔其

遇事發憤作爲文章極陳古今治亂成敗以指切當世賢愚善惡是是非非無所諱忌（一作忌諱）世俗頗駭其言由是謗議喧然而小人尤嫉惡之相與出力必（一有欲字）擠之死先生安然不惑不變曰吾道固如是吾勇過孟軻矣不幸遇疾以卒既卒而姦人有欲以奇禍中傷大臣者猶指先生以起事謂其詐死而北走契丹矣請發棺以驗賴天子仁聖察其誣得不發棺而保全其妻子先生世爲農家父諱丙始以仕進官至太常博士先生年二十六舉進士甲科爲鄆州觀察推官南京留守推官御史臺辟主簿未至以上書論赦罷不召秩滿遷某軍節度掌書記代其父官于蜀爲嘉州軍事判官丁內外艱去官垢面跣足躬耕徂徠之下葬其五世未葬者七十喪服除召入國子監直講是時兵討元昊久無功海內重困天子奮然思欲振起威德而進退二三大臣增置諫官御史所以求治之意甚銳先生躍然喜曰此盛事也雅頌吾職其可已乎乃作慶曆聖德詩以褒貶

大臣分別邪正累數百言詩出太山孫明復曰子禍始於此矣明復

先生之師友也其後所謂姦人作奇禍者乃詩之所斥也先生自閑

居徂徠後官于南京常以經術教授及在太學益以師道自居門人

弟子從之者甚衆太學之興自先生始其所謂文章曰某集者若干

卷曰某集者若干卷其斥佛老時文則有怪說中國論曰去此三者

然後可以有爲其戒姦臣宦女則有唐鑑曰吾非爲一世監也其餘

喜怒哀樂必見於文其辭博辯雄偉而憂思深遠其爲言曰學者學

爲仁義也一有仁急於利物義果於有爲十字惟忠能忘其身信篤

於自信者乃可以力行也以是行於己亦以是教於人所謂堯舜禹

湯文武周公孔子孟軻楊雄韓愈氏者未嘗一日不誦於口思與天

下之士皆爲周孔之徒以致其君爲堯舜之君民爲堯舜之民亦未

嘗一日少忘于心至其違世驚衆人或笑之則曰吾非狂癡者也是

以君子察其行而信其言推其用心而哀其志先生直講歲餘杜祁

公薦之天子拜太子中允今丞相韓公又薦之乃直集賢院又歲餘始去太學通判濮州方待次于徂徠以慶曆五年七月某日卒于家享年四十有一友人盧陵歐陽修哭之以詩以謂待彼謗焰熄然後先生之道明矣先生既沒妻子凍（一作寒）餒不自勝今丞相韓公與河陽富公分俸買田以活之後二十一（一無此字）年其家始克葬先生于某所將葬其子師訥與其門人姜潛杜默徐遁等來告曰謗焰熄矣可以發先生之光矣敢請銘某曰吾詩不云乎子道自能久也何必吾銘遁等曰雖然魯人之欲也乃為之銘曰

徂徠之巖巖與子之德兮魯人之所瞻汶水之湯湯與子之道兮逾（一作愈）遠而彌長道之難行兮孔孟（一有亦云二字）遑遑一世之屯兮萬世之光曰吾不有命兮安在夫桓魋與臧倉自古聖賢皆然兮噫子雖毀其何傷

故霸州文安縣主簿蘇君（一作趙郡蘇明允）墓誌銘并序

有蜀君子曰蘇君諱洵字明允眉州眉山人也君之行義修於家信於鄉里聞於蜀之人（一無此二字）久矣當至和嘉祐之間與其二子軾轍偕至京師翰林學士歐陽修得其所著書二十二篇獻諸朝書既出而公卿士大夫爭傳之其二子舉進士皆在高等亦以文學稱于世眉山在西南數千里外一日父子隱然名動京師而蘇氏文章遂擅天下君之文博辯宏偉讀者悚然想見其人既見而温温似不能言及即之與居愈久而愈可愛間而出其所有愈叩而愈無窮嗚呼可謂純明篤實之君子也曾祖諱祐祖諱杲父諱序贈尙書職方員外郎三世皆不顯職方君三子曰澹曰渙皆以文學舉進士而君少獨不喜學年已壯猶不知書職方君縱而不問鄉閭親族皆怪之或問其故職方君笑而不答君亦自如也年二十七始大發憤謝其素所往來少年閉戶讀書爲文辭歲餘舉進士再不中又舉茂材異等不中退而歎曰此不足爲吾學也悉取所爲文數百篇焚之益閉

戶讀書絶筆不爲文辭者五六年乃大究六經百家之說以考質古今治亂成敗聖賢窮達出處之際得其粹精一作精粹涵畜充溢抑而不發久之慨然曰可矣由是下筆頃刻數千言其縱橫上下出入馳驟必造於深微而後止蓋其禀也厚故發之遲志也慤故得之精自來京師一時後生學者皆尊其賢學其文以爲師法以其父子俱知名故號老蘇以别之初修爲上其書召試紫微閣辭不至遂除試秘書省校書郎會太常修纂建隆以來禮書乃以爲霸州文安縣主簿使食其祿與陳州項城縣一無此字令姚闢同修禮書爲太常因革禮一百卷書成方奏未報而君以疾卒實治平三年四月戊申也享年五十有八天子聞而哀之特贈光祿寺丞勅有司具舟載其喪歸于蜀君娶程氏大理寺丞文應之女生三子曰景先早卒軾今爲殿中丞直史館轍權大名府推官三女皆早卒孫曰邁曰遲有文集二十卷謚法三卷君善與人交急人患難死則卹養其孤鄉人多德

之蓋晚而好易曰易之道深矣汩而不明者諸儒以附會之說亂之也去之則聖人之旨見矣作易傳未成而卒治平四年十月壬申葬于彭山之安鎮鄉可龍里君生於遠方而學又晚成常歎曰知我者惟吾父與歐陽公也然則非余誰宜銘銘曰

蘇顯唐世實欒城人以宦留眉蕃蕃子孫自其高曾鄉里稱仁偉歟明允大發於文亦既有文而又有子其存不朽其嗣彌昌嗚呼明允可謂不亡

贈太子太傅胡公墓誌

太子少師致仕贈太子太傅胡公諱宿字武平其先豫章人也後徙常州之晉陵世有隱德爲晉陵著姓公舉進士中天聖二年乙科爲真州楊子尉縣大水漂溺居民令不能救公曰拯溺吾職也即率公私舟活數千人歲滿調廬州合淝主簿張丞相士遜稱其文行薦諸朝召試學士院爲館閣校勘與修北史改集賢校理通判宣州三遷

太常博士判吏部南曹賜緋衣銀魚一有出字知湖州爲政有惠愛築石塘百里捍水患大興學校學者盛於東南自湖學始公丁母夫人憂去而州人思之名其塘曰胡公塘學者爲公立生祠于學中至今祠之公居喪毀瘠過禮三年不居于內服除爲三司鹽鐵判官轉尚書祠部員外郎判度支局院知蘇州兩浙路轉運使召還修起居注以本官知制誥兼勾當三班院已而兼判吏部流內銓入內都知楊懷敏坐衞士夜盜入禁中驚乘輿斥出爲和州都監懷敏用事久勢動中外未幾召復故職公封還辭頭不草制論曰衞士之變蹤跡連懷敏得不窮治誅死幸矣豈宜復在左右其命遂止久之拜公翰林侍讀學士遷翰林學士兼史館修撰判館事兼端明殿學士累遷尚書左司郎中兼知通進銀臺司審刑院羣牧使提舉在京諸司庫務醴泉宮判尚書禮部遂判都省再知禮部貢舉奉使契丹館伴北朝人使亦皆再而虜人嚴憚之公爲人清儉謹默內剛外和羣居笑

語讙譁獨正容色溫溫不動聲氣與人言必思而後對故其涖官臨事愼重不輒發發亦不可回止而其趣要歸於仁厚朝議在官年七十而不致仕者有司以時按籍舉行公以謂養廉恥厚風俗宜有漸而欲一切以吏議從事殆非所以優老勸功之意當少緩其事一作法使人得自言而全其美節朝廷嘉其言是至今行之皇祐新樂成議者多異論有詔新樂用於常祀朝會而郊廟仍用舊樂公言書稱同律而今舊樂高新樂下相去一律難並一作遂用而新樂未施於郊廟先用之朝會非先王薦上帝配祖考之意皆不可一作遂不行近制禮部四歲一貢士議者患之請更爲間歲議已定公獨以爲不然曰使士子廢業而奔走無寧歲不如復用三歲之制也衆皆以公言爲非行之數年士子果以爲不便而卒用三歲之制仁宗久未有皇子羣臣多以皇嗣爲言未省公以學士當作青辭禱嗣一作祠于山川卽建言儲位久虛非所以居安而慮危願擇宗室之賢者立之

以慰安天下之心語甚切至公學問該博兼通陰陽五行天人一作文災異之說南京鴻慶宮災公以謂南京聖宋所以受命建號而大火主於商邱國家乘火德而王者也今不領於祠官而比年數災宜修火祀事下太常歲以長吏奉祠商邱自公始慶曆六年夏河北河東京東同時地震而登萊尤甚公以歲推之曰明年丁亥歲之刑德皆在北宮陰生於子而極於亥然陰猶彊而未卽伏陽猶微而未卽勝此所以震也是謂龍戰之會而其位在乾今西北二虜中國之陰也宜爲之備不然必有內盜起於河朔明年王則以貝州叛公又以爲登萊視京師爲東北隅乃一作易艮少陽之位也今二州並置金坑多聚民以鑿山谷陽氣損泄故陰乘而動縣官入金歲幾何小利而大害可卽禁止以寧地道皇祐五年正月會靈宮災是歲冬至祀天南郊以三聖並配明年大旱公曰五行火禮也去歲火而今又旱其應在禮此殆郊邱並配之失也卽建言並配非古宜用迭配如初

詔其後幷州議建軍爲節鎭公以星土考之曰昔高辛氏之二子不相能也堯遷閼伯於商邱主火而商爲宋星遷實沈於臺駘主水而參爲晉星國家受命始於商邱王以火德又京師當宋之分野而幷爲晉地參商仇讎之星今欲崇晉非國之利也自宋興平僭僞幷最後服太宗削之不使列於方鎭八十年矣謂宜如舊制公在翰林十年多所補益大抵不爲苟止而妄隨故其言或用或不用或後卒如其言然天子察公之忠欲大用者久矣嘉祐六年八月拜公諫議大夫樞密副使公既愼靜而當大一作重任尤顧惜大體而羣臣方建利害多更張庶事以革弊公獨厭之曰變法古人一作今之難不務守祖宗成法而徒紛紛無益於治也又以謂契丹與中國通好六十餘年自古未有也善待夷狄者謹爲備而已今三邊武備多弛牧馬著虛名於籍可乘而戰者百無一二又謂倉州宜分爲二路以禦虜此今急務也若其界上交侵小故乃城寨主吏之職朝廷宜守祖宗

之約不宜爭小利而隳大信深戒邊臣生事以爲功在位六年其論議類皆如此英宗卽位拜一作遷給事中治平三年累上表乞致仕未一作不允久之拜尙書吏部侍郎觀文殿學士知杭州爲政不略細故或謂大臣不宜自勞公曰此民事也吾不敢忽以是民尤愛之明年今上卽位遷左丞五月公以疾告遂除太子少師致仕命未至而公以六月十一日薨于正寢享年七十有三一作二卽以其年十一月某日葬于某州某縣某鄉之某原一作常州晉陵縣萬安鄉之隆亭公之曾祖諱持累贈太傅曾祖妣歐陽氏追封晉陵郡太夫人祖諱徽累贈太師祖妣楊氏追封華陰郡太夫人余氏嘉興郡太夫人余氏丹陽郡太夫人龔氏武陵郡太夫人父諱霖累贈太師兼中書令妣沈氏追封東陽郡太夫人貝氏南陽郡太夫人李氏金城郡太夫人公累階光祿大夫勳上柱國開國安定爵公食邑二千八百戶食實封四百戶賜推誠保德翊戴功臣初娶吳氏追封蘭陵郡夫

人再娶何氏封南康郡夫人子男五人長曰宗堯今爲都官員外郎次曰遵路早卒次曰宗質國子博士次曰宗炎著作佐郎次曰宗厚祕書省正字早卒女四人皆適士族孫志修太常寺太祝行修守祕書省校書郎簡修試祕書省校書郎世修德修安修奕修慎修益修公自一無此字爲進士知名于時楊文公億得其詩題于祕閣歎曰吾恨未識此人其舉進士也謝陽夏公絳薦公爲第一公名以此益彰而謝公亦以此自負少嘗善一浮圖其人將死謂公曰我有祕術能化瓦石爲黃金子其葬我我以此報子公曰爾之後事吾敢不勉祕術非吾欲也浮圖歎曰子之志未可量也其篤行自勵至於貴顯常如布衣時有文集四十一有一字卷銘曰

允矣胡公順外剛中惟初暨終一德之恭公之燕居其氣溫溫舉必可法思而後言公在朝廷正色侃侃蔚有嘉話一作謀憂深慮遠不迎利趨不畏勢反有或不從後必如之久一作多而愈信一作篤孰

不公思侍從之親樞機之密名望三朝清職峻秩愷悌之仁一作化宜國黃耇七十而止孰云多壽惟善在人刻銘一作知名不朽

居士集卷第三十四

墓誌三首碣一首附

永州軍事判官鄭君墓誌銘

鄭君諱平字某衡州衡陽人也少倜儻有大志舉進士中天禧三年甲科爲郴州軍事推官監潭州茶場坐茶惡免官久之試秘書省校書郎知連州陽山縣爲道州軍事推官丁母憂服除調永州軍事判官監衡州莎源銀冶以疾去官慶曆三年七月某日卒于家享年五十有一以某年某月某日葬于某所曾祖諱某永州祁陽令祖諱某江寧府建寧縣令父諱某道州軍事判官君娶孫氏贈尚書工部侍郎冕之女子男六人絢總紀經維綬絢早卒總舉進士出身亦早卒孫七人皆幼君世仕不顯少孤而貧母夫人某氏賢母也教其三子以學皆有立君與其兄本弟革皆舉進士及第君初監茶場茶實不惡上官挾他事以罪中之君不自辯竭其貲以償解官而去無愠色

及爲陽山有善政民甚愛之其既以疾廢慨然歎曰吾少力學而不幸廢以疾吾終不用於時矣安事空言哉卽取其平生所爲文稾悉焚之嗚呼君之志可哀也已自三代詩書已來立言之士多矣其始無不欲其言之傳也而散亡磨滅泯然不復見於後世者何可勝數或暫見而終沒或其言雖傳而其人不爲世所貴者有矣惟君子有諸躬而不可揜者不待自言而傳也君之不欲見於空言其可謂善慮於無窮者矣其志豈不遠哉雖然君之志既不自見於言而宜有爲之著者銘所以彰善而著無窮也乃爲之銘曰

夫惟自信者不疑知命者不惑故能得失不累其心喜愠不見其色嗚呼鄭君學幾於此斯可謂之君子

端明殿學士蔡公墓誌銘

公諱襄字君謨興化軍仙遊人也天聖八年舉進士甲科爲漳州軍事判官西京留守推官改著作佐郎館閣校勘慶曆三年以祕書丞

集賢校理知諫院兼修起居注是時天下無事士大夫弛於久安一日元昊叛師久無功天子慨然厭兵思正百度以修太平既已排羣議進退一作用二三大臣又詔增置諫官四員使拾遺補闕所以遇之甚寵公以材名在選中遇事感激無所回避一有於是二字權倖畏斂不敢撓法干政而上得益與大臣圖議明年屢下詔書勸農桑興學校革弊修廢而天下悚然知上之求治矣於此之時言事之臣無日不進見而公之補益爲尤多四年以右正言直史館出知福州以便親遂爲福建路轉運使復古五塘以溉田民以爲利爲公立生祠于塘側又奏減閩人五代時丁口稅之半丁父憂服除判三司鹽鐵勾院復修起居注今參知政事唐公介時爲御史以直言忤旨貶春州別駕廷臣無敢言者公獨論其忠人皆危之而上悟意解唐公得改英州遂復召用皇祐四年遷起居舍人知制誥兼判流內銓御史呂景初吳中復馬遵坐論梁丞相適罷臺職除他官公封還辭頭

不草制其後屢有除授非當者必皆封還之而上遇公益厚曰有子如此其母之賢可知命特賜冠帔以寵之至和元年遷龍圖閣直學士知開封府三年以樞密直學士知泉州徙知福州未幾復知泉州公爲政精明而世（一作於）閩人（一有尤字）知其風俗至則禮其士之賢者以勸學興善而變民之故除其甚害往時閩人（一作士）多好學而專用賦以應科舉公得先生周希孟以經術傳授學者常至數百人公爲親至學舍執經講問爲諸生率延見處士陳烈尊以師禮而陳襄鄭穆方以德行著稱鄉里公皆折節下之閩俗重凶事其奉浮圖會賓客以盡力豐侈爲孝否則深自愧恨爲鄉里羞而姦民游手無賴子幸而貪飲食利錢財來者無限極往往至數百千人至有親亡祕不舉哭必破產辦具而後敢發喪者有力者乘其急時賤買其田宅而貧者立券舉責終身困不能償公曰弊有大於此邪即下令禁止至於巫覡主病蠱毒殺人之類皆痛斷絕之然後擇民之聰明

者教以醫藥使治疾病其子弟有不率教令者條其事作五戒以教諭之久之閩人大便公既去閩人相率詣州請爲公立德政碑吏以法不許謝卽退而以公善政私刻于石曰俾我民不忘公之德嘉祐五年召拜翰林學士權三司使三司開封世稱省府爲難治而易以毀譽居者不由以遷則由以敗而敗者十常四五公居之皆有能名其治京師談笑無留事尤喜破姦（一有發字）隱吏不能欺至商財利則較天下盈虛出入量力以制用必使下完而上給下暨百司因習蠹弊切磨剗剔久之簿書纖悉紀綱條目皆可法七年季秋大享明堂後數月仁宗崩英宗卽位數大賞賚及作永昭陵皆猝辦於縣官經費外公應煩愈閒暇若有餘而人不知勞遂拜三司使居二歲以母老求知杭州卽拜端明殿學士以往三年徙南京留守未行丁母夫人憂明年八月某日以疾卒于家享年五十有六蔡氏之譜自晉從事中郎克以來世有顯聞其後中衰隱德不仕公年十八以農家

子舉進士爲開封第一名動京師後官于閩典方州領使一路二一
作而親尙皆無恙閩人瞻望咨嗟不榮公之貴而榮其父母母夫人
尤有壽年九十餘飲食起居康彊如少者歲時爲壽母子鬚髮皆皤
然而命服金紫煌煌如也至今閩人之爲子者必以夫人祝其親爲
父母者必以公教其子也公以朋友重信義聞其喪則不御酒肉爲
位以哭盡哀乃止嘗會飲會靈東園坐客有射矢誤一有中傷人者
客遽指爲公矢京師喧然事既聞上一又有上字以問公公卽再拜
媿謝終不自辯退亦未嘗以語人公爲文章淸遒粹美有文集若干
卷工於書畫頗自惜不妄爲人書故其殘章斷藁人悉珍藏而仁宗
尤愛稱之御製元舅隴西王碑文詔公書之其後命學士撰溫成皇
后碑文又勅公書則辭不肯書曰此待詔職也公累官至禮部侍郎
既卒翰林學士王珪等十餘人列言公賢其亡可惜天子新卽位未
及識公而聞其名久也爲之惻然特贈吏部侍郎官其子旻爲祕書

省正字孫傳一作傳及弟之子均皆守將作監主簿而優以賻邺以

旻尚幼命守吏助給其喪事曾祖諱顯皇不仕祖諱恭贈工部員外

郎父諱琇贈刑部侍郎母夫人盧氏長安郡太君夫人葛氏永嘉郡

君子男三人曰勻將作監主簿曰旬大理評事皆先公卒幼子旻也

女三人一適著作佐郎謝仲規二尚幼以某年某月某日塟公於莆

田縣某鄉將軍山銘曰

誰謂閩遠而多奇產產非物寶惟士之賢嶷嶷蔡公其人傑然奮躬

當朝讜言正色出入左右彌縫補益一作闕閒歸于閩有政在人食

不畏蠱喪不憂貧疾者有醫學者有師問誰使然孰不公思有高其

墳有拱其木凡閩之人過者必肅

集賢院學士劉公墓誌銘

公諱敞字仲原父姓劉氏世爲吉州臨江人自其皇祖以尚書郎有

聲太宗時遂爲名家其後多聞人至公而益顯公舉慶曆六年進士

中甲科以大理評事通判蔡州丁外艱服除召試學士院遷太子中
允直集賢院判登聞鼓院吏部南曹尚書考功於是夏英公旣薨天
子賜謚曰文正公曰此吾職也卽上疏言謚者有司之事也且竦行
不應法今百司各得守其職而陛下侵臣官疏凡三上天子嘉其守
爲更其謚曰文莊公曰姑可以止矣權判三司開拆司又權度支判
官同修起居注至和元年九月召試遷右正言知制誥宦者石全彬
以勞遷宮苑使領觀察使意不滿退而慍有言居三日正除觀察使
公封還辭頭不草制其命遂止二年八月奉使契丹公素知虜山川
道里虜人道自古北口回曲千餘里至柳河公問曰自一有古字松
亭趨柳河甚直而近不數日可至中京何不道彼而道此蓋虜人常
故迂其路欲以國地險遠誇使者且謂莫習其山川不虞公之問也
相與驚顧羞媿卽吐其實曰誠如公言時順州山中有異獸如馬而
食虎豹虜人不識以一有爲問公曰此所謂駮也爲言其形狀聲音

皆是虞人益歎服三年使還以親嫌求知揚州歲餘遷起居舍人徙知鄆州兼京東西路安撫使居數月召還糾察在京刑獄修玉牒知嘉祐四年貢舉稱爲得人是歲天子卜以孟冬祫既廷告丞相用故事率文武官加上天子尊號公上書言尊號非古也陛下自寶元之郊止羣臣毋得以請迨今二十年無所加天下皆知甚盛德奈何一旦受虛名而損實美上曰我意亦謂當如此遂不允羣臣請而禮官前祫請祔郭皇后於廟自孝章以下四后在別廟者請毋合食事下議議者紛然公之議曰春秋之義不薨于寢不稱夫人而郭氏以廢薨按景祐之詔許復其號而不許其謚與祔謂宜如詔書又曰禮於祫未毀廟之主皆合食而無帝后之限且祖宗以來用之傳曰祭從先祖宜如故於是皆如公言公既驟屈廷臣之議議者已多仄目既而又論呂溱過輕而責重與臺諫異由是言事者亟攻之公知不容于時矣會永興闕守因自請行卽拜翰林侍讀學士充永興軍路安

撫使兼知永興軍府事長安多富人右族豪猾難治猶習故都時一
無此字態公方發大姓范偉事獄未具而公召由是獄屢變連年吏
不能決至其事聞制取以付御史臺乃決而卒如公所發也公爲三
州皆有善政在揚州奪發運使冒占雷塘田數百頃予民民至今以
爲德其治鄆永興皆承旱歉所至必雨雪蝗輒飛去歲用豐稔流亡
來歸令行民信盜賊禁止至路不拾遺公於學博自六經百氏古今
傳記下至天文地理卜醫數術浮圖老莊之說無所不通其爲文章
尤敏贍嘗直紫微閣一日追封皇子公主九人公方將下直爲之立
馬卻坐一揮九制數千言文辭典雅各得其體公知制誥七年當以
次遷翰林學士者數矣久而不遷及居永興歲餘遂以疾聞八年八
月召還判三班院太常寺公在朝廷遇事多所建明如古渭州可棄
孟陽河不可開樞密使狄青宜罷以保全之之類皆其語在士大夫
間者若其規切人主直言逆耳至於從容進見開導聰明賢否人物

其事不聞于外廷者其補益尤多故雖不合於世而特被人主之知方嘉祐中嫉者衆而攻之急其雖危而得無害者仁宗深察其忠也及侍英宗講讀不專章句解詁而指事據經因以諷諫每見聽納故尤奇其材已而復得驚眩疾告滿百日求便郡上曰如劉某者豈易得也復賜以告上每宴見諸學士時時問公少間否賜以新橙五十勞其良苦疾一有久字少間復求外補上悵然許之出知衞州未行徙汝州治平三年召還以疾不能朝改集賢院學士判南京留司御史臺熙寧元年四月八日卒于官舍享年五十嗚呼以先帝之知公使其不病其所以用之者豈一翰林學士而止哉方公以論事忤於時也又有構爲謗語以怒時相者及歸自雍丞相韓公方欲還公學士未及而公病遂止於此豈非其命也夫公累官至給事中階朝散大夫勳上輕車都尉開國彭城爵公邑戶二千一百實食者三百曾祖諱珙贈大理評事祖諱式尙書工部員外郎贈戶部尙書考諱立

之尚書主客郎中贈工一作禮部尚書公再娶倫氏皆侍御史程之女前夫人先公早卒後夫人以公貴累封河南郡君子男四人長定國郊社掌座早卒次奉世大理寺丞次當時大理評事次安上太常寺太祝女三人長適大理評事韓宗直二尚幼公既卒天子推恩錄其兩孫望旦一族子安世皆試將作監主簿公爲人磊落明白推誠自信不爲防慮至其屢見侵害皆置而不較亦不介于胸中居家不問有無喜賙宗族既卒家無餘財與其弟攽友愛尤篤有文集六十卷其爲春秋之說曰傳曰權衡曰說例曰文權一無三字曰意林合四十一一無此字卷又有七經小傳五卷弟子記五卷而七經小傳今盛行於學者二年十月辛酉其弟攽與其子奉世等塟公於某所一作塟公祥符縣魏陵鄉祔于先塋以來請銘乃爲之銘曰

嗚呼維仲原父學彊而博識敏而明坦其無疑一以誠見利如畏義必爭觸機履險危不傾畜大不施奪其齡惟其文章粲日星雖欲有

毀知莫能維古聖賢皆後亨有如不信考斯銘

零陵縣令贈尚書都官員外郎吳君墓碣銘并序

君諱舉字太冲姓吳氏興國軍永興人也曾祖諱瑗祖諱章父諱思遇五代之際自江以南為南唐吳氏亦微不顯君當李煜時以明經為彭澤主簿太祖皇帝召煜來朝煜不奉詔遣曹彬討之前鋒兵破池陽遣使招降郡縣使者至彭澤其令欲以城降君以大義責之且曰吾能為李氏死爾乃共殺死者為煜守煜已降君為游兵執送軍中主將責以殺使者君曰固當如是爾主將義而釋之當是時嘗仕煜者皆隨煜至京師得復補吏君獨棄去不顧太平興國二年詔求李氏時故吏所在敦遣君始至京師以為鄆州平陰主簿歷益州成都令陝州錄事參軍襄州之宜城洋州之真符福州之連江楚州之鹽城耀州之同官最後為零陵令以祥符九年八月二十六日道卒于揚州享年七十有六夫人伏氏能讀書史有賢行後君十有四年

以卒享年八十有二子男二人長曰晛早卒次曰中復今爲起居舍人以景祐三年十有一月甲子合葬君夫人于南康軍都昌縣之長城君學春秋通三傳其臨大節知所守當五代時僭竊分裂喪君亡國不勝數士之不得守其節與不能守者世皆習而不恠君于此時獨區區志不忘李氏其義有足動人然而亦無爲君道者考君之出處自重不妄宜其世莫之知而潛德晦善顯於後世克有賢子爲時名臣君以子恩累贈尚書都官員外郎考於令品又得碣于其墓以昭令德而示子孫於是史官廬陵歐陽修曰此余職也乃爲之辭曰世逢屯兮廉耻道缺中國五禮兮九州分裂朝存夕亡兮士莫守節昧者習安兮懦夫志奪偉哉吳君兮凜矣其烈世莫我知兮不妄自伐有韞必昭兮後世而發嗚呼吳君兮寓銘斯碣

居士集卷第三十五

墓誌七首碣一首附

南陽縣君謝氏墓誌銘

慶曆四年秋予友宛陵梅聖俞來自吳興出其哭內之詩而悲曰吾妻謝氏亡矣丐我以銘而葬焉予一有諾之二字未暇作居一歲中書七八至未嘗不以謝氏銘爲言且曰吾妻故太子賓客諱濤之女希深之妹也希深父子爲時聞人而世顯榮謝氏生於盛族年二十以歸吾凡十七一作八年而卒卒之夕斂以嫁時之衣甚矣吾貧可知也然謝氏怡然處之一作處之怡然治其家有常法其飲食器皿雖不及一作至豐侈而必精以旨其衣無故新而澣濯縫紉必潔以完所至官舍雖庳陋而庭宇灑掃必肅以嚴其平居語言容止必怡怡一作從容以和吾窮於世久矣一有不惟信於聖人以自守九字其出而幸與賢士大夫遊而樂入則見吾妻之怡怡而忘其憂使吾

不以富貴貧賤累其心者抑吾妻之助也吾嘗與士大夫語謝氏多從戶屏竊聽之間則盡能商榷其人才能賢否及時事之得失皆有條理吾官吳興或自外醉而歸必問曰今日孰與飲而樂乎聞其賢者也則說否則歎曰君所交皆一時賢儁豈其屈己下之耶惟以道德（一作得）焉故合者尤寡（一無此十七字）今與是人飲而歡耶是歲南方旱仰見飛蝗而歎曰今西兵未解天下重困盜賊暴起於江淮而天旱且蝗如此我為婦人死而得君葬我幸矣其所以能安居貧而不困者其性識明而知道理多此類（一作類此）嗚呼其生也迫吾之貧而沒也又無以厚焉謂惟文字可以著其不朽且其平生尤知文章為可貴殁而得此庶幾以慰其魂且塞予悲此吾所以請銘於子之勤也若此予忍不銘夫人享年三十七用夫恩封南陽縣君二男一女以其年七月七日卒于高郵梅氏世葬宛陵以貧不能歸也某年某月某日葬于潤州之某鄉某原銘曰

高崖一作岸斷谷兮京口之原山蒼水深兮土厚而堅居之可樂兮卜者曰然骨肉雖一作歸土兮魂氣則一作升天何必故鄉兮然後爲安

萬壽縣君徐氏墓誌銘并序

河東都轉運使天章閣待制施君卜以慶曆五年三月某日葬其夫人萬壽縣君于蘇州吳縣三讓鄉之陸公原以來請銘夫人姓徐氏世家通州之靜海七歲喪其母哀不自勝泣曰母女所恃以生者也無母其復能生因欲投水火一無火字其父兄力止之既長事其繼母則以孝聞年若干歸于施氏逮事其姑紉縫烹飪必以身蚤暮寒暑飲食必以時姑亡哀毀得疾逾年而後能起生五男一女男曰邈舉進士某官知開封府太康縣曰述曰造皆將作監主簿曰迥曰遜尚幼女曰錦娘慶曆三年十一月甲子以疾卒于河東之官舍享年四十有三夫人之生也事其繼母及姑皆稱曰孝及其歿也其夫之

稱曰吾妻助我而賢其子之幼者曰吾母慈我其長者之稱曰吾母不以愛怠一作殆我而以成人朂我使我至於有立凡施氏外內婚姻宗族之稱者曰夫人遇我有禮而仁至于妾媵左右之稱者亦曰夫人於我仁而均嗚呼夫人之行至矣其動而有法其施之各有宜可謂賢也已若夫男子見于外其善惡功過可舉而書至於婦德主內自非死節徇難非常之事則其幽閑淑女之行孰得顯然列而詩之以示後惟視其所稱與其所思則其賢可知矣施君名昌言一無此三字有以明識敏行守正敢言達於當世其稱曰助我則夫人之賢又從可知矣二十八字夫人曾祖諱某祖諱某父諱某以尚書都官員外郎致仕夫生而其善可稱未若沒而遺思之深也悲夫銘曰

於惟夫人東海之華始來施氏有此室家爲婦爲母勤耂勞劬有女昔褓今婉其裾子綬煌煌弟長相趨夫爵之高榮及親疏厥家已成而獨不居千里之遠歸魂東吳銘以哀之已矣嗚呼

長沙縣君胡氏墓誌銘并序

故太子中舍張君諱某之夫人曰（一無此字）長沙縣（一有太字）君（一有日字）胡氏胡氏世爲某（一作世某郡某縣）人父諱震官至刺史夫人年二十七以歸中舍君君時爲融州司理參軍歷潭州寧鄉縣尉鳳州兩當福州寧德（一作兩）縣令以卒夫人之爲婦也以勤儉恭肅主張氏之祭饋而睦其內外之宗姻生子（一無此字）男二人女一人男曰大年大有皆舉進士（一無此四字）大年今爲鄭州原武縣令大有祕書丞女適邵陽縣令錢奕夫人之爲母也以禮義慈嚴教育其子故其（一無此字）男也有立而克嗣其世女也適於人而宜人之家爲婦爲母之道無不備而成其夫之家享其子之祿以某年某月某日以疾卒享年七十有五又用其子之恩追封長沙縣（一有太字）君嗚呼（一有夫人二字）可謂榮矣中舍君先以（一無此二字）某年某月日卒葬于某州某縣某鄉夫人（一無此二字）以某年某月某日（一

有奉夫人之喪合葬于中舍君之墓銘曰

婦德之備功施也一作于內銘昭其幽以法後世

長壽縣太君李氏墓誌銘

太中大夫尚書屯田郎中上柱國王公諱利之夫人曰李氏李氏世家湖南其父諱昭文官至國子博士贈工部侍郎夫人年二十二歸于王氏用夫封隆平縣君後以其子徙封長壽縣太君夫人爲李氏女事後母以孝聞及爲王氏婦一有以事父母者五字逮一無此字事其舅姑其舅姑嘗稱夫人以誡諸婦曰事我者當如此又以誡其諸女曰爲人婦者當如此其爲母也有三男三女及其老也鼎爲職方員外郎震太子中舍復太常博士三子者皆有才行而復尤好古有文聞于當世女皆有歸孫男六人曰夷仲曰虞仲曰于仲曰南仲曰武仲曰延仲女五人一亦歸人矣餘尚幼夫人享年八十有六以慶曆七年七月十日終于京兆子復之官舍用明年二月十七日合

葬于河南洛陽大樊原王公之墓夫人於王氏積行累功其德備矣不可以徧書一作夫人之德可謂備矣書其舅姑之所嘗稱者以見其爲婦之道書其子之賢而有立以見其爲母之方書其子孫之衆壽考之隆以見其勤于其家至于有成而終享其福之厚嗚呼於夫人無不足矣而其子若孫皆曰未也謂必有以示永久而不沒一有者字庶幾以慰無窮之哀乃來請銘以葬其子之友廬陵歐陽修爲之銘曰

家成于勤德隆以壽歸安其藏以昌厥後

廣平郡太君張氏墓誌銘并序

故右諫議大夫集賢院學士贈禮部尚書號略楊公之夫人曰廣平郡太君張氏其先青州人後徙爲開封人也楊公諱大雅以文行知名於時號有清節夫人佐公以勤儉治其家教子弟和宗族皆有法公以明道元年四月某日薨後二十有四年至和二年六月某日夫

人以疾卒于高郵以嘉祐元年十二月某日葬于杭州錢塘縣履泰鄉湖西村靈隱山祖塋之西夫人曾祖嗣當五代之亂不顯祖平舉三禮太宗皇帝爲晉王署平押衙爲人剛果有智謀以此尤見親信官至三司鹽鐵使父從古莊宅副使景德中以殿直從李繼隆軍擊契丹繼隆戰敗從古入見陳繼隆所以敗之狀其言甚辯稱旨會宜州蠻叛乃以從古爲供奉官守宜州從古招降叛蠻秩滿罷去以內殿崇班馮勵代之蠻復叛攻宜州斬勵而去告邊吏曰得張侯守宜州我則聽命卽復遣從古守宜州凡七年蠻無事徙知澧州而宜州人陳進反攻嶺南驛召從古以爲巡撫副使與賊戰象州斬首萬餘級已破進留宜州以疾卒宜人爲立廟于州北韓婆嶺慶曆中蠻賊區希範攻宜桂轉運使杜杞禱兵于廟下更其名曰制勝嶺至今宜人祠之蓋楊氏自漢以來世有令譽迨公千餘歲常有顯人而張氏威烈信于一方楊氏以德張氏以功合二族之美而夫人爲淑女爲

賢婦母享年六十以壽終公先娶漳南縣君張氏生子二人曰洎虞部員外郎曰濬殿中丞女三人長適國子博士袁成師次大理寺丞李嚴次殿中丞温嗣良夫人生子男四人曰泳大理寺丞曰漸奉禮郎曰沆太子中舍曰渢衞尉寺丞有女一人歸于修女之適李氏者今封武原縣太君餘女及濬泳漸皆先夫人而亡孫男十四人嗚呼惟德與功與賢法皆宜銘銘曰

有邑清河遂開其邦又徙南陽皆以夫榮後用子封京兆廣平宜其夫子有淑其聲子孫之思考德有銘

渤海縣太君高氏墓碣

故尚書兵部員外郎知制誥知鄧州軍州事陽夏公之夫人姓高氏宣州宣城人也父諱惠連官至兵部郎中母曰廣陵縣君勾氏陽夏公諱絳姓謝氏夫人有子曰景初景温景平景回女一早卒次適上虞縣令王存次適大理寺丞李處厚次若干人未嫁寶元二年陽夏

公卒于鄧州以某年八月某日葬于某所後若干年夫人隨其子某官于某州以某年某月某日卒于官舍遂以某年某月某日合葬于公之墓夫人初以夫封文安縣君後以其子封渤海縣太君謝氏世爲名族而陽夏公尤顯聞於時初公與予俱官于洛陽而公之父太子賓客諱濤尚無恙其子景初景温方爲童兒景平始生二三女子皆幼予日至其家進拜賓客見其鬢髮垂白衣冠肅潔貌厚而氣清壽考君子也退而與陽夏公遊見其年壯志盛偉然方爲一時名臣而諸儒女子戲嬉罇席之間者皆穎發而秀好於是時夫人以孝力事其舅爲賢婦以柔順事其夫爲賢妻以恭儉均一教育其子爲賢母後二三年賓客薨于京師又五六年陽夏公卒于鄧又十餘年景初景温景平皆以進士及第景初爲某官景温某官景平某官夫人於其舅與夫爲婦之禮備於其子立家之道成享年若干以卒嗚呼予始銘賓客又銘陽夏公今又書夫人之事于碣殆見謝氏更一世

矣其爲之書也宜得其詳

北海郡君王氏墓誌銘

太常丞致仕吳君之夫人曰北海郡君王氏濰州北海人也皇考二字一作父諱汀舉明經不中後爲本州助教夫人年二十三歸于吳氏天聖元年六月二日以疾卒享年三十有七夫人爲人孝順勤儉自其幼時凡於女事其保傅皆曰教而不勞組紃織紝其諸女皆曰巧莫可及其歸于吳氏也其母曰自吾女適人吾之內事無所助而吳氏之姑曰自吾得此婦吾之內事不失時及其卒也太常君曰舉吾里中有賢女者莫如王氏於是娶其女弟以爲繼室而今夫人戒其家曰凡吾吳氏之內事惟吾女兄之法是守至今而不敢失夫人有賢子曰奎字長文初舉明經爲殿中丞後舉賢良方正直言極諫一有對策二字今爲翰林學士尚書兵部員外郎知制誥夫人初用子恩追封福壽一作昌縣君其後長文貴顯以夫人爲請天子曰近

臣吾所寵也有請其可不從乃特追封夫人爲北海郡君長文號泣頓首曰臣奎不幸竊享厚祿不得及其母而天子寵臣以此俾以報其親一有雖然二字臣奎其何以報當是時朝廷之士大夫吳氏之鄉黨鄰里皆咨嗟歎息曰吳氏有子矣嘉祐四年冬長文請告于朝將以明年正月丁酉葬夫人于鄆州之魚山一有以書來乞銘五字夫人生三男曰奎奄胃今夫人生一男曰參女三人孫男女九人曾孫女二人銘曰

奎顯矣奄早亡胃與參仕方強以一子榮一鄉生雖不及歿有光孫曾多一作已有後愈昌

長安郡太君盧氏墓誌銘

長安郡太君盧氏尚書刑部侍郎蔡公諱琇之夫人端明殿學士尚書禮部侍郎襄之母也以治平三年十月某日卒于杭州之官舍享年九十有二嗚呼可以爲壽矣夫壽者洪範所謂五福也福者百順

之名也故離之雖爲五必合而不闕其一然後爲福之備也蓋五者其一在人曰德而其四在天必有其一於己然後能致其四而有諸己者或厚或薄故其所致亦有備有不備焉夫老而貧且病者是人之所哀非福也壽且富康而無德以將之謂之賊與不仁非福也三者具而又有德而死非其命者謂之不幸非福也故曰必不闕其一然後爲福之備者惟夫人有之夫人在父母家奉其親以孝其歸于蔡氏也其舅姑老事之如其親其歸寧於父母也能使其舅姑不見三日必涕泣而思其事長慈幼既儉且勤久而宗族和鄉黨化其亡也匶自餘杭至里閭親戚哭之往往有過乎哀者問之皆曰夫人於我有德而人人各有述焉嗚呼可謂賢也已夫人生四子其三皆早卒而端明君第二子也獨顯赫爲時名臣自爲諫官知制誥翰林學士知開封府三司使間出知泉福二州福建路轉運使出入清要光華寵榮以爲其親之養而夫人享此者蓋三十有六年端明君已顯

貴天子嘉之曰有子如此其母之賢可知於是有冠帔之錫夫人平
生少疾病雖老而耳目聰明食生飲寒如壯者晚從端明君于杭州
極東南富麗海陸之珍奇以爲娛樂之奉而奄然以其壽終其於五
福可謂不闕一矣方夫人之盛時凡爲人子者舉觴壽其親莫不以
夫人爲祝而不幸榮不及養者必仰天怨吁謂薄厚不均以不得如
夫人爲恨蓋不知夫有諸己者厚故能致其福之備也夫人泉州惠
安人也曾祖諱某祖諱某父諱某皆不仕其三子早卒者曰丕不及
仕曰高太康縣主簿曰藇福州司戸參軍女二人皆適士族孫六人
曾孫三十餘人嗚呼盛矣蔡氏之後其又將大興乎銘者所以昭德
而示後也於是端明君之友人廬陵歐陽修爲之銘曰
維治平四年十有一月某日孤子襄祔其母夫人盧氏于先君之墓
其縣仙遊其里慈孝其岡半井其固其安其千萬年之永
居士集卷第三十六

墓誌一十七首宗室

皇從姪衛州防禦使遂國公墓誌銘

惟遂昭裕公宗顏字希聖太宗皇帝之曾孫潞恭憲王元佐之孫鎮江軍節度使兼侍中郇國公允成之長子初除西頭供奉官歷內殿崇班禮賓崇儀副使六宅使改左屯衛大將軍封州刺史遷左金吾衛大將軍領復州團練使左衛大將軍領郢州防禦使拜衛州防禦使公好學通王氏易喜爲詩藏書數萬卷性聰敏多能至於琴奕之藝佛老之說所學必通履行修謹未嘗有過失每燕見侍上讀易賦詩數賜器幣詔書褒美嘗召宴太清樓賦祼玉詩爲諸皇子第一上尤嘉嘗賜緡綵二百段有詩集十卷至和二年九月壬戌以疾薨享年四十有八初其疾也上遣中貴人押國醫治之既薨輟視朝一日勑有司具鵉將視其喪以雨不克遣中貴人厚加賻卹乃贈昭信軍

節度使太常考行謚曰昭裕權厝于東法濟寺夫人太原郡君郭氏燕王從義之裔孫子男三人長曰仲連右千牛衞將軍次曰仲丹仲筠皆太子右內率府副率早卒女四人長適左侍禁潘若旦今亡次適內殿承制閤門祗候郭士選次一作其二一有亦字亡以嘉祐五年十月乙酉葬于河南永安縣銘曰

學而通行益修中充實外譽優見於言帝所褒雖不克施於事斯可以銘諸幽

皇從姪筠州團練使安陸侯墓誌銘

安陸侯宗訥字行敏太宗皇帝之曾孫潞恭憲王元佐之孫鎮江軍節度使兼侍中郇國公允成之第二子初除西頭供奉官歷內殿崇班承制改右千牛衞將軍領茂州刺史天子祀明堂推恩遷領筠州團練使至和元年八月癸卯以疾卒享年四十有六天子哀卹贈安州觀察使追封安陸侯權厝於薦嚴佛寺嘉祐五年十月乙酉葬於

河南永安縣夫人長樂郡君賈氏子男五人其二早卒次仲緘右千牛衛將軍二人尚幼未名女八人長適右侍禁蔚世庸再適右侍禁郭昭簡今亡次適右班殿直劉起次適陳敦今亡次適王整次適董昭遜次適張經今亡次適程翼皆右班殿直最幼入太和宮爲道士惟侯學知爲詩好義喜施性端謹能修容止進退有法未嘗少懈銘曰

思無邪容則莊蔚然有儀人所望學而不止久愈彰銘昭厥美示不忘

皇從姪右領軍衛大將軍博平侯墓誌銘

惟太祖皇帝之長子曰吳懿王之曾孫右屯衛大將軍昌州團練使贈彰化軍節度使舒國公惟忠之孫萊州防禦使東萊侯從恪之第三子金紫光祿大夫檢校國子祭酒右領軍衛大將軍兼御史大夫輕車都尉天水郡開國侯世融字仲源幼好學不驕富貴以淸節自

勵尊重師友執經問道無倦色嘗自銘其器物起居飲食視之喜爲詩工書亦通浮屠說平居一室蕭然終日無所營欲世咸知其賢初爲殿直歷左右侍禁改太子右衛率府率遷右領軍衛將軍天子祀明堂推恩爲本衛大將軍當寶元康定間趙元昊叛西邊用兵侯率宗室七人詣闕自言願效用上深嘉獎至和二年七月癸未得疾神色怡然與諸昆弟談論不輟是日卒享年四十贈博州防禦使追封博平侯天子悲思不已爲飛白字六曰世融好學忠孝以褒之夫人金城縣君王氏子男七人五早亡在者二人曰令晏右千牛衛將軍令箴太子右監門率府率女二人長適右班殿直王戡次早卒以嘉祐五年十月乙酉葬于某所銘曰

富貴不動其心生死不渝其色惟性之安惟學之力孰云不壽永昭厥德

皇從姪康州刺史高密侯墓誌銘

惟高密侯宗師字靖之太宗皇帝之曾孫潤恭靖王元份之孫濮王允讓之第七子明道元年爲右侍禁遷左侍禁改太子左清道率府副率累遷金紫光祿大夫檢校國子祭酒行太子左清道率府率兼侍御史騎都尉封天水縣開國男食邑三百戶居三歲遷右監門衛將軍兼御史大夫轉勳上騎都尉進爵子加食邑三百戶天子祀明堂推恩遷右領軍衛大將軍轉勳輕車都尉進爵伯加食邑三百戶天子有事于南郊推恩轉勳上輕車都尉進爵侯加戶四百至和元年五月領康州刺史嘉祐元年十月甲子暴疾薨于家享年二十有九贈密州觀察使追封高密侯惟侯沈靜寡言寬仁好學未嘗有過失夫人濮陽郡君吳氏生男一人仲廩太子右內率府副率女二人尚幼以嘉祐五年十月乙酉葬于河南永安縣銘曰

好仁而靜敏學而明雖不永年而垂令名卜安于此其固其寧

皇從姪右監門衛將軍廣平侯墓誌銘

廣平侯宗沔字上善太宗皇帝之曾孫潤恭靖王元份之孫濮王允讓之第二十子初授銀青光祿大夫檢校國子祭酒行太子左監門率府率兼監察御史武騎尉遷太子左清道率府率兼侍御史轉勳上騎都尉天子祀明堂推恩遷左監門衞將軍轉勳輕車都尉天子有事于南郊推恩轉上輕車 一有都尉二字 天水縣開國男食邑三百戶明年二月甲辰以疾卒享年二十贈洺州防禦使追封廣平侯權厝于承天佛寺惟侯爲人明敏好學能爲文辭娶高氏封仁壽縣君子男二人仲足仲霄皆太子右內率府副率早卒以嘉祐五年十月乙酉塟于河南永安縣銘曰

性之明學有方壽不隆永以藏

皇從姪右監門衞將軍墓誌銘

太祖皇帝之長子曰吳懿王德昭之曾孫彰化軍節度使舒國公惟忠之孫萊州防禦使東萊侯從恪之子曰右監門衞將軍贈右武衞

大將軍世衡字夏卿母曰平原郡夫人米氏世衡生早孤而平原夫人教之以學性沈敏自爲童兒不好弄既長好學問通周易孟子喜爲詩暇則學射法而已在諸昆弟爲最幼而尤以孝悌見稱初補殿直改太子右衞副率天子祀明堂推恩拜右監門衞將軍累遷至金紫光祿大夫檢校國子祭酒兼御史大夫柱國天水縣開國伯食邑九百戸嘉祐四年六月丙寅以疾卒享年三十有一娶王氏大原縣君子男二人令展令持皆率府副率早卒女一人尚幼嘉祐五年十月乙酉葬于河南永安縣銘曰

學問以爲文孝悌以爲本其華已榮而實斯殞銘以藏之以昭其韞

皇從孫右屯衞大將軍武當侯墓誌銘

惟武當侯世宣吳懿王德昭之曾孫彰國軍節度使舒國公惟忠之孫武勝軍節度觀察留後韓國公從藹之子母曰太寧郡君慕容氏惟侯生於富貴而不習爲驕侈少好學喜購古書奇字遇人卑恭事

親孝悌累官至左題目作右屯衛大將軍嘉祐三年五月己卯以疾卒享年三十有六初娶天水縣君王氏再娶金城縣君張氏子男六人長曰令鐸左千牛衛將軍次曰令進令禱令愔皆太子右內率府副率其二幼未名以嘉祐五年十月乙酉葬于河南永安縣以天水縣君祔焉銘曰

孝行之本謙德之躬壽胡不隆閟此幽宮

安陸侯夫人長樂郡君賈氏墓誌銘

夫人姓賈氏曾祖廷瓌累贈左神武大將軍祖官至四方館使昭州團練使父德滋前左班殿直夫人以選歸于安陸侯宗訥至和元年五月乙卯以疾卒享年三十有六權厝于薦嚴佛寺以嘉祐五年十月乙酉祔安陸侯以葬銘曰

配德惟諧卜藏斯吉其固其安于此幽室

雍國太夫人馮氏墓誌銘

雍國太夫人馮氏者皇兄右千牛衛大將軍贈永清軍節度觀察留後臨汝侯惟和之夫人襄州觀察使襄陽侯從誨寧國軍節度觀察留後宣城公從審之母曾祖暉靜難軍節度使衛王祖繼業定國軍節度使贈中書令父訥西上閤門使馮氏自衛王仍世守西邊有功載國史夫人生將家孝謹柔明動不踰禮以世族選爲臨汝侯諱本有公字之配居十有二年而臨汝侯卒夫人居喪哀毀真宗嘉其行特封譚國夫人以褒寵之夫人益自勵衣服飲食務爲儉薄居處嚴潔未嘗下堂雖家人亦罕得見喜誦浮屠書皇祐五年正月癸亥以疾卒享年六十有七追封雍國太夫人子男二人從誨從審也女五人長適東頭供奉官宋宗顏次早亡次以疾廢爲比丘尼次適供備庫使姚宗望次適西頭供奉官宋從政孫男十一人世遠世儀皆大將軍世英世堅世及世開世卿世肱皆衛將軍世禕世總世仍皆太子率府率重孫九人令鼂令晃一作冕皆率府率令戈令甲令續一

作纘令課令浮令收令僉皆副率以嘉祐五年十月乙酉合塟于臨汝侯之墓銘曰

世高勳選賢配進國爵褒行懿加大名由子貴壽考隆銘不墜

東萊侯夫人平原郡夫人米氏墓誌銘

皇從姪故萊州防禦使東萊侯從恪之夫人曰平原郡夫人米氏贈太子太師承德之曾孫橫海軍節度使信之孫內殿崇班閤門祗候繼豐之女夫人年十七選配東萊侯累封平陽郡君子男六人長曰世安贈左一作右驍衛大將軍次曰世融贈博州防禦使追封博平侯次曰世昌右屯衛大將軍次曰世規右監門衛將軍次曰世猷太子右監門率府率早亡次曰世衡贈左武衛大將軍女三人長適左侍禁劉希正次適內殿承制王說次適右侍禁陳宗誨孫男十二人皆諸衛將軍夫人將家子有賢行東萊之亡諸孤尚幼夫人治家訓子皆有法皇祐元年二月癸酉以疾卒享年五十有一追封平原郡

夫人權厝于奉先佛寺以嘉祐五年十月乙酉合葬于東萊侯之墓

銘曰

門以勳高配以賢求撫孤教善內德以優永揚其懿以閟諸幽

韓國公夫人太寧郡君慕容氏墓誌銘

夫人姓慕容氏贈太保章之曾孫贈中書令河南郡王延釗之孫太子率府率德正之女河南王有功於國爲時名臣夫人以賢女選爲韓國公從藹之配韓公彰化軍節度使舒公之子事其親以孝而夫人承其夫以順事其舅姑以禮下其妾媵以仁撫其子無嫡庶以均故其內外宗姻莫不稱其能封太寧郡君至和元年正月戊寅以疾卒享年五十有六子男十人長曰世豐贈右驍衞大將軍次曰世宣贈均州防禦使次曰世準世雄世本世綱皆諸衞將軍次曰世岳世廞世庸一作膺皆太子率府副率女三人長適高允懷次適張承訓次適鄭偃皆右侍禁餘皆幼以嘉祐五年十月乙酉舉夫人之喪合

葬于韓公之墓銘曰

承夫以順爲婦以勤逮下以恩愛子以均以成厥家以播其芬

右監門衞將軍夫人李氏墓誌銘

惟右監門衞將軍世堅之配曰李氏天雄軍節度使同中書門下平章事兼侍中贈中書令隴西郡王繼勳之曾孫崇儀副使守徽之孫東頭供奉官舜舉之女惟李氏世爲將家功在國史餘烈遺德是生賢女夫人年十有五以選配世堅惟孝與順以事其親以佐其夫惟禮與義以正其躬以全其節歸于世堅也凡若干年而世堅卒無子夫人自誓不嫁宗族敦迫其守益堅凡七年當皇祐五年六月庚辰以疾卒于寢享年二十有三以嘉祐五年十月乙酉合葬于世堅之墓銘曰

婦德之休惟先順柔及其大節有不可奪刻銘幽陰以永芳烈

右監門衞將軍夫人金堂縣君錢氏墓誌銘

夫人姓錢氏餘杭人也曾祖吳越忠懿王俶祖衞州防禦使惟渲父文思副使象輿錢氏自五代以來尊中國效臣順世稱其忠子孫蕃昌至今不衰夫人生於盛族孝謹勤儉性巧慧喜字書年十有四以選爲右監門衞將軍世準之配封金堂縣君嘉祐二年九月庚子以疾卒享年二十有八子男二人令貜令烜皆太子右內率府副率早亡女三人皆尚幼以嘉祐五年十月乙酉葬于永安之原銘曰

生宜其室歿安其藏銘昭其昧以永不忘

右監門衞將軍夫人武昌縣君郭氏墓誌銘并序

夫人姓郭氏曾祖恕右千牛衞將軍祖遵式洛苑使父昭晦一作誨左侍禁夫人聰明孝謹能讀書史善書畫喜浮圖之說以選歸于皇從孫右監門衞將軍世覃封武昌縣君子男四人長曰令辟太子右內率府副率餘皆幼未賜名夫人以嘉祐二年十一月丁未以疾卒享年三十有三權厝于奉先佛寺以嘉祐五年十月乙酉葬于永安

之原銘曰

行之修學以明德施於內銘告諸冥

右監門衛將軍夫人東陽縣君鄭氏墓誌銘

夫人姓鄭氏曾祖誠贈定國軍節度使祖崇勳贈左屯衛將軍父從範內殿崇班夫人以選歸于皇從孫右監門衛將軍世智封東陽縣君生子男三人長曰令唐太子右內率府副率早卒次未名卒次令祈太子右內率府副率夫人爲人孝謹節儉喜誦浮圖書至和元年八月戊戌以疾卒享年十有九以嘉祐五年十月乙酉葬于永安之原銘曰

儉以行其躬孝以事其親以是貽其子孫

右屯衛將軍夫人永安縣君慕容氏墓誌銘

永安縣君慕容氏者皇從孫贈右屯衛大將軍仲膋之配也曾祖隱贈左千牛衛大將軍祖興虢州團練使父守恩左班殿直年十七選

爲屯衞之配有子二人長曰士潔太子右監門衞率府率早卒次士驥太子右內率府副率女一人尚幼夫人以嘉祐三年三月丙戌以疾卒享年二十有五嘉祐五年十月乙酉合葬于仲騫之墓銘曰

選以賢配封以夫貴歿而從之安此位

右監門衞將軍夫人周氏墓誌銘并序

皇從孫右監門衞將軍世哲之夫人曰永安縣君周氏曾祖景左領軍衞上將軍累贈尚書令祖瑩天平軍節度使宣徽南院使父普西染院使夫人以慶曆五年選爲監門之配勤孝柔仁克有婦道生一男曰太子右內率府率令儇女三人皆幼夫人以嘉祐二年二月庚午以疾卒享年二十有九五年十月乙酉葬于河南永安之原銘曰

山川既佳日月惟吉惟永其安其藏其密

居士集卷第三十七

居士集卷第三十八　　集三十八

行狀二首

尙書戶部侍郎贈兵部尙書蔡公行狀

公諱齊字子思其先洛陽人皇祖以下始著籍於膠東公幼依外舅劉氏能自力爲學初作詩已有動人語今相國李公見之大驚謂公之皇考曰兒有大志宜善視之州舉進士第一以書薦其里人史防而居其次祥符八年眞宗皇帝采賈誼置器之說試禮部所奏士讀至公賦有安天下意歎曰此宰相器也凡貢士當賜第者考定必召其高第數人並見又參擇其材質可者然後賜第一及公召見衣冠偉然進對有法天子爲無能過者亟以第一賜之初拜將仕郎將作監丞通判兗州太守諸本作原王臻治政嚴急喜以察盡一作盡察爲明公務爲裁損濟之以寬獄訟爲之不冤逾年通判濰州民有告某氏刻僞稅印爲姦利者已逾十年蹤跡連蔓至數百人公歎曰盡

利於民民無所逃此所謂法出而姦生者邪是爲政者之過也爲緩其獄得減死者十餘人餘皆釋而不問雒人皆曰公德於我使我自新爲善人由是風化大行天禧二年還京師當召試時大臣有用事者意不悅公居數月不得召久而天子記其姓名趣使召試拜著作佐郎直集賢院階再加爲宣德郎勳騎都尉主判三司開拆司賜緋衣銀魚還右正言階朝奉郎勳上騎都尉今天子卽位遷右司諫真宗新弃天下天子諒陰不言丁晉公用事專權欲邀致公許以知制誥公拒不往益堅已而寇萊公王文康公皆以不附己連黜公歸歎曰吾受先帝之知而至於此豈宜爲權臣所脅得罪非吾懼也既而晉公敗士嘗爲其用者皆恐懼獨公終無所屈未幾同修起居注又拜尚書禮部員外郎兼侍御史知雜事判流內銓賜服金紫改三司戶部度支二副使轉勳輕車都尉借給事中奉使契丹天聖八年拜起居舍人知制誥同知審官院會靈宮判官充翰林學士加侍讀學

士賜爵汝南縣開國子食邑五百戶太后修景德寺成詔公爲記而宦者羅崇勳主營寺事使人陰謂公曰善爲記當得參知政事公故遲之頗久使者數趣終不以進崇勳怒譏之太后遷禮部郎中改龍圖閣直學士出爲西京留守是時魯肅簡公方參知一無此字政事爭之太后前卒不能留以親便求改密州遭歲旱除其公田之租數千石諸本作碩疑碩字訛又請悉除京東民租弛其鹽禁使民得買海易食以救其飢東人至今賴之皆曰使吾人百萬口活而不飢者蔡公也徙南京留守進爵侯增邑戶五百爲一千階朝散大夫召還拜右諫議大夫權御史中丞判吏部流內銓遷給事中勳護軍增邑五百爲千五百戶莊獻明肅皇太后崩議尊楊太妃爲太后垂簾聽政議決召百官賀公曰天子明聖奉太后十餘年今始躬親萬事以慰天下之心豈宜女后相繼稱制且自古無有固止不追班太妃卒不預政止稱太后于宮中復爲龍圖閣直學士權三司使京師有指

荆王爲飛語者內侍省得三司小吏鞫之連及數百人上聞之大怒詔公窮治迹其所來無端而上督責愈急有司不知所爲京師爲之恐動公以謂繆妄之說起于小人不足窮治且無以慰安荆王危疑之心奏疏論之一夕三上上大悟乃可其奏止笞數人而已中外之情乃安拜樞密副使進爵公增邑戶五百爲二千南海蠻酋虐其部人部人欵宜州自歸者八百餘人議者以爲叛蠻不可納宜還其部公獨以爲蠻去殘酷而歸有德且以求生宜內之荆湖賜以閒田使自營今縱却之必不復還其一（無此字）部苟散入山谷當爲後患爭之不能得其後數年蠻果爲亂殺將吏十餘人宜桂以西皆警朝廷頗以爲憂景祐元年遷禮部侍郎參知政事二年賜號推忠佐理功臣進階正奉大夫勳柱國郭皇后廢京師富人陳氏女有色選入宮爲后公爭之以爲不可自辰至巳辨論不已上意稍悟遂還其家河決橫壠改而北流議者以爲當塞公曰水性下而河北地卑順其所

趣以導之可無澶滑壅潰之患而具博數州得在河南於國家便但理堤護魏州而已從之澶滑果無患契丹祭天於幽州以兵屯界上界上驚搔議者欲發大軍以備邊公獨料其必不動後卒無事公在大位臨事不回無所牽畏而恭謹謙退未嘗自伐天下推之爲正人搢紳之士倚以爲朝廷重三年頻表（一有求字）辭職不許明年遂罷以戶部侍郎歸班改賜推誠保德功臣勳上柱國久之出知潁州寶元二年四月四日以疾卒于官公在潁州聞西方用兵惻然有憂國心自以待罪外邦不得盡其所懷使其弟稟言西事甚詳公之卒故吏朱寀至潁潁之吏民見寀（一有號字）泣（一有拜字）於馬前指公嘗所更歷施爲曰此公之迹也其爲政有仁恩所至如此平生喜薦士（一有所薦二字）如楊偕郭勸劉隨龐籍段少連比比爲當世名臣公爲人神色明秀鬚眉如畫精學博聞寬大沈默一言之出終身可復其涖官行己出處始終之大節可考不誣如此謹按贈兵部尚書於

今爲三品其法當謚敢告有司謹狀

司封員外郎許公行狀

君諱遜字景山世家歙州少仕僞唐爲監察御史李氏國除以族北遷獻其文若干篇得召試爲汲縣尉冠氏主簿凡主簿二歲縣民七百人詣京師願得君爲令遷秘書省校書郎知縣事數上書論北邊事是時趙普爲相四方奏疏不可其意者悉投二甕中甕滿輒出而焚之未嘗有所肯可獨稱君爲能曰其言與我多合又一歲徙江華令未行轉運使樊知古薦其材拜太僕寺丞磨勘錢帛糧草監丞城和糴知海陵監三歲用監最遷大理寺丞賜緋衣銀魚監泗州排岸司遷贊善大夫監丞興軍榷貨務遷太常丞知鼎州州雜蠻蜑喜以攻刦爲生少年百餘人私自署爲名號常伺夜出掠居人居人惡之莫敢指君至而歎曰夫政民之庇也威不先去其惡則惠亦不能及人君政既行盜皆亡入他境約君去乃還遷國子博士奉使兩浙江

南言茶鹽利害省州縣之役皆稱旨出知興元府大修山河堰堰水舊溉民田四萬餘頃世傳漢蕭何所爲君行壞堰顧其屬曰酇侯方佐漢取天下乃暇爲此以溉其農古之聖賢有以利人無不爲也今吾豈宜憚一時之勞而廢古人萬世之利乃率工徒躬治木石石墜傷其左足君益不懈堰成歲穀大豐得嘉禾十二莖以獻遷尚書主客員外郎京西轉運使徙荆湖南路荆湖南接谿洞諸蠻歲出爲州縣患君曰鳥獸可馴況蠻亦人乎乃召其酋豪諭以禍福諸蠻皆以君言爲可信訖三歲不以蠻事聞朝廷君罷來朝真宗面稱其能會有司言荆南久不治真宗拜君度支員外郎知府事荆南鈐轄北路兵馬於荆湖爲大府故常用重人至君特選以材用員外郎自君而始明年遷司封員外郎賜金紫徙知楊州州居南方之會世之仕宦於南與其死而無歸者皆寓其家于楊州故其子弟雜居民閒往往倚權貴恃法得贖出入里巷爲不法至或破亡其家君捕其甚者笞

之曰此非吏法乃吾代汝父兄教也子弟羞媿自悔稍就學問爲善人風俗大化歲滿在道得疾卒于高郵君少孤事其母兄以孝謹聞常戒其妻事嫂如姑而未嘗敢先其兄食衣雖弊兄不易衣不敢易初違命侯遣其弟朝京師君之故友全一作金一作潘惟岳當從以其家屬託君惟岳果留不返君善撫其家爲嫁其女數人李氏國亡君載其家北歸京師以還惟岳歷官四十年不問家事好學尤喜孫吳兵法初在僞唐數上書言事得校書郎遂遷御史王師圍金陵李氏大將李雄擁兵數萬留上江陰持兩端李氏患之以謂非君不能召雄君走上江以語動雄雄即聽命已而李氏以蠟書止雄於溧水君曰此非柵兵之地留之必敗乃戒雄曰兵來愼無動待我一夕吾當入自可與公兵俱入城君去王師挑之雄輒出戰果敗死君至收其餘卒千人而去君少慷慨卒能自立於時其孝謹聞於其族其信義著於其友其材能稱於其官是皆可書以傳謹狀

居士集卷第三十八

珍倣宋版印

記十首

泗州先春亭記

景祐二年秋清河張侯以殿中丞來守泗上既至問民之所素病而治其尤暴者曰暴莫大於淮越明年春作城之外堤因其舊而廣之度爲萬有九千二百尺用人之力八萬五千泗之民曰此吾利也而大役焉然人力出於州兵而石出乎南山作大役而民不知是爲政者之私我也不出一力而享大利不可相與出米一千三百石以食役者堤成高三十三尺土實石堅捍暴備災可久而不壞既曰泗四達之州也賓客之至者有禮於是因前蔣侯堂之亭新之爲勞餞之所曰思邵亭且推其美於前人而志邦人之思也又曰泗天下之水會也歲漕必廪於此於是治常豐倉西門二夾室一以視出納曰某亭一以爲舟者之寓舍曰通漕亭然後曰吾亦有所休一有暇其勞

三字乎乃築州署之東城上爲先春亭以臨淮水而望西山是歲秋予貶夷陵過泗上於是知張侯之善爲政也昔周單子聘楚而過陳見其道穢而川澤不陂梁客至不授館羇旅無所寓遂知其必亡蓋城郭道路旅舍寄寓皆三代爲政之法而周官尤謹著之以爲禦備今張侯之作也先民之備災而及于賓客往來然後思自休焉故曰善爲政也先時歲大水州幾溺前司封員外郎張侯夏守是州築堤以禦之今所謂因其舊者是也是役也堤爲大故予記其大者詳焉

夷陵縣至喜堂記

峽州治夷陵地濱大江雖一無此字有椒漆紙以通商賈而民俗儉陋常自足無所仰於四方販夫所售不過鱐魚腐鮑民所嗜而已富商大賈皆無爲而至地僻而貧故夷陵爲下縣而峽爲小州州居無郭郛通衢不能容車馬市無百貨之列而鮑魚之肆不可入雖邦君之過市必常下乘掩鼻以疾趨而民之列處竈廩匽井無異位一室

之閒上父子而下畜豕其覆皆用一作以茅竹故歲常火災而俗信鬼神其相傳曰作一無此字瓦屋者不利夷陵者楚之西境昔春秋書荆以狄之而詩人亦曰蠻荆豈其陋俗自古然歟景祐二年尚書駕部員外郎朱公治是州始樹木增城柵甓南北之街作市門市區又教民爲瓦屋別竈廩異人畜以變其俗旣又命夷陵令劉光裔治其縣起勅書樓飾廳事新吏舍三年夏縣功畢某有罪來是邦朱公於某有舊且哀其以罪而來爲至縣舍擇其廳事之東以作斯堂度爲疏絜高明而日居之以休其心堂成又與賓客偕至而落之夫罪戾之人宜棄惡地處窮險使其憔悴憂思而知自悔咎今乃賴朱公而得善地以偷宴安頑然使忘其有罪之憂是皆異其所以來之意然夷陵之僻陸走荆門襄陽至京師二十有八驛水道大江絕淮抵汴東水門五千五百有九十里故爲吏者多不欲遠來而居者往往不得代至歲滿或自罷去然不知夷陵風俗朴野少盜爭一作少盜

事靜而令之日食有稻與魚又有橘柚茶筍四時之味江山美秀而邑居繕完無不可愛是非惟有罪者之可以忘其憂而凡爲吏者莫不始來而不樂既至而後喜也作至喜堂記藏其壁夫令雖卑而有土與民宜志其風俗變化之善惡使後來者有考焉爾一作使後來有考其歲月云爾

峽州至喜亭記

蜀於五代爲僭國以險爲虞以富自足舟車之迹不通乎中國者五十有九年宋受天命一海內四方次第平太祖改元之三年始平蜀然後蜀之絲枲織文之富衣被於天下而貢輸商旅之往來者陸輦秦鳳水道岷江不絕于萬里之外岷江之來合蜀衆水出三峽爲荆江傾折回直捍怒鬭激束之爲湍觸之爲旋順流之舟頃刻數百里不及顧視一失毫釐與崖石遇則糜潰漂沒不見蹤迹故凡一有西字蜀之可以充內府供京師而移用乎諸州者皆陸出而其羨餘不

急之物乃下于江若棄之然其爲險且不測如此夷陵爲州當峽口江出峽始漫爲平流故舟人至此者必瀝酒再拜相賀以爲更生尙書虞部郎中朱公再治是州之三月作至喜亭于江津以爲舟者之停留也且誌夫天下之大險至此而始平夷以爲行人之喜幸夷陵固爲下州廩與俸皆薄而僻且遠雖有善政不足爲名譽以資進取朱公能不以陋而安之其心又喜夫人之去憂患而就樂易詩所謂愷悌君子者矣自公之來歲數大豐因民之餘然後有作惠于往來以館以勞動不違時而人有賴是皆宜書故凡公之佐吏因相與謀而屬筆於修焉

御書閣記

醴陵縣東二十里有宮曰登真其前有山世傳仙人王喬鍊藥於此唐開元閒神仙道家之說興天子爲書六大字賜而揭焉太宗皇帝時詔求天下前世名山異迹而尤好書法聞登真有開元時所賜字

甚奇乃取至京師閱焉已而還之又賜御書飛白字使藏焉其後登真大火獨飛白書存康定元年道士彭知一探其私笈（一作篋）以市工材悉復宮之舊建樓若干尺以藏賜書予之故人處士任君爲予言其事來乞文以志凡十餘請而不懈予所領職方悉掌天下圖書考圖驗之醴陵老佛之居凡八十而所謂登真者其說皆然乃爲之記夫老與佛之學皆行於世久矣爲其徒者常相訾病若不相容於世二家之說皆見斥於吾儒宜其合勢并力以爲拒守而乃反自相攻惟恐不能相弱者何哉豈其死生性命所持之說相盭而然邪故其代爲興衰各繫於時之好惡雖善辯者不能合二說而一之至其好大宮室以矜世人則其爲事同焉然而佛能箝人情而鼓以禍福人之趣者常衆而熾老氏獨好言清淨遠去靈仙飛化之術其事冥深不可質究則其爲（一無此字）常以淡泊無爲爲務故凡佛氏之動搖興作爲力甚易而道家非遭人主之好尚不能獨興其間能自力

而不廢者豈不賢於其徒者哉知一是已慶曆二年八月八日廬陵

歐陽修記

畫舫齋記

予至滑之三月卽其署東偏之室治爲燕私之居而名曰畫舫齋齋廣一室其深七室以戶相通凡入予室者如入乎舟中其温室之奧則穴其上以爲明其虛室之疏以達則欄檻其兩旁以爲坐立之倚凡偃休於吾齋者又如偃休乎舟中山石崷崒佳花美木之植列於兩簷之外又似汎乎中流而左山右林之相映皆可愛者故因以舟名焉周易之象至於履險蹈難必曰涉川蓋舟之爲物所以濟險難而非安居之用也今予治齋於署以爲燕安而反以舟名之豈不戾哉矧予又嘗以罪謫走江湖間自汴絶淮浮于大江至于巴峽轉而以入于漢沔計其水行幾萬餘里其羇窮不幸而卒遭風波之恐往往二字一作或叫號神明以脫須臾之命者數矣當其恐時顧視前

後凡舟之人非爲商賈則必仕宦因竊自歎以謂非冒利與不得已者孰肯至是哉賴天之惠全活其生今得除去宿負列官于朝以來是州 一無此二字 飽廩食而安署居追 一作遐 思曩時山川所歷舟檝之危蛟鼉 一有白鼉二字 之出沒波濤之洶欻宜其寢驚而夢愕而乃忘其險阻猶以舟名其齋豈真樂於舟居者耶然予聞古之人有逃世遠去江湖之上終身而不肯反者其必有所樂也苟非冒利於險有罪而不得已使順風恬波傲然 一無此二字 枕席之上一日而 一無此字 千里則舟之行豈不樂哉 一作誠可樂也 顧予誠有所未暇而此 八字一作今舟之制尤多 舫者宴嬉之舟也姑以名予齋奚曰不宜予友蔡君謨善大書頗怪偉將乞其大字以題於楹懼其疑予之所以名齋者故具以云又因以 一無此字 置于壁壬午十二月十二日書

王彥章畫像記

太師王公諱彥章字子明鄆州壽張人也事梁爲宣義軍節度使以身死國葬於鄭州之管城晉天福二年始贈太師公在梁以智勇聞梁晉之爭數百戰其爲勇將多矣而晉人獨畏彥章自乾化後常與晉戰屢困莊宗於河上及梁末年小人趙巖等用事梁之大臣老將多以讒不見信一作用皆怒而有怠心而梁亦盡失河北事勢已去諸將多懷顧望獨公奮然自必不少屈懈志雖不就卒死以忠公既死而梁亦亡矣悲夫五代終始纔五十年而更十有三君五易國而八姓士之不幸而出乎其時能不汙其身得全其節者鮮矣公本武人不知書其語質平生嘗爲人曰豹死留皮人死留名蓋其義勇忠信出於天性而然予於五代書竊有善善惡惡之志至於公傳未嘗不感憤歎息惜乎舊史殘略不能備公之事康定元年予以節度判官來此求於滑人得公之孫睿所錄家傳頗多於舊史其記德勝之戰尤詳又言敬翔怒末帝不肯用公欲自經於帝前公因用笏畫山

川爲御史彈而見廢又言公五子其二同公死節此皆舊史無之又云公在滑以讒自歸於京師而史云召之是時梁兵盡屬段凝京師羸兵不滿數千公得保鑾五百人之鄆州以力寡敗於中都而史云將五千以往者亦皆非也公之攻德勝也初受命於帝前期以三日破敵梁之將相聞者皆竊笑及破南城果三日是時莊宗在魏聞公復用料公必速攻自魏馳馬來救已不及矣莊宗之善料公之善一無此字出奇何其神哉今國家罷兵四十年一旦元昊反敗軍殺將連四五年而攻守之計至今未决予嘗獨持用奇取勝之議而歎邊將屢失其機時人聞予說者或笑以爲狂或忽若不聞雖予亦惑不能自信及讀公家傳至於德勝之捷乃知古之名將必出於奇然後能勝然非審於爲計者不能出奇奇在速速在果此天下偉男子之所爲非拘牽常筭之士可到也每讀其傳未嘗不想見其人後二年予復來通判州事歲之正月過俗所謂鐵槍寺者又得公畫像而拜

焉歲久磨滅隱隱可見亟命工完理之而不敢有加焉懼失其真也公一有尤字善用槍當時號王鐵槍公死已百年至今俗猶以名其寺童兒牧豎皆知王鐵槍之爲良將也一槍之勇同時豈無而公獨不朽者豈其忠義之節使然歟畫已百餘年矣完之復可百年然公之不泯者不繫乎畫之存不存二字一作否也而予尤區區如此者蓋其希慕之至焉耳讀其書尚想乎其人況得拜其像識其面目不忍見其壞也畫既完因書予所得者于後而歸其人使藏之一有焉字

襄州穀城縣夫子廟記

釋奠釋菜祭之略者也古者士之見師以菜爲贄故始入學者必釋菜以禮其先師其學官四時之祭乃皆釋奠釋奠有樂無尸而釋菜無樂則其又略也故其禮亡焉而今釋奠幸存然亦無樂又不徧舉於四時獨春秋行事而已記曰釋奠必有合有國故則否謂凡有國

各自祭其先聖先師若唐虞之夔伯夷周之周公魯之孔子其國之無焉者則必合於鄰國而祭之然自孔子沒後之學者莫不宗焉故天下皆尊以爲先聖而後世無以易學校廢久矣學者莫知所師一有則字又取孔子門人之高弟曰顏回者而配焉以爲先師隋唐之際天下州縣皆立學置學官生員而釋奠之禮遂以著令其後州縣學廢而釋奠之禮吏以其著令故得不廢學廢矣無所從祭則皆廟而祭之荀卿子曰仲尼聖人之不得勢者也然使其得勢則爲堯舜矣不幸無時而沒特以學者之故享弟子春秋之禮而後之人不推所謂釋奠者徒見官爲立祠而州縣莫不祭之則以爲夫子之尊由此爲盛甚者乃謂生雖不得位而沒有所享以爲夫子榮謂有德之報雖堯舜莫若何其謬論者歟祭之禮以迎尸酌鬯爲盛釋奠薦饌直奠而已故曰祭之略者其事有樂舞授器之禮今又廢則於其略者又不備焉然古之所謂吉凶鄉射賓燕之禮民得而見焉者今皆

廢失而州縣幸有社稷釋奠風雨雷師之祭民猶得以識先王之禮器焉其牲酒器幣之數升降俯仰之節吏又多不能習至其臨事舉多不中而色不莊使民無所瞻仰見者怠焉因以爲古禮不足復用可勝歎哉（一無此四字）大宋之興於今八十年天下無事方修禮樂崇（一作尊）儒術以文太平之功以謂王爵未足以尊夫子又加至聖之號以褒崇之講正其禮下於州縣而吏或不能諭上（一有之字）意凡有司簿書之所不責者謂之不急非師古好學者莫肯盡心焉穀城令狄君栗爲其邑未逾時修文宣王廟易於縣之左大其正位爲學舍於其旁藏九經書率其邑之子弟興於學然後（一作后）考制度（一作圖記）爲俎豆籩篚罇爵簠簋凡若干（一作凡百餘事）以與其邑人行事（一本大宋之興至謂之不急一段載于此下）穀城縣政久廢狄君居之期月稱治又能載國典修禮興學急其有司所不責者諰諰然惟恐不及可謂有志之士矣

吉州學記

慶曆三年秋天子開天章閣召政事之臣八人問治天下其要有幾施於今者宜何先使坐而書以對八人者皆震恐失位俯伏頓首言此非愚臣所能及惟陛下所欲爲則天下幸甚於是詔書屢下勸農桑責吏課舉賢才其明年三月遂詔天下皆立學置學官之員然後海隅徼塞四方萬里之外莫不皆有學嗚呼盛矣學校王政之本也古者致治之盛衰視其學之興廢記曰國有學遂有序黨有庠家有塾此三代極盛之時大備之制也宋興蓋八十有四年而天下之學始克大立豈非盛美之事須其久而後至於大備歟是以詔下之日臣民喜幸而奔走就事者以後爲羞其年十月吉州之學成州舊有夫子廟在城之西北今知州事李侯寬之至也謀與州人遷而大之以爲學舍事方上請而詔已下學遂以成李侯治吉敏而有方其作學也吉之士率其私錢一百五十萬以助用人之力積二萬二千工

而人不以爲勞其良材堅甓之用凡二十二萬三千五百而人不以爲多學有堂筵齋講有藏書之閣有賓客之位有游息之亭嚴嚴翼翼壯偉閎耀而人不以爲侈既成而來學者常三百餘人予世家于吉而一無此字濫官于朝一有矣字進不能贊揚一作明宇天子之威美退不得與諸生揖讓乎其中然予聞教學之法本於人性磨揉遷革使趨於善其勉於人者勤其入於人者漸善教者以不倦之意須遲久之功至於禮讓興行而一無此字風俗純美然後爲學之成今州縣之吏不得久其職而躬親於教化也故李侯之績及於學之立而不及待其成惟後之人毋廢慢天子之詔而殆一作怠以中止幸予他日因得歸榮故鄉而謁於學門將見吉之士皆道德明秀而可爲公卿問於其俗而婚喪飲食皆中禮節入於其里而長幼相孝慈於其家行於其郊而少者扶其羸老壯者代其負荷於道路然後樂學之道成而得時從先生耆老席于衆賓之後聽鄉樂之歌飲獻

酬之酒以詩頌天子太平之功而周覽學舍思詠李侯之遺愛不亦美哉故於其始成也刻辭于石而立諸其廡以俟

豐樂亭記

修既治滁之明年夏始飲滁水而甘問諸滁人得於州(一作城)西南百步之近其上豐山聳然而特立下則幽谷窈然而深藏中有清泉滃然而仰(一無此字)出俯仰左右顧而樂之於是疏泉鑿石闢地以為亭而與滁人往遊於其間滁於五代干戈之際用武之地也昔太祖皇帝嘗以周師破李景兵十五萬於清流山下生擒其將皇甫暉姚鳳於滁東門之外遂以平滁修嘗考其山川按(一作按其山水考)其圖記升高以望清流之關欲求暉鳳就擒之所而故老皆無在者蓋天下之平久矣自唐失其政海內分裂豪傑並起而爭(一有而字)所在(一有自字)為敵國者何可勝數及宋受天命聖人出而四海一嚮之憑恃險阻剗削消磨百年之間漠然徒見山高而水清欲問其

事而遺老盡矣今滁介於江淮之間舟車商賈四方賓客之所不至民生不見外事而安於畎畝衣食以樂生送死而孰知上之功德休養生息（一作覆被休養）涵煦百年之深也修之來此樂其地僻而事簡又愛其俗之安閑既得斯泉于山谷之間乃（一無此字）日與滁人仰而望山俯而聽泉掇幽芳而蔭喬木風霜冰雪刻露清秀四時之景（一作美）無不可愛又幸其民樂其歲物之豐成而喜與予遊也因爲本其山川道其風俗之美使民知所以安此豐年之樂者幸生無事之時也夫宣上恩德以與民共樂刺史之事也遂書以名其亭焉

慶曆丙戌六月日右正言知制誥知滁州軍州事歐陽修記

醉翁亭記

環滁皆山也其西南諸峯林壑尤美望之蔚然而深秀者瑯邪也山行六七里漸聞水聲潺潺而瀉出于兩峯之間者釀泉也峯回路轉有亭翼然臨于泉上者醉翁亭也作亭者誰山之僧曰（一無此字）智

僊也名之者誰太守自謂也太守與客來飲于此飲少輒醉而年又最高故自號曰醉翁也醉翁之意不在酒在乎山水之間也山水之樂得之心而寓之酒也若夫日出而林霏開雲歸而巖穴暝晦明變化者山間之朝暮也野芳發而幽香佳木秀而繁陰風霜高潔水清一作洞一作落而石出者山間之四時也朝而往暮而歸四時之景不同而樂亦無窮也至於負者歌于塗行者休于樹前者呼後者應傴僂提攜往來而不絕者滁人遊也臨谿而漁谿深而魚肥釀泉爲酒泉香而酒洌一作泉洌而酒香山肴野蔌雜然而前陳者太守宴也宴酣之樂非絲非竹射者中弈者勝觥籌交錯起坐而諠譁者衆賓懽也蒼顏白髮頹然乎其間者太守醉也已而夕陽在山人影散亂太守歸而賓客從也樹林陰翳鳴聲上下遊人去而禽鳥樂也然而禽鳥知山林之樂而不知人之樂人知從太守遊而樂碑有而字不知太守之樂其樂也醉能同其樂醒能述以文者太守也太守謂

誰廬陵歐陽修也

居士集卷第三十九

珍倣宋版印

居士集卷第四十　集四十

記八首

菱谿石記

菱谿之石有六其四爲人取去其一差小而尤奇亦藏民家其最大者偃然僵臥於谿側以其難徙故得獨存每歲寒霜落水涸而石出谿旁人見其可怪往往祀以爲神菱谿按圖與經皆不載唐會昌中刺史李濆爲荇谿記云水出永陽嶺西經皇一作黄道山下以地求之今無所謂荇谿者詢於滁州人曰此谿是也楊行密有一作據淮南淮人爲諱其嫌名以荇爲菱理或然也谿傍若有遺址云故將劉金之宅石即劉氏之物也金爲一作爲吳時貴將與行密俱起合淝號三十六英雄金其一也金本武夫悍一作驍卒而乃能知愛賞奇異爲兒女子之一作所好豈非遭逢亂世功成志得驕於富貴之佚欲而然邪想其陂池臺榭奇木異草與此石稱亦一時之盛哉今劉

氏之後散爲編民一作氓尚有居谿旁者予感夫人物之廢興一無此字惜其可愛而一有反字棄也乃以三牛曳置幽谷又索其小者得於白塔民朱氏遂立于亭之南北亭負城而近以爲滁人歲時嬉遊之好夫物之奇者弃沒於幽遠則可惜置之耳目則愛者不免取之而去嗟夫劉金者雖不足道然亦可謂雄勇一作勇悍之士其平生志意豈不偉哉及其後世荒堙零落至於子孫泯沒而無聞況欲長有此石乎用此一無此二字可爲富貴者之戒而好奇之士聞此石者一作聞石而來可以一賞而足何必取而去也哉

海陵許氏南園一作園亭記

高陽許君子春治其海陵郊居之南爲小園作某亭某堂于其間許君爲江浙荊淮　制置發運使其所領六路七十六州之廣凡賦斂之多少山川之遠近舟楫之往來均節轉徙視江湖數千里之外如運諸其一無此字掌能使人樂爲而事集當國家用兵之後修前

人久廢之職補京師匱乏之供爲之六年·厥績大著自國子博士遷主客員外郎由判官爲副使夫理繁而得其要則簡簡則易行而不違惟簡與易然後其力不勞而有餘夫以制置七十六州之有餘治數畝之地爲園誠不足施其智而於君之事亦不足書君之美衆矣予特書其一節可以示海陵之人者君本歙人世有孝德其先君司封喪其父母事其兄如父戒其妻事其嫂如姑衣雖弊兄未易衣不敢易食雖具兄未食不敢先食司封之亡一子當得官其兄弟相讓久之諸兄卒以讓君君今遂顯于朝以大其門君撫兄弟諸子猶己子歲當上計京師而弟之子病君留不忍去其子亦不忍捨君而留遂以俱行君素清貧罄其家貲走四方以求醫而藥必親調食飲必親視至其矢溲亦親候其時節顏色所下一作疾如可理則喜或變動逆節則憂戚之色不自勝其子卒君哭泣悲哀行路之人皆嗟歎嗚呼予見許氏孝悌一有者字著于三一作四世矣凡海陵之人過

其園者望其竹樹登（一作覩）其臺榭思其宗族少長相從愉愉而樂於此也愛其人化其善自一家而刑一鄉由一鄉而推之無遠邇（一作迩）使許氏之子孫世久而（一無此字）愈篤則（一作焉）不獨化及其人將見其園閒之草木有駢枝而連理也禽鳥之翔集于其間者不爭巢而棲不擇子而哺也嗚呼事患不爲與夫怠而止爾惟力行而不怠以止然後知予言之可信也慶曆八年十二月二十七日廬陵歐陽修記

真州東園記

真爲州當東南之水會故爲江淮兩浙荆湖發運使之治所龍圖閣直學士施君正臣侍御史許君子春之爲使也得監察御史裏行馬君仲塗爲其判官三人者樂其相得之懽而因其暇日得州之監軍廢營以作東園而日往遊焉歲秋八月子春以其職事走京師圖其所謂東園者來以示予曰園之廣百畝而流水橫其前清池浸其右

高臺起其一作超字北臺吾望以拂雲之亭池吾俯以澄虛之閣水吾泛以畫舫之舟敞其中以爲清讌之堂闢其後以爲射賓之圃芙渠芰荷之的歷幽蘭白芷之芬芳與夫佳花美木列植而交陰此前日之蒼烟白露而荊棘也高甍巨桷水光日景動搖而下上一作上下其寬閑深靚可以答遠響而生清風此前日之頹垣斷壍而荒墟一作墟也嘉時令節州人士女嘯歌而管絃此前日之晦冥風雨鼪鼯鳥獸之嗥音也吾於是信有力焉凡圖之所載蓋其一二之略也若迺升于高以望江山之遠近嬉于水而逐魚鳥之浮沉其物象意趣登臨之樂覽者各自得焉凡工之所不能畫者吾亦不能言也其爲我書其大概焉又曰真天下之衝也四方之賓客往來者吾與之共樂于此豈獨私吾三人者哉然而一作其池臺日益以新草樹日益以茂四方之士無日而不來而吾三人者有時而皆去也豈不眷眷於是哉不爲之記則後孰知其自吾三人者始也予以謂三君子

之材賢足以相濟而又協于其職知所後先使上下給足而東南六路之人無辛苦愁怨之聲然後休其餘閑又與四方之賢士大夫共樂于此是皆可嘉也乃爲之書廬陵歐陽修記

浮槎山水記

浮槎山在愼縣南三十五里或曰浮闍山（一無此五字）或曰浮巢二（一無此字）山其事出於浮圖老子之徒荒怪誕幻之說其上有泉自前世論水者皆弗道余嘗讀茶經愛陸羽善言水後得張又新水記載劉伯芻李季卿所列水次第以爲得之於羽然以茶經考之皆不合又新妄狂險譎之士其言難信頗疑非羽之說及得浮槎山水然後益以羽爲知水者浮槎與龍池山皆在廬州界中較其水味不及浮槎遠甚而又新所記以龍池爲第十浮槎之水弃而不錄以此知其所失多矣羽則不然其論曰山水上江次之井爲下山水乳泉石池漫流者上其言雖簡而於論水盡矣浮槎之水發自李侯嘉祐二

年李侯以鎮東軍（一無此字）留後出守廬州因遊金陵登蔣山飲其水既又登浮槎至其山上有石池涓涓可愛蓋羽所謂乳泉漫流者也飲之而甘乃考圖記問於故老得其事迹因以其水遺余於京師予報之曰李侯可謂賢矣夫窮天下之物無不得其欲者富貴者之樂也至於蔭長松藉豐草聽山溜之潺湲飲石泉之滴瀝此山林者之樂也而山林之士視天下之樂不一動其心或有欲於心顧力不可得而止者乃能退而獲樂於斯彼富貴者之能致物矣而其不可兼者惟山林之樂爾惟富貴者而不得兼然後貧賤之士有以自足而高世其不能兩得亦其理與勢之然歟今李侯生長富貴厭於耳目又知山林之爲樂至於攀緣上下幽隱窮絶人所不及者皆能得之其兼取於物者可謂多矣李侯折節好學喜交賢士敏於爲政所至有能名凡物不能自見而待人以彰者有矣其物未必可貴而因人以重者亦有矣故予爲志其事俾世知斯（一作奇）泉發自李侯始

也三年二月二十有四日廬陵歐陽修記

有美堂記

嘉祐二年龍圖閣直學士尚書吏部郎中梅公出守于杭於其行也天子寵之以詩於是始作有美之堂蓋取賜詩之首章而名之以爲杭人之榮然公之甚愛斯堂也雖去而不忘今年自金陵遣人走京師命予誌之其請至六七而不倦予乃爲之言曰夫舉天下之至美與其樂有不得而兼焉者多矣故窮山水登臨之美者必之乎寬閑之野寂寞之鄉而後得焉覽人物之盛麗夸都邑之雄富者必據乎四達之衝舟車之會而後足焉蓋彼放心於物外而此娛意於繁華二者各有適焉然其爲樂不得而兼也今夫所謂羅浮天台衡嶽廬阜洞庭之廣三峽之險號爲東南奇偉秀絶者乃皆在乎下州小邑僻陋之邦此幽潛之士窮愁放逐之臣之所樂也若乃四方之所聚百貨之所交物盛人衆爲一都會而又能兼有山水之美以資富貴

之娛者惟金陵錢塘然二邦皆僭竊於混世及聖宋受命海內爲一金陵以後服見誅今其江山雖在而頹垣廢址荒烟野草過而覽者莫不爲之躊躇而悽愴獨錢塘自五代時知尊中國効臣順及其亡也頓首請命不煩干戈今其民幸富完安樂又其俗習（一作習俗）工巧邑屋華麗蓋十餘萬家環以湖山左右映帶而閩商海賈風帆浪舶出入於江濤浩渺烟雲杳靄之間可謂盛矣而臨是邦者必皆朝廷公卿大臣若天子之侍從又有四方遊士爲之賓客故喜占形勝治亭（一作臺）榭相與極遊覽之娛然其於所取有得於此者必有遺於彼獨所謂有美堂者山水登臨之美人物邑居之繁一寓目而盡得之蓋錢塘兼有天下之美而斯堂者又盡得錢塘之美焉宜乎公之甚愛而難忘也梅公清愼好學君子也視其所好可以知其人焉

四年八月丁亥廬陵歐陽修記

相州晝錦堂記

仕宦而至將相富貴而歸故鄉此人情之所榮而今昔之所同也蓋士方窮時困阨閭里庸人孺子皆得易而侮之若季子不禮於其嫂買臣見棄於其妻一旦高車駟馬旗旄導前而騎卒擁後夾道之人相與駢肩累迹瞻望咨嗟而所謂庸夫愚婦者奔走駭汗羞愧俯伏以自悔罪於車塵馬足之間（一有而莫敢仰視五字）此一介之士得志（一有於字）當時而意氣之盛昔人比之衣錦之榮者也惟大丞相衞國公則不然公相人也世有令德爲時名卿自公少時已擢高科登顯仕海內之士聞下風而望餘光者蓋亦有年矣所謂將相而富貴皆公所宜素有非如窮阨之人僥倖得志於一時出於庸夫愚婦之不意以驚駭而夸耀之也然則高牙大纛（一作旆）不足爲公榮桓圭袞冕不足爲公貴惟德被生民而功施社稷勒之金石播之聲詩以耀後世而垂無窮此公之志而士亦以此望於公也豈止夸一時而榮一鄉哉公在至和中嘗以武康之節來治於相乃作晝錦之堂

于後圃既又刻詩於石以遺相人其言以快恩讎矜名譽爲可薄蓋不以昔人所夸者爲榮而以爲戒於此見公之視富貴爲如何而其志豈易量哉故能出入將相勤勞王家而夷險一節至於臨大事決大議垂紳正笏不動聲氣一作色而措天下於泰山之安可謂社稷之臣矣其豐功盛烈所以銘彝鼎而被弦歌者乃邦家之光非閭里之榮也余雖不獲登公之堂幸嘗竊誦公之詩樂公之志有成而喜爲天下道也於是乎書尚書吏部侍郎參知政事歐陽修記

仁宗御飛白記

治平四年夏五月余將赴亳假道于汝陰因得閱書於子履之室而雲章爛然輝映日月爲之正冠肅容再拜而後敢仰視蓋仁宗皇帝之御飛白一作帛也曰此寶文閣之所藏也胡爲於子之室乎子履曰曩者天子宴從臣於羣玉而賜以飛白余幸得與賜焉予窮於世久矣少不悅於時人流離竄斥十有餘年而得不老死江湖之上者

蓋以遭時清明天子嚮學樂育天下之材而不遺一介之賤（一作善）使得與羣賢並游於儒學之館而天下無事歲時豐登民物安樂天子優游清閑不邇聲色方與羣臣從容於翰墨之娛而余於斯時竊獲此賜非惟一介之臣之榮遇亦朝廷一時之盛事也子其爲我志之余曰仁宗之德澤涵濡於萬物者四十餘年雖田夫野老之無知猶能悲歌思慕於壠畝之間而況儒臣學士得望清光蒙恩寵登金門而上玉堂者乎於是相與泫然流涕而書之夫玉韞石而珠藏淵其光氣常見於外也故山輝如白虹水變而五色者至寶之所在也今賜書之藏于子室也吾知將有望氣者言榮光起而屬天者必賜書之所在也（一有觀文殿學士刑部尚書歐陽修謹記）

峴山亭記（一本題上有史光祿修）

峴山臨漢上望之隱然蓋諸山之小者而其名特著於荆州者豈非以其人哉其人謂誰羊祜叔子杜預元凱是已方晉與吳以兵爭常

倚荆州以爲重而二子相繼於此遂以平吳而成晉業其功烈已蓋於當世矣至於風流餘韻藹然被於江漢之間者至今人猶思之而於思叔子也（一作而於叔子思之）尤深蓋元凱以其功（一作力）而叔子以其仁二子所爲雖不同然（一作謂）皆足以垂於不朽余（一作而）頗疑其反自汲汲於後世之名者何哉傳言叔子嘗登茲山慨然語其屬以謂此山常在而前世之士皆已湮滅於無聞因自顧而悲傷然獨不知茲山待己而名著也元凱銘功於二石一置茲山之上一投漢水之淵是知陵谷有變而不知石有時而磨滅也豈皆自喜其名之甚而過爲無窮之慮歟將自待者厚而所思者遠歟山故有亭世傳以爲叔子之所遊止也故其屢廢而復興者由後世慕其名而思其人者多也熙寧元年余友人史君中煇以光祿卿來守襄陽明年因亭之舊廣而新之既（一無此字）周以回廊之壯又大其後軒使與亭相稱君知名當世所至有聲襄人安其政而樂從其遊也因以

君之官名其後軒爲一作日光祿堂又欲紀其事于石以與叔子元凱之名並傳于久遠君皆不能止也乃來以記屬於余余謂君知慕叔子之風而襲其遺迹則其爲人與其志之所存者可知矣襄人愛君而安樂之如此則君之爲政於襄者又可知矣此襄人之所欲書也若其左右山川之勝勢與夫草木雲煙之杳靄出沒於空曠有無之間而可以備詩人之登高寫離騷之極目者宜其覽者自得之至於亭屢廢興或自有記或不必究其詳者一有則字皆不復道一有也字熙寧三年十月二十有二日六一居士歐陽修記

居士集卷第四十

序七首

章望之字序

校書郎章君一作望之嘗一無此字以其名望之一無二字來請字曰願有所教使得以勉焉而自勗者予爲之字曰表民而告之曰古之君子所以異乎衆人者言出而爲民信事行而爲世法其動作容貌皆可以表於民一作皆有以爲民表也故紘綖一作纓旒冕弁以爲首容佩玉玦環以爲行容衣裳黼黻一作設色以爲身容手有手容足有足容揖讓登降獻酬俯仰莫不有容又見其寬柔溫厚剛嚴果毅之色以爲仁義之容服其服載其車立乎朝廷而正君臣出入宗廟而臨大事儼然人皆望而畏之曰此吾民之所尊也非民之知尊君子而君子者能自修而尊者也然而行不充于內德不備於人雖盛其服文其容民不尊也一作民弗尊也已名山大川一方之望

也山川之岳瀆一有則字天下之望也故君子之賢於一鄉者一鄉之望也賢於一國者一國之望也名烈著於天下者天下之望也功德被于後世者萬世之望也孝慈友悌達于一鄉一作於州閭古所謂鄉先生者一鄉之望也春秋之賢大夫若隨之季良鄭之子產者一作春秋諸侯之大夫若鄭之子產吳之季札之類一國之望也位于二字一作居中而姦臣賊子不敢竊一作輒發于外如漢之大將軍出入將相朝廷以爲輕重天下繫其一作以爲安危如唐之裴丞相一有若此二字者天下之望也其人已沒一作死其事已久一作失聞其名想其人若不可及者夔龍稷契是也其功可以及百一作被萬世其道可以師百王雖有賢一作後聖莫敢過之一作自謂莫及者周孔是也此萬世之望而皆所以爲民之表也傳曰其在一作在其賢者識其大者遠三字一作遠大者一有若此數者皆可自擇而勉焉者也今十四字章君儒其衣冠氣剛色仁好學而有志三字

一作志於古覩其絜然修乎其外而煇然充乎其內以發乎一作爲文辭則又辯博放一作宏肆而無涯一作不流是數者皆可以自擇而勉焉者也一無此十三字是固一無此字能識夫一作其遠大者矣雖予何何字一作信可以贊焉第一作敢因其志廣其說一作疆爲之言以塞請慶曆三年六月日序

釋祕演詩集序

予少以進士遊京師因得盡交當世之賢豪然猶以謂國家臣一四海休兵革養息天下以無事者四十年而智謀雄偉非常之士無所用其能者往往伏而不出山林屠販必有老死而世莫見者欲從而求之不可得其後得吾亡友石曼卿曼卿爲人廓然有大志時人不能用其材曼卿亦不屈以求合無所放其意則往往從布衣野老酣嬉淋漓顛倒而不厭予疑所謂伏而不見者庶幾狎而得之故嘗喜從曼卿遊欲因以陰求天下奇士浮屠二字一作僧祕演者與曼卿

交最久亦能遺外世俗以氣節相高二人懽然無所間曼卿隱於酒祕演隱於浮屠皆奇男子也然喜爲歌詩以自娛當其極飲大醉一作臨水望月歌吟笑呼以適天下之樂何其壯也一時賢士皆願從其一作之游予亦時至其室十年之間祕演北渡河東之濟鄆無所合困而歸曼卿已死祕演亦老病嗟一作若夫二人者予乃見其盛衰則余亦將老矣夫曼卿詩辭清絕尤稱祕演之作以爲雅健有詩人之意祕演狀貌雄傑其胸中浩然既習于佛無所用獨其詩可行于世而懶不自惜已老胠其橐尚得三四百篇皆可喜者曼卿死祕演漠然無所向聞東南多山水其巔崖崛峍江濤洶涌甚可壯也遂欲往遊焉足以知其老而志在也於其將行爲敘其詩因道其盛時以悲其衰慶曆二年十二月二十八日廬陵歐陽修序

釋惟儼文集序

惟儼姓魏氏杭州人少遊京師三一作二十餘年雖學于佛而通儒

術喜爲辭章與吾亡友曼卿交最善曼卿遇人無所擇必皆盡其忻歡惟儼非賢士不交有不可其意無貴賤一切閉拒絕去不少顧曼卿之兼愛惟儼之介所趣雖異而交合無所間曼卿嘗曰君子泛愛而親仁惟儼曰不然吾所以不交妄人故能得（一作得待）天下士若賢不肖混則賢者安肯顧我哉以此一時賢士多從其遊居相國浮圖不出其戶十五年士嘗遊其室者禮之惟恐不至及去爲公卿貴人未始一往干之然嘗竊怪平生所交皆當世賢傑未見（一作有）卓卓著（一作見）功業如古人可記者因謂世所稱賢材若不笞兵走萬里立功海外則當佐天子號令賞罰於明堂苟皆不用則絕寵辱遺世俗自高而不屈尙安能酣豢於富貴而無爲哉醉則（一作嘗或）以此誚其坐人人亦復之以謂遺世自守古人之所易若奮身逢世欲必就功業此雖聖賢難之周孔所以窮達異也今子老於浮圖不見用於世而幸不踐窮亨之塗乃以古事之已然而責今人之必然邪

雖然惟儼四字一作儼雖傲乎退偃於一室天下之務當世之利病聽其言終日不厭惜其將老也已曼卿死惟儼亦買地京城之東以謀其終乃斂平生所爲文數百篇示予曰曼卿之死既已表其墓願爲我序其文然及我之見也嗟夫惟儼既不用於世其材莫見一作顯於時若考其筆墨馳騁文章贍逸之能可以見其志矣廬陵歐陽永叔序

詩譜補亡後序

歐陽子曰昔者聖人已沒六經之道幾熄於戰國而焚弃於秦自漢已來收拾亡逸發明遺義而正其訛繆得以粗備傳于一作於今者豈一有止字一人之力哉後之學者因迹前世之所傳而較其得失或有之矣若使徒抱焚餘殘脫之經倀倀於去聖千百年後不見先儒中間之說而欲特立一家之學者果有能哉吾未之信也然則先儒之論苟非詳其終始而抵牾質於聖人而悖理害經之甚有不得

已而後改易者何必徒爲異論以相訾也毛鄭於詩其學亦已博矣予嘗依其箋傳考之於經而證以序譜惜其不合者頗多蓋詩述商周自生民玄鳥上陳稷契下迄一作訖陳靈公千五六百歲之間旁及列國君臣世次國地山川封域圖牒鳥獸草木魚蟲之名與其風俗善惡方言訓故一作詁盛衰治亂美刺之由無所不載然則孰能無失於其間哉予疑毛鄭之失既多然不敢輕爲改易者意其爲說不止於箋傳而恨己一作已恨不得盡見二家之書未能偏通其旨夫不盡見其書而欲折其是非猶不盡人之辭一作辯而欲斷其訟之曲直其能果於自決乎其能使之必服乎世言鄭氏詩譜最詳求之久矣不可得雖崇文總目祕書所藏亦無之慶曆四年奉使河東至于絳州偶得焉其文有注而不見名氏然首尾殘缺自周公致太平已上皆亡之其國譜旁行尤易爲訛舛悉皆顛倒錯亂不可復考凡詩雅頌兼列商魯其正變之風十有四國而其次比莫詳其義惟

封國變風之先後不可以不知周召王豳同出於周邶鄘并於衛檜魏無世家其可考者陳齊衛晉曹鄭秦此封國之先後也豳齊衛檜陳唐秦鄭魏曹此變風之先後也周南召南邶鄘衛王鄭齊豳秦魏唐陳曹此孔子未刪詩之前周大師樂歌之次第也周召邶鄘衛王檜鄭齊魏唐秦陳曹豳此鄭氏詩譜次第也黜檜後陳此今詩次比也初予未見鄭譜嘗略考春秋史記本紀世家年表而合以毛鄭之說爲詩圖十四篇今因取以補鄭譜之亡者足以見二家所說世次先後甚備因據而求其得失較然矣而仍存其圖庶幾以見予於鄭氏之學盡心焉耳夫盡其說而有所不通然後得以論正予豈好爲異論者哉凡補其譜十有五補其文字二百七一本注云譜序自周公致太平已上皆亡其文予取孔穎達正義所載之文補足因爲之注自周公已下卽用舊注云增損塗乙改正者三一作八百八十三而鄭氏之譜復完一有矣字

集古錄目序

物常聚於所好而常得於有力之彊有力而不好好之而無力雖近且易有不能致之象犀虎豹蠻夷山海殺人之獸然其齒角皮革可聚而有也玉出崑崙流沙萬里之外經十餘譯乃至乎中國珠出南海常生深淵採者腰絙而入水形色非人往往不出則下飽蛟魚金礦于山鑿深而穴遠篝火餱粮而後進其崖崩窟塞則遂葬於其中者率常數十百人其遠且難而又多死禍常如此然而金玉珠璣世常兼聚而有也凡物好之而有力則無不至也湯盤孔鼎岐陽之鼓岱山鄒嶧會稽之刻石與夫漢魏已來聖君賢士桓碑彝器銘詩序記下至古文籀篆分隸諸家之字書皆三代以來至寶怪奇偉麗工妙可喜之物其去人不遠其取之無禍然而風霜兵火湮淪磨滅散弃於山崖墟莽之間未嘗收拾者由世之好者少也幸而有好之者又其力或不足故僅得其一二而不能使其聚也夫力莫如好好莫

如一予性顓而嗜古凡世人之所貪者皆無欲於其間故得一其所好於斯好之已篤則力雖未足猶能致之故上自周穆王以來下更秦漢隋唐五代外至四海九州名山大澤窮崖絕谷荒林破塚神仙鬼物詭怪所傳莫不皆有以為集古錄以謂傳（一作傳）寫失真故因其石本軸而藏之有卷帙次第而無時世之先後蓋其取多而未已故隨其所得而錄之又以謂聚多而終必散乃撮其大要別為錄目因并載夫可與史傳正其闕謬者以傳後學庶益於多聞或譏予曰物多則其勢難聚聚久而無不散何必區區於是哉予對曰足吾所好玩而老焉可也象犀金玉之聚其能果不散乎予固未能以此而易彼也廬陵歐陽修序

蘇氏文集序

予友蘇子美之亡後四年始得其平生文章遺藁於太子太傅杜公之家而集錄之以為十卷子美杜氏壻也遂以其集歸之而告于公

曰斯文金玉也弃擲埋沒糞土不能銷蝕其見遺于一時必有收而寶之于後世者雖其埋沒而未出其精氣光怪已能常自發見而物亦不能揜也故方其擯斥摧挫流離窮一本作困厄之時文章已自行于一作於天下雖其怨家仇人及嘗能出力而擠之死者至其文章則不能少毀而揜蔽一無此字之也凡人之情忽近而貴遠子美屈于今世猶若此其伸於後世宜如何也公其可無恨予嘗考前世文章政理之盛衰而怪唐太宗致治幾乎三王之盛而文章不能革五代之餘習後百有餘年韓李之徒出然後元和之文始復于古唐衰兵亂又百餘年而聖宋興天下一定晏然無事又幾百年而古文始盛于今自古治時少而亂時多幸時治矣文章或不能純粹或遲久而不相及何其難之若是歟豈非難得其人歟苟一有其人又幸而及出于治世世其可不爲之貴重而愛惜之歟嗟吾子美以一酒食之過至廢爲民而流落以死此其可以歎息流涕而爲當世仁人

君子之一無此字職位宜與國家樂育賢材者惜也子美之齒少於予而予學古文反在其後天聖之間予舉進士于有司見時學者務以言語聲偶擿裂號爲時文以相誇尚而子美獨與其兄才翁及穆參軍伯長作爲古謌詩雜文時人頗共非笑之而一無此字子美不顧也其後天子患時文之獘下詔書諷勉學者以近古由是其風漸息而學者稍趨於古焉獨子美爲於舉世不爲之時其始終自守不牽世俗趨舍可謂特立之士也子美官至大理評事集賢校理而廢後爲湖州長史以卒享年四十有一其狀貌奇偉望之昂然而卽之温温久而愈可愛慕其材雖高而人亦不甚嫉忌其擊而去之者意不在子美也賴天子聰明仁聖四字一作聖明凡當時所指名而排斥二三大臣而不欲以子美爲根而累之者皆蒙保全今並列於榮寵雖與子美同時飲酒得罪之人多一時之豪俊亦被收采進顯于朝廷而子美獨不幸死矣豈非其命也悲夫廬陵歐陽修序

鄭荀改名序

三代之衰學廢而道不明然後諸子出自老子厭周之亂用其小見以爲聖人之術止於此始非仁義而詆聖智諸子因之益得肆其異說至於戰國蕩而不反然後山淵齊秦堅白異同之論興聖人之學幾乎其息最後荀卿子獨用詩書之言貶異扶正著書以非諸子尤以勸學爲急荀卿楚人嘗以學干諸侯不用退老蘭陵楚人尊之及戰國平三代詩書未盡出漢諸大儒賈生司馬遷之徒莫不盡用荀卿子蓋其爲說最近於聖人而然也滎陽鄭昊少爲詩賦舉進士已中第遂棄之曰此不足學也始從先生長者學問慨然有好古不及之意鄭君年尚少而性淳明輔一（有之字）以彊力之志得其是者而師焉無不至也將更其名數以請予使之自擇遂改曰荀於是又見其志之果也夫荀卿者未嘗親見聖人徒讀其書而得之然自子思孟子已下意皆輕之使其與游夏並進於孔子之門吾不知其先後

也世之學者茍如荀卿可謂學矣而又進焉則孰能禦哉余既嘉君善自擇而慕焉因爲之字曰叔希且以朂其成焉

居士集卷第四十一

居士集卷第四十二　　集四十二

序九首

韻總序

倕工於爲弓而不能射羿與逄蒙天下之善射者也奚仲工於爲車而不能御王良造父天下之善御者也此荀卿子所謂藝之至者不兩能信哉儒者學乎聖人聖人之道直以簡然至其曲而暢之以通天下之理以究陰陽天地人鬼事物之變化君臣父子吉凶生死凡人一作禍福之大倫則六經不能盡其說而七十子與孟軻荀楊之徒各極其辯而莫能殫焉夫以孔子之好學而其所道者自堯舜而後則詳之其前蓋略而弗道其亦有所不暇者歟儒之學者信哉遠且大而用功多則其有所不暇者宜也文字之爲學儒者之所用也其爲精也有聲形曲直毫釐之別音響清濁相生之類五方言語風俗之殊故儒者莫暇精之其有精者則往往不能乎其他是以學者

莫肯捨其所事而盡心乎此所謂不兩能者也必待乎用心專者而或能之然後儒者有以取焉洛僧鑒聿爲韻總五篇推子母輕重之法以定四聲考求前儒之失辯正五方之訛顧其用心之精可謂入於忽微若櫛一有者字之於髮績一有者字之於絲雖細且多而條理不亂儒之學者莫能難也鑒聿通於易能知大演之數又學乎陰陽地理黃帝岐伯之書其尤盡心者韻總也世一作聿本儒家子少爲浮圖入武當山往來江漢之旁十餘年不妄與人交有不可其意雖王公大人亦莫肯顧聞士有一藝雖千里必求之介然有古獨行之節所謂用心專者也宜其學必至焉耳浮圖之書行乎世者數百萬言其文字雜以夷夏讀者罕得其真往往就一有聿字而正焉鑒一無此字聿之書一作韻非獨有取於吾儒亦欲傳於其徒也

送楊寘一作送楊二赴劍浦序

予嘗有幽憂之疾退而閒居不能治也既而學琴於友人孫道滋受

宮聲數引久而樂之不知疾之在其體也一本有夫疾生乎憂者也藥之毒者能攻其疾之聚不若聲之至者能和其心之所不平心而平不和者和則疾之忘也宜哉四十五字夫琴之爲技小矣及其至也大者爲宮細者爲羽操絃驟作忽然變之急者悽然以促緩者舒然以和如崩崖裂石高山出泉而風雨夜至也如怨夫寡婦之歎息雌雄雍雍之相鳴也其憂深思遠則舜與文王孔子之遺音也悲愁感憤則伯奇孤子屈原忠臣之所歎也喜怒哀樂動人心深而純古淡泊與夫堯舜三代之言語孔子之文章易之憂患一作思一作深詩之怨刺無以異其能聽之以耳應之以手取其和者道其堙鬱寫其憂思則感人之際亦有至者矣一有是不可以不學也七字予友楊君好學有文累以進士舉不得志及從廕調爲尉於劍浦區區在東南數千里外是其心固有不平者且少又多疾而南方少醫藥風俗飲食異宜以多疾之體有不平之心居異宜之俗其能鬱鬱以久

乎然欲平其心以養其疾於琴亦將有得焉故予作琴說以贈其行
且邀道滋酌酒進琴以爲別一無此二字而有說以贈其行挈道滋之琴而行曰是真可樂也行將學之二十二字

送曾鞏秀才序

廣文曾生來自南豐一作自南豐來入太學與其諸生羣進於有司有司斂羣材操尺度槩以一法考其不中者而棄之雖有魁壘拔出之材其一累黍不中尺度則弃不敢取幸而得良有司不過反同衆人歎嗟一作咨嗟而愛惜若取捨非己事者諉曰有司有法奈不中何一作奈何其不中也有司固不自任其責而天下之人一作士亦不以責有司皆由其不中法也一作其如不中法何不幸有司尺度一失手一作守則往往失多而得少一作失多於所得嗚呼二字一作噫有司所操果良法耶何其久而不思革也況若曾生之業其大者固已魁壘其於一無此字小者亦可以中一作就尺度而有司一

有遽字弃之可惜也然曾生不非同進不罪有司告予以歸思廣其學而一有益字堅其守予初駭一作驚其文一有既字又壯其志夫農不咎歲而蓄播是勤其水旱則已使一有穫則豈不多耶曾生橐其文數十萬言來京師京師之人無求曾生者然曾生亦不以干也一作而生亦不一往干之予豈敢一作若干者豈能求生而生辱以顧予是京師之人既不四字一作士大夫既莫能求之而有司又失之而獨余得也於其行也遂見於文使知一有曾字生者可以弔有司一有之失二字而賀余之獨得也

送田畫秀才寧親萬州序

五代之初天下分爲十三四及建隆之際或滅或微其在者猶七國而蜀與江南地最大以周世宗之雄三至淮上不能舉李氏而蜀亦恃險爲阻秦隴山南皆被侵奪而荆人縮手歸峽不敢西窺以爭故地一本注云往時忠萬夔施皆屬荆南五代之際爲蜀所侵及太祖

受天命用兵不過一作及萬人舉兩國如一郡縣吏何其偉歟一作哉當此時文初之祖從諸將西平成都及南攻一作破金陵功最多於時一作最有功於時語名將者稱田氏田氏功書史官祿世于家至今而不絕及天下已定一作天下既平久矣將卒無所用其武士君子爭以文儒進故文初將家子反衣白衣從鄉進士舉於有司彼此一時亦各遭其勢而然也文初辭業通敏為人敦潔可喜歲之仲春自荊南西一作自荊南而西將拜其親於萬州維一作繫舟夷陵予與之登高以遠望一作望山川遂遊東山窺綠蘿溪坐磐石文初愛之一有留字數日乃去一作行夷陵者其地志云北有夷山以為一有之字名或曰巴峽之險至此地始平夷蓋今文初所見尚未為山川之勝者由此而上泝江湍入三峽險怪奇絕乃一作直可愛也當王師伐蜀時兵出兩道一自鳳州以入一自歸州以取忠萬以西今之所經皆王師嚮所用武處一作今文初所歷皆嚮時王師用武

處覽其山川可以慨然而賦矣

謝氏詩序

天聖七年予始遊京師得吾友謝景山景山少以進士中甲科以善歌詩知名 一作以好古能文知名於時 其後予於他所又得今舍人宋公所爲景山母夫人之墓銘言夫人好學通經自教其子乃知景山出於甌閩數千里之外負其藝於大衆之 一無此字 中一賈而售遂以名知 一作知名 於人者繄其母之賢也今年予自夷陵至 一作之許昌景山出其女弟希孟所爲詩百餘篇然後又知景山之母不獨成其子之名而又以其餘遺其女也景山嘗學杜甫杜牧之文以雄健高逸自喜希孟之言尤隱約深厚 一作切 守禮而不自放有古幽閑淑女之風非特婦人之能言者也然景山嘗從今世賢豪者遊故得聞於當時而希孟不幸爲女子莫自章顯於世昔衞莊姜許穆夫人錄於仲尼而列之國風 一有使字 今有傑然巨人能輕重時人

而取信後世者一爲希孟重之其不泯沒矣予固力不足者復何爲哉復何爲哉希孟嫁進士陳安國卒時年二（一作三）十四景祐四年八月一日守峽州夷陵縣令歐陽修序

送張唐民歸青州序

予讀周禮至於教民興學選賢命士之法未嘗不輟而歎息以謂三代之際士豈能素賢哉當其王道備而習俗成仁義禮樂達於學孝慈友悌達於家居有教養之漸進有爵祿之勸苟一不勉則又有屏黜不齒（一無二字）戮辱之羞然則士生其間其勢不得不至於爲善也豈必生知之賢及後世道缺學廢苟僞之俗成而忘其教養之具（一作漸）至於爵祿黜辱之法又失其方而不足以勸懼然則士生其間能自爲善（二字一作立）卓然而不惑者非其生知之性天所賦予其孰能至哉則凡所謂賢者其可貴於三代之士遠矣故善人尤少幸而有則往往飢寒困踣之不暇其幸者或艱而後通夫賢者豈必

困且艱歟蓋高世則難合違俗則多窮（一有困字）亦其勢然也嗚呼人事修則天下之人皆可使爲善士（一無此字）廢則雖天所賦予其賢亦困於時夫天非不好善其不勝於人力者其勢之然歟此所謂天人之理在於周易（一有爲字）否泰消長之卦能通其說則自古賢聖窮達而禍福皆可知而不足怪秀才張生居青州其母賢而知書三子喪其二獨生最賢行義聞於鄉而好學力爲古文是謂卓然而不惑者也今年舉進士黜於有司母老而貧無以養可謂困且艱矣嗟乎予力既不能（一有以字）周於生而生尤好（一有學字）易常以講於予若歸而卒其業則天命之理人事之勢窮達禍福可以不動于其心雖然若生者豈必（一作終）窮也哉安知其不艱而後通也哉慶曆二年三月十九日序

送王陶序（一作剛說送王先輩之岳陽）

六經皆載聖人之道而易著著（一作尤明）聖人之用吉凶得失動靜

進退易之事也其所以爲之用者剛與柔也乾健坤順剛柔之大用也至於八卦之變六爻之錯剛與柔迭居其位而吉亨利无咎凶厲悔吝之象生焉蓋剛爲陽爲德爲君子柔爲陰爲險爲小人自乾之初九爲姤而上至於剝其卦五皆陰剝陽之卦也小人之道長君子靜以退之時也自坤之初六爲復而上至於夬其卦五皆剛夬柔之卦也小人之道消君子動以進而用事之時也夫剛之爲德君子之常用也庇民利物功莫大焉其爲卦（一有也字）過泰之三而四爲大壯（一本畫卦）五爲夬（一本畫卦）壯者壯也夬者決也四陽雖盛而猶有二陰然陽衆而陰寡則可用壯以（一作以壯而）攻之故其卦爲壯五陽而一陰陰不足爲眞可決之而已故其卦爲夬然則君子之用其剛也審其力視其時知陰險小人之必可去然後以壯而決之夫勇者可犯也彊者可詘也聖人於壯決之用必有戒焉故大壯之象辭曰大壯利正其象辭曰君子非禮弗履夬之彖辭曰健而說決而

和其象辭曰居德則忌以明夫剛之不可獨任也故復始而亨臨浸而長泰交而大壯以衆攻其寡夬乘其衰而决之夫君子之用其剛也有漸而不失其時一作宜又不獨任必以正以禮以說以和而濟之則功可成此君子動以進而用事之方也太原王陶字樂道好剛之士也常嫉世陰險三字一作夫君子少而小人多居京師不妄與人遊力學好古以一無此字自一作篤信自守今其初仕於易得君子動以進之象故予爲剛說以贈之大壯之初九曰壯于趾征凶夬之初九亦曰壯于趾往不勝爲咎以此見三字一作此皆聖人之戒用剛也不獨於其一作著于彖象而又常深戒於其初嗚呼世之君子少而小人多君之力學好剛以蓄其志未始施之於事也今其往尤宜愼乎其初一有修述

孫子後序一作書孫子後

世所傳孫武十三篇多用曹公杜牧陳皥注號三家孫子余頃與撰

四庫書目所見孫子注者尤多（一有至二十餘家五字）武之書本於兵兵之術非一而以不窮爲奇宜其說者之多也凡人之用智有短長其施設各異故或膠其說於偏見然無出所謂三家者三家之注皞最後其說時時攻牧之短牧亦慨然最喜論兵欲試而不得者其學能道春秋戰國時事甚博而詳然前世言善用兵稱曹公曹公嘗與董呂諸袁角其力而勝之遂與吳蜀分漢而王傳言魏之諸將出兵千里（一有公字）每坐計勝敗授其成算諸將用之十不失一一有違者兵輒敗北故魏世用兵悉以新書從事其精於兵也如此牧謂曹公於注孫子尤略蓋惜其所得自爲一書是曹公悉得武之術也然武嘗以其書干吳王闔閭闔閭用之西破楚北服齊晉而霸諸侯夫使武自用其書止於彊伯及曹公用之然亦終不能滅吳蜀豈武之術盡於此乎抑用之不極其能也後之學者徒見其書又各牽於己見是以注者雖多而少當也獨吾友聖俞不然嘗評武之書曰此

戰國相傾之說也三代王者之師司馬九伐之法武不及也然亦愛其文略而意深其行師用兵料敵制勝亦皆有法其言甚有次序而注者汨之或失其意乃自爲注凡膠於偏見者皆抉一作排去傳以己意而發之然後武之說不汨而明吾知此書當與三家並傳而後世取其說者往往於吾聖俞多焉聖俞爲人謹質溫恭一有仁厚而明四字衣冠進趨眇然儒者也後世之視其書者與太史公疑張子房爲壯夫何異

梅聖俞詩集序

予聞世謂詩人少達而多窮夫豈然哉蓋世所傳詩者多出於古窮人之辭也凡士之蘊其所有而不得施於世者多喜自放於山巔水涯一有之字外見蟲魚草木風雲鳥獸之狀類往往探其奇怪內有憂思感憤之鬱積其興於怨刺以道羇臣寡婦之所歎而寫人情之難言蓋愈窮則愈工然則非詩之能窮人殆窮者而後工也予友梅

聖俞少以蔭補爲吏累擧進士輒抑於有司困於州縣凡十餘年年今五十猶從辟書爲人之佐鬱其所畜不得奮見於事業其家宛陵幼習於詩自爲童子出語已驚其長老既長學乎六經仁義之說其爲文章簡古純粹不求苟說於世世之人徒知其詩而已然時無賢愚語詩者必求之聖俞聖俞亦自以其不得志者樂於詩而發之故其平生所作於詩尤（一作最）多世既知之矣而未有薦于上者昔王文康公嘗見而歎曰二百年無此作矣雖知之深亦不果薦也若使其幸得用於朝廷作爲雅頌以歌詠大宋之功德薦之清廟而追商周魯頌之作者豈不偉歟奈何使其老不得志而爲窮者之詩乃徒發於蟲魚物類羇愁感歎之言世徒喜其工不知其窮之久而將老也可不惜哉聖俞詩既多不自收拾其妻之兄子謝景初懼其多而易失也取其自洛陽至于吳興已來所作次爲十卷予嘗嗜聖俞詩而患不能盡得之遽喜謝氏之能類次也輒序而藏之其後十五年

聖俞以疾卒于京師余旣哭而銘之因索于其家得其遺藁千餘篇並舊所藏掇其尤者六百七十七篇爲一十五卷嗚呼吾於聖俞詩論之詳矣故不復云廬陵歐陽修序

居士集卷第四十二

珍倣宋版印

西元二〇二二年一月一日重製一版

歐陽文忠全集 冊一（宋歐陽修撰）

平裝四冊基本定價參仟捌佰元正
（郵運匯費另加）

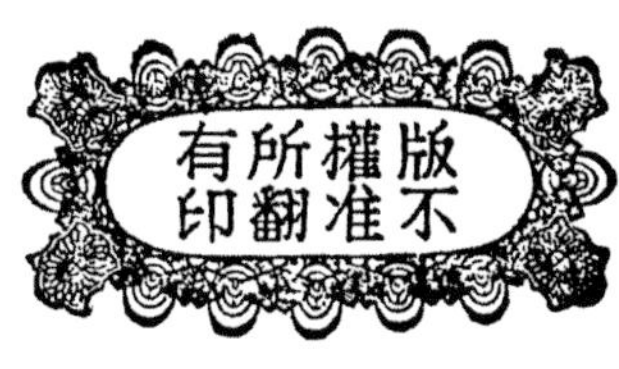

發行人 張敏君
發行處 中華書局
臺北市內湖區舊宗路二段一八一巷八號五樓（5FL., No. 8, Lane 181, JIOU-TZUNG Rd., Sec 2, NEI HU, TAIPEI, 11494, TAIWAN）
客服電話：886-8797-8396
公司傳真：886-8797-8909
匯款帳戶：華南商業銀行西湖分行
179100026931
印　刷：維中科技有限公司
海瑞印刷品有限公司

No. N3075-1

國家圖書館出版品預行編目(CIP)資料

歐陽文忠全集/(宋)歐陽修撰. -- 重製一版. -- 臺北市 :
中華書局, 2022.01
冊 ; 公分
ISBN 978-986-5512-73-6(全套 : 平裝)

845.15 110021467